AF304120

Saskia Louis lernte durch ihre älteren Brüder bereits früh, dass es sich gegen körperlich Stärkere meistens nur lohnt, mit Worten zu kämpfen. Auch wenn eine gut gesetzte Faust hier und da nicht zu unterschätzen ist ... Seit der vierten Klasse nutzt sie jedoch ihre Bücher, um sich Freiräume zu schaffen, Tagträumen nachzuhängen und den Alltag einfach mal zu vergessen.

SASKIA
LOUIS

GEHEIMNIS DER GÖTTER

FEUER

Überarbeitete Neuausgabe Juni 2021

© 2021 dp Verlag, ein Imprint der dp DIGITAL PUBLISHERS
GmbH

Made in Stuttgart with ♥
Alle Rechte vorbehalten

FEUER

ISBN 978-3-96817-862-2
E-Book-ISBN 978-3-96817-861-5

Copyright © 2017, dp Verlag, ein Imprint der dp DIGITAL
PUBLISHERS GmbH
Dies ist eine überarbeitete Neuausgabe des bereits 2017 bei dp
Verlag, ein Imprint der dp DIGITAL PUBLISHERS GmbH
erschienenen Titels *Feuer der Rebellion* (ISBN: 978-3-96087-243-6).

Covergestaltung: Vivien Summer
Umschlaggestaltung: ARTC.ore Design
Unter Verwendung von Abbildungen von
Shutterstock.com: © Artikom jumpamoon, © Aleshyn_Andrei,
© Michael Benjamin, © d1sk, © Phatthanit
Lektorat: Janina Klinck
Satz: dp DIGITAL PUBLISHERS GmbH
Druck und Bindung: Books on Demand GmbH, Norderstedt

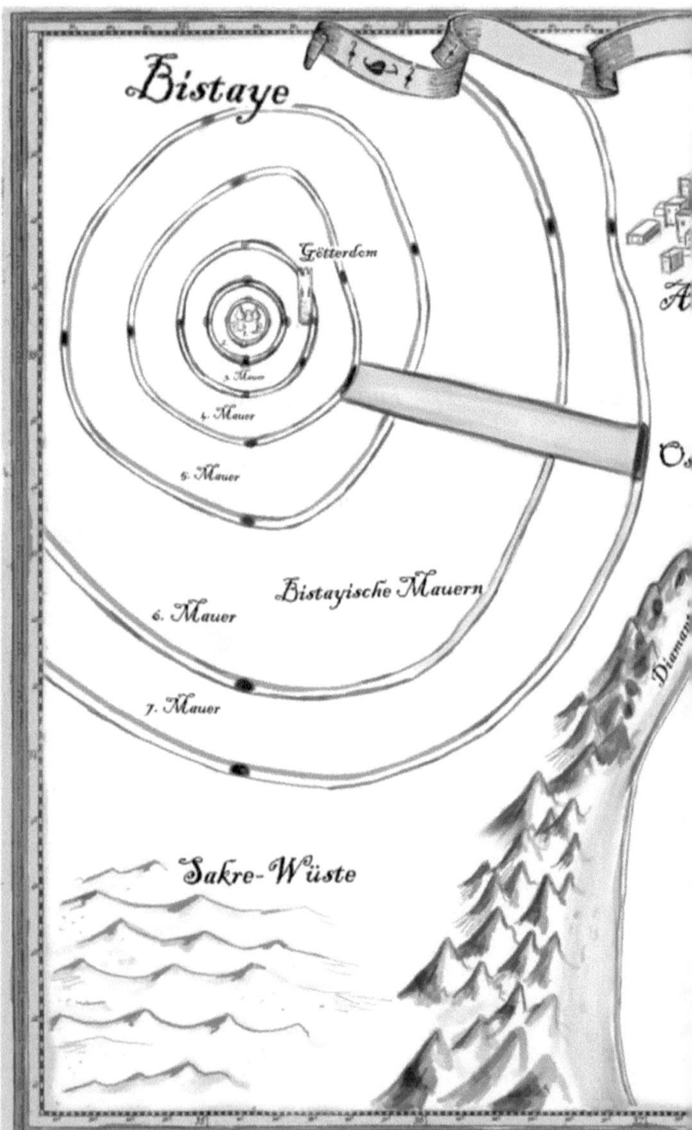

Bistaye
Götterdom
3. Mauer
4. Mauer
5. Mauer
Bistayische Mauern
6. Mauer
7. Mauer
Sakre-Wüste

Asavez

Berlund

Alter Altar

Asavezischer Laubwald

Kreisgebirge

Jeferabrücke

Klaverki

Oy

Oyitis

Appo

Borka-Wald

Klaverki

Mondan

Lyrisa

Savora

PROLOG

DAS ZIEL

Am Anfang steht die Entscheidung, am Ende bleibt das Chaos.
Die Mitte untersteht Regeln, denn weder im Krieg noch in der Liebe ist alles erlaubt.

Eine Gänsehaut zog sich über ihren Nacken, während die kalte Hand des Gottes über ihre Wange strich und sich zwei Finger auf ihre Schläfe legten.

Sie fürchtete sich nicht. Es war eher ... Unsicherheit, die sie verspürte. Sie wusste nicht, ob sie die richtige Entscheidung getroffen hatte. „Wird es wehtun?", fragte sie, als der Gott ihren Kopf in den Nacken drückte.

„Fürchtest du dich vor Schmerz?"

„Nein", sagte sie ruhig. Und es war die Wahrheit. Körperlicher Schmerz hatte ihr nie Angst eingejagt. „Ich würde nur gerne auf alles vorbereitet sein."

Das leise Lachen des Gottes war angenehm. Es hörte sich wie das eines Menschen an, fand sie. „Du wirst es kaum spüren. Schließe die Augen."

Sie folgte seiner Anweisung, doch das, was er sagte, stimmte nicht.

Sie spürte es – gleichwohl es nicht wehtat. Es war, als würde eine kühle Hand sie berühren, nur dass sie die Berührung nicht auf ihrer Haut spürte, sondern in ihrem Geist.

„Lass mich ein."

Und das tat sie. Bild um Bild floss in ihren Geist, vermischte sich mit ihren eigenen Erinnerungen, verdrängte sie, umspielte sie, schluckte sie hinunter und spuckte sie wieder aus. Sie konnte alles vor ihrem inneren Auge sehen.

Und dann war da noch etwas anderes.

Eine Präsenz. Nein, ein Licht.

Es war nicht ihr Licht. Es gehörte nicht zu ihr, es durfte eigentlich gar nicht hier sein, aber dennoch ...

Sie griff danach, zog es zu sich herüber, umschloss es mit ihrem Geist – und ließ es nicht mehr los.

Kapitel 1

Unanfechtbare Vorschriften
№ 1

Es ist ein Zeitraum von eintausend Jahren vorgegeben.

Sie blickte auf sich hinab. Ihr langes schwarzes Haar lag um ihr Gesicht gefächert auf dem grauen Stein, und sanft strich sie sich eine Strähne aus der Stirn, bevor sie sich hinabbeugte und ihre Stirn küsste.

Ihr Herz tat weh, lag schwer in ihrer Brust, und schien sie auf den Boden der Lichtung hinunterzuziehen. Doch für Zweifel hatte sie jetzt keine Zeit. Sie hatte einen Auftrag. Sie bückte sich, nahm Erde in ihre Hände und strich sie über die rote Stoffhose, die eng an den Beinen ihrer bewegungslosen Gestalt anlag. Es musste aussehen, als habe sie gekämpft.

Als nächstes streckte sie die Hand aus, eine große, schwielige Hand, die nicht ihre war, nicht ihre sein konnte … und dennoch war sie es, die die Bewegung ausführte. Es war absurd. Sie betrachtete ihr bewusstloses Ich! Sah sich auf dem steinernen Altar liegen. Ihre Finger strichen über ihre eigenen, nahmen den Dolch von ihrem Gürtel und ersetzten ihn durch ein hölzernes, billiges Modell.

Sie lachte leise. Es war ein tiefes Lachen und nicht ihr eigenes. *Salia wird wütend sein, wenn sie ohne ihren Dolch aufwacht. Sie …*

Nym riss ihre Hand nach oben und starrte schwer atmend in das Gesicht des ihr gegenübersitzenden Mannes.

Es war seine Erinnerung gewesen. Nicht ihre. Das wusste sie mit der gleichen Gewissheit, mit der ihr jetzt klar war, dass Jeki Tujan ihr Verlobter war. Dass er sie liebte. Dass er ihr nie etwas angetan hätte ... dass sie wirklich, wirklich verwirrt war.

Alles war falsch. Alles, was sie in den letzten Wochen über sich zu wissen geglaubt hatte, war falsch.

Diese Erkenntnis schien auf ihren Schultern zu lasten, schwer gegen ihre Schläfen zu pochen und ihr Herz gegen ihren Kehlkopf zu drücken.

Wie konnte es sein, dass sie das Gefühl hatte, sich selbst nicht zu kennen?

„Salia, alles in Ordnung?"

Jeki runzelte die Stirn und besorgt wanderte sein Blick über ihre Züge, bevor er zu seinem Unterarm zurückglitt, an dem sie ihn berührt hatte.

Nym stieß einen dumpfen Ton aus, den sie selbst nicht ganz einem Lachen oder einem leicht hysterischen Schluchzen zuordnen konnte.

Ob alles *in Ordnung* war?

Nein, bei den verdammten Göttern! Nichts war in Ordnung.

„Du wolltest mich nie töten", stellte sie blinzelnd fest und zog ihre Hände so weit wie möglich zurück in ihren Schoß. „Du bist mein Verlobter. Du liebst mich. Ich ... habe die Göttliche Garde nie verraten. Ich wurde nicht verstoßen."

Ihr Kopf begann sich zu drehen. Und mit jedem Satz, den sie wiederholt laut aussprach, formten ihre Worte eine neue Realität. Da waren Emotionen, die sie überfluteten, Erinnerungen, die sie nicht zuordnen konnte, von denen sie nicht wusste, ob es ihre eigenen waren, Gerüche, Berührungen, Stimmen ... ihr wurde schwindelig.

„Salia ...“

Er sollte aufhören, sie so zu nennen! Sie war nicht Salia, wusste nicht, wie sie Salia sein konnte ... sie war *Nym*! Sie hatte doch gerade erst angefangen, sich mit dem Gedanken zu arrangieren, dass sie Nym war. Sie wollte diese neugewonnen Sicherheit nicht wieder verlieren!

Unruhig drängte sie sich mit dem Rücken gegen den Bettkopf. Sie starrte auf ihre Hände, die sich zu Fäusten ballten, sich wieder flach auf ihre Knie legten, sich zu Fäusten ballten ...

Sie hasste die Götter ... oder?

Sie hasste die Göttliche Garde ... *oder?*

Levis Gesicht blitzte vor ihrem inneren Auge auf. Liri und Vea. Filia, die vor der Garde hatte fliehen müssen. Ro. Und dann ... dann war da Jeki.

Jeki, der sie anstarrte, als sei er jahrelang durch die Wüste gelaufen und sie ein Glas Wasser. Jeki Tujan, der geduldig darauf wartete, dass sie wieder sprach. Dessen Liebe, die sie in seinen eigenen Erinnerungen gesehen und gespürt hatte, auf ihrer Haut brannte. Die so greifbar war, dass ihre Brust schmerzte.

Aber es war *seine* Liebe, die sie spürte. Nicht ihre eigene. Sie wusste, dass er ihr Verlobter war, konnte sich daran erinnern, aber dann ... dann hörte die

Erinnerung auch schon auf. Oder war sie es selbst, die ihre Erinnerung an dem Punkt abbrechen ließ?

Denn wenn alles zurückkam ... was würde dann mit ihr passieren?

„Ich verstehe das nicht", murmelte sie und schloss die Augen. „Ich ...“

Doch sie belog sich selbst. Sie verstand. Sie brauchte weder Jekis Erinnerungen noch ihre eigenen, um zu verstehen.

„Du bist kurz davor, durchzudrehen, oder?"

Nym lachte heiser und blickte auf. „Ich habe mich noch nicht ganz entschieden.“

Jeki hob einen Mundwinkel, und dieses halbe Lächeln war ihr so vertraut, dass es sich anfühlte, als würde eine kalte Faust in ihre Magengegend gestoßen. Sie wandte den Blick hab und ließ ihn durch den Raum schweifen, aus dem Fenster, wo sie den nur noch schwach von der untergehenden Sonne beleuchteten Götterdom erkennen konnte. Wieder blitzten Bilder vor ihrem inneren Auge auf. Wieder folgte eine Emotion der nächsten – und ließ sie verwirrt zurück. Sie verlor den Überblick, wusste nicht mehr, welches Gefühl, welche Erinnerung zu wem gehörte und welchem Bild sie trauen konnte.

Es war, als würde ihr Geist nach allem greifen, was sie sah, und es mit Assoziationen in ihrem Kopf verknüpfen. Da waren Worte, Unterhaltungsfetzen, Gelächter, Hände, Gesichter.

Sie presste die Fäuste auf ihre Augenlider und wiegte sich vor und zurück. Die Bilder verschwammen und ein pochender Schmerz dehnte sich über ihre Kopfhaut aus.

Was passierte mit ihr?

Wieso fühlte es sich so an, als wäre sie nicht mehr in ihrem eigenen Kopf?

„Salia? Was ist los?" Eine Hand berührte sie sanft an der Schulter und sie zuckte zusammen.

Sie lachte. „Hattest du wirklich Angst, dass ich Nein sage, Jeki?"

„Na ja, nein, aber –"

Sie verdrehte die Augen, während das Lächeln beinahe ihr Gesicht sprengte. „Natürlich heirate ich dich, du Blödi! Solange deine Mutter nicht im selben Haus wohnt ... dafür sind die Wände leider nicht dick genug."

Das Bild verschwand, wurde von einem neuen überdeckt.

Sie drehte eine Münze in ihren Händen und lächelte. Alles entwickelte sich nach ihren Wünschen. Sie konnte es kaum erwarten, den Gesichtsausdruck der anderen zu sehen ...

„Du siehst sehr selbstzufrieden aus, mein Lieber."

Sie blickte auf. Valeras Augen blitzten spöttisch, doch das kümmerte sie nicht. „Oh, das bin ich. Das bin ich." Ihre Finger glitten über die rauen Einbände der Bücher, die in einem Regal zu ihrer Rechten standen. „Sie ist der Schlüssel."

„Du urteilst zu schnell."

Ihr Lächeln wurde breiter. „Ich tue nichts dergleichen."

Sie riss ihre Augen auf und ihr Kopf prallte hart gegen das Holzgestell hinter ihr.

„Salia, was ist los?" Jekis Stimme war unruhig und sein Blick mehr als nur besorgt.

„Ich …"

Doch sie wusste es nicht. Sie presste beide Hände über ihre Ohren und versuchte ihre Atmung zu regulieren. Es war *ihr* Kopf. Sie hatte die Macht über ihn. *Niemand anderes!*

Sie ließ ihre Hände sinken, schloss sie zu Fäusten und zwang sich zur Ruhe. Die Bilder ebbten ab und nichts als ein fahler bitterer Geschmack in ihrem Mund blieb zurück, doch ihr Herz pochte weiterhin hastig in ihrer Brust.

„Erzähl mir etwas", murmelte sie und schloss die Augen. „Etwas über mich. Etwas, das … zu mir gehört."

Sie brauchte etwas, an dem sie sich festhalten konnte. Von dem sie sicher sein konnte, dass es die Wahrheit war. Dass es *ihre* Wahrheit war. Jeki würde sie nicht anlügen.

Eine Weile herrschte Stille und sie glaubte schon, dass Jeki nicht antworten würde, als er murmelte: „Du kannst nicht schwimmen. Du hasst es, dass du nicht schwimmen kannst, aber hast zu große Angst, es zu lernen. Natürlich würdest du nie zugeben, dass du Angst hast, weswegen du mir verboten hast, es irgendwem zu sagen."

Sie nickte und ihr Puls verlangsamte sich. Ja, das wusste sie. Daran erinnerte sie sich.

„Du bist die beste Kämpferin der Göttlichen Garde – und das ist dir vollauf bewusst. Dennoch tust du bescheiden und erklärst jedem, dass es eine Menge anderer begabter Soldaten gäbe."

Ihre Mundwinkel zuckten und eine beruhigende Wärme legte sich über ihre Haut. „Ich bin *insgesamt* der beste Kämpfer", murmelte sie. „Mit Ausnahme von dir vielleicht."

Sie hörte Jeki leise lachen und der raue Ton kroch unter ihre Haut, flüsterte ihr liebliche Dinge zu.

„Du bist selbstsicher in allem, was nicht deine Familie betrifft. Du bist stolz, loyal, du magst kein Gemüse, das unter der Erde wächst – du behauptest, du würdest den Dreck schmecken. Du bist die mutigste Frau, die ich kenne ... und alles, was du tust, tust du mit deiner gesamten Energie. Ach ja, und du erzählst gerne Lügen über die Göttliche Garde, um zu sehen, welche Gerüchte sich durchsetzen."

Aus dem letzten Satz hörte sie sein Lächeln heraus und auch ihre Mundwinkel zogen sich erneut nach oben.

Ja, auch das wusste sie.

Die Bilder in ihrem Kopf waren nun vollkommen zum Erliegen gekommen und der Schmerz nur noch ein leises Stechen in ihrem Hinterkopf.

Sie öffnete die Augen und blickte in Jekis. „Danke", flüsterte sie. „Ich –"

„Jeki! Mach die Tür auf!"

Nym zuckte zusammen.

„Jeki! Ich weiß, dass du mich hören kannst."

Ein konsequentes Hämmern auf Holz und eine Stimme drangen durch das offene Fenster zu ihnen herauf.

„Jeki!"

Fluchend schüttelte Jeki den Kopf. „Ignorier ihn."

„Jeki, es ist wichtig!", brüllte die Stimme erneut.

Arcal. Das ist Arcals Stimme. Arcal ist Jekis bester Freund, schoss es Nym durch den Kopf.

„Es geht um Janon!"

Jekis Gesicht verhärtete sich und er stand vom Bett auf, um zum Fenster hinüberzuschlendern.

„Arcal", sagte er ruhig, den Kopf durch den Rahmen gesteckt. Die letzten Strahlen der untergehenden Sonne spiegelten sich auf seiner goldenen Rüstung wider und warfen gelbe Muster an die weiße Zimmerdecke. „Wenn du nicht einen grausamen Tod sterben willst, dann –"

„Janon wurde festgenommen, Jeki." Arcals Stimme war nun leiser, doch Nym hatte keine Probleme damit, ihn zu verstehen.

„Janon wird fast jede Woche festgenommen, Arcal. Ich bin beschäftigt und ich –"

Doch erneut unterbrach Arcal ihn. „Jeki. Diesmal ist es anders. Er steckt in echten Schwierigkeiten."

Nym sah, wie sich Jekis Rücken versteifte, dann fluchte er, bevor er ruckartig seinen Kopf zurück ins Zimmer zog.

Sein Blick traf ihren und er sah auf einmal so erschöpft aus, dass Nym den Drang verspürte, seine gerunzelte Stirn mit ihrer Hand glatt zu streichen. Zuneigung durchflutete sie … und sie hatte keine Ahnung, was sie mit diesen Gefühlen anfangen sollte.

„Ist in Ordnung", murmelte sie. „Dein Bruder hat Vorrang."

Überrascht flogen Jekis Augenbrauen in die Höhe. „Du weißt, dass er mein Bruder ist?"

Sie nickte und nachdenklich drehte sie ihren Kopf, um noch einmal einen Blick auf den gelben Teller zu werfen, der über dem Bett hing. „Ja. Ich weiß, dass er dein Bruder ist. Also ... geh. Ich werde, denke ich, nicht weglaufen."

Sie hatte die letzten Wochen über Informationen gewollt und die würde sie nur hier bekommen. Sie würde nicht gehen, ehe sie wusste, wer sie war – ehe sie sich entschieden hatte, wer sie sein wollte.

Jeki sah sie lange an, als versuchte er, ihre Gedanken zu lesen. Doch er schien keinen Erfolg damit zu haben.

„Ich möchte nicht gehen", stellte er schließlich leise fest. „Ich ... habe dich doch gerade erst wiederbekommen."

„Ich bleibe hier, Jeki." Fürs Erste.

Er nickte ein letztes Mal und verschwand im nächsten Moment aus der Tür.

Nyms Herz zog sich zusammen und sie lauschte der Tür, die mit einem dumpfen Schlag zurück in den Rahmen fiel.

Er liebte sie.

Wie hatte sie das vergessen können? Wie hatte sie den besten Teil ihres alten Lebens vergessen können? Wie hatte sie vergessen können, dass sie geliebt worden war?

Sie stand vom Bett auf und schlenderte zum Fenster. Sie sah zwei Männer in goldener Rüstung in Richtung des Turmes gehen und als sie ihren Kopf nach unten neigte, konnte sie zwei Wachen erkennen, die mit den Händen auf ihren Schwertknäufen vor der Eingangstür standen.

Die Garde vertraute ihr also nicht.

Gut. Denn das beruhte auf Gegenseitigkeit.

Sie tastete mit ihren Händen ihre Seiten und ihren Gürtel ab. Ihr war wieder einmal der Dolch abgenommen worden. Dennoch war sie nicht beunruhigt. Die Wachen könnte sie mit zwei Handgriffen töten.

Wieder schweiften ihre Gedanken zu all dem, was Jeki ihr erzählt hatte, und zu dem, was sie sich selbst zusammengereimt hatte.

„Es ... ist kompliziert. Ich sollte dir das nicht erklären. Api wird das tun wollen."

Sie lief zurück zum Bett und ließ sich erneut auf die weiche Matratze nieder. Sie war unglaublich müde und wenn sie ehrlich war, dann hatte sie Angst.

Sie konnte nicht ganz benennen, wovor sie Angst hatte. Vielleicht vor dem, was sie zu wissen glaubte, und vor der Person, zu der es sie machte.

Sie schluckte und konzentrierte sich eine Weile nur auf ihren ruhigen Atem. Nym war keine dieser Frauen, die andauernd Trost brauchten. Sie benötigte die Arme eines Mannes nicht, um sich sicher und verstanden zu fühlen. Aber jetzt gerade? In dem Moment, als sie ihre Arme um die Beine legte, die Wange auf ihre Knie presste und versuchte, ihren Kopf zu leeren ... da hätte sie nichts gegen eine Umarmung gehabt.

Eine Umarmung von Levi.

Sie lachte bitter auf und rieb sich mit der flachen Hand übers Gesicht.

Sie steckte in großen, großen Schwierigkeiten.

h

„Von was für Schwierigkeiten sprichst du?"

„Das fragst du Janon am besten selbst."

Staub wirbelte unter ihren Stiefeln auf und ungeduldig knackte Jeki mit seinem Kiefer.

„Arcal", knurrte er. „Erzähl mir, was los ist. Wenn du keinen verdammt guten Grund dafür hast, mich von Salia wegzuholen, will ich das wissen – *jetzt*."

Arcal wich seinem Blick aus. „Es ist ein guter Grund."

„*Arcal!*" Jekis Geduldsfaden bekam einen weiteren Riss und Salias Dolch, der an seinem Gürtel hing, schien mit jedem seiner Schritte schwerer zu werden. Es war ihm falsch vorgekommen, ihn ihr wegzunehmen, aber was für eine Wahl hatte er gehabt? Er hatte keine Ahnung, was in ihrem Kopf vorging. Nach allem, was er über seine Verlobte wusste, könnte sie ihn nach Strich und Faden belogen haben. Salia war eine ausgezeichnete Schauspielerin. Er selbst hatte immer geglaubt, er sei der Einzige, der ihre Lügen von der Wahrheit unterscheiden konnte. Aber angesichts der Umstände war er sich dessen nicht mehr so sicher.

Ihre Miene war kontrolliert gewesen. Bis auf die kurzen Momente, in denen sie geistig nicht anwesend gewesen zu sein schien.

Kopfschüttelnd beschleunigte er seinen Schritt. Bei den Göttern, sein Herz war stehengeblieben, als sie sich offensichtlich vor Schmerzen an den Kopf gegriffen hatte, und er hatte sich stark am Riemen reißen müssen, sie nicht direkt in seine Arme zu schließen. Aber sie war noch nicht so weit.

Nur, warum hatte sie Schmerzen gehabt? War es eine Nachwirkung der Akupressurtaktik, die er verwendet hatte, um ihr das Bewusstsein zu nehmen?

„Mir wurde gesagt, ich solle Schweigen bewahren", murmelte Arcal, die Augenbrauen tief ins Gesicht gezogen. „Ich glaube, eigentlich hätte ich dich nicht einmal benachrichtigen dürfen, aber ... es erscheint mir richtig. Außerdem habe ich keinen direkten Befehl bekommen."

Na klasse.

Seine Verlobte hatte gerade mit einem Fragezeichen am Ende des Satzes festgestellt, dass er sie liebte, sein Bruder saß im Gefängnis und Arcal wollte ihm nicht erzählen, was los war. Wahrscheinlich war Janon wieder einmal dabei erwischt worden, wie er illegal den göttlichen Turm erklomm. Dieser Tag wurde immer besser.

„Willst du mir erzählen, was es mit Salia auf sich hat?", fragte sein Freund beiläufig, als besagter Turm vor ihnen aufragte.

„Nein."

Jeki bog nach rechts in Richtung des viereckigen Gebäudes, in dem er vor ein paar Tagen schon Nikana Halks vernommen hatte.

„Du wirkst angespannt, Jeki."

Für diesen Kommentar allein hätte Jeki Arcal bereits gerne in den Boden gestampft.

Angespannt war die Untertreibung des Jahrtausends. Er war verwirrt, müde, rastlos und auf eine sehr männliche Art und Weise verletzt. Er konnte den Ausdruck auf Salias Gesicht nicht vergessen, als sie erkannte, dass er tatsächlich ihr Verlobter war. Sie hatte so verdammt verletzlich gewirkt. So verletzlich und ... entsetzt.

Es gab da einige Emotionen, die ein Mann nicht bei seiner Verlobten sehen wollte, und Jeki war sich ziemlich sicher, dass Entsetzen sehr weit oben auf der Liste stand.

„Arcal, ich sage das jetzt nur einmal: Wenn du mir nichts zu dem Grund sagen kannst, warum Janon in einer Zelle ist, rate ich dir, deinen Mund zu halten."

Jeki konnte das würfelförmige Gebäude, in dem unter anderem die Gewahrsamszellen untergebracht waren, jetzt sehen. Zwei Wachen standen davor.

Er runzelte die Stirn. Sonst hatte die Göttliche Garde immer auf Wachen verzichtet. Allein aus dem Grund, dass niemand lebensmüde genug war, aus dem Göttlichen Gefängnis auszubrechen.

Die Furchen in Jekis Stirn vertieften sich noch, als die Tür sich öffnete und er Thaka, den Gott der Gerechtigkeit, aus dem grauen Gebäude kommen sah.

Jeki wurde nervös. Das konnte nichts Gutes bedeuten. Thaka war Leiter des Göttlichen Tribunals. Er kümmerte sich um schwere rechtliche Vergehen. Was zum Teufel war hier los?

Er wandte sich ruckartig zu seinem Freund um. „Arcal. Was ist passiert?"

Doch Arcal kam nicht dazu, ihm zu antworten. Thaka hatte sie entdeckt und schlenderte auf sie zu, eine Augenbraue leicht angehoben. Ansonsten war sein Gesicht so glatt und ausdruckslos, wie Jeki es bereits von dem Gott der Gerechtigkeit kannte.

„Es überrascht mich, dich hier zu sehen, Jeki", sagte er, nicht ohne eine gewisse Schärfe in seiner Stimme. „Api berichtete mir, du hättest alle Hände voll zu tun."

Thakas kurzgeschorenen hellblonden Haare leuchteten rot in der untergehenden Sonne auf, und Jeki entging die Härte in dem Blick des Gottes keineswegs.

Salia war seit jeher Thakas rechte Hand gewesen und natürlich sorgte er sich um sie. Doch da war noch etwas anderes, viel Verbisseneres in dem Ausdruck des Gottes, das Jeki entgegensprang. Er hatte das vage Gefühl, dass Thakas Sorge sich keineswegs um Salias Wohlergehen drehte.

Sich wieder daran erinnernd, dass er dem Gott noch keinen Respekt gezollt hatte, neigte er kurz den Kopf, bevor er den Blick erwiderte. „Das habe ich. Und ich weiß, wo meine Prioritäten liegen. Dennoch wurde ich davon unterrichtet, dass mein Bruder wohl … Probleme hat."

„Wurdest du das?" Thakas bernsteinfarbene Augen fanden für einen Augenblick die Arcals, dann jedoch wandte er sich wieder an Jeki. „Es stimmt. Auch wenn Problem vielleicht nicht das richtige Wort ist."

Hätte Jeki es nicht besser gewusst, hätte er gesagt, dass es Angst war, die sich langsam um sein Herz schloss. „Es würde mir sehr helfen, wenn mir jemand erklären würde, was ihm vorgeworfen wird. Es erscheint mir doch etwas unangemessen, aufgrund eines kleinen Vergehens direkt den Großmeister des Göttlichen Tribunals zu benachrichtigen", stieß er gepresst hervor.

„Ein kleines Vergehen?" Die Worte des Gottes waren so kalt und hart, dass Jeki sich zusammenreißen musste, um keinen Schritt nach hinten zu machen. „Janon hat einer Rebellin zur Flucht verholfen, Jeki."

„Er hat was?" Das Blut wich aus Jekis Gesicht und eine unsichtbare Hand schien sich eng um seinen Hals zu legen. Das war unmöglich. Janon nahm Regeln nicht allzu ernst, das wusste er, aber er würde doch nie …

„Er hat sich gegen sein Land gestellt. Er wird des Hochverrats angeklagt." Thakas Blick blieb kühl und nichtssagend, doch hinter seinem Ausdruck meinte Jeki verhohlene Neugier zu entdecken. Als interessiere es den Gott der Gerechtigkeit sehr, wie Jeki auf diese Nachricht reagierte.

Er schluckte und schüttelte den Kopf. Wenn Janon des Hochverrats angeklagt und für schuldig befunden würde, dann ...

„Das muss ein Missverständnis sein. Janon würde sich nicht gegen sein Land stellen. Er ist –"

„Bei deinem Bruder haben sich in den letzten Monaten eine Menge Missverständnisse angehäuft, Jeki", unterbrach Thaka ihn scharf. „Glaube nicht, dass das dem göttlichen Auge entgangen ist. Wir haben ihn gewähren lassen – deinetwegen. Dieses Mal jedoch können wir nicht über sein Verhalten hinwegsehen. Ich denke, das verstehst du. Und jetzt entschuldigt mich, es gibt dringendere Angelegenheiten als diese kleine Lappalie, um die ich mich zu kümmern habe."

Ohne sie noch eines weiteren Blickes zu würdigen, wandte er sich um und verschwand in die Dunkelheit der hereinbrechenden Nacht.

Der Griff um Jekis Hals schien sich noch zu verstärken, und als er sah, dass Arcal seinem Blick auswich, wusste er, dass der Gott die Wahrheit gesagt hatte.

„Scheiße. Scheiße!"

Das konnte nicht passieren. Das durfte nicht passieren. Er hatte genug Sorgen. Er hatte genug Probleme. Er brauchte nicht noch mehr Dinge, die sein Leben verkomplizierten!

Er überwand die letzten Meter zu dem Gebäude und als die Wachen Anstalten machten, ihm den Weg zu versperren, stieß er sie einfach beiseite.

„Wo ist er?", knurrte er Arcal zu, der ihm stumm gefolgt war. Die schwere Holztür fiel hinter Jeki zu und der Gang vor ihnen wurde nur von spärlich gesetzten Laternen erhellt.

„Jeki, beruhige dich. Nur weil er angeklagt wird, heißt das nicht, dass sie ihn auch verurteilen werden."

„Wo ist er, Arcal?"

Arcal seufzte, blieb stehen und nickte nach vorne. „Hinterste Tür. Aber –"

Jeki wartete nicht darauf, dass sein Freund zu Ende sprach. Er legte die letzten Meter mit langen Schritten zurück, warf den zwei Wachen, die neben der Zellentür postiert waren, einen wütenden Blick zu und wurde im nächsten Moment eingelassen.

Kälte schlug ihm aus dem fensterlosen Raum entgegen und eine einsame an der Wand hängende Fackel spendete ihm Licht.

Janon, der auf einem einzelnen Stuhl an der gegenüberliegenden Wand saß, blickte auf, als Jeki die Tür hinter sich zuschlug. Ein mattes Lächeln kämpfte sich auf seine Züge.

„Ah, Bruderherz. Ich habe schon auf dich gewartet. Hast dir aber Zeit gelassen, was?"

„Du hast einer Rebellin bei der Flucht verholfen?", schrie Jeki ihn an. Seine Stimme hallte von den Wänden wider, die Erde unter seinen Füßen bebte und er hatte seine Hände so fest zu Fäusten geballt, dass es wehtat. Es gab Zeiten, in denen Soldaten ihre

Emotionen unter Verschluss halten sollten. Dies war keine davon.

„Was zum Teufel hast du dir dabei gedacht?!?!"

Janon seufzte, schloss die Augen und lehnte seinen Kopf gegen die hinter ihm liegende Wand. „Von dir angeschrien zu werden, ist wie nach Hause zu kommen, wusstest du das? Da fühle ich mich ja fast wohl hier. Obwohl so ein bisschen Sonnenlicht nicht schlecht wäre."

„Janon!", zischte Jeki, die Geduld verlierend. Er packte ihn an den Schultern und zerrte ihn unsanft auf die Füße, während er sich dazu zwang, seine Emotionen nicht auf den Boden zu übertragen. „Was hast du getan?"

Die Tür hinter ihnen ging auf und eine der Wachen warf einen Blick in die Zelle. „Tujan, ist alles in Ordnung, wir ..."

Die Wache verstummte, als sie Jekis Blick bemerkte, und ließ prompt die Tür wieder ins Schloss fallen.

Janon hatte die Augen geöffnet und sah nun amüsiert über Jekis Schulter. „Weißt du, ihr seid nicht sehr konsequent", stellte er fest. „Ich werde von vier Leuten bewacht, aber nicht angekettet? Welche Art von Gefängnis ist das hier? Immerhin komme ich mir sehr wichtig vor. So viele Menschen, die mich bewachen. Als wäre ich dazu in der Lage, auch nur einen von ihnen niederzuringen. Sie kennen mich wohl nicht besonders gut."

„Das ist kein Spaß, Janon!" Jekis Hände krallten sich in die Schultern seines Bruders und er schüttelte ihn, als könne er ihm auf diese Weise etwas Verstand einbläuen. „Du wirst hier nicht für ein paar Tage eingesperrt und dann wieder laufen gelassen, Janon! Du wirst des Hochverrats angeklagt! Weißt du, womit Hochverrat sanktioniert wird? Mit dem Tod! Was hast du dir dabei gedacht? Warum denkst du nie nach? Was zum Teufel ist nur in dich gefahren?"

Janon verengte seine Augen und jegliches Lächeln war aus seinen Zügen verschwunden. „Und was willst du jetzt machen, Jeki? Mich umbringen, bevor es die Götter tun?"

Jeki ließ ihn abrupt los und Janon taumelte etwas unbeholfen gegen die Wand hinter ihm. Er fuhr sich mit der Hand in die Haare und schüttelte immer wieder den Kopf. Stille legte sich über den Raum, während Jeki ungehalten auf und ab ging. Staub wirbelte unter seinen Schritten auf, den er mit einer fahrigen Bewegung seiner Finger zurück auf den Boden zwang.

Das war zu viel. Es war ... scheiße!

Das konnte nicht sein. Wie hatte sein Leben in den letzten Wochen eine solche Kehrtwende machen können?

„Es war Vea, Jeki", hörte er seinen Bruder murmeln. Seine Stimme klang merkwürdig hohl im leeren Raum. „Sie hätten sie festgenommen. Und ihr wäre kein Tribunal gewährt worden. Sie hätten sie sofort gehängt. Ich liebe sie. Natürlich habe ich ihr geholfen. Was hättest du getan?"

Jeki blieb stehen und starrte in das Gesicht seines kleinen Bruders. Das Gesicht des einzigen Menschen, der immer auf ihn gezählt hatte. Auf den er immer hatte zählen können.

„Es ist nicht wichtig, ob ich nachvollziehen kann, was du getan hast", sagte er gepresst. „Ich ... ich kann dir nicht helfen, Janon!" Er hasste es, die eigene

Verzweiflung aus seiner Stimme herauszuhören. „Ich kann dir hier einfach nicht helfen. Hochverrat ist keine Angelegenheit, bei der ich ein gutes Wort für dich einlegen könnte, ich –"

Janon stand auf und legte ihm eine Hand auf die Schulter. Er sah ruhig aus. Weder ängstlich noch angespannt. Er war immer noch der gelassene Kerl, den nichts herunterziehen konnte.

„Es ist nicht mehr deine Aufgabe, mich zu beschützen, Jeki", sagte er ernst. „Es war meine Entscheidung. Ich kannte die Konsequenzen. Du trägst keine Schuld. Du trägst nicht die Verantwortung für mich."

Jeki lachte trocken auf. „Es wird immer meine Aufgabe sein, dich zu beschützen, Janon! Egal, wie oft ich Mama gesagt habe, dass es nicht so wäre. Ich bin dein beschissener großer Bruder und du machst mir mein Leben verdammt noch mal nicht leicht!"

Da war wieder dieses matte Lächeln, das es trotz der verfahrenen Situation schaffte, Janons Augenwinkel zu erreichen. „Du lebst für Herausforderungen, Jeki. Wer wäre ich, sie dir nicht zu bieten?"

Jeki schüttelte mit zusammengepressten Lippen den Kopf, bevor er seinen Bruder in eine feste Umarmung schloss. „Mir fällt schon etwas ein. Ich ... du wirst schon nicht zum Tode verurteilt."

„Das ist die Einstellung, für die ich dich liebe."

Jeki schnaubte. Er wünschte nur, er könnte seinen eigenen Worten Glauben schenken.

Als Jeki wieder hinaus an die Abendluft trat, hatte sich eine solche Schwere auf seine Schultern gelegt, dass er sich fragte, wie er den Weg zu seinem Haus zurückschaffen sollte. Doch seine Beine bewegten sich, ohne dass er ihnen den Befehl dazu geben musste. Sein Körper hatte schon immer besser funktioniert als sein Kopf.

Er lief nach Hause, schickte die beiden Wachen, auf die Api bestanden hatte, weg und öffnete seine Tür.

Der Mond stand bereits hoch am Himmel, als er die Treppen in den ersten Stock hinaufstieg und vorsichtig die Tür zu seinem Zimmer öffnete. Er fand Salia schlafend auf seinem Bett wieder.

Er konnte eines seiner Küchenmesser in ihrer Hand erkennen und musste lächeln. Es wunderte ihn beinahe, dass er sie nicht aufgeschreckt hatte. Salia hatte schon immer die Fähigkeit gehabt, nur halb zu schlafen, um jede sich nähernde Bedrohung augenblicklich zu erkennen. Auch wenn es davon in der Dritten Mauer keine gab.

Er ließ sich vorsichtig neben sie sinken und betrachtete ihr Gesicht. Sie sah vollkommen entspannt, jung und verletzlich aus. Das war die Seite an Salia, die sie an sich selbst nie hatte zulassen wollen. Die weiche, unsichere Seite, die ein großer Teil von ihr war, die sie aber zu verstecken wusste. Sein Herz zog sich süßlich zusammen – und beantwortete ihm Janons Frage.

Ja, er hätte es genauso getan.

Er hätte die Frau, die er liebte, gerettet. Auch wenn es seinen eigenen Tod bedeutet hätte.

Der Kloß in seinem Hals wurde noch etwas größer, und sanft ließ er seine Finger über ihre Wange streichen.

Er hatte sie zurück.

Sie war hier, bei ihm. Das war es, auf das er sich jetzt konzentrieren sollte. Um den Rest – er atmete tief durch und verbarg sein Gesicht in den Händen –, um den Rest würde er sich am nächsten Tag kümmern müssen.

KAPITEL 2

UNANFECHTBARE VORSCHRIFTEN
№ 2

Das Ende führt zum Anfang.

„Es wird gleich dunkel."

„Das wissen wir, Levi, wir haben Augen im Kopf."

„Ich meine ja nur. Wir sollten langsam einen Platz finden, an dem wir sicher die Nacht verbringen können."

„Auch das wissen wir! Gehirne haben wir auch im Kopf!"

„Ja, nur scheint ihr sie nicht benutzen zu wollen."

„Levi." Ro wandte sich zu ihm um, legte freundschaftlich einen Arm um seine Schultern und sagte feierlich: „Hör auf, ein Arschloch zu sein, sonst muss ich dich leider niederstrecken."

Levi presste die Lippen aufeinander. „Versuch es."

Jetzt blieben auch Vea und Nika stehen.

„Jungs, wir haben es verstanden!", sagte Nika genervt. „Ihr beide seid unglaublich männlich. Und Levi: Hör auf, ein Arschloch zu sein, sonst werde ich zulassen, dass Ro dich niederstreckt. Wir müssen in Ruhe nachdenken, also sei still!"

Levi öffnete den Mund, doch Nika hatte ihm bereits den Rücken zugewandt und angefangen, leise mit Vea zu sprechen. Die hohen Wände zu ihren Seiten tauchten sie in tiefe Schatten und die letzten Strahlen der Sonne erreichten sie nur mit Mühe.

Levi seufzte schwer und schloss die Augen. Gut, er wusste, dass er sich wie ein Arschloch benahm. Aber zum jetzigen Zeitpunkt fiel es ihm schwer, etwas anderes zu sein. So wie es ihm schwerfiel, seine Gedanken zu ordnen und sein blödes, verräterisches Herz unter Kontrolle zu bringen, dem abwechselnd heiß und kalt wurde.

Wie hatte die ganze Mission nur in wenigen Stunden den Bach runtergehen können?

Und wie hatte Nym vergessen können, dass sie einen *Verlobten* hatte?!?!

Bei den verdammten Göttern, wie er dieses Wort hasste. Noch mehr als die Tatsache, dass sich geballte Eifersucht unter seine Haut fraß, sobald er den Namen Jeki Tujan hörte.

Er, Levi Voros, war eifersüchtig. Auf einen Göttlichen Soldaten!

Er hatte immer geglaubt, dieses Gefühl sei unter seiner Würde. Aber andererseits hatte er auch gedacht, es sei unter seiner Würde, einer Frau hinterherzurennen – und war das nicht wortwörtlich das, was er in diesem Moment tat? Abgesehen davon, dass sie gerade standen und nicht rannten.

Der einzige Trost war, dass Nyms Verbindung zu Tujan sie womöglich für einige Zeit vor den Göttern schützen würde. Zeit, die sie brauchten, um sie zu retten. Außerdem rief sich Levi immer wieder ins Gedächtnis, dass sie sich zumindest bis vor ein paar Stunden nicht an Tujan erinnert hatte.

Was sich bei ihrem verdrehten Kopf innerhalb von Sekunden ändern könnte.

Scheiße.

Es gab zu viele Dinge, die Levi nicht wusste. Es war sowieso schon lebensmüde genug, in die Dritte Mauer eindringen und sie dort herausholen zu wollen. Auch ohne das Risiko, dass Nym sich plötzlich wieder daran erinnerte, dass ihre Loyalität eigentlich den Göttern galt. Wenn sie plötzlich zu dem Entschluss kam, sie lieber umzubringen, anstatt mit ihnen nach Asavez zu fliehen, wäre das eher suboptimal. Hatte er schon bemerkt, dass diese Situation scheiße war?

„Du musst keine Angst haben", flüsterte Liri, zog an seinem Arm und schmiegte ihr Gesicht kurz an seine Seite. „Wir werden sie schon retten. Du bist der Beste. Das sagst du selbst immer!"

Ja, und er meinte es auch so. Aber nur, weil er der Beste war, hieß das nicht, dass er gegen eine ganze Armee oder gar die Götter kämpfen konnte, ohne das ein oder andere geliebte Körperteil zu verlieren. Er lehnte sich an die kühle Wand hinter ihm und sah den letzten Strahlen der Sonne dabei zu, wie sie sich bemühten, die hohe steinerne Wand zu überwinden – die fünfte der Sieben Bistayischen Mauern. Das Licht kam jedoch nie bei ihnen in der Gasse an.

Zu seiner Rechten tuschelten Vea und Nika immer noch miteinander, während Ro ihn von seiner linken Seite aus intensiv anstarrte. Der Bastard hatte auch noch den Schneid, breit zu grinsen.

„Was?", blaffte Levi.

Ro hob eine Schulter. „Nichts. Irgendwie erfüllt es mich nur mit Genugtuung, nicht mehr der einzige verliebte Vollidiot zu sein.“

Levis Miene verdüsterte sich. „Halt die Klappe, Ro. Du bist immer noch der größere Idiot von uns beiden, keine Sorge.“

Ros Grinsen wurde nur noch größer.

Levi juckte es in den Fingern, es zu beseitigen, doch so ein großes Arschloch war er dann doch nicht. Leider. Außerdem konnte er es sich nicht leisten, seinen einzigen wahren Freund zu verprügeln. Mit gebrochenen Knochen wäre Ro nicht mehr dazu in der Lage, ihn bei Nyms Befreiung zu unterstützen – und dann konnte Levi es auch ganz sein lassen. Er wollte Nika und Vea wirklich nicht zu nahe treten, aber die beiden hatten herzlich wenig Erfahrung im Kämpfen. Auch wenn Ro meinte, dass Nika eine begabte Messerwerferin sei. Allerdings war Ro ja auch ein verliebter Vollidiot, also wer konnte sagen, wie wahr seine Worte waren?

Die besagten Mädchen seufzten schwer und drehten sich dann zu ihnen um.

„Ich weiß, wir meinten, dass wir heute noch in die Vierte Mauer gehen, aber wir halten das für keine gute Idee“, sagte Vea langsam.

„Warum nicht?“, wollte Levi wissen.

„Weil wir dort keine Freunde mehr haben. Alle Rebellen der Vierten Mauer sind vor ein paar Stunden mit dem Schiff nach Asavez übergesetzt. Hier jedoch ...“ Vea hob die Arme. „Hat Nika noch einige Kontakte.“

Ro wandte sich zu seiner Freundin um, doch Levis Blick blieb auf Vea liegen. Mit jeder verstreichenden Minute entdeckte er mehr Ähnlichkeiten zu ihrer

Schwester. Auch wenn Vea etwas hellere Haare und grün-braune anstatt dunkelblaue Augen hatte ... ihre ganze Energie und Körperhaltung erinnerten ihn an Nym.

„Was sind das für Kontakte? Sind sie vertrauenswürdig?", wollte Ro wissen, und Levi war erleichtert, dass es zumindest noch einen Mann gab, der sich auf das Wesentliche konzentrierte.

Er wusste schon, warum er sich nie hatte verlieben wollen. Es waren keine zwei Stunden vergangen, seitdem er es sich selbst eingestanden hatte, und schon hatte er das Gefühl, nicht mehr klar denken zu können.

„Natürlich sind sie vertrauenswürdig", beschwichtigte ihn Nika. „Er ist ein sehr enger und alter Freund von mir. Außerdem ist er Teil der hiesigen Rebellengruppe."

„Hier gibt es auch Rebellen?", fragte Liri mit großen Augen.

„Was soll das heißen: ein *enger* und *alter* Freund?", fragte Ro mit zusammengekniffenen Augen.

Nika strich Liri lächelnd über den Kopf. „Es gibt überall Rebellen", erklärte sie, bevor sie zu Ro gewandt hinzusetzte: „Überlass Levi das mit dem Idiot-Sein. Zwei davon können wir nicht gebrauchen."

Ros Mund stand leicht offen. „Du hast mir die Frage nicht beantwortet."

„Ich weiß. Gehen wir?" Nika wartete nicht auf eine Antwort, sondern hakte sich bei Vea unter, die nur mühsam ein Lächeln verbergen konnte, und gemeinsam traten sie aus der engen Gasse hinaus.

Ro starrte seiner Freundin hinterher, und erst als Liri seine und Levis Hand nahm und an ihnen zog, setzte er sich in Bewegung.

„Was meint sie mit *enger* Freund?", fragte er Levi.

Levi hob eine Schulter. „Na ja, es könnte heißen, dass es ihr Ex-Freund ist. Vielleicht aber auch nur eine alte Affäre. Nichts, worüber du dir Gedanken machen musst ..."

Ro schnaubte, sah aber dennoch etwas verunsichert aus. „Der einzige Grund, warum ich deinen Kopf nicht in die Mauer neben dir ramme, ist der, dass du gerade emotional verwundbar bist."

„Ich bin einen emotionalen Scheißdreck!", zischte Levi wütend. „Ich –"

„Hör auf zu fluchen, Levi", sagte Liri und sah mit roten Wangen zu ihm hinauf. „Ich finde es süß, dass du verliebt bist."

Levi stöhnte laut.

Toll. Jetzt war er nicht nur *emotional verwundbar*, sondern auch noch *süß*. Warum winkte er seiner Männlichkeit nicht gleich auf Wiedersehen?

Wo waren diese göttlichen Soldaten, wenn man sie mal brauchte? Er hatte Lust, sich zu prügeln.

Leider würde er an diesem Tag wohl nicht auf seine Kosten kommen, denn die Hauptstraße, auf die sie nun bogen, war menschenleer.

Vea und Nika liefen mit gesenkten Köpfen vor ihnen her und sie folgten ihrem Beispiel. Einzig Liri, die zwischen Ro und ihm verborgen die Straße entlangging, hatte Probleme damit, den Blick unten zu halten. Sie war viel zu interessiert an ihrer Umgebung. Wahrscheinlich suchte sie nach Schmetterlingen.

„Sieh auf den Boden, Liri", murmelte Levi und drückte kurz ihre Hand.

Verwundert sah sie zu ihm auf. „Aber warum denn? Hier ist doch niemand!"

Womit sie recht hatte. Der Großteil der Bewohner befand sich wahrscheinlich noch betrunken auf Amries Marktplatz. Der Tag der Götter war der einzige Tag, an dem die bei Sonnenuntergang einsetzende Ausgangssperre gelockert wurde. Sie konnten nur hoffen, dass Nikas Kontakt überhaupt zuhause war.

Sie folgten den Mädchen in eine weitere schmale Gasse, die an verschiedenen Gärten vorbeiführte. Die Häuser und Grünflächen hier waren kleiner und dezenter als die in der Vierten Mauer. Während die Händler und Importeure auf farbenfrohe Wände und facettenreiche Formen setzten, gaben sich die in der Fünften lebenden Dienstleister und Verkäufer mit schlichten weißen und grauen Gebäuden zufrieden, die allesamt würfelförmig waren. Die Schindeln, die die Dächer bedeckten, waren zumeist schwarz und die wenigen Gärten wurden hier definitiv nicht so oft gewässert wie in den höheren Mauern.

Levi erinnerte sich nur äußerst vage daran, wie imposant und riesig das Haus gewesen war, in dem er seine Kindheit verbracht hatte. Die Adeligen hatten keine Ahnung, wie verschwenderisch sie lebten, und es interessierte sie auch nicht. Warum sollte es?

Eine hohe Mauer trennte sie von dem deprimierenden Kleinvolk, das sich jeden Tag zu Tode rackern musste, um seinen Familien Essen auf den Tisch zu bringen.

Levis Gedanken flogen kurz zu dem Brief, den ihm sein Vater hatte zukommen lassen. Er verdrängte den Gedanken daran schleunigst wieder. Er war ohnehin schon wütend, da brauchte er nicht *noch* einen Ansporn dazu, eine sinnlose Schlägerei zu beginnen.

Ihre Schritte hallten verräterisch laut von den eng beieinanderliegenden Wänden wider, während die Sonne endgültig hinter der Mauer verschwand. Levi war erleichtert, als Nika ein letztes Mal abbog und dann direkt vor dem ersten Haus stehen blieb. Die Tür war so schmal und niedrig, dass Levi sie zuerst übersehen hatte.

Nika zögerte nicht lang, sondern klopfte gleich an, während Ro sich neben sie schob und beiläufig einen Arm um ihre Schultern drapierte.

Levi schnaubte, gerade laut genug, sodass sein Freund ihn hören konnte, doch Ro beachtete ihn nicht. Sein Blick war auf die Tür geheftet, hinter der man leise Schritte vernehmen konnte.

Einen Moment später wurde sie einen Spalt weit geöffnet. Levi erkannte ein dunkelbraunes Augenpaar und eine kleine Gestalt, die zu einem jungen Mädchen zu gehören schien, bevor sich eine große Hand auf die schmalen Schultern legte und das Mädchen beiseite zog.

„Was habe ich dir zum Türenöffnen gesagt, Tala?", murmelte eine tiefe Stimme, bevor der Eingang zur Gänze geöffnet wurde.

Es tat Levi leid für Ro, aber der Kerl, der zum Vorschein kam, war äußerst attraktiv. So gut sein männliches Auge das beurteilen konnte.

Er grinste. Okay, es tat ihm überhaupt nicht leid. Es war amüsant, Ro dabei zu beobachten, wie er seinen Arm immer enger um Nika zog, bis diese ihn genervt abschüttelte.

Der junge Mann, der sich durch die enge Tür nach draußen quetschte, blickte sie alle aus grauen Augen verwundert an, bevor er die älteren Mädchen erkannte.

„Nika? Vea?", fragte er verblüfft. „Was tut ihr hier? Solltet ihr heute nicht den Appo überqueren?"

„Ja, sollten wir", meinte Nika mit einem Schulterzucken. „Es gab eine kleine Planänderung. Ich sag es nur ungerne, Bragan, aber wir könnten Hilfe gebrauchen. Und einen Platz zum Schlafen."

Ohne zu zögern nickte der Mann und wollte schon zur Seite treten, um sie einzulassen, als Vea ihn am Arm berührte. „Bevor du uns in dein Haus lässt, erscheint es mir angebracht, dir zu sagen, dass wir als Rebellen enttarnt wurden und uns möglicherweise die gesamte Göttliche Garde sucht. Und sollte sie herausfinden, dass wir immer noch hier sind, wird sie uns zweifelsohne umbringen wollen."

Der dunkelhaarige Mann, der nicht viel älter als Levi sein konnte, lächelte Vea an und schüttelte den Kopf. „Vea, es ist lieb, dass du dir Sorgen machst, aber wenn ich festgenommen werden sollte, dann aus einer Menge anderer Gründe. Allen voran dem, dass ich Geld unterschlage und illegal Waffen schmiede, mit denen ich vorhabe, die Göttliche Garde zu meucheln. Mach dir also keine Gedanken."

Nika lachte und drückte den Kerl – Bragan? – an sich, bevor sie Vea in das Haus schubste und ihr folgte.

Levi schob Liri an ihren Schultern hinter ihnen her, während Ro hinter ihm leise fragte: „Sah das für dich wie eine ungewöhnlich innige Umarmung aus? Er hat sie schon unangemessen fest an sich gedrückt, oder?"

Du meine Güte. Hörte Levi sich genauso erbärmlich an, wenn er über Nym redete? Er konnte nur hoffen, dass dem nicht so war. Und dass Bragan diese Frage gehört hatte.

Die Tür fiel hinter ihnen ins Schloss und Levi sah sich um. Sie standen in einem steinernen Raum – steinerner Boden, steinerne Wände, steinerne Decke – der lediglich von zwei Kerzen erleuchtet wurde, die auf einem quadratischen Tisch standen. Rechts führte eine schmale Treppe in den ersten Stock und links war eine kleine Kochnische in die Wand eingelassen. Mit den sieben Leuten, die sich zurzeit hier befanden, wirkte das Zimmer doch etwas überfüllt.

Das kleine Mädchen, das Levi bereits durch den Türspalt gesehen hatte und nun auf einem Stuhl ihnen gegenüber saß, starrte sie alle mit großen Augen an. Es hatte zwei hellbraune Zöpfe und musste ein paar Jahre jünger sein als Liri. Levi schätzte sie auf acht oder neun.

„Dann ist es also wahr?", fragte es aufgeregt, die Hände in seinem Schoß knetend. „Ihr seid geblieben, um die Götter zu stürzen? Ich hab immer gesagt, wenn Soldaten aus Asavez kommen, dann werden sie bleiben, bis die Götter weg sind, aber Brag und die anderen wollten mir nie glauben!"

„Tala, ich glaube nicht, dass fünf Soldaten reichen, um die Götter zu stürzen", murmelte Brag und deutete auf die Stühle vor ihm, um ihnen zu bedeuten, sich zu setzen.

Es waren nicht genug Plätze für alle da, deshalb blieben Levi, Ro und Brag stehen. Levi fühlte sich im Stehen ohnehin sicherer. Nika mochte behauptet haben, dass sie Brag vertraute, aber Levi blieb skeptisch. Er war nicht zum zweiten Offizier aufgestiegen, indem er blind sein Vertrauen verschenkt hatte.

„Levi und Ro allein gelten als zehn Soldaten, weil sie die besten sind", bemerkte Liri weise. Sie saß auf dem Platz direkt neben Tala.

Brag hob eine Augenbraue in Ros und Levis Richtung. „Ihr seid aus Asavez?"

Sie nickten.

„Und ihr seid das Sahnehäubchen des asavezischen Soldatenkuchens?"

Levi bemühte sich, den aus Brags Stimme tropfenden Zweifel nicht allzu persönlich zu nehmen und nickte erneut.

„Wenn ihr die Besten seid", bemerkte ihr Gastgeber trocken, „warum sind Vea und Nika dann immer noch hier, obwohl sie mittlerweile in Asavez sein sollten?"

Vea nahm Levi die Antwort ab. „Weil meine Schwester und mein Freund gefangen genommen wurden und wir sie erst retten müssen, bevor wir nach Asavez zurückkehren können."

Stirnrunzelnd lehnte Brag sich mit dem Rücken gegen eine der steinernen Wände. „Deine Schwester? Ist sie nicht Teil der Göttlichen Garde?"

Vea lief rosa an. „Na ja, schon. Aber jetzt … irgendwie nicht mehr. Vielleicht."

Brag verstand offensichtlich kein Wort, und Levi konnte es ihm nicht verübeln. Er selbst hatte Probleme damit, zu erklären, wie er in diese Situation gekommen war.

Fragend blickte der Dunkelhaarige zu Nika, die etwas hilflos eine Schulter hob. „Es ist … kompliziert?", bot sie an.

„Also, ihr werdet die Götter nicht stürzen?", wollte Tala jetzt wieder wissen, ihre Mundwinkel traurig nach unten gerichtet.

Liri lächelte breit und tätschelte dem Mädchen die Hände. „Nicht heute, aber bestimmt sehr, sehr bald!"

Du liebe Güte. Stöhnend fuhr sich Levi mit der flachen Hand über das Gesicht. „Liri, bitte."

Verwirrt sah sie zu ihm auf. „Was denn? Du redest doch andauernd davon, die Götter zu stürzen."

„Ich rede nicht *andauernd* davon."

Sie schob die Unterlippe vor. „Einmal die Woche mindestens."

Schön! Wenn das ihre Definition von *andauernd* war, dann hatte sie recht. Aber nur, weil er sein Leben lang von Rachegelüsten geleitet worden war, hieß das nicht, dass er tatsächlich dazu in der Lage wäre, die Götter zu stürzen.

Schließlich waren es die verdammten Götter!

Levi seufzte tief und richtete seine Aufmerksamkeit auf Bragan. „Wir haben heute eine Menge Flüchtige und Rebellen nach Asavez gebracht. Allerdings wurde jemand von unserer Gruppe getrennt und wir sind hiergeblieben, um sie zu retten", erklärte er. Denn alles, was die anderen bis jetzt von sich gegeben hatten, war wirres Zeug gewesen.

Brag schien mit der Erklärung jedoch nicht zufrieden. „Wie genau soll diese Rettung aussehen?"

Gute Frage. „Wir werden in die Dritte Mauer einbrechen, sie rausholen und dann zurück nach Asavez reisen", sagte er schlicht.

Eine Weile musterte Bragan ihn, dann stellte er kopfschüttelnd fest: „Und ich dachte, ich wäre wahnsinnig, weil ich versuche, die Rebellen der Fünften Mauer zum Kampf auszubilden."

Levis Mundwinkel zuckten. „Genie und Wahnsinn liegen oft nah beieinander. Ich würde uns also gute Chancen einräumen."

Er sagte das mit einer Selbstsicherheit, die er selbst nicht verspürte. Manchmal war Wahnsinn nämlich einfach nur Wahnsinn.

„Nur aus Interesse", sagte Brag langsam, die Augen zu Schlitzen verengt. „Wie genau wollt ihr in die Dritte Mauer gelangen?"

Ro machte eine wegwerfende Handbewegung. „Wir werden uns einen kleinen Plan zurechtlegen und dann improvisieren."

Brag schnaubte. „Was für eine Art von Soldaten seid ihr eigentlich?"

Levi sah, wie Vea ihm einen vielsagenden Blick zuwarf.

Ja, sie erinnerte ihn sehr an Nym.

„Wir sind die Art Soldaten, die niemanden zurücklässt", sagte er ruhig.

Stille fiel über die kleine Runde, während Liris und Talas Blicke immer wieder zwischen ihm und Brag hin und her flogen.

Schließlich nickte ihr Gastgeber. „In Ordnung, ich helfe euch, dort einzubrechen."

Verblüfft hob Levi eine Augenbraue. „Wir haben nicht um diese Art von Hilfe gebeten. Uns reicht ein Platz, an dem wir uns für ein paar Tage verstecken können, um einen Plan zurechtzulegen."

Brag zuckte die Achseln, die Arme vorm Körper verschränkt. „Ich biete euch trotzdem meine Hilfe an. Die Götter haben mir meine Eltern und meine Schwester, Talas Mutter, genommen. Da werde ich mir eine Möglichkeit, sie zu verärgern, doch nicht entgehen lassen. Und ihr werdet jemanden brauchen, der euch den Rücken freihält."

Daran bestand kein Zweifel, deswegen nickte Levi nur knapp. Er wusste immer noch nicht, ob er Brag trauen konnte, aber wenn er ehrlich war, dann befand er sich nicht in der Position, wählerisch zu sein. „In Ordnung. Danke. Das wissen wir sehr zu schätzen."

„Wir können euch bestimmt auch retten!", sagte Liri lächelnd, ihre blonden Haare wirkten in dem Schein der flackernden Kerze fast gelb.

„Wir müssen nicht gerettet werden", unterrichtete sie Tala. „Wir sind Kämpfer, oder Brag?"

Der junge Mann schmunzelte und drückte seiner Nichte einen Kuss auf den Scheitel. „So ist es."

„Was meint sie damit?", fragte Vea verwirrt. „Wenn wir anbieten würden, euch mit nach Asavez zu nehmen, würdet ihr trotzdem hierbleiben?"

„Moment mal, *wir*?", fragte Ro verwirrt. „Wir bieten überhaupt nichts an!" Niemand beachtete ihn.

„Nein, wir würden nicht mitkommen", erklärte Brag und strich behutsam über Talas Kopf.

„Aber warum?" Nika schien ebenso verwirrt. „Ich dachte, auch euer Traum wäre es, nicht mehr unter den Göttern leben und arbeiten zu müssen."

Langsam nickte Brag. „Du hast recht. Wir träumen davon, nicht mehr unter den Göttern zu stehen. Aber wir möchten es in *unserem* Land tun. Wir werden nicht weglaufen. Viele von uns halten die Flucht für ein Zeichen des Aufgebens. Das ist *unser* Land! Wir wurden hier geboren, wir sind hier aufgewachsen – wir werden nicht gehen."

Nika verschränkte die Arme vor dem Körper und sah mit zusammengepressten Lippen zu ihm hinauf. „Willst du damit andeuten, dass es feige von uns ist, fliehen zu wollen?"

„Nein, das möchte ich nicht. Alles, was ich sagen will, ist, dass wir den Bewohnern der äußeren Mauern die letzte Hoffnung nehmen würden, sollten alle Rebellen anfangen, aus dem Land zu fliehen. Uns würde es gut gehen, wenn wir aus Bistaye verschwinden. Aber was ist mit denjenigen, die nicht gehen *können*? Die nicht dazu in der Lage sind, sich zu wehren?"

„Ihr wollt die Mauern von innen heraus stürzen?", fragte Ro leise.

Brag nickte. „Das wollen wir."

Und schon wirkte ihr Vorhaben, in die Dritte Mauer einzubrechen und Nym dort herauszuholen, nicht mehr ganz so wahnsinnig.

Ro schien dasselbe zu denken, denn er fing leise an zu lachen. „Ich respektiere Männer, die nach den Sternen greifen, aber ... wie zur Hölle wollt ihr das ohne Hilfe anstellen?"

Brag schien verwirrt. Er kratzte sich am Kopf und blickte Ro verständnislos an. „Aber wir bekommen Hilfe. Gerade ihr solltet das wissen. Ihr wart es doch, die in den letzten Wochen mit uns Kontakt aufgenommen haben!"

Das Lächeln fiel von Ros Gesicht. „Wir haben was?"

Alle starrten Brag an, der verwundert die Stirn runzelte. „Wir haben Nachricht von Provodes selbst erhalten, dass er uns Hilfestellung leisten und die Asavezische Armee schicken wird, sobald wir die Rebellen soweit sortiert und vorbereitet haben, dass sich ein Angriff lohnt."

„Provo war hier?" Ungläubig starrte Levi ihn an. Er hätte jetzt gerne einen Stuhl gehabt, um sich zu setzen. Dieser Tag wurde immer verrückter – und Brag schien immer verwirrter.

„Nein, natürlich war er nicht selbst hier. Ich habe mit einem gewissen Jaan gesprochen. Ich dachte, er gehöre zu euch?"

Jaan.

Levi fluchte leise und legte sich eine Hand über die Augen. Er hätte gerne gelacht, aber er war zu wütend, um einen derart freundlichen Ton von sich zu geben. Provo hatte es nicht für nötig gehalten, ihn darüber zu unterrichten, dass er hinter seinem Rücken Kontakt zu den einzelnen Rebellengruppen der Sieben Mauern aufgenommen hatte?

Er begegnete Ros Blick. Sein Freund sah genauso ungläubig aus, wie Levi sich fühlte.

Ihm war klar gewesen, dass Jaan noch einen anderen Auftrag bekommen hatte. Er hätte es dennoch nett gefunden, wenn Provo mehr Vertrauen gezeigt hätte!

Zum Beispiel damit, ihm zu erklären, was Jaan in all den Nächten, in denen er alleine umhergestrichen war, eigentlich tat.

„Ja, er gehört zu uns", presste Levi zwischen den Zähnen hervor.

„Der war echt gruselig", flüsterte Tala, und Levi konnte ihr da nur zustimmen.

Er respektierte Jaan, und niemand wäre so dumm, sich mit ihm anzulegen, dennoch jagte er Levi manchmal Angst ein. Er war einfach so verdammt undurchschaubar!

„Heißt das ... ihr wusstet nicht, dass euer Anführer plant, die Göttliche Garde aus dem Weg zu räumen?", wollte Brag verwirrt wissen.

„Nein", sagte Levi seufzend. „Das muss er vergessen haben, zu erwähnen."

„Moment." Nika schob ihren Stuhl vom Tisch weg und starrte zu Brag hinauf. „Warum nur die Garde töten? Warum nicht die Götter stürzen?"

Brag zuckte die Achseln. „Jaan sagte, das sei nicht nötig. Dass die Götter ohne die Garde keine direkte Macht mehr hätten. Und da es nicht möglich ist, die Götter selbst zu töten, wäre das der einzige Weg, Bistaye zu befreien."

Levis Gedanken überschlugen sich. Natürlich war ihm bewusst gewesen, dass es Provos ultimatives Ziel war, Bistaye und Asavez zu vereinen und die Götter zu stürzen. Aber er hatte nie geahnt, dass Provos diesbezügliche Pläne bereits so weit fortgeschritten waren. Wie hätte er auch? Der Anführer hatte nie etwas in diese Richtung erwähnt.

„Was hat Jaan noch gesagt?", frage Levi und atmete tief durch.

„Nicht viel. Nur, dass er sich wieder mit uns in Verbindung setzen würde. Er war ... ein wenig geheimnisvoll."

Ro und Levi schnaubten gleichzeitig. *Geheimnisvoll* war eine Untertreibung.

„Aber warum dann die Rebellen aus der Vierten Mauer retten?", wollte Vea wissen. „Wenn Provo ohnehin plant, die Mauern von innen heraus zu stürzen, warum uns retten?"

„Weil es Sinn macht, so viele Unschuldige wie möglich in Sicherheit zu bringen, bevor Krieg ausbricht", beantwortete Ro leise ihre Frage. „Vor allem Menschen aus den inneren Mauern, in denen die meisten Bewohner auf der Seite der Götter sind."

Levi nickte bestätigend und rieb sich mit der flachen Hand über die Stirn. Sein Kopf stand kurz davor, zu explodieren. „Wir müssen so schnell wie möglich nach Asavez, Ro", murmelte er. Er wollte mit Provo reden. Er musste wissen, warum er nicht eingeweiht worden war. Wissen, *was zur Hölle* eigentlich los war!

„Aber was ist mit Nym?!", fragte Liri panisch, die Augen riesig.

„Wir werden zuerst Nym holen und dann nach Asavez gehen", erklärte er ihr.

Wenn ein Krieg bevorstand, dann würde er Liri auf keinen Fall länger als nötig hierbehalten.

„Womit wir wieder zur Ursprungsfrage kämen", sagte Ro langsam. „Wie retten wir Nym?"

Levi hatte keinen blassen Schimmer.

„Wir sollten erst einmal eine Nacht darüber schlafen", schlug Nika vor, stand auf und nahm Ros Hand. „Wir haben einen langen Weg hinter uns. Es wird uns guttun, ein wenig Ruhe zu finden."

Davon war Levi überzeugt. Er bezweifelte jedoch, dass er in naher Zukunft dazu in der Lage sein würde, das Wort *Ruhe* auch nur zu denken.

Brag nickte. „Wir haben zwei freie Zimmer oben. Ihr könnt euch darauf aufteilen. Nika, du kannst natürlich auch bei mir schlafen, wenn es dir zu eng wird. Wie in alten Zeiten."

Ros Kiefer knackte laut. „Sie wird ganz sicher nicht –
"

Nika grinste und strich ihm beruhigend über den Arm. „Ich werde schon einen Platz finden", versicherte sie Brag. „Danke, dass wir hierbleiben können."

„Natürlich", sagte Brag freundlich. „Folgt mir." Er nahm Tala an der Hand und ging die Stufen hinauf. Levi bemerkte amüsiert, dass Ros Gesicht die Farbe eines intensiven Sonnenuntergangs angenommen hatte, und ließ ihm zusammen mit Nika und Liri den Vortritt.

Als auch Levi die erste Stufe erklimmen wollte, spürte er plötzlich eine Hand, die ihn am Arm zurückhielt. Er hielt inne und wandte sich überrascht um.

Vea sah zu ihm auf. „Kann ich dir noch eine kurze Frage stellen?"

Seufzend legte er sich eine Hand in den Nacken. „Ja, ich bin in deine Schwester verliebt, und nein, es ist nicht *süß*", sagte er genervt.

Und ja, er war erbärmlich.

Vea hob eine Augenbraue und machte einen Schritt zurück. „Ähm, okay. Mein Beileid. Aber das wollte ich gar nicht wissen."

„Oh." Jetzt kam er sich noch erbärmlicher vor. „Was wolltest du dann fragen?"

„Nun, mir ist aufgefallen, dass du mir noch gar nicht gesagt hast, um was es in dem Brief ging, den ich dir gegeben habe."

Levi verengte die Augen. Sie hatte ihn schon einmal danach gefragt. „Ja und ich habe auch nicht vor, es dir zu erzählen."

„Mhm. Ich finde, ich habe das Recht, es zu erfahren. Ohne mich hättest du ihn schließlich nie bekommen."

Da war Levi anderer Meinung. „Es handelt sich um ein Missverständnis", erklärte er. „Der Brief ist nicht weiter wichtig."

Und er wünschte, sein Vater hätte ihn nie geschickt.

Vea betrachtete ihn eindringlich, nickte jedoch schließlich.

„In Ordnung. Manche Menschen können wohl nicht anders, als ab und an zu lügen."

„Du meinst, Menschen wie du? Menschen, die ihre Schwester in dem Glauben lassen, dass sie von allen gehasst wird?", fragte Levi trocken. „Menschen, die einen gewissen Verlobten verschweigen, der nun noch einen Grund mehr hat, *mich* zu hassen?"

Nicht dass er damit ein Problem hatte. Von Tujan gehasst zu werden, war etwas, mit dem er sehr gut zurechtkam. Es war nur fair, da er ihm dieselben Gefühle entgegenbrachte.

Er würde Tujan nur allzu gerne in die Finger bekommen. Die Frage war nur: Würde Nym ein Problem damit haben, wenn er ihren Verlobten umbrachte?

Er selbst sah da nichts Schlechtes dran, aber Frauen hatten ja die verdrehtesten Gedankengänge. Sie könnte das falsch auffassen.

Vea senkte den Blick und ihre Wangen liefen tiefrot an. „Das tut mir wirklich leid. Ich weiß, ich hätte nicht lügen sollen, nur …" Sie seufzte. „Nein, dabei belasse ich es. Ich hätte wirklich nicht lügen sollen."

Levi nickte und seufzte schwer. Eigentlich sollte er ihr dankbar für die Lügen sein. Wer wusste schon, ob Nym noch mit ihm geschlafen hätte, hätte sie von ihrem Verlobten gewusst.

„In Ordnung. Du hattest deine Gründe. Entschuldigung angenommen."

Vea schien über seine Worte aufrichtig erleichtert. „Danke." Sie wollte an ihm vorbei die Treppen hinaufsteigen, doch diesmal war er es, der sie zurückhielt.

„Vea, deine Schwester und Tujan … sie hatten nicht zufällig eine Menge Beziehungsprobleme?"

Vea wandte sich um, und er konnte sehen, wie sie versuchte, ein Schmunzeln zu unterdrücken – und dabei vollkommen versagte. „Du fragst die Falsche, Levi. Ich habe sie bis vor ein paar Tagen nur alle elf Monate gesehen, schon vergessen?"

Er fuhr sich durch die Haare. Richtig.

„Aber, wenn es dir hilft: Ich finde, sie hat dich des Öfteren verliebt angesehen und … na ja, die Tatsache, dass sie Jeki vergessen hat, würde ich schon als Beziehungsproblem bezeichnen, oder?"

Levi schnaubte. Ja, das würde er auch. Blieb nur zu hoffen, dass sie ihn nicht plötzlich auch vergaß ... oder sich an ihre Liebe zu Jeki erinnerte.

KAPITEL 3

UNANFECHTBARE VORSCHRIFTEN
№ 3

Wo kein Kläger, da kein Richter.

„Du hattest recht."

„Du klingst nicht überrascht."

„Du hast mir nie Anlass gegeben, deine Vermutungen anzuzweifeln", sagte Jaan milde lächelnd.

„Api hat also seinen Handabdruck in ihrem Geist hinterlassen?" Provo ließ seine Fingerspitzen über die glatte Oberfläche des Schreibtisches gleiten und blickte in die blassblauen Augen seines engsten Vertrauten. Viele meinten, Jaans Blick sei verschlossen und kühl. Das hatte Provo jedoch nie so empfunden.

„Ja. Doch wenn ich mich nicht irre, ist er nicht präzise genug vorgegangen."

Provo nickte. „Und auch du hast mir nie Anlass dazu gegeben, deine Vermutungen anzuzweifeln. Es wundert mich nicht, dass Api Probleme mit seinem Feingefühl hatte. Das spielt uns natürlich in die Karten. Wo ist sie jetzt?"

„Ich vermute bei der Göttlichen Garde."

„Natürlich." Nachdenklich lehnte Provo sich gegen die Tischplatte. „Sie werden versuchen, sie umzustimmen. Wie schätzt du ihre Erfolgschancen ein?"

„Das ist schwer zu sagen. Zweifelsohne ist sie jedoch nicht mehr dieselbe.“

„Das reicht mir. Wir werden abwarten. Wir könnten sie für unsere Zwecke sehr gut gebrauchen.“ Er lachte leise und schüttelte den Kopf. Er konnte nicht glauben, wie unvorsichtig sie gewesen waren. „Api hat uns eine Spionin geschickt, die Dinge über uns herausfinden sollte. Stattdessen aber haben wir jetzt jemanden, der die Göttliche Garde besser kennt als Api selbst. Das ist mehr als ich mir wünschen konnte. Er hat uns die perfekte Waffe geliefert. Du wirst dafür sorgen, dass sie unversehrt fliehen kann, wenn sie es wünscht, und sie beseitigen, sollte das nicht der Fall sein?“

Er musste nicht einmal aufsehen, um zu wissen, dass Jaan nickte. Die Dinge entwickelten sich großartig. Besser als er sie selbst hätte planen können.

„Du hast Kontakt zu den Rebellengruppen aufgenommen?“, fragte er weiter.

„Das habe ich. Sie werden allerdings noch ein paar Wochen brauchen, um sich ausreichend zu organisieren. Außerdem werden sie Waffen benötigen.“

Das hatte er bereits in die Wege geleitet.

„Du hast weder Levi noch jemand anderem – vor allem nicht der kleinen Spionin – etwas darüber erzählt?“

„Deine Frage kränkt mich, Provo.“

Er schmunzelte. „Entschuldige. Wie sieht es mit meinem anderen Auftrag aus?“

Jaan schwieg, was Provo dazu verleitete, den Blick zu heben. Sein Vertrauter hatte die Hände vor dem Körper verschränkt und eine seiner Augenbrauen gehoben.

Jaan war für alle schwer zu lesen – nicht aber für ihn.

„Du hast ihn nicht beendet", stellte er verwundert fest.

„Nein, ich konnte die Liste nicht gänzlich abhaken."

„Wie viele Namen fehlen?"

„Einer."

Provo legte den Kopf schief und besah sich die tiefen Falten, die Jaans Stirn zierten. „Warum?"

„Ich ... habe versagt."

Provo lachte leise und strich über Jaans Fingerknöchel, sodass sich seine Hände aus ihrer Verknotung lösten. „Wie kann es sein, dass du versagst? Du versagst nie, mein Freund. Das ist eine der Eigenschaften, die ich an dir am meisten zu schätzen weiß. Mir drängt sich also der Gedanke auf, dass du das letzte Opfer nicht töten *wolltest*."

Der Blick seines Gegenübers verhärtete sich. „Sie wird sterben", sagte Jaan kontrolliert. „Wenn es an der Zeit ist."

Provo hob eine Augenbraue. „Um welchen Namen handelt es sich?"

Er nannte ihn ihm.

Seine zweite Augenbraue folgte der ersten. „Gerade *sie* hast du am Leben gelassen?"

„Ich wurde unterbrochen."

Provo lachte leise. „Erzähl mir nichts, Jaan. Niemand hätte dich davon abhalten können, deinen Auftrag zu beenden, außer du hattest Zweifel an dem, was du tust."

Jaan wandte ihm den Rücken zu und ließ die Hand durch seine dunkelbraunen Locken fahren, so als wolle er versuchen, sie zu ordnen. Provo hatte die Geste bisher nur zweimal an seinem

Freund beobachten können. Beide Male in den Kreisbergen.

„Sie weiß nichts, Provo", murmelte er.

„Jaan, erweicht etwa dein Herz?", wollte er belustigt wissen. Es amüsierte ihn, dass Jaan es ausnahmsweise nicht gelang, seine Emotionen zu verbergen. Aber das änderte nichts daran, dass die Liste zu Ende geführt werden musste, bevor er die letzten Schritte einleitete.

„Sie wird dir nicht zum Verhängnis werden", sagte Jaan und blickte ihn wieder an.

„Ja, noch nicht", bemerkte Provo leise. „Aber sie wurde ins Vertrauen gezogen, auch wenn sie sich dessen vielleicht nicht bewusst ist."

Jaan nickte, denn er wusste um die Gefahr, die von ihr ausging. „Gestatte mir wenigstens, ihr so lange das Leben zu lassen, wie es möglich ist."

„Natürlich." Wenn es Jaan so wichtig war, würde er ihm nicht widersprechen. „Denn ich vertraue dir."

Jaans Mundwinkel hoben sich und er ließ seine Hand sinken, sofort wirkte er wieder wie sein gelassenes Ich.

„Das will ich doch hoffen", meinte er lächelnd. „Wenn ich dein Vertrauen nicht hätte, würde ich wohl nicht mehr allzu lange leben."

„Ah, ich wünschte, ich könnte dir da widersprechen, aber du erkennst ja ohnehin, wenn ich lüge."

„Und auch damit hast du recht."

Provo stieß sich von der Tischplatte ab. „Du wirst dich also um die kleine Spionin kümmern?"

„Ich werde noch heute wieder zurückkreisen, wenn du es wünschst."

Langsam schüttelte Provo den Kopf, seine Fingerspitzen nach Jaans Arm ausgestreckt. „Nein, das wünsche ich keineswegs. Ich denke morgen früh reicht vollkommen."

Jaan lächelte milde und wie immer fanden seine Finger die zwei Narben, die Provos Augenbraue durchzogen. Provo schloss bei der vertrauten Geste für einige Momente die Augen, bis Jaan seine Hand wieder sinken ließ.

„Ja", murmelte er. „Das denke ich auch."

h

Es wird uns guttun, ein wenig Ruhe zu finden.
Ruhe finden.
Einen Scheiß fand er!
Es war egal, wo und wie lange Levi suchte: Er fand Ungeduld, Angst und Wut – aber keine Ruhe.

Sein Geist lief auf Hochtouren. Stellte Theorien über Nyms Vergangenheit auf, suchte nach Lösungen, fragte sich, wo sich Nym gerade befand ... und ob sie mit dem Arschloch Tujan in einem Bett schlief.

Er legte sich seinen Handrücken auf die Stirn und starrte an die Decke über ihn. Die Fensterläden waren geschlossen und in der Schwärze, die ihn umfing, konnte er die Hand nicht vor Augen sehen. Geschweige denn die Wand. Klasse. Noch nicht einmal Ziegel konnte er zählen, um sich zu beruhigen.

Vea schlief auf der anderen Seite des Raumes, Levi konnte ihren gleichmäßigen Atem hören. Sie hatte Nika und Ro ihr eigenes Zimmer mit der damit einhergehenden Privatsphäre gönnen wollen. Liri lag direkt neben ihm, ihre Knie in seine Seite gepresst. Ihr Atmen war nicht gleichmäßig.

„Kannst du auch nicht schlafen", flüsterte sie und schob ihre kleine Hand in seine. Dabei war sie gar nicht mehr so klein. Liri war zwölf und keine sechs mehr … und manchmal wünschte er sich, dass die Zeit nicht so schnell vergehen würde. Vor allem weil Liri vor sechs Jahren noch so viel weniger unangenehme Fragen gestellt hatte.

„Nein", beantwortete er ihre rhetorische Frage.

„Bist du zu verliebt, um zu schlafen?", fragte sie kichernd.

„Schlaf jetzt, Liri", wies er sie an und konnte nur mit Mühe ein genervtes Stöhnen unterdrücken.

„Hast du Nym gesagt, dass du in sie verliebt bist? Wenn sie das weiß, dann könnte sie das ihrem Verlobten sagen und … dann wüsste er, dass er keine Chance mehr hat."

Das brachte Levi doch tatsächlich zum Lachen. Wenn die Dinge nur so einfach wären.

„Hast du es ihr jetzt gesagt oder nicht?", beharrte Liri.

Nein, hatte er nicht. Aber bis vor ein paar Stunden hatte er ja auch noch geglaubt, dass er eine Menge Zeit haben würde, erst einmal mit seinen eigenen Gefühlen klarzukommen, bevor er sie Nym verklickerte.

Levi fühlte sich mit den Gefühlen, die er für Nym empfand, absolut nicht wohl. Gefühle machten verletzlich. Gefühle machten unvorsichtig. Zusammengefasst: Gefühle machten dumm.

Und Dummheit war etwas, das er als Soldat absolut nicht gebrauchen konnte.

„Du hast es ihr nicht gesagt", schlussfolgerte Liri, nachdem er mehrere Minuten später immer noch nicht geantwortet hatte. „Du hättest es ihr sagen sollen. Naha meint immer, dass Frauen hören wollen, was der Mann für sie empfindet."

Ja, aber Naha sagte auch, dass ein Mann wissen solle, wie er seine eigene Wäsche wusch, bevor er mit einer Frau schlief. Und schon damals hatte er nicht auf sie gehört. Wie man Wäsche machte, wusste er noch immer nicht. Wie man mit einer Frau schlief hingegen …

„Hast du auch Angst, Levi?", flüsterte Liri und legte den Kopf auf seine Schulter.

Er schloss die Augen. Ja. Er hatte verdammt noch mal Angst. „Nym ist stark, Liri. Sie weiß sich schon zu helfen."

„Ja, aber die Götter sind auch stark, oder? Weiß sie sich auch gegen die Götter zu helfen?"

Er wusste es nicht.

„Sie werden sie nicht töten", sagte er laut. Vielleicht, weil es ihm so leichter fiel, seinen eigenen Worten zu glauben.

Er konnte spüren, wie Liri nickte. „Kannst du mir eine Geschichte erzählen", flüsterte sie. „Eine Gute-Nacht-Geschichte?"

Ein kleines Lächeln zog an seinen Mundwinkeln. Liri hatte ihn schon seit mehreren Jahren nicht mehr um eine Geschichte zum Einschlafen gebeten. Sie hatte ihm laut und deutlich zu verstehen gegeben, dass sie viel zu alt sei, um sich von ihm Märchen anzuhören.

„Muss ich eine erzählen?", murmelte er, die Augen immer noch geschlossen.

„Na ja, du kannst auch das Lied si–"

„Schön, welche Geschichte willst du hören?"

„Die, in der du mit mir aus Bistaye fliehst."

Er seufzte. Die Geschichte kannte sie in- und auswendig. „Sicher, dass sie dich nicht langweilt? Ich könnte dir auch etwas anderes erzählen."

„Ich will genau diese Geschichte."

Natürlich tat sie das. „Schön", murmelte er. „Aber dafür musst du die Augen schließen."

„Sind zu."

Er atmete noch ein letztes Mal durch, dann begann er zu erzählen: „Es war einmal ein äußerst putziges, liebenswertes, wenn auch leicht nerviges Baby ..."

Liri kicherte. „Als du die Geschichte das letzte Mal erzählt hast, war ich nur putzig und nicht nervig."

„Ja, aber das letzte Mal hat das ja auch noch gestimmt. Kann ich weitererzählen?"

„Okay."

Und so erzählte er weiter. Von dem bösen Gott, der ihr das Leben hatte nehmen wollen, und dem tapferen, ritterlichen jungen Mann, der seine Schwester wie einen Laib Brot unter den Arm gepackt hatte und einfach so aus der Zweiten Mauer spaziert war. Levi hatte allen in Oyitis erzählt, er käme aus der Sechsten, aber Liri kannte natürlich die Wahrheit. Sie war eine Wahrheitsleserin – er hatte nie die Wahl gehabt, sie anzulügen.

„... und in Asavez, direkt am anderen Ende der Jeferabrücke, wartete der Hofnarr von Oyitis, um uns in Empfang zu nehmen. Er war froh, dass er endlich einen jungen Mann in seinem Alter gefunden hatte, an dem er sich ein Beispiel nehmen konnte."

Er ließ den Teil, in dem er zwei Tage im Wald herumgeirrt war und gemeinsam mit Liri fast verdurstet wäre, bevor Ro sie gefunden hatte, absichtlich aus. Seine Schwester sollte schlafen, keine Albträume bekommen.

„Ro ist kein Hofnarr", meinte sie kichernd.

„Du hast recht. Den Hof kann man wohl streichen."

Liri prustete, bevor sie ernst sagte: „Danke, dass du mich gerettet hast." Sie klopfte ihm sanft auf die Schulter, als wolle sie ihn dafür loben. „Das war sehr mutig."

Levi lachte leise. Er war nicht mutig gewesen. Nur verzweifelt. „Jederzeit."

„Ich finde es schade, dass Mama gestorben ist. Ich glaub, ich hätte sie gerne kennengelernt", flüsterte sie und ihre Worte waren wie ein Seil, das sich automatisch um Levis Herz schnürte.

„Ja, ich finde es auch schade. Sie hätte dich auch sehr gerne kennengelernt."

Wieder konnte er Liri nicken spüren. „Levi … der Tag, an dem du mich gerettet hast, war das auch der Tag, an dem Papa gestorben ist?"

Das Seil zog sich enger um seine Brust und Levi schwieg.

Was sollte er dazu sagen? Vor kurzem hätte er die Frage bejahen können und es wäre keine Lüge gewesen. Bis vor ein paar Tagen war er davon ausgegangen, dass Thaka seinen Vater getötet haben musste.

„Schlaf, Liri", murmelte er, doch er musste seine Schwester nicht sehen, um zu wissen, dass sie seine Anweisung ignorierte.

„Warum beantwortest du die Frage nicht?"

Ja, die Zeiten, in denen sie sechs und ihre Fragen simpler gewesen waren, waren definitiv einfacher gewesen. Er hatte die Befürchtung, dass er sie heute Abend nicht einmal mit einem lebendigen Schmetterling hätte ablenken können.

„Ich bin müde, Liri.“

„Ist Papa nicht an dem Tag gestorben?“

„Er ...“ Doch was sollte er ihr erzählen? Verdammt, manchmal nervte es echt, dass er nicht lügen konnte. „Nein. Er ist nicht an dem besagten Tag gestorben.“

„Oh. Dann davor?“

Levi schloss die Augen und atmete tief durch. „Nein. Davor auch nicht. Liri ...“ Er hatte es ihr nie erzählen wollen. Er hatte sie vor dem Wissen schützen wollen, dass ihr Vater ihre Hinrichtung mit einem Schulterzucken hingenommen hatte, aber jetzt? „Liri, er ist nicht tot“, murmelte er leise. „Er lebt noch. In der Zweiten Mauer.“

Er konnte die Rädchen in ihrem Kopf praktisch rattern hören. „Das verstehe ich nicht. Warum ist er dann nicht mitgekommen?“

„Weil ... wir zu zweit aufgefallen wären.“

„Du lügst, Levi.“

Ja und sie sollte seine Lüge einfach mal hinnehmen!

„Ich bleib solange wach, bis du mir die Wahrheit sagst.“ Liris Stimme war lauter geworden und er konnte hören, wie Vea etwas im Schlaf murmelte.

Scheiße.

Es ist deine Entscheidung – und du wirst die richtige treffen.

Das waren Nyms Worte gewesen. Doch im Moment sah es so aus, als würde es sich um keine Entscheidung mehr handeln.

„Er wollte nicht mitkommen, Liri“, erklärte er sanft.

„Hast du ihn gefragt?“

„Nein.“

„Woher weißt du dann, dass er nicht mitkommen wollte?“

„Ich wusste es einfach.“

„Aber –“

„Du weißt, dass es die Wahrheit ist, Liri.“

Sie verstummte.

Levi legte den Arm um ihre Schultern und küsste sie sanft auf den Scheitel. Mehr konnte er ihr nicht geben. Und mehr würde sie nicht von ihm hören.

h

Nym schlug die Augen auf und brauchte eine Weile, um sich ihrer Umgebung bewusst zu werden.

Sie lag auf einem weichen Bett, und als sie sich aufrichtete, bemerkte sie eine Gestalt, die zu ihrer Rechten in einem Sessel saß.

Innerhalb von Sekunden hatte sie das Buttermesser gezückt, das sie gestern vor dem Schlafengehen aus der Küche geholt hatte. Doch dann erkannte sie Jeki, der sie aufmerksam betrachtete, und ließ es wieder sinken. Alle Geschehnisse des gestrigen Tages kamen schlagartig zu ihr zurück.

Er war keine Bedrohung.

Sie war Salia. Jeki war ihr Verlobter. Und er liebte sie.

Ihr Herz zog sich in ihrer Brust zusammen und mit zittrigen Händen strich sie ihre Haare glatt. Das Messer glitt aus ihren Fingern und fiel auf die Matratze. Blut pochte laut in ihren Ohren und sie brauchte einige Momente, um ihre Gedanken zu ordnen.

Nein. Eine Nacht darüber zu schlafen, hatte es nicht besser gemacht. Die Verwirrung hatte sich nicht gelegt. Stattdessen ergänzte nun eine große Portion Unsicherheit ihre Gefühlspalette.

Sie fühlte sich, als wäre ihr Geist gespalten und die zwei entstandenen Seiten kämpften miteinander. Die Seite, die wusste, was von ihr erwartet wurde, und die Seite, die sich einen feuchten Dreck um Erwartungen scherte.

Da waren Erinnerungen aus ihrem alten Leben. Da waren Erinnerungen aus ihrem neuen Leben. Und dann waren da Erinnerungen, die zu keinem von beiden zu gehören schienen.

Sie fühlte zu viel. Die Verschiedenheit ihrer Emotionen verwirrte sie und machte es ihr unmöglich, sie zuzuordnen.

Es war nicht, als würde ihr Kopf Salia und Nym voneinander trennen. Es war vielmehr so, dass sie nicht wusste, welcher Teil von ihr zu welcher Persönlichkeit gehörte. Aber nein, das stimmte auch nicht. Sie war eine einzelne Person. Eine Person mit zwei komplett unterschiedlichen Leben.

Das eine, das ihr vertraut schien, sie aber dennoch nicht zu fassen bekam. Das sie mit ihren Fingerspitzen berührte, bevor es ihr auf ein Neues entglitt – und das andere, das neue Leben, das ihr Bewusstsein überflutete, ihr gleichzeitig falsch und richtig vorkam.

Bei den Göttern, jede Erklärung, die sie versuchte, in ihrem Kopf zurechtzulegen, ergab noch weniger Sinn als die vorige!

Sie war Nym. Sie war Salia. Sie war Jekis Verlobte. Sie war mit Levis Gesicht vor Augen eingeschlafen. Sie war mit Jekis Gesicht vor Augen aufgewacht.

Sie wusste, wie die Götter aussahen, was ihre Ziele waren – sie fragte sich, ob es Levi und Liri noch zum Boot geschafft hatten. Wie es Vea und ihrem Vater ging.

Sie sah die Zärtlichkeit in Jekis Augen und wollte die Hand ausstrecken, um die Sorge von seinem Gesicht zu wischen – sie erinnerte sich an Levi, der sie sanft auf die Schläfe küsste, bevor sie in seinen Armen einschlief.

Sie holte tief Luft, schob die Stoffdecke von sich, die ihr irgendwer über den Körper gelegt haben musste, und ließ ihre Füße über den Bettrand baumeln.

Sie konnte sich nicht auf alles gleichzeitig konzentrieren. Sie musste einen Schritt nach dem anderen machen.

Jeki hatte seinen Blick die ganze Zeit nicht von ihrem Gesicht abgewandt. Seine Augen waren unleserlich und sie hätte einiges dafür gegeben, zu wissen, was er gerade dachte.

„Guten Morgen", sagte sie leise und spürte den kalten Holzboden unter ihren nackten Füßen.

„Guten Morgen", erwiderte Jeki lächelnd, doch sein Lächeln schien erschöpft. Dunkle Ringe zierten seine Augen und Nym fragte sich, ob er in der Nacht überhaupt geschlafen hatte. „Du hast im Schlaf nicht zufällig deine Erinnerung wiederbekommen?", fragte er beiläufig.

„Nein.“

Er seufzte und stützte sich mit den Unterarmen auf seine Knie. „Ein Mann kann ja hoffen. Wenigstens bist du nicht wieder auf mich losgegangen. Das macht das Ganze schon einmal etwas leichter.“

Ihre Mundwinkel zuckten und sie legte das Buttermesser, das ihr in die Hüfte stach, auf den Nachttisch.

Ihr Blick wanderte über Jekis Erscheinung. Er hatte seine Rüstung gegen eine Stoffhose und ein verwaschenes dunkelblaues Oberteil mit einer Knopfleiste über seiner Brust getauscht.

Sie hätte die Augen schließen und jedes Detail seines Gesichtes aufsagen können. Und dennoch erinnerte sie sich nicht daran, wie sie sich kennengelernt hatten. Sie ließ ihren Blick weiterwandern und kam auf seinem Gürtel zum Ruhen.

„Du hast mir meinen Dolch wieder weggenommen“, bemerkte sie.

Er nickte. „Du hast zweimal versucht, mich umzubringen. Ich hielt ein wenig Vorsicht für angebracht. Ich habe dich mit ausgebildet. Ich weiß, zu was du fähig bist. Außerdem wurde mir *mein* Göttlicher Dolch entwendet. Davon weißt du nicht zufällig etwas?“

Ein Bild blitzte durch ihren Kopf. Der Angreifer, der versucht hatte, Vea umzubringen. Er hatte einen Dolch mit göttlichem Emblem getragen. Und einen Helm der Göttlichen Garde.

„Ich weiß nichts über deinen Dolch“, antwortete sie ehrlich. „Aber ... ein Göttlicher Soldat mit einem Göttlichen Dolch hat versucht, Vea umzubringen.“

Jeki hob verblüfft die Augenbrauen. „Du hast davon gehört, dass sie gestern beinahe festgenommen wurde?"

Nyms Herz sprang ihr in den Hals und ruckartig fuhr ihr Kopf nach oben. „*Was?* Sie wurde festgenommen?"

Jekis Stirn runzelte sich. „Nein, nur beinahe. Wovon hast du gesprochen, wenn nicht von dem gestrigen Vorfall?"

„Vor ein paar Tagen hat jemand nachts versucht, sie zu töten. Der Angreifer trug einen Göttlichen Dolch bei sich", wiederholte sie.

Verwirrt lehnte sich Jeki in seinem Sessel zurück. „Der siebte Mord ...", murmelte er nachdenklich.

Nym verstand nicht, was er damit meinte, doch das war jetzt auch nicht wichtig.

Sie räusperte sich und versuchte ihre innere Panik in Schach zu halten. „Vea wurde beinahe festgenommen? Geht es ihr gut? Konnte sie fliehen?"

Sie wusste, dass es vielleicht nicht richtig war, vor dem Zuständigen für die Ergreifung der Rebellen laut zu hoffen, dass eine Rebellin hatte fliehen können. Aber wenn Vea etwas passiert war ...

„Ja, sie konnte fliehen", unterbrach Jeki ihre Gedanken. „Mein Bruder hat sie vor der Garde verteidigt und sitzt dafür jetzt in einer Zelle."

Nym blinzelte ihn verständnislos an. „Warum sollte Janon Vea helfen? Sie kennen sich doch gar nicht."

Jeki seufzte und fuhr sich mit der flachen Hand übers Gesicht. „Daran erinnert sie sich natürlich", murmelte er erschöpft, bevor er wieder aufblickte. „Sie haben sich in der Zwischenzeit kennengelernt ... und offenbar nicht nur das. Janon sagt, er liebt sie." Er hob eine

Schulter an. „Ich weiß nicht, wie Vea fühlt, es spielt auch keine Rolle. Jedenfalls hat er ihr zur Flucht verholfen.“

Janon und Vea?

Noch ein Punkt, den sie zu den ihr nicht verständlichen Dingen hinzufügen konnte, die gerade in ihrem Leben vorgingen.

Vea und Janon. Davon hatte ihre kleine Schwester ihr gar nichts erzählt. Andererseits: Warum sollte sie?

Nym war sich sicher, dass Vea ihr alle möglichen Informationen vorenthalten hatte. Wenn sie daran dachte, wie spektakulär sie von ihrer kleinen Schwester belogen worden war, wäre es verwunderlich, wenn Vea ihr überhaupt etwas Wahres über sich verraten hatte.

„Janon sitzt im Gefängnis und muss vor das Tribunal treten, weil er Vea bei der Flucht verholfen hat“, murmelte Nym langsam, so als verstünde sie diese Tatsache erst, indem sie sie laut aussprach.

Sie konnte sehen, wie Jekis Kiefer sich bei ihren Worten verhärtete, bevor er steif nickte.

„Das wird als Hochverrat geahndet“, flüsterte sie.

Sie konnte Jeki schlucken sehen, bevor er erneut nickte.

Wieder bekam sie den Drang, ihm eine Hand auf die Wange zu legen, und ihm zu sagen, dass alles wieder gut werden würde ... doch sie hielt ihre Hände im Schoß verschränkt. Es wäre nichts als eine leere Floskel.

„Das tut mir leid, Jeki“, flüsterte sie. „Das ist ... scheiße.“

Sie kannte kein Wort, das die Situation besser beschrieb. Das alles hier war verkorkst.

Einer von Jekis Mundwinkeln hob sich. „Ja, du sagst es. Aber darum werde ich mich später kümmern."

Er stand auf, durchquerte den Raum und öffnete den Schrank zu ihrer Linken.

Unmengen an Kleidern kamen zum Vorschein.

„Such dir was aus. Es gehört sowieso alles dir. Ich warte unten auf dich. Ich kann mir vorstellen, dass die Götter bereits ungeduldig werden."

Nym starrte auf den gefüllten Kleiderschrank. „Wir haben ... zusammengewohnt?"

Jeki lachte trocken, eine Hand auf der Türklinke. „Nein, du hast noch dein eigenes Haus. Nicht, dass du mehr als einen Tag die Woche dort verbracht hättest."

Und mit diesen Worten verließ er den Raum.

Nym machte sich nicht die Mühe, die Kleidungsstücke einzeln durchzusehen. Dafür waren es einfach zu viele. Schon nach wenigen Sekunden wurde ihr klar, dass Kleider offenbar nicht zu den Dingen gehörten, die bei ihr Erinnerungen hervorriefen. Was irgendwie beruhigend war. Wenn sie jetzt noch herausgefunden hätte, dass sie als Salia von Mode besessen gewesen war, dann hätte sie wirklich nicht mehr gewusst, *wer* zum Teufel diese Person eigentlich war! Also sie. Wer zum Teufel *sie* eigentlich war.

Sie schlüpfte in ein schwarzes Leinenhemd und eine rote Stoffhose. Die Hose erinnerte sie an die, die sie an dem Tag getragen hatte, an dem sie Liri und Levi kennengelernt hatte. Das beruhigte sie.

Mit einem letzten Blick auf den gelben Teller über dem Bett, der ihre Kehle aus irgendeinem Grund enger werden ließ, betrat sie den Flur und lief die Treppen hinab.

Jeki wartete bereits am unteren Absatz auf sie und sein Blick machte sie nervöser als die Aussicht darauf, dass sie gleich den Göttern vorgeführt werden würde.

Sie hatte keine Angst. Sie kannte die Götter. Sie würden sie nicht töten.

Noch nicht.

Die Götter hatten keine Ahnung von ihrem derzeitigen geistigen Zustand und das würde Nym für ihre Zwecke nutzen. Sie brauchte ein wenig Zeit. Vielleicht, um ihre Erinnerung zurückzubekommen. Vielleicht aber auch nur, um sich ein Bild von der Garde zu machen. Ein neues Bild.

Ihr fehlten noch einige Komponenten, um herauszufinden, wer sie sein wollte. Sie glaubte genau zu wissen, warum sie sich unversehrt in der Dritten Mauer befand, obwohl sie die letzten Wochen über gegen die Götter gearbeitet hatte. Auch wenn ein kleiner Teil ihres Kopfes immer noch hoffte, dass sie sich irrte.

Jeki ließ ihr den Vortritt, und die Sonne war so hell, dass Nym ihre Augen eine Zeit lang zusammenkneifen musste, bevor sie ihre Umgebung richtig wahrnehmen konnte. Die Soldaten von gestern waren verschwunden, und sie wandte ihren Blick einmal von rechts nach links.

Wie es hier aussah, hatte sie nie vergessen. Es waren die Menschen, die ihr Probleme bereiteten.

Obwohl bei der Frau, die jetzt auf sie zukam, sofort einige Erinnerungen in ihr aufstiegen. Vor allem die, in der sie ihren Kopf mit den Füßen gegen eine Mauer gedonnert hatte.

„Esya", begrüßte Jeki sie und nickte ihr zu. Als Nym den Namen aus seinem Mund hörte, folgten neue Bilder den alten.

Esya, die zweite Ikano des Feuers.

Nym mochte sie nicht und sie brauchte nur einen Blick mit der rothaarigen Frau zu wechseln, um sich daran zu erinnern, dass dieses Gefühl auf Gegenseitigkeit beruhte.

„Jeki, Salia. Es ist eine *solche* Freude, dich wiederzusehen."

So sah sie auch aus.

„Wie geht es deinem Kopf, Esya?", fragte Nym lächelnd.

Esyas Augen fingen Feuer, doch sie sagte nichts dazu. Ihr Blick fixierte stattdessen Jeki. „Api und Thaka warten auf euch. Es ist untypisch von dir, die Geduld der Götter auf die Probe zu stellen."

„Wenn du uns nicht aufgehalten hättest, wären wir jetzt bereits dort", sagte Jeki gelassen. „Du entschuldigst uns also?"

Ohne ihr noch einen Blick zu schenken, legte er sacht eine Hand auf Nyms Rücken – so als wüsste er, dass sie bei jeder anderen Berührung zusammengezuckt wäre – und leitete sie so in Richtung Apis Residenz.

Nym kannte den Weg. Kannte die Sandsteine unter ihren Füßen. Aber sie kannte keines der Gesichter derjenigen, die sie grüßten. Derjenigen, die anscheinend noch nicht wussten, dass sie kein Teil der Garde mehr war.

Aber nein, so herum war es falsch. *Sie* war es ja, die vergessen hatte, dass sie noch immer Mitglied der Garde war. Oder?

Sie senkte den Blick, als ihr erneut ein entgegenkommender Soldat zunickte. Sie hatte das vage Gefühl, ihn zu kennen, konnte ihm aber weder Namen noch Position zuordnen.

Das war zermürbend. Und gleichzeitig beruhigend.

„Warum hasst Esya mich?", fragte sie, als der Sockel des Götterdoms hinter einem der Häuser verschwand, die sie hinter sich ließen.

„Weil du besser bist als sie."

„Oh. Dann müssen mich eine Menge Leute hassen."

Er lachte leise. „Nein. Es liegt daran, dass sie auch eine Ikano des Feuers ist. Alle anderen haben längst akzeptiert, dass du die kompetenteste Soldatin bist, die die Garde zu bieten hat. Ihr jedoch fällt es noch immer schwer, sich unterzuordnen. Aber das liegt nicht an dir. Die Probleme hat sie bei jedem. Du brauchst dich also nicht schlecht zu fühlen."

Schnaubend sah Nym zu ihm auf. „Ich fühle mich nicht schlecht deswegen. Das ist ihr Problem."

Jeki grinste und ließ langsam die Hand von ihrem Rücken gleiten. „Ich weiß. Das ist einer der Gründe, warum ich dich liebe."

Hitze stieg in ihre Wangen und hastig wandte sie den Blick ab. Sie räusperte sich und versteckte ihre Hände in den Hosentaschen. Sie war sich sicher, dass es eine Menge Dinge gab, an die sie sich nicht erinnern wollte. Aber sie glaubte, dass Jeki kein Teil davon war.

„Haben wir eigentlich Kosenamen?", fragte sie nach einer Weile.

„Natürlich. Ich nenne dich Flämmchen."

Nym musste lachen, obwohl in dem Moment das türkise Haus des Gottes der Vergeltung in Sichtweite kam. „Nein, tust du nicht."

„Doch."

Sie schnaubte. „Du hast mich noch nie Flämmchen genannt."

Er schmunzelte. „Du erinnerst dich an nichts, schon vergessen? Woher willst du das also wissen?"

„Weil du noch lebst!"

Sein leises Lachen ließ ihre Nackenhaare zu Berge stehen. „Ich bin nicht so leicht zu töten. Das zumindest sollte dir bewusst sein."

„Schön. Wenn du mich Flämmchen nennst, nenne ich dich Matschi. Oder Erdchen. Das ist süß."

„Salia, du darfst mich nennen wie du willst. Ich habe dich ohnehin noch nie von irgendetwas abhalten können."

Sie waren an Apis Residenz angelangt und Nym sah zu ihm auf. „Ist das so?", fragte sie.

Er nickte und seine Finger strichen über ihr Handgelenk. „Ja. Wenn es anders wäre, wärst du nie gegangen. Denn ich hätte dich nicht gelassen."

Und da war wieder dieses Gefühl. Als würde sie jeden Zentimeter seines Ichs kennen.

Sie schluckte und wandte den Blick ab. „Lass uns hineingehen."

Sie konnte Jekis Blick auf sich spüren, tat jedoch so, als bemerke sie es nicht, und klopfte an.

Augenblicklich öffnete sich die Tür und ein schlicht gekleidetes Dienstmädchen kam zum Vorschein. Es neigte den Kopf, bevor es sie eintreten ließ. „Sie sind oben. In –"

„– der Bibliothek", ergänzte Nym. „Die Bibliothek hat 1993 Bücher, das älteste davon zählt mehr als 4000 Jahre." Außerdem war es die einzige Bibliothek, in der man noch Informationen über das Kreisvolk fand. Das Tagebuch des Schöpfers des Kreisvolks befand sich darin.

Das Mädchen sah sie einen Moment lang irritiert an, bevor sie ihnen mit dem Arm den Weg die Treppe hinauf wies. Sie war nicht die Einzige, der Nyms Verhalten offenbar etwas seltsam vorkam.

„Woher wusstest du das?", fragte Jeki, während sie die Stufen erklommen.

Verwundert blickte sie zu ihm hoch. „Ich weiß einfach Dinge. Ich habe ein gutes Gedächtnis für Fakten. War das früher nicht so?"

Jeki runzelte die Stirn und schüttelte dann den Kopf. „Doch. Du hattest schon immer ein unglaublich gutes Gedächtnis, aber ... nein, nicht auf diese Weise."

„Oh."

Aber woher wusste sie dann all diese Dinge? Wie breit der Appo war? Wie viele Einwohner und Treppenstufen Oyitis hatte?

Sie hatte keine Zeit, sich darüber Gedanken zu machen. Sie hatten den oberen Treppenabsatz erreicht und die Tür zur Bibliothek war nur angelehnt.

„Soll ich vorgehen?", fragte Jeki hinter ihr, doch sie schüttelte nur den Kopf und stieß die Tür auf.

Sie konnte sich nicht an ihr altes Leben erinnern, doch sie wusste eine Menge über die Götter. Wenn sie ihnen Anlass zu dem Glauben gab, dass sie ihnen feindlich gesinnt war, wäre sie schneller tot, als dass sie Luft holen könnte. Nein, erst galt es, ihr Leben zu sichern, dann konnte sie entscheiden, wem ihre Loyalität galt.

Der Raum, in den sie trat, wurde nur von zwei Kerzenleuchtern erhellt, die auf zwei kleinen Tischen und einer Kommode standen. Die Fensterläden waren geschlossen und an den Wänden reihten sich die mit Büchern gefüllten Regale. An keinem einzigen der Einbände haftete Staub.

An der langen Seite des Raumes standen vier Lehnstühle, doch nur zwei davon waren besetzt.

„Salia, Jeki. Wie schön, dass ihr es geschafft habt."

Die zwei Gestalten erhoben sich aus ihren Stühlen. Beide Männer waren hellblond. Beide trugen einen schwarzen Gürtel um ihre Mitte – die Gürtel, die sie als Götter kennzeichneten.

Nyms Blick wanderte über die Gesichter der Götter. Zuerst fand sie die bernsteinfarbenen Augen von Thaka, dem Gott der Gerechtigkeit, bevor ihr Blick zu den violetten Iriden Apis schwenkte.

„Du hast Zweifel", stellte sie belustigt fest.
„Natürlich habe ich Zweifel. Ich muss dir vertrauen."
„Ich bin nicht Valera, mein Freund. Und der Plan ist gut."
„Sie ist meine beste Kriegerin."
„Und deswegen ist sie es, die gehen wird."
Sie folgte Thakas Blick. Es wunderte sie nicht, dass er auf die Münze gerichtet war, die in einem Glaskasten auf dem Regalbrett stand.
Er nickte. „In Ordnung. Leite es in die Wege."

Nym blinzelte und schon hatte das Bild sich verflüchtigt. Wie von selbst suchten ihre Augen die Regalbretter nach dem Glaswürfel ab, in dem sie soeben noch die Münze gesehen hatte. Doch sie konnte nichts dergleichen entdecken.

Sie zwang sich zur Ruhe. Zwang ihr Gesicht dazu, ausdruckslos zu bleiben. Sie durfte sich nicht anmerken lassen, dass sie soeben wieder eine Erinnerung gehabt hatte, die nicht ihr gehörte. Eine Erinnerung, von der sie meinte, genau zu wissen, aus welchem Kopf sie stammte.

Sie atmete tief ein und aus, bevor ihr Blick von Api wieder zu Thaka schweifte und auf ihm liegen blieb.

Neue Bilder mischten sich zu den fremden.

Thaka, der ihr vertrauteste Gott. Ihr Mentor. Derjenige, der ihr den Akkupressurpunkt gezeigt hatte.

Thaka.

Der Gott, der Liris Tod angeordnet hatte.

„Erklärt es mir", forderte sie.

KAPITEL 4

UNANFECHTBARE VORSCHRIFTEN
№ 4

Kollateralschäden müssen nicht gerechtfertigt werden, außer es wird ausdrücklich danach verlangt.

„An was erinnerst du dich, Salia?" Apis Blick war so gierig, dass Nym einen kleinen Schritt nach hinten machte.

Nein, sie hatte keine Angst vor den Göttern. Aber es wäre dumm, keinen Respekt vor ihnen zu haben.

Sie spürte eine warme Hand in ihrem Rücken. Nur eine Berührung, dennoch reichte sie aus, um sie zu beruhigen. Sie war nicht allein.

Nym legte als Zeichen der Demut kurz ihr Kinn auf die Brust, dann jedoch schüttelte sie den Kopf. „Ich muss Euch enttäuschen. Ich werde das Lückenfüllerspiel nicht spielen. Ich will die ganze Geschichte hören. Nicht die Fragmente, die Ihr mir zu geben wünscht."

Ein leises Lächeln umspielte Apis Züge und er wechselte einen Blick mit Thaka, der eine Augenbraue gehoben hatte und sie musterte. In seinem Blick stand keine Gier. Es war Misstrauen.

„Nun, Salia, wo beginnen, wo beginnen ... vielleicht hilft es dir, zu wissen, dass wir nichts ohne dein Einverständnis getan haben."

Das half ihr nicht im Geringsten.

„Thaka und ich hatten schon länger die Idee, einen Spion nach Asavez zu schicken, nur gab es immer ein kleines Problem ...“

„Die Wahrheitsleser“, stellte Nym ruhig fest.

„Richtig“, Api lächelte. „Die Wahrheitsleser. Wir mussten also einen Spion schicken, der sich selbst nicht als einen sah, und ehrlich gesagt ... warst du schlichtweg perfekt, Salia.“

Api sah sie an, als erwarte er einen weiteren Kommentar von ihr, doch sie schwieg. Sie konnte seine Präsenz spüren. Es war fast, als würde sein Geist die Finger nach ihr ausstrecken. Sie wusste, dass er es gewesen war. Dass er ihren Geist manipuliert hatte. Und nun bekam sie doch Angst. Was, wenn er alles, was ihr gerade im Kopf herumgeisterte, sehen konnte?

„Nun“, fuhr er fort. „Dein Gedächtnis war schon immer außergewöhnlich gut, dir fällt es leicht, Zahlen und Fakten zu behalten – du schienst die perfekte Wahl.“

„Deswegen habt Ihr mir meine Erinnerung genommen“, stellte sie fest und konnte nicht verhindern, dass ihr Kiefer sich verhärtete.

Api nickte kaum merklich. „Richtig – mit deiner Einwilligung habe ich dir die Erinnerung genommen und eine Verbindung zwischen uns hergestellt. Ich habe die Möglichkeit, auf alle deine Erinnerungen zuzugreifen.“

Panik stieg ihn ihr auf und sofort versuchte sie ihren Geist zu leeren, die Gesichter zu vergessen, die ihr über die letzten Wochen so ans Herz gewachsen waren.

„Jedoch kann ich nur Einsicht nehmen, wenn du selbst sie mir gewährst.“

Die Panik legte sich und Nym vermied es, Thaka anzusehen. Sie konnte seinen Blick spüren, als würde er sich heiß unter ihre Haut brennen.

Api schien sich Nyms Unwohlsein nicht bewusst, denn er sprach einfach weiter: „Also, sobald das geschieht, werde ich alles, was du in den letzten Wochen gesehen hast, noch einmal miterleben können. Nichts von dem Gesehenen wird verloren gehen. Wie ich sagte: perfekt.“

Nym war nicht unvorsichtig genug, um ihm zu widersprechen, auch wenn sie eine Menge Dinge an dem Plan nicht gerade als perfekt bezeichnen würde.

Sobald das geschieht ...

Sobald sie ihm Zugriff auf ihren Geist gab? Aber sie wollte ihm keinen Zugriff geben! Der kurze Moment, in dem sie ihm die Tür geöffnet hatte, war schon zu viel gewesen. Sie wollte *nichts* aus ihren Erinnerungen mit ihm teilen.

Und das hatte nichts damit zu tun, dass sie den Göttern nicht traute und sich nicht mehr daran erinnerte, warum sie ihnen gedient hatte. Es war *ihr* Kopf! Es war ihr Geist und es waren ihre Gedanken. Niemand hatte ein Anrecht darauf.

Sie zwang sich dazu, ihre erneut aufkeimende Angst niederzuringen und ihr Gesicht weiterhin ausdruckslos zu halten.

„Wenn ich Eure Spionin war“, murmelte sie leise, während ihr Blick über die Bücherregale glitt, „wieso habt Ihr versucht mich umzubringen? Ihr habt die Ikanojäger geschickt. Nur Ihr wusstet, wo ich sein würde.“

Das brachte Api doch tatsächlich zum Lachen. „Dich umbringen, Salia? Wenn wir dich hätten umbringen wollen, dann hätten wir sicherlich keine unerfahrenen Adelskinder nach dir geschickt. Denkst du, wir haben auch nur für eine Sekunde gedacht, dass sie es mit euch aufnehmen könnten? Mit einem Ikano des Windes, des Wassers und des Feuers? Nein. Sie waren eine Theatereinlage! Du musstest die Asavez retten, damit sie dir vertrauen – und es hat funktioniert, oder nicht? Genauso verhielt es sich in Lyrisa, ihr –"

„Api. Ich denke, du brauchst nicht weiterzusprechen. Sie ist sich dessen bereits vollkommen bewusst. Oder Salia?" Thakas tiefe Stimme war berechnend ruhig und er trat neben den Gott der Vergeltung. „Du hast dir deine Fragen schon längst selbst beantwortet. Ich denke, was du gerade versuchst, ist, Zeit zu schinden."

Nym zwang sich dazu, den Gott anzusehen. Thaka hatte nie Wärme ausgestrahlt, das wusste sie, aber sie meinte sich daran erinnern zu können, ihn noch nie so angespannt gesehen zu haben. Als würde etwas sehr Wichtiges von ihrer Antwort abhängen.

„Ich musste es noch einmal aus Eurem Mund hören", sagte sie wieder an Api gewandt.

Apis violette Augen leuchteten auf. „Du erinnerst dich also?"

„Nein. Aber ich kann eins und eins zusammenzählen."

Es war die einzige Möglichkeit. Wäre sie keine Spionin gewesen, wäre sie jetzt bereits tot. Doch wenn sie nicht wieder zu dieser Spionin wurde, dann würde sie auch sterben. Zumindest wenn sie hierblieb. Aber wenn sie floh, würde mit hoher Wahrscheinlichkeit Jeki an ihrer Stelle sein Leben lassen müssen. Und was war mit Janon? Und was war ... mit dem Buch des Kreisvolkes?

„Was erwartet Ihr nun von mir?", fragte sie, den Kopf leicht schräg gelegt. „Ich soll Euch meinen Geist öffnen? Ich soll Euch alle Dinge zeigen, die ich über Asavez herausgefunden habe?"

Da war wieder diese Gier in Apis Blick. Die Gier, die Nym schlucken lassen wollte. „Nun, das wäre ein Anfang."

„Aber du möchtest ihm deinen Geist nicht öffnen, ist es nicht so?" Thakas leise Stimme kroch unter den Stoff ihres Leinenhemdes und stellte ihre Nackenhaare auf.

Thaka.

Sie wusste, dass sie ihm vertraut hatte. Sie wusste, dass sie ihn bewundert hatte. Sie wusste, dass er ein armes, unschuldiges Baby zum Tode verurteilt hatte.

Sie konnte ihren Geist nicht leeren. Alles, was sie sah, war ein Mann, der Liri hatte töten wollen.

„Ich weiß es nicht", log sie und wieder konnte sie Jekis warme Hand in ihrem Rücken spüren.

„Du weißt es nicht?", wiederholte Api hölzern.

„Es ist ganz einfach, Salia", murmelte Thaka. „Du musst dich daran erinnern, auf welcher Seite du stehst. Mehr nicht."

Nym presste die Lippen aufeinander. „Bei Euch hört es sich so an, als handele es sich dabei um eine Entscheidung, die *ich* treffen müsse."

„Oh. Das ist es. Definitiv ... das ist es. Sagtest du mir gestern Abend nicht ebendies, Api?"

Der Gott der Vergeltung nickte. Nym wusste, dass er ungehalten war, konnte es spüren. „Das sagte ich. Du musst dich nur erinnern, Salia." Seine Finger flochten sich ineinander. „Ich habe deine Erinnerungen nicht ausgelöscht. Ich habe sie versteckt. Weggesperrt. Wenn du wirklich wolltest, könntest du sie finden. Dann wüsstest du, wer du in Wirklichkeit bist."

Nym hätte bei seinen Worten beinahe aufgelacht. Die *Wirklichkeit.* Was für eine Illusion. Es gab keine tatsächliche Wirklichkeit!

War das, was sie empfand, etwa keine Wirklichkeit? War die Person, die sie die letzten Wochen über gewesen war, etwa nicht *real?* Wie konnte der Gott behaupten, dass die Überzeugungen ihres alten Ichs wirklicher waren als ihre jetzigen? Für die Götter mochte Nym nicht real sein. Doch für sie war sie es! Sie war genauso real, wie Salia es war.

„Wir sind nicht deine Feinde, Salia", sagte Thaka eindringlich, als könne er ihre Unsicherheit spüren. „Wir sind *nicht* deine Feinde."

Ja, das wusste sie. Aber sie erinnerte sich auch nicht daran, dass sie ihre Freunde waren.

„Gebt mir Zeit", bat sie, denn das war es, was sie brauchte. „Zeit, um mich einzuleben, mich mit Dingen vertraut zu machen", sich darüber klar zu werden, auf welcher Seite sie eigentlich stand, „Zeit … mich zu erinnern."

Der Gott der Vergeltung verengte die Augen, doch bevor er sprechen konnte, erhob Jeki das Wort. „Api, ich bitte Euch. Sie hat in den letzten Wochen eine Menge durchgemacht. Sie hat ihr Leben für Euch riskiert. Gebt ihr zumindest ein paar Tage."

Nym hatte das plötzliche Verlangen, sich umzudrehen und ihn zu küssen. Und sie wusste nicht, ob dieser Wille von einer tiefverankerten Erinnerung herrührte oder ob er in ihr aufkam, weil sie so erleichtert darüber war, nicht alleine zu sein.

Api taxierte Jeki mit kühlem Blick, doch schließlich nickte er. „Gut. Wir geben dir drei Tage. Bis übermorgen Abend – wenn du uns im Gegenzug nur eine Information gibst."

Damit hatte Nym bereits gerechnet. „Welche?"

„Was weißt du über Provos Pläne, in Bistaye einzufallen?" Es war Thaka, der sprach, und nun schien Apis Gier in seinen Blick überzulaufen.

Nym runzelte die Stirn und schüttelte leicht den Kopf. „Es gibt keine solchen Pläne", sagte sie. „Zumindest keine, von denen mir erzählt wurde."

„*Das ist nicht wahr.* Es *muss* solche Pläne geben! Provo will Bistaye einnehmen und er wird es *bald* versuchen, was weißt du darüber?"

Thaka machte einen abrupten Schritt auf sie zu, die Augen plötzlich verdunkelt, und diesmal konnte Nym nicht dagegen ankämpfen, vor ihm zurückzuweichen.

Ihr Rücken presste sich gegen eine warme, harte Oberfläche ... Jeki.

Er legte behutsam die Hände auf ihre Schultern. „Wenn sie sagt, dass sie nichts von den Plänen weiß, dann weiß sie nichts über sie", sagte er gefasst, doch Nym wusste es besser.

Jeki konnte den Göttern gegenüber nicht die Stimme erheben, aber sie konnte das leichte Zittern spüren, das durch seinen Körper ging.

„Sie könnte lügen!", zischte Thaka. „Sie könnte –"

„Thaka, mein Freund." Api legte ihm eine Hand auf den erhobenen Arm. „Wenn sie etwas weiß, werde ich es in ein paar Tagen herausfinden." Sein kühler Blick streifte Salias Gesicht. „Nicht wahr? Mehr als ein paar Tage wirst du nicht brauchen.“

Es war keine Frage. Es war ein Ultimatum.

Nym nickte. „Ja. Mehr werde ich nicht brauchen.“

„Schön.“ Api lächelte, doch das Lächeln erreichte seine Augen nicht. „Dann darfst du jetzt gehen. Vielleicht siehst du dich ein wenig um. Tust die Dinge, die du sonst immer getan hast. Ich bin sicher, Jeki wird dir dabei helfen können – nachdem er noch ein Wort mit mir gewechselt hat“, fügte er hinzu, als Jeki Anstalten machte, zusammen mit ihr den Raum zu verlassen.

Nym warf ihm einen unsicheren Blick zu, doch er nickte nur. Und *sein* Lächeln erreichte seine Augen.

„Warte einfach draußen auf mich.“

„In Ordnung“, murmelte sie.

„Denk dran, Salia“, sagte Api leise, als ihre Hand den Türgriff berührte. „Es ist deine Entscheidung. Du trägst die Erinnerung in dir. Du musst sie nur zulassen.“

„In Ordnung“, wiederholte sie leise.

Und erst als sie die Tür hinter sich schloss, fiel die Hitze, die Thakas Blick auf ihr hinterlassen hatte, von ihr ab.

h

„Habe ich das richtig verstanden?“, Levi legte den Kopf schief. „Du willst in die Dritte Mauer *fliegen*?“

„Nicht fliegen – hineinkatapultiert werden!“

„Nika, Schatz“, Ro legte ihr einen Arm um die Schultern. „Denkst du nicht, das würde Aufmerksamkeit erregen?“

„Nun ja ... man muss sich eben schwarz anziehen, damit einen bei Nacht niemand sieht."

Levi schnaubte. „Man müsste sich *stumm* anziehen, damit einen niemand auf dem Boden aufklatschen hört. Außerdem müsste dann irgendein armer Soldat dein Blut wegwischen!"

„Es war nur ein Vorschlag, meine Güte! Du hast auch noch nichts Produktives zur Unterhaltung beigetragen."

Könnte er aber. Er hätte vorgeschlagen, dass er mit einem einzigen Windstoß die Mauer zum Einsturz brachte, er Jeki Tujan tötete und Nym hinausschleifte.

Nur sprach er das nicht laut aus, denn dann würde er zweifelsohne wieder als *verliebter Vollidiot* beschimpft werden.

„Wir sollten einfach bei Nacht einbrechen", meinte er schulterzuckend.

Nika schnaubte. „Du meinst, wir sollen die Dritte Mauer, die mit Soldaten der Göttlichen Garde gefüllt ist, einfach stürmen? In einem Kampf von fünf gegen Zehntausend, wie schätzt du da unsere Chancen ein?"

Frustriert lehnte Levi sich in seinem Stuhl zurück. „Keine Ahnung. Wie hoch schätzt du Nyms Chancen ein, dass sie noch die Alte ist und als Rebellin länger als drei Tage überlebt?"

„Levi", murmelte Ro, der zu seiner Rechten saß, den Arm immer noch um Nika gelegt. „Du weißt genauso gut wie ich, dass wir nicht leichtsinnig handeln können und einfach ..."

„Ihr geht die Sache falsch an."

Ro hielt inne und alle Köpfe wandten sich Vea zu, während Brag, der an der Kochnische gestanden hatte, etwas Brot auf den Tisch stellte.

„Inwiefern?", wollte Levi ungeduldig wissen.

„Weil ihr davon ausgeht, dass wir in die Mauer hinein müssen. Dabei muss Salia doch nur hinaus, oder? Es würde viel mehr Sinn machen, wenn wir einfach Kontakt zu ihr aufnehmen und sie nach ihren Plänen fragen würden." Sie sah in die Runde. „Damit würden wir auch sichergehen, dass sie uns nicht alle den Göttern zum Fraß vorwirft, falls sie doch wieder zu der Garde übergelaufen ist", setzte sie fröhlich hinzu.

Levi sah sie düster an. „Das hört sich –"

„Nach einer unglaublich guten Idee an", schnitt ihm Ro das Wort ab. „Warum bin ich da nicht draufgekommen? Wir müssen nicht rein. Wir müssen ihr nur heraushelfen. Das ist genial, Vea!"

Levi mochte es nicht, wenn alle ihm widersprachen und jemand anderem zustimmten. Das durfte nur Nym.

„Sieht noch irgendwer den riesigen Haken an dieser *genialen* Idee?", fragte er beiläufig. „Wie sollen wir mit ihr Kontakt aufnehmen, ohne in die Dritte Mauer einzubrechen?"

„Schon einmal was von Briefen gehört?", wollte Vea wissen und klimperte mit den Wimpern.

„Ihr müsst immer noch jemanden finden, der den Brief zu ihr bringt", stellte Brag fest und zog einen kleinen Schemel an den Tisch, auf den er sich setzte.

„Ich mag dich, Brag", meinte Levi. „Hatte ich dir das schon gesagt?"

Ro schnaubte. „Halt die Klappe, Levi, und sei mal lieber ein wenig konstruktiv."

„Nun, es tut mir leid, Ro, aber ich sehe einfach keine verdammte Lösung! Nym steckt in der Dritten Mauer fest, in der sie wahrscheinlich mit jeder verstreichenden Sekunde einer größeren Gehirnwäsche unterzogen wird, und wir stehen noch genau an demselben Punkt wie vor drei *beschissenen* Stunden!"

Vea räusperte sich. „Ich hätte vielleicht eine Idee."

Na klasse. Sie schien heute ja vor Ideen zu sprühen!

„Was für eine Idee?", fragte Ro, Levis wütenden Blick ignorierend.

Vea lief rot an und ihr Blick flackerte einen Sekundenbruchteil zu Levi. „Na ja, ich könnte sie euch verraten, aber ich garantiere euch, dass Levi dann wieder einen seiner charmanten Ausraster zum Besten geben wird."

Levi gefiel überhaupt nicht, in welche Richtung sich dieses Gespräch gerade bewegte.

„Hau raus, Vea", sagte Ro grinsend. „Ich liebe es, wenn Levi anfängt zu schreien. Dann kommt immer seine zutiefst vernachlässigte sensible Seite zum Vorschein."

Nika gab ein Husten von sich – das sich verdammt nach einem getarnten Lacher anhörte – und Veas Kopf färbte sich noch ein wenig dunkler.

„Nun ja ... wir könnten einfach Levis Vater um Hilfe bitten."

Vea hatte sich geirrt. Levi schrie nicht. Ihm fehlten schlichtweg die Worte.

Ungläubig und mit offenem Mund sah er sie an. Wie konnte sie ...? Woher wusste sie ...?

„Du hast mich und Liri belauscht?!" Okay, jetzt schrie er doch. Und möglicherweise kitzelte es ihn in seinen Fingerspitzen, Vea mit Hilfe einer Windböe einfach umzuhauen.

„Na ja, ihr habt nicht besonders leise gesprochen, und ... jemandem aus der Zweiten Mauer könnte es gelingen, Salia einen Brief zu bringen."

„Dein Vater? Ich dachte, der wäre tot", stellte Ro verwirrt fest. „Und warum Zweite Mauer?"

„Er *ist* tot!", knirschte Levi und vergrub seine Hände in den Taschen. Zu ihrer aller Schutz. „Für mich zumindest. Und du hast nicht das Recht, dich in mein Privatleben einzumischen!"

Vea hatte den Anstand, zumindest ein wenig schuldbewusst auszusehen. „Es tut mir leid, aber ich muss dir widersprechen. Ich nehme mir das Recht, weil ein Adeliger unsere beste Chance ist, Salia eine Nachricht zu überbringen. Und dein Vater hat Kontakt zu dir aufgenommen, sicherlich könntest du ..."

„Was soll das heißen, du bist aus der Zweiten Mauer?", unterbrach Ro sie erneut und starrte Levi verwirrt an. „Du hast immer erzählt du kämest aus der Sechsten! Und –", er schüttelte seufzend den Kopf. „Ach was, ich sollte nicht überrascht sein. Du konntest schon immer zu vornehm essen. Natürlich kommst du nicht aus einer Arbeiterfamilie! Weißt du noch, wie oft meine Mutter mir gesagt hat, ich solle mir an dir ein Beispiel nehmen?"

Levi stöhnte auf. „Mein Vater ist keine Option. Der Bastard ist niemand, den wir um Hilfe bitten wollen. Er hätte zugelassen, dass Liri getötet wird. Er hätte einfach dabei *zugesehen*!"

„Er hätte zugelassen, dass ich getötet werde?"

Sein Kopf fuhr herum und zum zweiten Mal innerhalb weniger Minuten fehlten ihm die Worte.

Liri, noch immer in einem ihr viel zu großen Nachthemd, stand auf der untersten Stufe der Treppe und starrte ihn mit großen Augen an.

Scheiße.

Ro warf ihm einen besorgten Blick zu, verstand offenbar, dass Levis Gehirn einen Aussetzer hatte, stand auf, und legte ihr eine Hand auf die Schulter. „Liri, Süße, geh nach oben. Wir müssen hier –"

Doch sie hörte ihm nicht zu, sondern riss sich los und bekam diesen leidenden Gesichtsausdruck. Denselben Ausdruck, den sie zur Schau getragen hatte, als Levi ihr das letzte Mal gesagt hatte, dass er sie für mehrere Wochen würde allein lassen müssen.

„Liri", murmelte Levi und auf einmal brannten seine Augen. Liris Schutz hatte immer an erster Stelle seiner Prioritätenliste gestanden – und er hasste es, dass er ihr nicht jeden Schmerz ersparen konnte.

Er nahm sanft ihre Hand und zog sie in seinen Arm. „Zarki Sorvo ist ein Dummkopf. Er hat sich den Göttern blind unterworfen. Er hat dich nicht kennengelernt, sonst hätte er dich mit seinem Leben verteidigt. Das weiß ich."

„Sorvo?", murmelte Ro leise. „Wirklich? Hast einfach ein paar Buchstaben umgestellt?"

Levi ignorierte ihn und war überrascht, dass Liri nicht weinte. Vielmehr sah sie einfach nur neugierig aus. „Unser Papa hat dir eine Nachricht geschickt?"

Levi schluckte. „Nun ja ..."

„Hat er darin nach mir gefragt? Vielleicht möchte er das mit dem Kennenlernen ja jetzt nachholen.“

Ihre Stimme klang hoffnungsvoll und Levi hasste jede einzelne Silbe, die aus ihrem Mund kam.

„Er hat einen Brief geschrieben, aber dort stand nichts drin. Er hat sich nur mit dem Familienwappen zu erkennen gegeben. Ich denke, er wollte einfach, dass wir uns bei ihm melden.“

„Heilige Scheiße, ihr hattet ein Wappen?“, fuhr Ro ihn an. „Kein Wunder, dass du so arrogant bist, ich dachte immer –“

Nika warf ihm einen wütenden Blick zu und sofort verstummte er.

„Siehst du! Er wollte mich kennenlernen!“, schloss Liri und entzog ihm langsam ihre Hand.

„Liri, unser Vater ist kein guter Mann, er –“

„Aber vielleicht hat er sich verändert!“, sagte sie aufgeregt. „Vielleicht möchte er jetzt alles wiedergutmachen.“

Natürlich dachte sie das. Sie glaubte an das Gute im Menschen. Niemand konnte sie belügen. Niemand hatte ihr je etwas getan.

Sie wusste nicht, was er wusste. Sie war damals noch so jung gewesen. Sie hatte nicht das ausdruckslose Gesicht ihres Vaters gesehen, als Thaka ihm erklärt hatte, sie müsse getötet werden. Sie hatte ihn nicht unbeteiligt Nicken sehen. Sie hatte nicht gesehen, wie er Liri dem Gott praktisch in die Arme gedrückt hatte.

Nein. Dieser Mann verdiente es nicht einmal, auch nur ein Wort an Liri zu richten.

„Nym war auch böse und hat sich geändert“, stellte Liri fest und sah ihn ernst an.

„Ja, aber Nym hat ordentlich eins über die Rübe bekommen“, bemerkte er trocken.

„Na ja, dann nehmen wir Ro mit! Der kann Papa dann auch eins über die Rübe geben.“

„Würde ich tun, Mann“, bestätigte Ro.

Levi stöhnte und ließ die Hand über seine Augen sinken. „Ich diskutiere das nicht mit euch. Ich werde ihn nicht kontaktieren. Uns muss eine andere Lösung einfallen, wir … wir …“

„Es gibt keine andere Lösung, Levi“, sagte Vea leise. „Niemandem aus einer niedriger gestellten Mauer wäre es erlaubt, einfach so einen Brief an Salia weiterzuleiten. Ich glaube, sie wird genauestens beobachtet. Aber ein Adeliger …“

„Zarki Sorvo ist also dein Vater?“, unterbrach Brag sie. Er hatte ein Messer an den Laib Brot angesetzt, hielt jetzt aber inne.

Levi seufzte und blendete Liri, die ihm regelmäßig am Ärmel zupfte und ihn mit großen bittenden Augen ansah, kurz aus. „Ja. Ist er. Wieso? Kennst du ihn?“

„Jeder kennt ihn. Zumindest vom Namen her. Er ist Ratsvorsitzender der Zweiten Mauer.“

Und wieder war Levi sprachlos. Wie hatte es der Mann, der seinen Sohn und seine Tochter vor den Göttern hatte fliehen lassen, zu einer solch hohen Position geschafft?

„Das ist doch gut, oder?“, fragte Vea. „Je mehr Ansehen er in der Zweiten Mauer genießt, desto –“

„Das ist *nicht* gut!“, knurrte Levi. „Ihr geht alle davon aus, dass mein Vater ein feiner Kerl ist und uns allen helfen will! Hat schon einmal jemand daran gedacht, dass es eine Falle sein könnte? Dass er den Brief geschickt hat, um uns der Garde vor die Füße zu werfen?"

„Das glaube ich nicht."

Meine Güte, mit jeder Sekunde erinnerte ihn Vea mehr an Nym. Genauso zur Weißglut bringen konnte sie ihn zumindest.

„Mir ist egal, was du *glaubst*! Du hast keine Ahnung von meinem Vater, du ..."

„Nein, ich kenne ihn nicht, aber er hat Nika den Brief geschickt. Er wusste ganz offensichtlich, dass sie eine Rebellin ist. Er muss irgendwelche Beweise gehabt haben, sonst hätte er nie riskiert, dich durch sie zu kontaktieren. Dennoch sitzt Nika jetzt hier, oder? Sie ist nicht festgenommen worden, obwohl er in seiner Position offensichtlich Mittel und Wege hat, sie festnehmen zu lassen."

„Vielleicht lässt er sie nur so lange frei herumlaufen, bis er *uns* in den Fingern hat!", schrie Levi und Ro musste ihn gewaltsam zurück auf den Stuhl drücken, von dem er soeben aufgesprungen war.

„Oh", sagte Vea, den Kopf schief gelegt. „Das könnte natürlich auch sein."

Brag räusperte sich. „Also, ich möchte mich nicht einmischen –"

„Dann lass es!"

„– aber ich kenne tatsächlich jemanden, der eine Nachricht in die Zweite Mauer schmuggeln könnte."

Levi schnaubte. „Du kennst jemanden, der etwas in die Zweite, aber nicht in die Dritte schmuggeln kann? Man muss durch die Dritte Mauer, um in die Zweite zu kommen!"

„Nun, es geht ja auch nicht darum, den Brief dort hineinzuschmuggeln. Es geht darum, dass die richtige Person ihn bekommt. Und auch wenn mein Freund in die Dritte Mauer kann, so kann er nicht einfach herumfragen, wer von den Leuten Nym ist, oder einfach irgendwem die Nachricht geben. Doch er weiß, wo er den Ratsvorsitzenden finden kann – deinen Vater. Er hätte genügend Autorität, um zu verlangen, Nym zu sprechen. Er könnte vorgeben, dass sich viele Adelige aufgrund der Flucht der Rebellen um ihre Sicherheit sorgen – denn überbesorgte Adelige gibt es wahrlich genug."

Verdammt. Schon wieder dachte jemand anderes logischer als er!

„Das alles ändert nichts daran, dass wir meinem Vater nicht vertrauen können."

„Wir können niemandem vertrauen", sagte Brag schlicht. „Manchmal muss man Risiken eingehen. Kontakt zu ihm aufzunehmen und zu sehen, wie er reagiert, kann niemandem schaden. Er wird nicht erfahren, wo wir uns befinden. Er wird dem Boten direkt eine Nachricht mitgeben müssen."

Er schnaubte. „Es kann niemandem schaden? Du vergisst ganz offensichtlich deinen Freund, den Boten. Und bis jetzt haben wir einen Vorteil. Niemand weiß, dass wir noch hier sind. Nur Nym selbst könnte erahnen, dass ich und Liri es nicht mehr rechtzeitig zum Schiff geschafft haben. Wenn mein Vater der Verräter ist, für den ich ihn halte, würden wir diesen Vorteil verlieren."

Brag schien ungerührt. „Ich wiederhole mich: Manchmal müssen Risiken eingegangen werden."

„Ja, Levi, manchmal müssen Risiken eingegangen werden“, stimmte Liri zu.

Liri, die in ihrem ganzen Leben noch kein einziges Risiko eingegangen war. Keines hatte eingehen müssen, weil Levi sie stets davor beschützt hatte.

Levi knirschte mit den Zähnen. Nein, er wollte seinen Vater nicht kontaktieren ... aber zurzeit sah es so aus, als sei das ihre einzige Chance.

„Schön“, knurrte er. „Gib mir ein Pergament.“

Zwei Zeilen würde er ihm schreiben. Nicht mehr.

„Du schreibst am besten auch die Nachricht, die du an Nym weiterleiten willst, damit der Bote nicht unnötig hin und her laufen muss“, bemerkte Brag. „Wir haben keine Zeit zu verlieren, oder sehe ich das falsch?“

Nein. Sah er nicht.

„Und sag ihr, dass sie Janon retten muss!“, warf Vea ein.

„Schön.“

Nur, wie schrieb man eine Nachricht, die niemand anderes außer Nym verstand?

h

„Er tut mir leid.“

„Wer? Levi?“

Vea nickte und sah eben jenem dabei zu, wie er Brag zwei Pergamente in die Hand drückte – hatte er überhaupt etwas darauf geschrieben? Er hatte seine Hand kaum bewegt – und dann innerhalb von Sekunden die Treppen hinauf verschwand, Liri auf seinen Fersen.

„Ja, Levi. Er ist in meine Schwester verliebt. Meine Schwester hat die Fähigkeit, Menschen um sie herum unglücklich zu machen. Sie mag ein besserer Mensch geworden sein, aber diese Macht hat sie immer noch."

Nika lächelte matt. „Er wird sie ja bald wiederhaben."

Ja, wenn sie sich nicht daran erinnerte, wer Jeki war.

Vea seufzte und nahm etwas von dem Brot entgegen, das Brag ihr reichte.

„Soll ich dir auch etwas abschneiden, Nika?", fragte er.

„Nika ist sehr wohl dazu in der Lage, sich selbst das Brot zu schneiden", knirschte Ro und sah Brag wütend an.

„Bin ich", stimmte Nika lächelnd zu. „Aber wenn ich nicht muss, warum sollte ich es dann tun? Du darfst mir also gerne eine Scheibe Brot geben, Brag!"

Vea steckte sich hastig ein Stück ihres Brotes in den Mund, damit sie nicht anfangen konnte zu lachen. Aber es war schön zu sehen, dass manche Dinge, egal wie verrückt die Welt war, gleichblieben. Wie zum Beispiel das Prinzip der Eifersucht.

In den letzten Wochen hatte es einfach zu viele Veränderungen gegeben. Natürlich hatte Vea sich Veränderungen gewünscht, aber doch nur die, auf die sie hingearbeitet hatte! Keine, die sie hinterrücks anfielen und alles auf den Kopf stellten.

Erst war da Janon gewesen, dann Salia, dann das mit ihrem Vater ... und dann hatte jemand versucht sie umzubringen!

Wie war sie zu einer Person geworden, die wichtig genug war, umgebracht zu werden? Wenn auch nicht erfolgreich.

Müde wischte sie sich den verbliebenen Schlaf aus den Augen und starrte wieder zur Treppe, auf der Levi verschwunden war. Sie wusste nicht, was sie hoffen sollte. Dass Salia sich nie wieder an ihr altes Leben erinnerte oder dass sie es tat.

Sie fragte sich, ob die alte Salia ihr geholfen hätte, Janon aus dem Gefängnis zu befreien. Bei der neuen hatte sie keine Zweifel, aber wenn diese sich erinnerte und sich erneut dem Willen der Götter unterwarf …?

Alles Dinge, über die sie nicht nachdenken wollte. Vor allem nicht darüber, dass Janon gerade in einer dunklen Zelle steckte – ihretwegen.

Meine Güte. Sie war nicht nur eine Frau, die es offenbar wert war, umgebracht zu werden, sie war auch eine Frau, für die es wert war, im Gefängnis zu sitzen!

Der letzte Gedanke gefiel ihr möglicherweise doch ein bisschen. Zumindest die heroische Seite. Den Folgen dieser romantischen Geste konnte sie nicht viel abgewinnen.

Sie rieb sich ein letztes Mal die Augen und wandte sich dann an ihren Gastgeber. „Brag, du meintest gestern, dass dieser Provo die Asavezische Armee schicken würde, sobald sich die Rebellen formiert haben. Was darf man darunter verstehen?"

Brag reichte Nika das Brot und zog einen Stuhl zu sich heran. „Die Rebellen müssen lernen, zu kämpfen, außerdem haben wir unsere Rekrutierung noch nicht abgeschlossen."

Jetzt ebenfalls interessiert lehnte Nika sich vor. „Wen rekrutiert ihr?"

„Jeden, den wir kriegen können. Ganz ehrlich: Wir sind nicht in der Position, wählerisch zu sein."

„Ihr solltet in den äußeren Mauern anfangen", stellte Vea fest.

Brag nickte. „Ja, die Idee hatten wir auch. Es ist nur schwierig, an die äußeren Mauern heranzukommen. Dort wird regelmäßig patrouilliert und die meisten Bewohner arbeiten pausenlos und haben nicht die Zeit oder die Energie, um sich auch noch gegen die Götter aufzulehnen."

Nachdenklich knibbelte Vea an der Kruste ihres angefangenen Brotes. „Man müsste die äußeren Mauern zuerst einnehmen", murmelte sie. „Die Göttliche Garde in die inneren Mauern zurückdrängen. Sie von der Versorgung abschneiden. Den Bauern Waffen und die Zeit geben, sich zu formieren. Dann hätte man eine unglaublich große Streitmacht – und ich bin fest davon überzeugt, dass diejenigen, die am meisten unter den Göttern leiden, bereit wären, zu kämpfen."

Brag hob einen Mundwinkel. „Möchtest du bei uns einsteigen, Vea?"

Einsteigen? Sie war doch schon längst drin.

Brag schien zu wissen, was sie dachte, denn sein Lächeln wurde breiter. „Vielleicht solltest du hierbleiben. Ich habe das Gefühl, wir könnten dich gut gebrauchen", sagte er, bevor er aufstand. „Aber jetzt werde ich erst einmal dafür sorgen, dass der Brief seinen Empfänger findet und wir noch möglichst bis heute Abend eine Antwort erhalten. Habt ihr zufällig Geld, damit ich dem Boten etwas zur Bestechung geben kann?"

Vea war für einen Moment sprachlos. Sie hatte sich seit einer gefühlten Ewigkeit keine Gedanken mehr um so etwas Profanes wie Geld gemacht.

Nikas Gesichtsausdruck sagte ihr, dass es ihr genauso ging. „Ich habe keine Nomis mitgenommen", meinte sie etwas verdattert. „Du, Vea?"

Sie schüttelte den Kopf. „Nein. Und du hast kein Geld?"

Brag hob eine Augenbraue. „Ich bin Schmied und Rebell. Schmiede werden schlecht und Rebellen überhaupt nicht bezahlt. Also nein, meine Liebe, ich habe kein Geld."

„Ich habe Geld", seufzte Ro und zog einen kleinen Beutel aus seiner Tasche. Er drehte ihn um und kleine goldene Münzen fielen aus ihm heraus, rollten zur Seite, über die Tischplatte und auf den Boden. Stöhnend sah Ro den runden Geldstücken nach. „Das habe ich nicht richtig durchdacht, was?", murmelte er, während er sich bückte, um die Münzen aufzuklauben, und sie schließlich Brag reichte.

Der nickte nur, gab Vea und Nika beiden einen Kuss auf den Kopf und verschwand mit dem Pergament in der Hand aus der Tür.

Ros Gesicht wurde noch unzufriedener, und langsam verschränkte er die Arme vor dem Körper. „Okay. Welche Art *alter* und *enger* Freund ist der Kerl jetzt?"

Nika tätschelte ihm die Hand. „Ro, ich liebe dich. Ist das nicht alles, was du wissen musst?"

Ro sah nicht aus, als würde er Nika da zustimmen. Er murmelte irgendetwas Unverständliches, das Vea mit „verrückte Weiber" übersetzt hätte, und schob dann seinen Stuhl zurück. „Ich sehe mal lieber nach Levi, bevor der das Haus umweht oder was auch immer", murmelte er und im nächsten Moment verschwand er die Treppe nach oben und ließ sie alleine zurück.

Nika wartete zwei Sekunden, bevor sie breit anfing zu grinsen. „Macht es mich zu einem schlechten Menschen, weil ich es genieße, einen eifersüchtigen Freund zu haben?“

Vea schüttelte den Kopf. „Nein, es macht dich zu einem ehrlichen Menschen, das zuzugeben!“

„Danke. Das finde ich auch.“

„Apropos Ehrlichkeit: Hast du vor, Ro zu sagen, dass Brag wohl mehr an Levi als an dir interessiert wäre?“

Nikas Lächeln wurde noch eine Spur breiter. „Nee … so ist es lustiger.“

„Ja, hast recht“, bestätigte Vea grinsend und streckte ihre Füße aus. Ihre nackten Zehen stießen gegen etwas Kühles und überrascht blickte sie unter den Tisch.

Ro musste eine der Münzen übersehen haben. Sie beugte sich herunter und fischte den goldenen Gegenstand unter der Platte hervor.

Der Nomis war um einiges kleiner als ihre Handfläche. Auf der Vorderseite war eine große Fünf eingraviert worden, während auf der Rückseite die Anordnung der sieben Mauern abgebildet war, kleine Worte standen in den Zwischenräumen der einzelnen Abschnitte. Doch die Münze war zu alt, als dass sie die Worte hätte erkennen können.

Mhm. Witzig. Auf den neueren Nomis waren keine Worte mehr eingraviert worden.

Vea betrachtete die goldene Scheibe und drehte sie in ihren Fingern. Das musste eine sehr, sehr alte Münze sein.

Und sie meinte, sich vage daran erinnern zu können, dass sie so etwas Ähnliches schon einmal gesehen hatte.

KAPITEL 5

UNANFECHTBARE VORSCHRIFTEN
№ 5

Anlässlich jedes Regelverstoßes darf ein Opfer gefordert werden.

Jeki war in seinem Leben schon oft bedroht worden.

Scherzhaft von seinem Bruder und von Salia, nicht zu vergessen von seiner Mutter. Nicht ganz so scherzhaft von der halben Bewohnerschaft der Sechsten Mauer. Überhaupt nicht scherzhaft von dem verdammten Ikano der Luft, der sich mit Salia *angefreundet* hatte.

Doch niemand schaffte es, eine Drohung so subtil auszusprechen wie Api.

Der Gott der Vergeltung hatte ihn milde angelächelt und die Hände vor dem Körper gefaltet. „Sie muss die Erinnerung selbst finden, Jeki", hatte er gelassen bemerkt. „Etwas blockiert sie. Sie verweigert sie. Damit habe ich nichts zu tun. Sie muss sich selbst darauf einlassen, erst dann ist sie uns von Nutzen. Und du weißt, was mit Soldaten passiert, die uns nichts nützen, sondern eine Gefahr darstellen, nicht wahr? Der Erinnerungsverlust hat sie stärker verändert, als ich dachte. Das ist ... tragisch. Zweifellos ist mein Plan nicht nach meinen Vorstellungen verlaufen. Aber ich bin mir sicher, dass du ihn noch in die richtige Richtung wirst lenken können. Oder irre ich mich da?"

Apis Gesicht war freundlich gewesen, so wie Jeki es kannte. Doch er machte sich nichts vor. Api hatte soeben nicht nur Salia, sondern auch ihm mit dem Tod gedroht.

Jeki hatte es nicht für nötig gehalten, dem Gott darauf zu antworten, er hatte lediglich den Kopf geneigt und war aus der Bibliothek getreten.

Vielleicht hätten ihn die Worte des Gottes stärker beunruhigen sollen, doch er hatte mit ihnen gerechnet. Und wenn er ehrlich war, dann gab es einfach zu viel anderes, um das er sich Gedanken machen musste, als dass er der Warnung des Gottes allzu viel Beachtung geschenkt hätte. Sorgen um sein Leben würde er sich machen, falls Salia in zwei Tagen ihre Erinnerung immer noch nicht zurückbekommen hatte.

Er runzelte die Stirn, als er daran dachte, dass Salia ihm erzählt hatte, jemand hätte versucht, Vea umzubringen. Das wäre der siebte Mord gewesen. Sieben hatte Api vorausgesagt, sechs davon waren eingetroffen. Sechs Morde, die Jeki auf Anweisung des Gottes hin nicht näher hatte betrachten sollen.

Was war denn nur los? Warum sollten all diese nichtssagenden Leute umgebracht werden?

Dennoch: Es gab dringendere Sachen, um die er sich Gedanken machen musste.

Ganz oben, an erster Stelle auf seiner Liste, standen die Dinge, die er tun konnte, um Salias Erinnerungen etwas anzukurbeln. Ihm fielen da sofort einige ein. Jedoch nur sehr wenige, bei deren Umsetzung er nicht damit rechnen musste, von Salia einige, ihm persönlich wichtige Dinge verbrannt zu bekommen. Auf jeden Fall würde er heute Abend mit ihr zu dem monatlichen

Essen bei Api gehen. Das würde ihrem Gedächtnis hoffentlich etwas auf die Sprünge helfen.

An zweiter Stelle stand Janon. Und an dritter ... ach, wem machte er etwas vor. Seine Sorgen-Kapazität war bereits mit erstens und zweitens vollkommen bedient.

Als er aus der Tür trat, stand Salia mit dem Rücken zu ihm und starrte zu dem Götterdom hinauf. Das Licht der Sonne schimmerte auf ihren schwarzen Haaren und erinnerte ihn an den Tag, als er sie das erste Mal gesehen hatte.

Er schmunzelte. Er hatte noch nie einen schöneren Kopf in Flammen aufgehen sehen.

„Habe ich dir eigentlich schon gesagt, dass ich deine Haare so mag?"

Salia zuckte leicht zusammen und wandte sich überrascht um. „Was? Was ist mit meinen Haaren?"

„Sie sind kurz."

„Oh", sie lachte. „Ja, das war der Versuch, mich unkenntlich zu machen."

Wow. Die Asavezische Armee war ja wirklich ein erbärmlicher Haufen. Man hätte ihr eine Glatze schneiden können und sie wäre aufgrund ihrer Augen immer noch unverwechselbar gewesen. „Nun, mir gefällt es", meinte er lächelnd.

Etwas verlegen senkte Salia den Blick.

Diese Geste sah er an ihr auch zum ersten Mal. Er war immer davon ausgegangen, dass in Salias Gefühlsbandbreite Verlegenheit keinen Platz hatte.

Aber in den vergangen zwölf Stunden waren ihm eine Menge Dinge aufgefallen, die er so von ihr nicht kannte – und wenn er ehrlich war, machte ihm das mehr Angst als Apis Drohung.

Er kannte Salia in- und auswendig und jeder Charakterzug, den er neu bei ihr zu entdecken vermeinte, war auf ihren Erinnerungsverlust zurückzuführen. Ein Umstand, der ihn schmerzlich daran erinnerte, dass sie zu diesem Zeitpunkt nicht *seine* Salia war.

„Also, was machen wir jetzt?"

Erschrocken blickte er auf. Spielte sie auf ihre Beziehung an? Hatte sie seine Gedanken gelesen?

„Heute Morgen, meine ich", fügte sie hastig hinzu, als er fragend eine Augenbraue hob. „Was habe ich sonst so den ganzen Tag über getan?"

„Gearbeitet."

„Und ... für was war ich zuständig?"

„Für die Ergreifung der Rebellen."

„Oh." Ihre Mundwinkel zuckten. „Da hat Vea wohl ausnahmsweise die Wahrheit gesagt. Wie ironisch."

Ja, er stand kurz vor einem Lachanfall. „Na ja, wir könnten trainieren. Wir haben sehr viel miteinander trainiert."

Sie nickte. „Okay. Wo trainieren wir?"

„Bei dir im Haus. Du hast ein ganzes Zimmer nur für Trainingszwecke."

Das war der einzige Raum, den sie in ihrem Haus noch regelmäßig benutzt hatte. Für alles andere war sie immer bei ihm gewesen.

Salia nickte, und er bemerkte, wie sie den Blicken derjenigen auswich, die ihnen entgegenkamen. Es waren neugierige Blicke, durchleuchtende Blicke – es musste sich langsam herumgesprochen haben, dass Jeki gestern nach ihr hatte suchen lassen.

„Gehen wir", murmelte sie und lief los. Es überraschte ihn, dass sie noch genau zu wissen schien, wo sich ihr

Haus befand, aber ihn hatte fragen müssen, ob er sie liebte. Was setzte ihr Kopf da nur für Prioritäten?!

Sie ging voraus, und Jeki nutzte die Möglichkeit, um ihren Nacken, ihr Profil und ihre Schultern zu betrachten. Sie sah aus wie seine Salia. Sie bewegte sich wie seine Salia. Aber sie war nicht dieselbe Person. Noch nicht. Api hatte recht, auch wenn das für ihn nichts änderte.

Es war nur, sie war nicht die Einzige, die eine Menge Fragen hatte.

Er hatte das Gefühl, seine Zunge müsse ihm aus dem Mund springen, wenn er sie nicht wenigstens nach einigen der Dinge fragte, die ihm im Kopf herumgeisterten.

Allen voran die Frage danach, inwiefern sie sich mit dem beschissenen Ikano der Luft hatte *anfreunden* können.

Wobei, wenn er es sich recht überlegte, dann wollte er das vielleicht gar nicht wissen.

„Alles in Ordnung mit dir?"

Er blinzelte und stellte überrascht fest, dass sie vor Salias Haus standen und sie sich zu ihm umgedreht hatte.

Langsam nickte er. „Alles in Ordnung."

„Bist du sicher? Du siehst nicht danach aus."

Er fühlte sich auch nicht danach. „Wie geht es deinem Kopf, Salia?"

h

Nym sah in Jekis dunkle Augen und konnte ihre eigene Unsicherheit in ihnen widerspiegeln sehen.

Wie ging es ihrem Kopf? Abgesehen davon, dass den ganzen Tag schon Erinnerungsfetzen darin herumgeschwirrt waren – kaum einer davon ihr eigener –, gut.

„Lass uns kämpfen“, sagte sie mit fester Stimme. „Ich möchte eine Zeit lang einfach nicht nachdenken müssen.“

„Wer will das nicht?“, stellte er tonlos fest, glitt an ihr vorbei, zog einen Schlüssel aus seiner Tasche und öffnete die Tür.

Nym wusste, noch bevor das Holz nach innen aufschwang, was sie erwartete.

Weiße Möbel, klare, karge Flächen, keine Dekorationen. Denn ganz ehrlich, wer hatte die Zeit, sich um eine schöne Einrichtung zu kümmern?

Sie war Soldatin. Sie brauchte keine Teppiche, keine Bilder, keine hübschen Figuren.

Nur ... es wirkte so kalt. Damit sollte sie zufrieden gewesen sein? Auf einmal wunderte es sie nicht mehr, dass sie offenbar so viel Zeit bei Jeki verbracht hatte. Sein Haus sah mehr aus wie ein ... Zuhause.

Sie trat in den Flur und ließ ihren Blick schweifen. „Es ist sehr sauber hier“, flüsterte sie und strich mit ihren Fingerspitzen über die staubfreie Kommode, die im Eingangsbereich stand.

„Ich habe jemanden hergeschickt“, murmelte er. „Damit alles sein würde wie vorher, wenn du zurückkämest.“

„Oh.“ Sie spürte seinen Blick auf ihr und fragte sich zum ersten Mal, wie er sich wohl fühlen musste. Wie schlimm es für ihn sein musste, dass sie sich nicht an ihre gemeinsame Vergangenheit erinnerte.

„Danke sehr", sagte sie leise. Denn mehr konnte sie ihm im Moment nicht geben.

„Ach, das war kein Aufwand. Aber denk an dieses Gefühl der Dankbarkeit, sobald du gleich wieder das Verlangen verspürst, in Flammen aufzugehen und mich umzubringen."

Ihre Mundwinkel zogen sich nach oben und jetzt wandte sie sich doch zu ihm um. Er war noch ein Stückchen größer als Levi, fiel ihr auf. Ihr Kopf reichte bis zu seinem Kinn – und *sie* war bereits groß. „Ich glaube, du musst fürs Erste keine Angst mehr vor mir haben. In den letzten zwölf Stunden habe ich nicht ein einziges Mal daran gedacht, dich zu töten."

Er schnaubte trocken, doch auch er lächelte. „Welch eine Ehre."

Er drehte sie an den Schultern wieder nach vorne und schob sie in den ersten Raum zu ihrer Rechten.

Nym spürte die Wärme, die seine Finger ausstrahlten. Sie legte sich auf ihre Haut und schien direkt zu ihrem Herzen zu finden. Und dann war da noch etwas anderes. Etwas in ihrem Geist, das sich nach seinen Berührungen sehnte. Etwas in ihrem Kopf, das ihr leise zuflüsterte, dass sie es nur wollen müsste ... dass sie es nur zulassen müsste ...

Jeki nahm die Hände von ihren Schultern und das Gefühl war verschwunden.

„Wie willst du kämpfen?", fragte er und durchquerte den Raum, der aus einem ähnlichen Erdboden bestand, wie der in Oyitis, auf dem Nym gegen Levi angetreten war. „Mit Schwertern? Dolchen? Händen?"

„Nicht mit Fähigkeiten?" Nym könnte etwas Dampf loswerden.

Jeki lachte leise und schüttelte den Kopf. „Das wurde uns verboten. Die Nachbarn haben sich wegen der Lärmbelästigung und dem ständigen Geruch nach Rauch beschwert. Und auch wenn ich gegen Feuer wohl abgehärteter als jeder andere bin, so kann es mich immer noch ... na ja, verbrennen.“

Beinahe enttäuscht ließ Nym die Schultern sinken. Mit Fäusten oder Schwertern zu kämpfen, war nur halb so befriedigend wie zum Beispiel, nun ja, ein Haus in Brand zu setzen. Sie sehnte sich nach etwas mehr innerer Ausgewogenheit, und Feuer beruhigte sie nun einmal.

„Schön, keine Fähigkeiten. Wie haben wir denn sonst angefangen?“

Er zuckte die Schultern, und Nym fragte sich, ob er denn nicht endlich mal woanders hinsehen könnte, als in ihr Gesicht. Sein intensiver Blick erinnerte sie zu sehr an all die Dinge, die sie schon mit ihm getan haben musste – auch wenn ihr Kopf ihr die Erinnerung daran verweigerte. „Wir haben uns meistens mit ein paar Nahkampfübungen warm gemacht und sind dann zum Schwertkampf übergegangen. Auch wenn wir im Feld nicht oft mit Klingen kämpfen – abgesehen von dem Göttlichen Dolch –, so ist es doch gut, sie zu beherrschen.“

Nahkampf.

Der Teil mit dem Kampf gefiel Nym. Sie hatte nur ein paar Probleme mit dem *Nah-*.

Ihre Gedanken schweiften zu Levi und ihrem ersten gemeinsamen Nahkampf.

Prompt bekam sie ein schlechtes Gewissen. Sie wusste nur nicht, wem gegenüber. Den Göttern sei

Dank würden Levi und Jeki sich nicht so bald begegnen.

„Okay", sagte sie schließlich, nickte und streckte ihre Schultern durch. „Fangen wir mit ein paar ... was zum Teufel tust du da?!" Ungläubig starrte sie Jeki an, der sich in einer fließenden Bewegung das Oberteil über den Kopf gezogen hatte. Und ja, *starren* war hier wohl das richtige Wort.

Jeki hob den Kopf und kratzte sich unschuldig die Brust. „Was meinst du?"

Nym schluckte. „Warum ziehst du dich aus?"

Er hob eine Augenbraue. „Warum ziehst du dich *nicht* aus? Wir trainieren immer nackt."

Ihre Kehle wurde trocken, sie öffnete den Mund und ... fing an zu lachen. Eine Hand über die Augen gelegt schüttelte sie den Kopf. „Ich bekomme das dezente Gefühl, dass du versuchst, meine Unwissenheit auszunutzen."

Er lächelte – zog sein Hemd aber trotzdem nicht wieder an. „Ich würde dich nie ausnutzen. Ich versuche nur, deiner Erinnerung auf die Sprünge zu helfen."

Mit seinem Oberkörper? Denn ... Mann oh Mann, wie hatte sie den vergessen können? Ja, gut. Sie hatte schon einige beeindruckende Brustmuskeln gesehen – sie wollte jetzt keine Namen nennen –, aber Jeki Tujan ... also, sie müsste jetzt einen direkten Vergleich haben, um da Genaueres sagen zu können, aber ... ähm, worum ging es gerade?

Ach, richtig. „Willst du dich nicht wieder anziehen?", fragte sie und zwang sich dazu, ihren Blick strikt auf seinem Gesicht zu halten.

„Salia. Weißt du, wie oft du mich schon nackt gesehen hast?"

„Ähm ..."

„Und weißt du, wie oft ich dich schon nackt gesehen habe?"

Bei den Göttern, das war merkwürdig. Natürlich wusste sie, dass sie sich nackt gesehen hatten. Sie kannte jeden Zentimeter seines Körpers. Und dennoch fühlte es sich gerade ein wenig so an, als würde ein Mann sich beim allerersten Treffen mit ihr direkt ausziehen.

Sie versuchte dagegen anzukämpfen, doch das Blut stieg ihr unaufhaltsam in den Kopf. „Aber werden dir meine Angriffe ohne schützenden Stoff nicht noch mehr wehtun?"

Sein Grinsen wurde breiter. „Ich riskier' s."

„Jeki ..."

„Das ist ein gutes Hemd. Ich will es nicht vollschwitzen."

Wieder zuckten ihre Mundwinkel. „Natürlich."

Und vielleicht half sein Oberkörper ihr ja wirklich dabei, sich schneller zu erinnern ... obwohl sie im Moment eher das Gefühl hatte, der Anblick ließe sie alles um sich herum vergessen. Das war kontraproduktiv!

„Wollen wir anfangen?", fragte Jeki schmunzelnd, so als wisse er genau, was sie gerade dachte.

Nym atmete tief durch und versuchte sich zu beruhigen. Was war ihr Problem? Sie hatte keine Angst vor der Berührung eines Mannes oder vor dem Kampf. Wovor fürchtete sie sich dann?

Du hast Angst, dass es funktioniert. Dass du dich erinnerst.

Sie blinzelte und bemerkte, wie Jeki jetzt fast besorgt eine Augenbraue hob und ein paar Schritte auf sie zu machte. „Du musst nicht kämpfen, wenn du nicht willst, Salia, wir können auch –"

„Nein, nein. Schon in Ordnung." Nur, es war nicht in Ordnung. Wann hatte sie angefangen, sich zu wünschen, dass sie sich nicht mehr erinnerte?

„Okay." Jeki schien ihr nicht ganz zu glauben, dennoch machte er wieder einen Schritt zurück und ging in Kampfpose.

In die Pose, die auch sie damals eingenommen hatte. Knie leicht gebeugt, Arme erhoben und ein Lächeln auf den Lippen.

Nym tat nichts dergleichen. Sie starrte ihn an, als wieder ein Puzzleteil an seinen Platz fiel. „So haben wir uns kennengelernt", murmelte sie. „Du warst mein Nahkampflehrer."

Jekis Grinsen wurde breiter. „War ich."

„Du hast mir auch von dem Akupressurpunkt erzählt! Du hast Thaka überredet, ihn mir zu zeigen."

„Habe ich."

„Du ... du hast mich sexuell belästigt."

Er lachte laut und richtete sich wieder auf. „Um fair zu sein, muss man sagen, dass du mich zuerst belästigt hast."

Hatte sie? Na ja, wenn er immer mit freiem Oberkörper kämpfte, dann war das kein Wunder!

„Das ist ethisch aber nicht sehr korrekt. Mit einer Schülerin was anzufangen."

„Deswegen habe ich auch darauf bestanden, dass jemand anderes dich unterrichtet ... nach zwei Jahren."

Ihr Lächeln wurde breiter. Und es war ein echtes Lächeln. Und es waren echte Erinnerungen. Nur ihre. Keine, die ihr das Gefühl gaben, dass ihr Kopf ein Fremdkörper war. Sie waren warm und weich und schienen sich um ihr Herz zu legen.

„Wir waren schon anderthalb Jahre zusammen, bevor ich einen neuen Lehrer bekommen habe? Warum hat niemand was dagegen gesagt?"

„Was glaubst du? Du bist eine Ikano des Feuers, ich einer der Erde. Sie hatten zu viel Schiss davor, uns daran zu erinnern, dass es regelwidrig ist, als Schüler und Lehrer miteinander zu schlafen."

„Aber dann weißt du ja genau, wie ich kämpfe", stellte sie fest und dachte an die Situation am Vortag in der Gasse. Es war, als hätte er ihre Bewegungen vorhergesehen. Ihre Hand, ihre Füße – er hatte alles abgefangen, als hätte er bereits gewusst, wie sie sie benutzen würde.

Ihre Gedanken flogen zu Liri. Sie hoffte sehr, dass sie sich wieder sicher in Asavez befand. Und Levi … sie wusste nicht, was sie für ihn hoffte.

„Natürlich weiß ich, wie du kämpfst." Jeki zuckte die Achseln. „Aber ebenso weißt du, wie ich kämpfe. Und wie ich, glaube ich, schon bemerkt habe: Du kämpfst dreckig. Wenn man ‚ohne Fähigkeiten' sagt, kann man davon ausgehen, dass du es überhörst."

Ja. Das würde Levi wohl so unterschreiben.

„Schön." Sie lehnte sich kurz nach rechts und links, um ihre Muskeln ein wenig zu dehnen, und begab sich dann in Kampfpose. „Fangen wir an. Wenn ich versage, kann ich dir die Schuld dafür geben. Du warst schließlich mein Lehrer."

„Wie gut, dass du nie versagst."

Er ging zurück in Position, und Nym hatte das Gefühl, dass seine Schultern in den letzten Minuten an Spannung verloren hatten.

„Zählen wir bis drei?" Jegliche Unsicherheit hatte ihren Körper verlassen. Sie befand sich auf vertrautem Terrain.

„Wir haben nie gezählt", bemerkte Jeki. „Meistens bist du einfach irgendwann auf mich losgegangen. Aber wenn du einen Startschuss haben willst: Eins –"

Sie ließ ihn nicht bis Zwei kommen. Sie brauchte das hier. Musste spüren, wie ihre Muskeln brannten – denn zumindest im Kampf war sie sich darüber im Klaren, wer sie war.

Sie stieß sich vom Boden ab und war in zwei Sätzen bei ihm. Sie hatte raffiniert vorgehen wollen. Sich eine Taktik überlegen wollen. Doch als sie ihren Arm nach hinten riss und ihr eigenes Blut heiß in ihren Adern pochen spürte, vergaß sie, dass sie eine Kampf-Künstlerin war. Sie spürte nur die Energie, die Wut, die Verwirrung, den Hass auf diese ganze Situation, den Hass auf die Götter, weil sie dafür verantwortlich waren, dass sie sich überhaupt in dieser Situation befand.

Jeki sah ihre Faust kommen, duckte sich und hob überrascht einen Arm über den Kopf, um ihren hinabfahrenden Unterarm zu blocken.

Er hatte ganz offensichtlich nicht mit einem rohen Angriff gerechnet. Nun, das hatte sie auch nicht.

Sein Bein fuhr vor und nahm ihr den Halt. Nym stolperte zurück und verlor beinahe das Gleichgewicht. Doch bevor sie fallen konnte, lehnte sie sich nach hinten, stützte sich im Hohlkreuz mit einem Arm auf dem Boden ab und drehte sich in einer geschmeidigen

Bewegung um ihre eigene Achse. In einer Pirouette in der Luft zog sie ihre Füße zur Seite, trat damit nach Jeki – doch sie streifte nur seinen nackten Oberkörper, da er bereits einen Satz nach hinten gemacht hatte.

„Hast du Aggressionen, die du an mir abreagieren musst?", keuchte er, doch sie konnte ein Lächeln aus seiner Stimme heraushören.

Nym stand wieder auf den Füßen, ihr Atem schwer, ihre Haut heiß, ihr Kopf entspannt. „Ich habe das Gefühl, da ist eine Menge, das ich loswerden muss", flüsterte sie und sprang erneut vom Boden ab.

Für den ersten Moment sah es aus, als würde sie geradewegs auf Jeki zusteuern. Er wich nach rechts aus, doch damit hatte sie gerechnet. Im Sprung lehnte sie sich zur Seite, stützte sich mit den Händen auf seiner Schulter ab – wie gut, dass sie genug Platz hatte – und stemmte sich im Handstandüberschlag über ihn drüber. Bevor sie den Boden mit ihren Füßen berührte, rammte sie ihm die Knie in den Rücken.

Sie hörte, wie ihm die Luft aus den Lungen getrieben wurde, als er sich mit den Händen auf dem Boden abstützte und seinen Körper davor bewahrte, der Länge nach hinzuschlagen.

„Ich mache meine Liegestütze eigentlich ohne Gewicht", presste er zwischen den Zähnen hervor und ließ sich zur Seite fallen. Nym rollte sich von seinem Rücken, um nicht unter seinem Gewicht begraben zu werden, doch bevor sie Zeit hatte, sich wieder aufzurichten, schlossen sich zwei warme Hände um ihre Handgelenke und fixierten sie auf dem Boden.

Jeki starrte sie an und sein Körper war ihrem so nah, dass sie seine Körperwärme nicht mehr von ihrer eigenen unterscheiden konnte.

Ihr Atem beschleunigte sich, als sie seinen Geruch einatmete, diesen vertrauten Geruch, der sie gleichzeitig beruhigte und aufwühlte, und sie ließ ihre Handgelenke heiß werden.

Sie hatte das vage Gefühl, schon einmal in genau dieser Situation gewesen zu sein. Nur mit einem anderen Mann.

Jeki lachte leise und sein Atem strich über ihre Wange. „Du kannst mich nicht verbrennen, Salia. Zumindest nicht meine Hände. Wir haben fast täglich trainiert – und du hast fast täglich die Regeln gebrochen.“

Seine Finger blieben da, wo sie waren, und sein Gesicht war ihrem so nahe, dass sie ihre Augen hätte schließen müssen, um nicht in seine zu sehen.

Sie konnte sich nicht bewegen. Eines seiner Beine lastete schwer auf ihren und sein Oberkörper hielt sie auf dem Boden gefangen – und vielleicht hätte sie das beunruhigen sollen. Doch das tat es nicht.

Mit einer Sicherheit, die sie noch nie so verspürt hatte, wusste sie, dass Jeki Tujan für sie sterben würde. Ohne zu zögern.

Eine Schwere senkte sich auf sie nieder, zog an ihrem Innern, und sie ließ die Hitze an ihren Armen erlöschen.

Ihr Blick wanderte zu seinem Mund und sein Lächeln fiel von seinem Gesicht.

„Du würdest mich jetzt gerne küssen, nicht wahr?“, flüsterte sie, und ihre Stimme schien sich in dem leeren Raum zu verlieren.

Er lockerte seinen Griff und nahm sein Bein von ihren. „Ich will eine Menge, Salia, aber ich werde dich nicht küssen.“ Er strich ihr sacht eine Haarsträhne aus der Stirn, bevor er sie losließ und sich in eine sitzende Position stieß. „Meine Gefühle stehen nicht infrage. Ich bin genau der, der ich immer war.“

„Du stellst *meine* Gefühle infrage“, murmelte sie.

„Nun ja – du wolltest mich umbringen.“

Sie lächelte, doch diesmal kostete es sie mehr Mühe. „Ich weiß, dass ich *etwas* für dich empfinde …“

Er verzog das Gesicht und rieb sich mit dem Handballen über die Stirn. „Wieder einer der Sätze, die man als Verlobter unbedingt hören will.“

Sie fürchtete, davon würde es noch einige geben.

„Du wirst mich also nicht küssen“, wiederholte sie seinen Satz, denn irgendwie war dieser hängengeblieben.

„Nein. Ich werde nichts tun, was du nicht willst. Du bist also diejenige, die den ersten Schritt machen muss. Womit du ehrlich gesagt noch nie Probleme hattest. Ich bin also optimistisch.“ Er hob einen Mundwinkel und half ihr auf die Beine. „Aber ich kann dir versichern, dass ich dich nicht zurückweisen werde.“

Sie lachte. „Das ist gut zu wissen. Ich –“

„Jeki Terrig Tujan, wo zum Teufel bist du?!“

Jemand hämmerte gegen die Haustür, und sie zuckten zusammen. Jeki ließ ihre Hand los und wandte sich zu dem Geräusch um.

„Bei den Göttern, meine Probleme werden immer größer“, murmelte er, bevor er in langen Schritten den

Raum durchquerte. Nym folgte ihm und versuchte die Stimme zuzuordnen, die zwischen jedem lautstarken Klopfen Jekis Namen rief. Sie kannte sie irgendwoher.

„Du wirst jetzt sofort diese Tür aufmachen, Jeki! Du wirst –"

Jeki zog die Tür auf und die kleine Frau, die ihre Hand zum erneuten Klopfen erhoben hatte, stolperte bei der plötzlichen Bewegung nach vorne.

Nym überragte die ältere Frau, deren besorgtes Gesicht von Falten geprägt war, um mindestens einen Kopf. Sie wusste, dass Jekis Mutter vor ihr stand, ohne dass sie sich daran erinnern musste. Sie hatten die gleichen dunklen Augen.

„Wieso hast du nichts an?! Man öffnet nicht halbnackt die Tür! Und ... Oh, hallo Salia." Sie lächelte breit, als sie Nym erkannte. „Schön, dich mal wieder zu sehen. Es ist schon viel zu lang her. Und *du*!" Ihr Zeigefinger stieß auf Jekis Brust nieder. Ihre Augen glühten und es schien, als würde sie überlegen, ob Schläge nicht doch als Erziehungsmaßnahme taugten. „Wie konntest du mir verheimlichen, dass dein Bruder seit gestern im Gefängnis sitzt? Ich musste es von meinem *Nachbarn* erfahren!"

Jeki kratzte sich am Kopf und machte einen Schritt beiseite, damit seine Mutter eintreten konnte. Die ersten am Haus vorbeispazierenden Soldaten waren bereits stehen geblieben, um sich das Spektakel anzusehen. Man sah wohl nicht allzu oft, wie ein sechsundzwanzigjähriger Erster Offizier von seiner Mutter zur Schnecke gemacht wurde.

„Hallo, Mama, wie geht es dir?", fragte Jeki trocken und drückte die Tür ins Schloss.

„Komm mir nicht so! Was hat Janon denn diesmal wieder angestellt und warum sitzt er immer noch in Gewahrsam? Ich dachte, du hättest eine gewisse Autorität in der Zweiten Mauer! Und warum kannst du mir nicht in die Augen sehen?"

Jeki presste die Lippen aufeinander und massierte sich mit zwei Fingern seine Nasenwurzel. Vorsichtig griff Nym nach seiner Hand. Sie wusste nicht warum, es war wie ein Reflex, sie tat es einfach.

„Jeki kann nichts dafür. Es ist meine Schuld, dass er sich noch nicht bei dir gemeldet hat."

Und das war die Wahrheit.

„Deine Schuld?" Verwundert hob Jekis Mutter die Augenbrauen. „Wie kann es deine Schuld sein?"

„Nun, ich hatte eine paar Probleme mit meinem letzten Auftrag und Jeki musste mir helfen."

Jeki schnaubte laut, umschloss ihre Hand jedoch mit seinen Fingern. „Mama, bitte. Beruhige dich einfach. Ich werde schon –"

„*Beruhigen?* Wie soll ich mich bitte beruhigen! Janon sitzt im Gefängnis!"

„Janon sitzt andauernd im Gefängnis, ich wundere mich, dass du –"

„Jeki! Reiß dich zusammen, erzähl mir, was passiert ist – und bei den Göttern, zieh dir etwas an!"

„Ich habe es dir gesagt", murmelte Nym, ließ ihn los und ging in den Übungsraum, um ihm sein Hemd zu holen. Jeki und seine Mutter mussten ihr wohl gefolgt sein, zumindest standen sie im Raum, als sie sich wieder umwandte.

„Steckt er in Schwierigkeiten, Jeki?" Frau Tujan sah so besorgt aus, dass Nym das Verlangen hatte, sie zu umarmen. Sie mochte sie sehr gerne. Es wunderte sie nur ein bisschen, dass sie bei ihrem Gesicht sofort an einen hölzernen Kochlöffel denken musste.

„Ja, er steckt in Schwierigkeiten, Mama. Aber ich werde mich schon darum kümmern.“

„Was für Schwierigkeiten? Was hat er getan?“

Jeki schwieg und mied noch immer ihren Blick.

„Was hat er getan, Salia?“, wandte sie sich stattdessen an Nym. Angst spiegelte sich auf ihren Zügen wider, und Nym musste schlucken, als sie Jeki sein mit Erde beschmutztes Oberteil gab.

„Er hat meiner Schwester zur Flucht nach Asavez verholfen“, sagte sie kleinlaut.

Ungläubig öffnete Frau Tujan ihren Mund, doch es hatte ihr die Sprache verschlagen. Sie brauchte einige Momente, bevor sie fragte: „Er hat ... aber ... sie ist nach Asavez? Deine Schwester? Aber du bist Erste Offizierin.“

Schön, dass das allen bewusst war, außer ihr selbst.

„Ich weiß“, murmelte sie. „Aber sie war eine Rebellin, und Janon hat ihr dabei geholfen, vor den Göttlichen Soldaten zu fliehen.“

„Aber er kannte sie doch gar nicht! Wieso sollte er ihr helfen?“

Sie stellte dieselben Fragen wie Nym noch vor ein paar Stunden.

„Nun, er –“

„Mama“, schnitt Jeki ihr das Wort ab, mittlerweile wieder angezogen. „Es ist egal, warum er ihr geholfen hat. Es ist egal, dass er des Hochverrats angeklagt wird –“

„Des Hochverrats?“ Jegliches Blut wich aus dem Gesicht der älteren Frau. „Aber darauf steht ... darauf steht die ...“

Jekis Kiefer verhärtete sich noch eine Spur mehr. „Ich werde mich darum kümmern“, wiederholte er.

„Aber *wie*? Wie willst du dieses Problem lösen?“ Tränen standen in ihren Augen. „Nur ein Gott könnte ihn ... nur ein –“ Ihre Stimme brach und der Schock und die Hilflosigkeit, die sich in ihrer Miene widerspiegelten, trafen Nym bis ins Herz.

Sie machte einen Schritt nach vorne und zog Frau Tujan in ihre Arme. „Ich werde mich um Janon kümmern“, flüsterte sie. „Mach dir keine Sorgen. Jeki kann nichts tun. Aber ich ... ich kann es.“ Und das würde sie.

Kapitel 6

Unanfechtbare Vorschriften
№ 6

Für jeden gelten die gleichen Regeln, die nachfolgend festgehalten werden. Diese sind verhandelbar und dürfen mit dem Einverständnis aller angepasst werden.

Levi hasste es, nichts tun zu können.

Er hasste dieses dunkle Haus. Er hasste es, dass er nicht rausgehen durfte. Er hasste es, dass Ro ihn über den Tisch hinweg angrinste, und er hasste es, dass Vea ihn mitleidig ansah. Dabei war der Tod ihres Freundes Janon viel wahrscheinlicher als der von Nym. Warum bemitleidete sie *ihn*? Er sollte *sie* mitfühlend ansehen!

„Levi, hör auf zu knurren." Liri tätschelte seine Hand und sah ihn tadelnd an. „Knurren ist keine Art der Kommunikation."

Bei den verdammten Göttern, was für Floskeln hatte Naha ihr denn nur beigebracht?

„Ich knurre nicht."

Nika, Vea, Tala und Ro schnaubten gleichzeitig.

„Es hört sich an, als hätte man dich in einen Zwinger gesteckt, weil du das Nachbarskind angefallen hast."

„Weißt du, Ro, je mehr du redest, desto mehr denke ich, dass ich vielleicht wirklich anfangen sollte, jemanden zu beißen."

„Du hast ein Brot vor dir liegen. Warum beißt du nicht in das?"

Warum biss Ro nicht in den Tisch? Vielleicht sollte Levi etwas nachhelfen.

„Jungs, seid nett zueinander", seufzte Nika und schüttelte müde den Kopf.

Ro schien verwirrt. „Wir sind doch nett."

„Hast du Levi mal ins Gesicht gesehen? Nett ist nicht das Wort, das mir dazu einfällt."

Jetzt war es an Levi, zu schnauben. „Warum sind heutzutage alle Frauen Dummschwätzerinnen? Kann mir das mal jemand erklären? Ist das ein neuer Trend?"

„Ach, komm schon." Ro schlug ihm auf die Schulter. „Du stehst doch auf Dummschwätzerinnen. Schau dir Nym an! Sie ist –"

Die Tür schwang auf und er kam nicht dazu, seinen Satz zu Ende zu führen. Ro sollte dankbar um die Ablenkung sein. Innerhalb der letzten Stunden hatte sich in Levi der Drang entwickelt, heute Nacht noch jemanden ins Gras beißen zu lassen. Und Ro hatte sich mit jedem seiner Worte praktisch freiwillig gemeldet.

Brag trat ein, ein Pergament zwischen den Fingern, und nur mühsam hielt sich Levi davon ab, aufzuspringen und es ihm aus der Hand zu reißen.

Leise ließ er die Tür ins Schloss gleiten, bevor er Tala, die zu ihm gelaufen war, um ihn zu begrüßen, kurz über den Kopf streichelte. Levi war in den vergangenen Stunden aufgefallen, dass Tala jedes Mal die Sekunden zu zählen schien, bis ihr Onkel zurückkam. Vielleicht, weil sie zu oft jemanden verabschiedet und dann nie wiedergesehen hatte.

„Na, habt ihr einen schönen Abend?", fragte der große Mann lächelnd, und schon verlor Levi die Geduld.

Selbst an seinen besten Tagen stand ihm nicht viel davon zur Verfügung, aber an diesem Tag …

„Was steht in dem Pergament?", blaffte er und streckte die Hand aus.

„Meine Güte, ihr Asavez habt wirklich keinen Spaß im Leben", stellte Brag kopfschüttelnd fest.

Oh, wenn er so weitermachte, dann hätte Levi in wenigen Minuten den Spaß *seines* Lebens!

„Was steht drin?" Diesmal konnte selbst er nicht leugnen, dass er knurrte.

„Ich hab es nicht gelesen. Dein Herr Vater sagte, es solle an dich gehen", meinte der Schmied schulterzuckend und übergab ihm das Papier. Levi ignorierte Vea, die sich von ihrem Platz erhoben hatte und praktisch auf seine Schulter sabberte, gierig darauf zu erfahren, was in dem Pergament stand, und öffnete hastig den Brief. Er strich das Papier mit der Hand auf der rauen Tischplatte glatt und überflog die Zeilen.

Ich werde ihr die Nachricht geben und ihre Antwort überbringen. Aber nur an dich persönlich.
Ich will dich sehen. Dich und Aliri. Gemeinsam. Niemand anderem werde ich erzählen, was sie gesagt hat. Morgen früh um elf, Fünfte Mauer, Thakas Monument.

„Nur über meine Leiche!", presste er zwischen den Zähnen hervor und krallte seine Fingernägel in das Pergament.

„Das ließe sich arrangieren", murmelte Ro.

„Was steht drin?“, drängte Liri und versuchte das Pergament unter seiner Hand hervorzuziehen. „Levi, ich will das lesen!“

Natürlich wollte sie das! Alle schienen etwas von ihm zu wollen.

Da hatte er sich ausnahmsweise mal vorgenommen, Pause zu machen – nicht mehr täglich sein Leben zu riskieren, vielleicht ein wenig Ruhe zu bekommen – , und schon war dieses Vorhaben so weit von ihm entfernt, dass er sich nicht einmal mehr erlauben konnte, daran zu denken.

„Scheiße“, fluchte er und schloss die Augen. Liri nutzte den Moment seiner Unaufmerksamkeit schamlos aus und riss das Papier vom Tisch.

Warum hatte er ihr nur das Lesen beigebracht? Das erschien ihm jetzt doch recht unüberlegt.

„Levi“, murmelte Vea hinter ihm, sie klang flehentlich. „Du musst hingehen. Das ist unsere einzige Chance. Wir müssen wissen, was Salia denkt. Was sie vorhat. Ob sie bleiben will. Wie es Janon geht. Was die Götter –“

„Natürlich werde ich hingehen“, fuhr er sie an. Als hätten daran je Zweifel bestanden. „Aber Liri bleibt hier. Sie –“

„Aber er schreibt, dass er uns beide sehen will. Ich muss gehen!“, sagte seine Schwester mit großen Augen.

Levi streckte die Hand aus. „Gib mir das Pergament zurück. Wenn ich draufschreibe, dass du hier in den Keller eingesperrt wirst, dann musst du das ja offensichtlich auch tun.“

Sie verdrehte die Augen. „Du versuchst immer auf mich aufzupassen, aber das musst du nicht mehr. Ich bin erwachsen."

Sagte das Mädchen, das ihn gestern Nacht noch um eine Gute-Nacht-Geschichte gebeten hatte. „Liri, das Thema ist beendet. Du wirst nicht mitkommen."

Er hatte sie doch nicht zwölf Jahre lang beschützt, nur um sie jetzt dem Bastard vorzuführen, der ihren Tod gewollt hatte.

„Levi …" Wieder war es Veas flehentliche Stimme an seinem Ohr, die ihn zusammenzucken ließ. „Was ist, wenn er es euch nur erzählt, wenn ihr zu zweit auftaucht?"

„Dann werde ich es aus ihm herausprügeln, ganz einfach. Ich sehe da kein Problem."

Wenn er es sich recht überlegte, dann würde ihm das sogar in die Karten spielen. Sein Vater war zwar nicht Thaka, der ganz oben auf Levis Todesliste stand, aber nah genug dran. Levi war aufgewühlt genug, um zwischen den beiden keinen Unterschied zu machen.

„Levi …"

„Levi …"

Vea und Liri sprachen gleichzeitig und ruckartig stand er von seinem Stuhl auf. „Nein! Nicht *Levi*. Ihr beide kennt meinen Vater nicht. Ihr habt *keine* Ahnung!", seine Stimme überschlug sich und alle starrten ihn an. Doch das interessierte ihn nicht. Leise Verzweiflung machte sich in ihm breit. „Er ist niemand, dem ich vertraue. Dem *irgendjemand* vertrauen sollte. Meine Güte, er ist Politiker! Was erwartet ihr von ihm? Überhaupt dort hinzugehen, ist lebensmüde. Ich werde Liri nicht in eine solche Gefahr bringen." Wütend warf er einen Blick in die Runde. Wie konnten sie das von ihm verlangen? „Ich werde gehen, weil ich keine verdammte Wahl habe und niemandem von euch zutraue, die Informationen genauso erfolgreich wie ich aus ihm herauszukitzeln – und wenn mich das zu einem arroganten Arschloch macht, dann sei es drum! Aber ich werde niemanden in meinen Scheiß mit reinziehen. So wie niemand von euch das Recht hat, sich in meinen Scheiß einzumischen!"

„Es ist *unser* Scheiß", sagte Ro leise, sein Blick intensiv. „Es war schon immer unser Scheiß, Levi."

Er lachte tonlos und schüttelte den Kopf. „Nein. War es nicht. Nicht das hier", murmelte er, wandte ihnen den Rücken zu und lief die Treppe hinauf.

Wenn noch einmal jemand seinen Namen sagte, wäre das Haus nur noch ein Haufen Ziegel.

Er presste seine Zähne so fest aufeinander, dass es wehtat, und seine Fingernägel gruben sich in seine Handflächen.

Er musste sich beruhigen.

Einatmen. Ausatmen. Einatmen.

Wie war er in diese Situation geraten?

Vor ein paar Wochen war seine größte Sorge gewesen, dass Liri sich in einen Vollidioten verlieben könnte, den er verprügeln müsste. Na ja, und dass ihn beim nächsten Auftrag das Zeitliche segnete – aber daran war er gewohnt.

Er mochte den Nervenkitzel. Das Gefühl, dass nur ein Moment über Leben und Tod entscheiden könnte.

Aber *sein* Leben, *seinen* Tod.

Nicht das von irgendjemand anderem. Nicht Liris. Nicht ... Nyms.

Nym.

Immer wieder Nym.

Wieso war er nicht besser vorbereitet gewesen? Er hatte sie damals angesehen, das identitätslose Mädchen vom Steinernen Altar, und hatte gewusst, dass sie Schwierigkeiten bedeuten würde. Aber anstatt sich gegen diese Schwierigkeiten zu wappnen, hatte er sie noch verschlimmert.

Er rieb sich mit Daumen und Zeigefinger über die Augen und lief in das Zimmer, in dem er mit Liri und Vea die letzte Nacht verbracht hatte.

Nym. Wenn ihr etwas passierte. Wenn sie …

Er ließ sich auf das Bett sinken und schloss für ein paar Momente die Augen.

Er hatte recht gehabt. Schon immer. Gefühle waren der Feind eines jeden Soldaten.

Jaan war das schon immer bewusst gewesen. Solange Levi ihn kannte, hatte er noch mit keiner Frau etwas angefangen – an ihm hätte er sich ein Beispiel nehmen müssen.

Er atmete zischend aus und ließ seine Lider wieder nach oben fahren. Sein Blick fiel auf seinen Rucksack, der an der Wand unter den geschlossenen Fensterläden lehnte.

Er stand auf, lief durch den Raum und hockte sich davor. Dann griff er in die Seitentasche und zog die hölzerne Mundharmonika daraus hervor. Er starrte sie an und drehte sie in den Händen.

Er wusste nicht, warum er sie all die Jahre behalten hatte. Er wusste nicht, warum er sie mit sich herumtrug. Doch er wusste, dass er keinen einzigen Ton darauf spielen konnte.

h

„Hast du Angst?“

„Ich finde, Angst ist ein sehr starkes Wort.“

Jeki lachte leise. „Bist du nervös?“

Mit schiefgelegtem Kopf betrachtete Salia das türkise Haus, und Jeki juckte es in den Fingern, den Arm um sie zu legen.

Sie hatte am Morgen seine Hand genommen. Es war die rettende Berührung gewesen, die ihn davor bewahrt hatte, die Fassung zu verlieren, und für diesen kurzen Moment, in dem sie ihn wieder wie *ihn* angesehen hatte, war sein ganzes Leben erneut in die richtige Perspektive gerutscht.

Aber er hatte gemeint, was er gesagt hatte: Sie musste den nächsten Schritt tun. Er wusste, dass sie keine Angst vor ihm hatte, aber er würde sich ihr nicht aufdrängen.

Auch wenn ihm das sehr, sehr schwerfiel.

„Wer wird alles da sein?“, fragte sie leise, während die letzten Sonnenstrahlen des viel zu kurzen Tages ihre Füße abtasteten.

„Ich würde dir gerne sagen niemand Wichtiges, aber das wäre gelogen.“

Sie stieß einen erstickten Lacher aus. „Welche Götter werden dort sein?“

„Api, vielleicht Thaka. Aber sie werden dich in Ruhe lassen.“

Sie hob einen Mundwinkel und sah ihn an. „Ja, sie werden wahrscheinlich nicht viel mit mir reden, aber sie werden mich den ganzen Abend lang beobachten."

Ja, das würden sie. „Die Götter sind harmlos." Für heute würden sie es sein. „Du solltest dir mehr Gedanken über die anderen Offiziere machen. Ich fühle mich gezwungen, dich davor zu warnen, dass sie alle ziemlich neugierig sein werden, wo du die letzte Zeit über gewesen bist ... und warum ich gestern angeordnet habe, dich suchen zu lassen."

Salia verdrehte die Augen. „Jeki. Ich habe meine Erinnerung verloren – mir wurde nicht mit einer Mistgabel das Gehirn umgegraben. Natürlich werden mir alle Fragen stellen. Ich habe mit nichts anderem gerechnet. Davor habe ich sicherlich keine Angst."

Aber es gab etwas, vor dem sie Angst hatte. Er konnte es in ihren Augen sehen, in der Art und Weise, wie sie stand. Er hatte es ihr den ganzen Tag über im Gesicht ablesen können.

Salia war eine unglaublich begabte Schauspielerin, aber Jeki besaß noch immer die Fähigkeit, hinter ihre kühle und gedeckte Fassade zu blicken, und das beruhigte ihn ungemein.

Doch vor was fürchtete sie sich so?

„Lass uns reingehen", meinte sie lächelnd. Doch das Lächeln erreichte ihre Augen nicht. „Wir werden sicherlich schon dabei beobachtet, wie wir unschlüssig vor dem Haus stehen. Und mehr Anlass zum Reden brauchen die Klatschsoldaten bestimmt nicht."

Sie wartete nicht auf eine Antwort, sondern trat auf die Tür zu, doch bevor sie ihre Hand heben konnte, um zu klopfen, zog Jeki sie noch einmal zurück.

„Warte noch kurz. Es gibt noch etwas, das ich dir geben möchte."

Verwundert drehte sie sich zu ihm um. Er war einfach nur glücklich, dass sie nicht vor ihm zurückgezuckt war.

„Was geben?"

Er nickte und zog den kleinen Gegenstand aus seiner Hosentasche, der ihm schon den ganzen Tag ein Loch dort hineingebrannt zu haben schien. Die letzten Sonnenstrahlen brachen sich in dem Stein und ließen ihn rötlich aufleuchten, während das Gold des Rings fahl glänzte.

„Oh." Salia starrte auf seine Hand, und wenn ihm das Licht keinen Streich spielte, liefen ihre Wangen rosa an. „Ist das mein Verlobungsring?"

„Ich hätte einen größeren Stein auswählen sollen, dann hättest du ihn vielleicht nicht vergessen."

Sie lachte und die melodisch aneinandergereihten Töne liefen ihm warm und kalt den Rücken hinunter. Ihre Fingerspitzen fuhren über seine Handfläche, als sie ihm den Ring aus der Hand nahm.

„Er ist wunderschön. Und ich hasse Prunk und Protz, also ..."

Als ob er das nicht wüsste.

Sie steckte ihn sich an den Finger und betrachtete ihre Hand.

Jeki kam sich etwas blöd vor, aber ein spektakulär befriedigendes Gefühl der Freude senkte sich auf seinen Magen und sein Herz, als er den Ring wieder an ihrem Finger sah. Er hatte nie den Sinn oder den Nutzen darin gesehen, sein Revier abzustecken, aber jetzt gerade, in diesem Moment, da empfand er ein so primitives

Gefühl der Genugtuung, dass er sich dabei erwischte, wie er breit grinste.

Salia war, den Göttern sei Dank, immer noch damit beschäftigt, auf ihre Hand zu starren, und bemerkte es nicht. Sie hatte die Stirn leicht gerunzelt und murmelte schließlich: „Das war es, was sich verhakt hatte."

„Was?"

Sie blickte auf. „Meine erste Erinnerung. Ich stand am Appo und habe gewartet – auf dich. Du kamst zu spät und meine Hand ... meine Hand hat sich in meiner Hose verhakt. Ich wusste nur damals nicht, warum. Aber es muss der Ring gewesen sein."

Die Wärme in seinem Herzen breitete sich weiter aus. „Ja, tut mir leid. Dass ich zu spät gekommen bin, meine ich. Api hat mir damals noch die Koordinaten des Ortes gegeben, an den ich dich bringen sollte."

Nickend warf sie einen letzten Blick auf den Ring, dann nahm sie seine Hand. „Ich verzeihe dir. Aber nur, weil ich mich nicht mehr daran erinnern kann, wie wütend ich damals wirklich war."

Schön, dass der Erinnerungsverlust wenigstens eine gute Seite hatte.

Sie klopfte an die Tür und keine Sekunde später wurde sie von einem Dienstmädchen geöffnet, das sie nach oben in den Festsaal verwies.

Er bemerkte, wie Salias Blick kurz zu dem protzigen Kronleuchter hinaufwanderte und sie die Augen verdrehte, unterdrückte jedoch ein Lachen. Man tat besser daran, die Götter nicht auszulachen.

Ohne zu zögern durchquerte Salia den Flur und nahm die erste linke Tür. Ihre Hand immer noch in seiner trat sie in den Saal dahinter und augenblicklich verstummten jegliche Gespräche, die zuvor stattgefunden hatten.

Bei den Göttern, dieser Raum war ein einziges großes Klischee. Hatte Jeki mal behauptet, dass die Bewohner der Zweiten Mauer die größten Klatschmäuler waren? Er musste sich korrigieren. Dieser Titel gebührte der Göttlichen Garde.

Die Blicke berührten ihn kaum – alle starrten Salia an, ihr Gesicht eine neutrale Maske der Gleichgültigkeit.

„Da seid ihr ja", brach Api die Stille und erhob sich von seinem Platz. Zu Jekis Überraschung war es keineswegs Thaka, der neben ihm saß. Es war Valera.

Dabei zog die Göttin der Vernunft es meistens vor, nicht an dieser Art von Treffen teilzunehmen.

„Ihr seid reichlich spät, da haben wir es uns herausgenommen, schon einmal mit dem Essen zu beginnen."

Der Gott der Vergeltung sprach im Plauderton, doch sein Blick lag ebenso gierig auf Jekis Verlobter wie der aller anderen. Einzig Valera schien unbeeindruckt von ihrem Auftreten. Sie sah nachdenklich in das Weinglas, das sie in ihrer rechten Hand hielt und leicht schwenkte. Sie schien tief in Gedanken.

„Das ist kein Problem", meinte Salia, und wieder einmal bewunderte Jeki sie dafür, dass sie so ruhig blieb, wo er doch gerne jedem Soldaten, der es nicht schaffte, seinen Mund zu schließen, dabei behilflich sein würde, ihn nie wieder zu öffnen.

„Nun gut, dann setzt euch doch." Api machte eine ausladende Bewegung in den Raum hinein. „Es gibt reichlich Platz."

Jeki entging es nicht, dass der Gott für einen kurzen Moment auf Salias rechte Hand sah, an der sie den Verlobungsring trug, und sich sein Mundwinkel bei diesem Anblick hob.

Da er Salia den Ring genau aus diesem Grund vor diesem Treffen hatte zurückgeben wollen, musste er sich bemühen, sein Lächeln zu verbergen.

Er wusste, dass die Götter Salia nicht mehr trauten. Und das wohl auch zu Recht. Jeki hatte keine Ahnung, was in ihrem Kopf vorging. Er wusste nur, dass sie *ihm* nichts Böses wollte. Allerdings könnte es sich selbst bei dieser Überzeugung um reines Wunschdenken seinerseits handeln.

Dennoch – er würde alles tun, damit die Götter ihr wenigstens eine gerechte Chance einräumten, wieder zu ihrem alten Ich zurückzufinden.

Jeki löste seine Hand von ihrer und legte sie in ihren Rücken, während die Soldaten endlich wieder anfingen, sich zu bewegen und zu unterhalten.

Die lange Tafel war wie immer mit Essen und Wein überladen, und es wunderte ihn nicht, dass neben Arcal, der ihn mit einer gehobenen Braue beobachtete, noch zwei Plätze frei waren.

Er und Salia hatten immer dort gesessen.

Salia ließ sich von ihm in die richtige Richtung leiten und sie lächelte Arcal an. „Hallo, Arcal. Wie geht es dir?"

Natürlich. An *ihn* erinnerte sie sich!

„Ähm, gut, kann mich nicht beklagen", antwortete sein Freund etwas verwundert. Sie ließen sich neben ihm nieder und das erste, wonach Salia griff, war ein Krug Wein.

Jeki schmunzelte. Das war nicht einmal auffällig. Für Wein hatte sie schon immer eine Schwäche gehabt. Andererseits hatte sie ja auch immer eine Schwäche für ihn gehabt – manchmal änderten sich die Dinge.

Auf Salias anderer Seite saß eine junge Soldatin, die Jeki nicht kannte und nun irgendetwas zu ihr sagte. Doch Jeki verstand weder ihre Worte, noch konnte er Salias Antwort hören, denn er wurde von Arcals leiser Stimme abgelenkt.

„Ob es so klug war, sie heute direkt hier mit herzunehmen?", murmelte er. „Es geht das Gerücht um, dass sie auf Seiten der Asavez gekämpft hat ... was natürlich Blödsinn ist, nicht wahr?"

Jeki entschloss, darauf nicht zu antworten.

Arcal seufzte wehleidig, während Jeki überlegte, ob er die Gabel dafür nutzen sollte, sich ein Stück Fleisch auf den Teller zu laden oder sie in Arcals Oberschenkel zu rammen.

„Willst du mir nicht endlich sagen, was los ist? Ich könnte dafür sorgen, dass den Gerüchten Einhalt geboten wird. Ihre Loyalität wird angezweifelt, Jeki!" Seine Stimme war so leise geworden, dass es selbst ihm schwerfiel, ihn zu verstehen. Dabei befand sich Arcals Mund quasi *in* seinem Ohr. „Esya erzählt jedem, der es nicht hören will, dass Salia sie niedergeschlagen hat."

„Esya hasst Salia. Natürlich würde sie so etwas erzählen." Abgesehen davon, dass es die volle Wahrheit war.

Arcal schnaubte leise. „Jeki. Soldaten reden genauso wie alle anderen auch. Sie fragen sich, was mit ihr passiert ist. Warum du sie unbedingt finden musstest. Warum du so gereizt warst in letzter Zeit. Jeder will wissen, wo Salia war."

„Wie gut, dass ich keine Probleme damit habe, jeden zu enttäuschen.“

Jeki nahm sich etwas von dem Fleisch und reichte es an Salia weiter, die aufgehört hatte, sich mit ihrer Nebenfrau zu unterhalten und sie nun interessiert betrachtete.

„Redet ihr über mich?“, fragte sie lächelnd. „Arcal, wenn du etwas wissen willst, warum fragst du mich nicht selbst danach? Ich hatte dich irgendwie ... mutiger, ehrenhafter in Erinnerung.“

Was unter ihren Umständen eine Menge bedeutete!

Arcal errötete und Jeki lachte leise, als sein Freund murmelte, er wollte nur fragen, ob sie ihm den Wein reichen könne.

Sie tat, wie ihr geheißen ... und erstarrte in ihrer Bewegung.

Arcal nahm ihr die Karaffe aus den Händen und schien nicht zu bemerken, dass Salia die Stirn gerunzelt hatte und an das andere Ende des Tisches starrte. Sie sah aus, als hätte sie einen Geist gesehen.

Jeki folgte ihrem Blick. Dort saß ein Mann im teuren Gewand, die dunkelgrauen Haare kurzgeschoren. Er erkannte den Ratsvorsitzenden, denjenigen, der sich vor nicht allzu langer Zeit Sorgen um das Wohlergehen der Zweiten Mauer gemacht hatte. Sorvo, erinnerte Jeki sich, so hieß er.

Nur, warum starrte er so intensiv zurück?

„Kennst du ihn?“, fragte er leise in ihre Richtung.

Sie schüttelte den Kopf. „Nein. Aber ich erinnere mich an ihn.“

KAPITEL 7

1.

*Alle fünfzig Jahre darf eine Rekrutierung
vorgenommen werden.*

*Protokollierter Nachtrag (883)
V: Rekrutierung bedeutet nicht „Liebhaber".
Einige scheinen dies vergessen zu haben.
A: Ist da jemand frustriert?*

„*Ich danke Euch, Api. Ich danke Euch, Thaka.*"

„*Dankt nicht mir. Dankt nicht ihm. Dankt ihr.*"

Nym blinzelte und die Erinnerung verflüchtigte sich.
Sie ließ ihre Hand sinken und brach den Blick mit dem
Adeligen ab.

Sie wusste, wer er war. Ein kurzer Eindruck hatte genügt. Es waren die Augen.

Wieso waren es immer die Augen?

Die Frage war nur ... warum hatte er sie angesehen,
als wüsste auch er, wer *sie* war? Das beunruhigte sie.

„Was meinst du damit, du erinnerst dich an ihn?",
fragte Jeki verwirrt.

Sie richtete ihren Blick auf das Stück Fleisch vor ihr.
„Salia?"

„Ich ... er ..." Sie lachte und schüttelte den Kopf. Wie
sollte sie ihm erklären, was sie selbst nicht verstand?
Was würde er wohl sagen, wenn sie ihm erzählte, dass
sie Einsicht auf fremde Erinnerungen hatte? Einsicht

auf *Apis* Erinnerungen. Menschen musste sie berühren, um Einblick in ihren Geist zu bekommen, aber beim Gott der Vergeltung verhielt es sich anders. Seine Erinnerungen schienen ganz von allein den Weg in ihren Kopf zu finden.

Aber wenn sie dies laut aussprach ... Nein. Das würde sie niemandem erzählen. Schlimm genug, dass sie keine Kontrolle über diese neugewonnene Fähigkeit hatte.

„Wer ist er?", fragte sie, anstatt eine Erklärung zu geben.

Jeki sah äußerst unzufrieden mit ihrer Antwort aus, doch sie konnte sich nicht den Luxus erlauben, sich deswegen schlecht zu fühlen.

„Zarki Sorvo. Ratsvorsitzender der Zweiten."

„Sorvo?" Ihre Mundwinkel zuckten und sie konnte sich nur mühsam davon abhalten, laut aufzulachen. Levi war Vieles, aber kein kreativer Kopf!

Anstatt sich einen neuen Namen auszudenken, hatte er seinen alten einfach nur umgestellt.

„Ja, Sorvo. Du kennst ihn also doch?"

Hastig schüttelte sie den Kopf. „Nein, ich muss mich geirrt haben."

Jeki musste nichts sagen, um Nym wissen zu lassen, dass er ihr nicht glaubte. Sie hätte sich auch nicht geglaubt.

Sie nahm sich ihr Besteck und fing an, ihr Fleisch zu schneiden, während sie aus den Augenwinkeln merkte, wie Jeki sie verwirrt ansah und Sorvo sich von seinem Platz erhob, kurz Valera zunickte und schließlich den Raum verließ.

Die Göttin der Vernunft senkte den Blick auf ihr Weinglas und ... lächelte sie?

Nym konnte es nicht ganz erkennen. Die Götter gingen immer sehr sparsam mit ihren Gesichtsregungen um. Sie nippte an ihrem Wein und aß ein Stück Fleisch, während eine innere Unruhe ihr sagte, dass sie aufstehen und Sorvo nachlaufen sollte.

Es war albern, Levi hasste seinen Vater – und dennoch war er die einzige Verbindung, die sie zu ihm hatte.

Und dann war da dieses Gefühl, das sie nicht ganz beschreiben, geschweige denn benennen konnte. In Zarki Sorvos Blick hatte etwas gelegen ... Er hatte ausgesehen wie Levi, wenn er sich etwas vorgenommen hatte und seinen Plan in die Tat umsetzen wollte. Obwohl man bei Levi reichlich selten von einem *Plan* sprechen konnte.

Aber wenn sie jetzt ging, dann würde Jeki wissen, dass etwas nicht stimmte.

Sie atmete durch und ließ ihr Besteck sinken.

„Entschuldige, ich werde kurz die Örtlichkeiten aufsuchen", erklärte sie lächelnd und erhob sich von ihrem Stuhl.

Jekis dunkle Augen fanden ihre. Er schwieg, doch sie wusste, was er dachte. Er ahnte, dass sie nicht dem Drängen ihrer Blase folgte.

„Findest du den Weg?"

Sie nickte und legte ihm eine Hand auf die Schulter. „Danke", murmelte sie und hoffte, dass er wusste, dass sie sich nicht für seine Sorge bedankte.

Api sah auf, als sie sich auf die Türen zubewegte. Er wirkte, als wolle er etwas sagen, doch bevor er den

Mund öffnen konnte, berührte Valera sanft seine Schulter und flüsterte ihm etwas zu.

Der Gott der Vergeltung wandte sich stirnrunzelnd um, und Nym nutzte die Gelegenheit, um aus der Tür zu schlüpfen.

Der Flur, in den sie trat, war dunkel und nur mit zwei Kerzenleuchtern ausgestattet, die schemenhafte Schatten auf die Wände und die dort hängenden Gemälde warfen.

Nym überraschte es nicht, dass sie im Flur nicht allein war. Sie wunderte sich nicht einmal, dass Zarki Sorvo an der Tür lehnte, die in die Bibliothek führte.

Sie sah ihm in die grünen Augen – Levis Augen, Liris Augen – und faltete die Hände vor ihrem Körper.

„Er hat Sie geschickt, oder?", fragte sie leise.

Ihr Gegenüber nickte und eine Wärme flutete ihren Körper, die nichts mit ihren Ikano-Kräften zu tun hatte.

Levi hasste seinen Vater. Hatte ihn nie wiedersehen wollen. Hatte sich und Liri von ihm fernhalten wollen.

Doch all das schien er vergessen zu haben – ihretwegen.

Ihre Kehle wurde trocken, und sie wusste nicht, warum ihre Augen anfingen, zu brennen, aber das musste sofort aufhören. „Er ist noch hier?", flüsterte sie. „Er ... ist geblieben?"

Wieder nickte Sorvo, dann flackerte sein Blick neugierig über ihre Erscheinung. „Woher weißt du, wer ich bin? Ich hatte erwartet, dir erst einmal erklären zu müssen –"

„Sie sehen aus wie er", murmelte sie.

Etwas huschte über Zarki Sorvos Gesicht. Etwas Weiches, Verletzliches – doch es war so schnell verschwunden, dass Nym es sich auch nur hätte einbilden können.

„Er hat mich gebeten, dir eine Nachricht zu überbringen." Er zog ein Pergament aus seinem schweren, teuren Mantel und reichte es ihr.

Nym beeilte sich, es zu öffnen. Dies war nicht gerade ein geschützter Ort, also wer wusste, wie viel Zeit sie hatten?

Sie erkannte Levis Handschrift, auch wenn sie sich nicht mehr daran erinnern konnte, wo sie sie schon einmal gesehen hatte, und das warme Gefühl breitete sich bis in ihre Fingerspitzen aus, als sie die Zeilen las.

Willst du mit mir Pause machen?
Ja.
Nein.
Vielleicht.
P.S Denk an deine Schwester. Sie wünscht sich jemanden zurück.

Pause machen.

Ja, eine Pause klang gut, nur ... Moment. Vea war auch noch hier? Aber es war doch ihr Traum gewesen, Bistaye zu verlassen!

Ihre Augen brannten noch mehr und sie lachte leise, bevor ihre Mundwinkel sich wieder nach unten senkten.

Wie war das alles nur so verkorkst geworden?

Was genau wusste Levi mittlerweile? Hatte Vea ihm die Wahrheit erzählt? Wusste er von Jeki? Was dachte er jetzt von ihr? Jetzt, da er vielleicht ahnte, dass sie eine Spionin war.

Wie konnte er sich überhaupt sicher sein, dass sie ihm keine Falle stellte? Er konnte doch gar nicht wissen, ob sie nicht wieder auf der Seite der Götter stand. Sie wusste doch nicht einmal selbst, wo sie stand! Sie …

Aber das stimmte nicht. Sie wusste, wo sie stand. Hatte es gewusst, als sie vor die Götter getreten war. Hatte es gewusst, als sie Jekis Mutter in den Armen gehalten hatte.

Nur machte das die ganze Situation nicht leichter.

Sie seufzte schwer und gab Sorvo den Zettel zurück. Es war sicherer, wenn sie ihn nicht behielt.

Ja.

Nein.

Vielleicht.

Levi wollte wissen, ob sie nach Asavez wollte. Und sie sollte Janon mitnehmen, wenn sie sich dafür entschied.

Aber was war, wenn sie sich dagegen entschied?

Sie zog die Brauen ins Gesicht. „Sagen Sie mir, dass er nicht auf die brillante Idee gekommen ist, er könnte in die Dritte Mauer einbrechen, um mich zu retten."

Sorvos Mundwinkel zuckten, doch er schüttelte nur den Kopf. Er sah erschöpft aus. „Ich habe gar nicht mit ihm gesprochen. Das ist alles, was ich von ihm bekommen habe." Er hob das Pergament hoch. „Aber ich bin mir sicher, dass er nicht so dumm wäre, es zu versuchen."

Nym schnaubte. Es war offensichtlich, dass dieser Mann seinen Sohn nicht im Geringsten kannte. So wie *sie* Levi kannte, wäre sein Plan, die Mauer zu stürmen und dann zu *improvisieren*! Aber woher sollte Herr

Sorvo das auch wissen? Wie lange hatte er Levi nicht mehr gesehen? Zwölf Jahre?

„Sprechen Sie noch mit ihm?", fragte sie leise und sah sich kurz im Flur um, um sicherzugehen, dass in den letzten Sekunden niemand die Treppe hinaufgekommen war.

„Das hoffe ich. Ich soll ihm deine Antwort überbringen."

Das *hoffte* er?

Allem in Nym widerstrebte es, diesem fremden Mann zu vertrauen. Denn wenn sie ihr Vertrauen in den Falschen legte, dann konnte sie ohne jeden Zweifel innerhalb der nächsten paar Stunden tot sein.

„Bereuen Sie es, Zarki?", flüsterte sie und sah ihm in die Augen, wandte ihren Blick nicht ab, um keine Regung zu verpassen. „Bereuen Sie es, wie Sie vor zwölf Jahren gehandelt haben?"

Die grünen Augen starrten zurück, und ohne mit der Wimper zu zucken sagte er: „Jeden Tag meines Lebens."

Sie nickte. Das würde genügen müssen.

Er hatte seine Augen – wie konnte sie ihm nicht vertrauen?

„Gut. Dann richten Sie Levi Folgendes aus: Wenn er auch nur einen Schritt in die Dritte Mauer wagt, um seine hirnrissige Idee, mich zu retten, umzusetzen, werde ich ihn persönlich umbringen. Schmerzhaft und Qualvoll. Ich rette mich selbst! Sagen Sie ihm, dass jetzt noch nicht die Zeit ist, um Pause zu machen, aber dass ich eine Pause bitter nötig habe." Sie schluckte und fügte leiser hinzu. „Und ... sagen Sie ihm, dass er auf mich warten soll. Dass ich Janon helfe, aber dass er dafür Frau Tujan helfen muss. Er muss sie in Sicherheit bringen. Sagen Sie ihm, dass ich den Ostausgang benutzen werde. Dass er *nichts* tun soll, bevor ich laut und deutlich um Hilfe schreie. Sagen Sie ihm ... liebe Grüße von Nym.“

„Du schreibst das Gröbste besser noch einmal auf“, murmelte Sorvo – waren das Tränen in seinen Augen? –, reichte ihr Levis Pergament zurück und zückte einen Kohlestift. „Damit er mir glaubt, dass es von dir kommt.“

Sie nickte. Levi war noch misstrauischer als sie selbst.

Sie notierte die Sachen in Stichpunkten. Nur einen Satz formulierte sie klar und deutlich aus.

Sorvo faltete das Pergament zusammen und steckte es sich unter den Mantel. „Wann soll er auf dich warten?“

„Das weiß ich noch nicht“, gab sie zu. „Ich habe noch etwas zu tun, ich ...“ Ihr Blick blieb auf der Türklinke hängen, vor der Sorvo stand. Die Tür zur Bibliothek. „Ich habe noch etwas zu tun“, wiederholte sie.

Sie dachte an Jeki und Panik flutete sie. Sie konnte ihn nicht in Bistaye zurücklassen. Die Götter würden ihn töten. Sie schloss die Augen und atmete tief ein und aus. Einen Schritt nach dem anderen.

Die Götter wollten sie übermorgen Abend sehen. Das hieß, die Auswahl der Tage, an denen sie fliehen konnte, war begrenzt.

„Morgen“, flüsterte sie. „Morgen Nacht.“

Ihr Gegenüber nickte und sie trat beiseite, damit er an ihr vorbei in den Festsaal zurückkehren konnte. Es war alles gesagt und je kürzer er von den Feierlichkeiten abwesend war, desto besser.

Doch Sorvo bewegte sich nicht. Er starrte sie an, und jetzt war sie sich sicher, dass Tränen in seinen Augen standen.

„Ist er … ist er zu einem guten Mann herangewachsen?"

Nym lächelte. „Zu einem der Besten."

„Was ist mit Aliri?"

„Ihr geht es gut", flüsterte sie. „Sie ist wunderschön. Hat Levis Dickkopf."

Sorvo lächelte. „Ich habe ihn darum gebeten, sie morgen mitzunehmen, aber … ich glaube, er hasst mich zu sehr, als dass er diesem Wunsch nachkommen wird."

Sie war sich ziemlich sicher, dass Levi Liri nur über seine Leiche mitnehmen würde. Was sollte sie also sagen?

„Jeder macht Fehler …", murmelte sie. „Auch wenn Levi gerne behauptet, dass er die einzige Ausnahme ist. Jeder macht Fehler. Und das weiß er genauso gut, wie Sie und ich es tun."

Sorvo hob müde einen Mundwinkel. „Nun, manche Fehler sind schwieriger zu verzeihen als andere. Ich weiß, dass ich ihn verloren habe. Verdient verloren. Das ist okay. Ich will ihn nur noch einmal sehen. Sie sehen. Dann kann ich mit meiner Vergangenheit abschließen."

Nym betrachtete das Gesicht des gebrochenen Mannes. Des Mannes, der innerhalb weniger Tage seine Frau und dann seine beiden Kinder verloren hatte. Der sich den Göttern hatte beugen wollen. So wie es jeder andere vor ihm getan hatte.

Ja, es war falsch gewesen, aber dennoch hatte sie Mitleid. Sie spürte die Reue, die in jedem Zentimeter seines Gesichtes zu erkennen war.

„Ich glaube nicht, dass Sie Levi wirklich verloren haben", flüsterte sie.

Ein flüchtiges Bild einer hölzernen Mundharmonika kam ihr in den Sinn.

Die Mundharmonika, die sie bereits an dem Tag, an dem sie ihn kennengelernt hatte, gesehen hatte. Die, die Liri ihm einmal weggenommen hatte. Das Mädchen hatte sich so schuldig gefühlt, sie ihm gestohlen zu haben …

„Aber ich wusste nicht, dass sie ihm so viel bedeutet. Natürlich, er hat sie schon sein ganzes Leben lang. Er meint immer, sie gäbe es schon länger als ihn selbst, aber … ich wusste es eben nicht."

Sie schüttelte den Kopf. „Nein, ich glaube nicht, dass Sie ihn wirklich verloren haben."

Sorvo sah nicht aus, als würde er ihr glauben, aber das war jetzt auch nicht wichtig.

„Sie sollten wieder hineingehen", stellte sie fest. „Ich werde später folgen, damit niemand Verdacht schöpft." Niemand außer Jeki. „Und Danke."

Der ältere Mann nickte, senkte den Blick und lief den Flur hinunter, um zurück in den Festsaal zu treten.

Nym folgte ihm mit ihrem Blick, und noch bevor er die Tür zur Gänze hinter sich schloss, drückte sie die Klinke zu dem Raum zu ihrer Rechten hinunter und schlüpfte hinein.

Die Bibliothek lag in fast vollkommener Dunkelheit. Es gab nur ein Fenster in diesem Raum, dessen Läden weit geöffnet waren, doch das hindurchfallende fahle

Mondlicht warf nur einen einzigen dünnen Strich silbrig glänzenden Lichts bis an ihre Füße. Die Titel der Bucheinbände konnte sie so nicht lesen.

Vorsichtig trat sie nach rechts an eines der langen Regale und ließ die ihr vertraute Hitze Macht über ihre Hand nehmen. Sie formte einen kleinen Ball aus Feuer zwischen ihren Fingern und beleuchtete jedes einzelne Buch. Ging in die Hocke, um auch keinen Einband zu verpassen und las jeden Titel.

Wo war das Buch über das Kreisvolk? Wo waren die Tagebücher ihres Anführers?

Und wo war die Münze?

Sie konnte nicht benennen warum, aber diese Münze ... die Münze, die sie nun schon zweimal in den fremden Erinnerungen gesehen hatte – sie war wichtig. Sie wusste nicht warum, aber sie musste sie finden.

Hastig ließ sie ihren Blick schweifen, sank auf die Knie, nur um einen kurzen Moment später wieder aufzustehen und sich auf die Zehen zu stellen.

Es waren einfach zu viele Bücher. Zu viele Bücher, zu wenig Licht und zu wenig Zeit.

Sie ... Waren das Stimmen?

Sie hielt in ihrer Bewegung inne und ließ das Licht in ihrer Hand erlöschen, während Angst in ihre Poren kroch. Da waren zwei Stimmen. Wenn sie jemand hier erwischte ... wenn ein Gott sie entdeckte! Das konnte sie unmöglich erklären. Sie – aber Moment.

Die Stimmen drangen nicht unter dem Türschlitz hindurch. Sie wurden durchs Fenster geweht.

Vorsichtig wandte sie sich um, lief auf Zehenspitzen zur gegenüberliegenden Wand, darauf bedacht, nicht vom Mondlicht beschienen zu werden, und lauschte.

„... hast hier nichts verloren.“

„Oh, ich entscheide immer noch selbst, wo genau ich etwas verloren habe. Aber ich bedanke mich für die höfliche Gastfreundschaft, Thaka.“

Nym zuckte zusammen und schlug die Hand vor den Mund, um keinen Ton von sich zu geben.

Die Stimme! Sie kannte die Stimme!

Aber das war *unmöglich*. Das konnte nicht ...

„Wir sind weder Freunde, noch bis du Gast“, knurrte der Gott. „Und es gibt nur eines, was wir mit Eindringlingen tun.“

Jemand lachte, und jegliche Haare stellten sich auf Nyms Nacken auf. Sie hatte diesen Mann noch nie lachen gehört. Dennoch war sie sich sicher: Es war Jaan, der mit dem Gott sprach.

Warum war er hier? Und woher kannte er den Gott? Wie war das möglich?

„Willst du mich etwa umbringen, Thaka?“, fragte er gelassen.

„Natürlich will ich das.“ Thakas Stimme war gefährlich ruhig geworden, und Nym fiel es schwer, zu atmen.

Wie konnte Jaan so leichtsinnig sein? Warum war er hergekommen? Und ... *woher zum Teufel kannten sie sich?!*

Es beruhigte Nym keineswegs, dass sie sich nicht freundlich gesinnt zu sein schienen.

„Aber du kannst nicht“, bemerkte Jaan und lachte spöttisch. „Ich habe diese Abmachung immer als albern und allzu menschlich erachtet, aber ich muss zugeben, dass sie mir zugutekommt.“

„Du gehst zu weit, kleiner Soldat“, murmelte Thaka. „Jetzt schwingst du noch große Reden, aber deine Zeit läuft ab.“

„Nun, das ist es, was Zeit tut. Ablaufen. Damit habe ich mich abgefunden. Aber mein Sand ist nicht der einzige, der durchs Stundenglas rinnt. Du scheinst mir etwas nervös, Thaka. Aufregende letzte Tage?“

Kurzes Schweigen erfüllte die Nacht, während Nyms Gedanken anfingen zu rasen.

Sie verstand nichts von dem Gesagten, nichts von der Situation. War Jaan wegen ihr hier?

„Sag, wofür du gekommen bist, und dann geh.“ Thakas Stimme klang erstickt und war mit einem so tiefen Hass erfüllt, dass Nym glaubte, ihn über ihre Haut streichen zu spüren.

Doch warum tötete er Jaan dann nicht einfach? Wieso *konnte* er nicht? Das ergab keinen Sinn.

„Nun, ich hatte eigentlich gehofft, Tergon zu sprechen, aber der mysteriöse vierte Gott hält sich wohl immer noch lieber bedeckt.“

„Treib es nicht zu weit.“

„Ich bin es wohl kaum, der es zu weit treibt, mein Freund. Ihr hingegen, ihr habt die Regeln neu erfunden.“

„Die Regeln“, schnaubte der Gott verächtlich. „Das sind Strohhalme, an die du dich klammerst.“

„Wir werden sehen, wessen Halme als erstes brechen. Und ihr scheint euer Geflecht nicht sonderlich stabil gebaut zu haben.“

„Geh deines Weges, Jaan, bevor ich beschließe, dass Abmachungen gebrochen gehören“, knurrte der Gott. So wütend hatte Nym ihn noch nie erlebt.

Normalerweise verstanden sich die Götter darin, ihre Emotionen zu verbergen – wie also konnte ein einzelner, feindlicher Soldat, wie Jaan es war, diese Reaktion hervorrufen? Was war zwischen den beiden vorgefallen?

„Keine Sorge. Ich habe bereits getan, wofür ich gekommen bin."

Sie konnte das Lächeln in seiner Stimme hören. Seit wann war Jaan so offensichtlich fröhlich? Das passte zu nichts, was Nym über ihn wusste.

„Ich werde dich nicht länger behelligen. Du hast einiges zu tun, wer wäre ich, dich davon abzuhalten? Einen schönen Abend noch."

Und dann war es still.

Nym starrte auf den Streifen Mondlicht zu ihren Füßen und versuchte, ihre Gedanken zu ordnen.

Jaan kannte Thaka. Kannte die Götter. Und sie konnten ihn nicht töten. Wegen einer Abmachung. Aber … was für eine Abmachung sollte das sein?

Nym legte sich eine Hand auf die Stirn und schüttelte den Kopf. Wer zum Teufel *war* Jaan?

Ja, sie hatte gewusst, dass der Erste Offizier der Asavezischen Armee geheimnisvoll und mysteriös war. Dass er kaum sprach. Dass niemand wirklich wusste, was auf seinen zurückliegenden Reisen geschehen war.

Aber: Wie konnte Provo ihm vertrauen, wo er doch offensichtlich die Götter kannte?

Oder wusste der asavezische Anführer gar nichts darüber?

Nym trat einen Schritt zurück und bildete einen neuen Ball aus Feuer – genau in dem Moment, als die Tür aufging.

Sie zuckte so heftig zusammen, dass die Feuerkugel ihr beinahe aus der Hand gefallen wäre und die Regalbretter in Brand gesteckt hätte.

Sie fuhr herum und erkannte eine große Frau mit hellbraun gelocktem Haar, die mit schräg gelegtem Kopf und einem milden Lächeln auf den Zügen die Tür hinter sich schloss.

Nym erstarrte und die Flammen in ihrer Hand erleuchteten flackernd das Gesicht des Neuankömmlings.

„Hier bist du also", sagte die Frau langsam. „Es wurde sich schon gefragt, ob du vergessen hast, wie man die Örtlichkeiten benutzt."

Nym konnte nicht sprechen. Was sollte sie sagen? Wie sollte sie ihre Anwesenheit in der Bibliothek erklären?

„Ich ... muss mich wohl in der Tür geirrt haben", stellte sie lahm fest und musste sich davon abhalten, das Feuer in ihrer Hand zu ersticken, damit Valera ihr Gesicht nicht allzu gut erkennen konnte.

Die Göttin lachte. „Salia, es besteht kein Grund, mich zu belügen. Natürlich bist du neugierig."

Valeras schwarze Augen blitzten wissend auf. Nym wollte zurückweichen, doch sie zwang sich dazu, stehenzubleiben.

Die Göttin trat nun näher an sie heran und strich mit ihren Fingerspitzen über die Rücken der im Regal zu ihrer Linken stehenden Bücher. „Wir haben uns nie sonderlich gemocht, Salia. Doch ich habe das Gefühl, dass sich dies nun anders verhalten könnte."

Nym starrte sie an und suchte nach Erinnerungen, die Valera betrafen. Nach Emotionen, nach Begegnungen. Doch sie wusste kaum etwas über die Göttin.

„Wie kommt Ihr darauf?", fragte sie langsam. Es irritierte sie, dass die Göttin noch immer lächelte und kein Vorwurf in ihrem Blick zu finden war.

„Die Stimme der Vernunft sagt es mir", stellte sie leise fest und ließ ihre Hand sinken. Amüsiert hob sie die Augenbrauen, als sie bemerkte, dass Nym sie immer noch durchleuchtend anstarrte. „Salia, ich bin weder Api noch Thaka. Du brauchst keine Angst vor mir zu haben."

„Ich habe keine Angst. Weder vor Euch noch vor den anderen Göttern."

Valera legte den Kopf auf die andere Seite und nickte. „Ja, richtig. Du hattest nie Angst. Zumindest nie um dich selbst. Du hast dich immer nur um die anderen gesorgt. Ist es nicht so?"

Nym konnte nicht sagen, ob das stimmte. Doch die Göttin erwartete offensichtlich keine Antwort.

„Meine lieben Mitgötter sind so leichtsinnig. So unwissend. Sie haben sich nie Gedanken über die Psychologie eines Menschen gemacht. Wie unvernünftig." Gedankenverloren sah sie über Nyms Schulter aus dem Fenster hinaus. „Sie wollten mir nicht glauben. Haben meinen Rat ausgeschlagen. Nun, aus offensichtlichen Gründen, aber dennoch ... Es geschieht ihnen recht, dass ihr Plan eine fruchtlose Zeitverschwendung war."

Nym starrte die Göttin an und wagte es nicht, zu atmen. Warum erzählte Valera ihr das?

Die Göttin seufzte schwer, riss ihren Blick vom Mond los und fixierte nun wieder Nym.

„Wusstest du, dass ich der Grund bin, warum Zarki Sorvo noch lebt?“

Nym schluckte. Zarki Sorvo war kein erstrebenswertes Thema.

„Was?“, fragte sie und wenigstens auf ihre ruhige Stimme war Verlass.

„Zarki Sorvo“, wiederholte die Göttin der Vernunft lächelnd. „Thaka wollte ihn damals sofort töten. Er war so unglaublich wütend, weil wir den Ikano der Luft verloren hatten. Er hatte schon immer ein leicht reizbares Gemüt. Doch ich wusste, dass Sorvo irgendwann noch einmal nützlich sein könnte – und ich hatte recht, nicht wahr?“

Nym wagte es nicht, den Blick zu senken, sondern hob nur die Augenbrauen. „Ich weiß nicht, wovon Ihr sprecht.“

„Nein, natürlich nicht.“ Valeras Lächeln wurde breiter. „Aber weißt du: Es gibt etwas, das einen die Unsterblichkeit lehrt – und das ist, die Zukunft auf lange Sicht zu planen, Salia. Die Zeit vergeht, und wenn man ihrer Herr sein will, muss man seinen Horizont erweitern.“

„Niemand kann Herr der Zeit sein“, sagte Nym leise.

„Damit hast du recht. Aber es ist notwendig, zu wissen, wann es Zeit ist, zu handeln. Für dich mehr als für alle anderen, meine Liebe.“

Wovon sprach die Göttin? Und ... *warum* erzählte sie ihr das alles?

Valeras Blick lag nun intensiv auf ihrem. „Morgen, sobald die Sonne untergegangen ist, werden für eine Stunde weder ich noch Thaka oder Api hier sein. Wenn man einen Ausflug aus der Dritten Mauer machen wollte, dann wäre das wohl der Tag, den ich wählen würde …"

Nyms Mund öffnete sich und mit großen Augen sah sie die Göttin der Vernunft an. „Warum erzählt Ihr mir das?"

„Das sagte ich doch bereits", sagte sie nachsichtig lächelnd. „Weil meine lieben Mitgötter leichtsinnig und unvernünftig sind. Aber du bist es nicht. Und jetzt sollten wir zurück in den Festsaal gehen. Du bist wirklich schon zu lange abwesend. Api ist vielleicht leichtsinnig, aber nicht dumm."

Nym war nicht dazu in der Lage, sich zu bewegen.

Valera wollte ihr helfen, zu fliehen?

Eine *Göttin* wollte ihr den Weg aus Bistaye ermöglichen?

Dieser Abend war einfach nur verrückt. Das war … wie konnte das sein? Sie hatte die Götter immer für eine Einheit gehalten. Hände, die an einem Strang zogen – aber anscheinend war dem nicht so.

Sollte sie sich vielleicht bedanken? Oder war das Ganze nur ein Trick? Eine Falle?

Sie entschloss sich dazu, nichts zu sagen, stattdessen glitt sie aus der Tür, die die Göttin ihr aufhielt.

„Ach, Salia …"

Nym blieb stehen und wandte sich noch einmal um. „Ja?"

Das Lächeln war von Valeras Gesicht verschwunden. „Ich bin nicht ohne Grund die Göttin der Vernunft. Ich werde für mich behalten, dass du heute hier warst – aber sollte ich dich noch einmal in der Nähe der Bücher sehen, werde ich nicht darüber hinwegsehen. Hast du verstanden?"

Sie nickte. „Natürlich."

KAPITEL 8

2.

„Hörst du mir zu?"

„Was?" Nym schrak zusammen und sah zu Jeki auf.

Sie standen vor seiner Tür, und er hatte den Schlüssel bereits im Schloss – doch sie hatte keine Ahnung, was er die letzten Minuten über gesagt hatte.

Da waren so viele Dinge in ihrem Kopf. Bilder, Sorgen, Fragen. Vor allem Fragen.

„Willst du mir erzählen, was los ist?", fragte er langsam.

Nein, wollte sie nicht. „Kannst du die Tür öffnen?"

Er seufzte, folgte jedoch ihrer Bitte.

Jaan kannte Thaka. Womöglich alle Götter.

Valera wollte ihr bei der Flucht helfen.

Und was würde sie Jeki erzählen?

Wenn sie ging, wäre es sein Todesurteil. Wenn sie blieb, wäre es ihres und Janons.

Und wenn er mitkam?

Levi würde entzückt sein. Aber wenn Nym ehrlich war, dann schmerzte ihr Herz bei dem Gedanken daran, Jeki nicht mitzunehmen.

Er war ihr ... so unendlich vertraut.

„Wohin gehst du?"

Wieder schrak sie zusammen und überrascht bemerkte sie, dass sie die Treppe hinauf in den ersten Stock gegangen war.

„Oh, ich dachte wir gehen schlafen." Nein, sie hatte überhaupt nicht darüber nachgedacht, wo sie hinging. Wenn sie ehrlich war, überraschte es sie, dass sie überhaupt noch die gedanklichen Kapazitäten dafür hatte, diese Unterhaltung zu führen.

Es war einfach zu viel! Zu viele Dinge auf einmal – und dann auch noch Jeki.

Jeki, dessen Gesicht sie mit ihren Händen umfassen und in dessen Augen sie sehen wollte, bis sie wusste, was von ihren Gefühlen für ihn übriggeblieben war.

Hatte er es nicht verdient, dass sie sich wenigstens die Chance gab, sich an ihn zu erinnern?

„Wir?" Er hob eine Augenbraue, und erst jetzt fiel ihr auf, dass sie impliziert hatte, sie würden in einem Bett schlafen.

Und ja, was war schon dabei?

Sie brauchte heute Abend Nähe. Es kam ihr vor, als stünde sie alleine gegen die Welt.

Gegen die Götter.

Gegen all die offenen Fragen.

Gegen ihre eigenen Erinnerungen.

Gegen ihre Wünsche, die sich nicht einigen konnten.

„Wir", murmelte sie und lächelte. „Die Betonung liegt auf *schlafen*."

„Ich werde so tun, als hätte ich den letzten Satz nicht gehört. Einfach, weil er mir nicht gefallen hat."

Sie lachte und wandte ihm wieder den Rücken zu. Er ging so nah hinter ihr, dass sie seinen Atem in ihrem

Nacken spüren konnte und sie erwischte sich dabei, wie sie für kurze Zeit die Augen schloss.

Es war nur so beruhigend. Ihn bei sich zu wissen. Sie konnte das Gefühl nicht abstellen – es war wie ein Reflex, den er bei ihr auslöste.

„Willst du mir trotzdem erzählen, was ich heute Abend verpasst habe?" murmelte er, während sie die Tür zum Schlafzimmer aufstieß.

„Wieso glaubst du, etwas verpasst zu haben?"

„Weil ich Augen im Kopf habe ... und ich dich kenne."

Sie ließ sich langsam auf die Matratze sinken, den Blick auf den Boden gerichtet. „Der Abend war interessant. Das ist alles."

„Hast du mit Sorvo geredet?"

Sie nickte – warum sollte sie lügen. „Ja."

„Worüber?"

Schweigend betrachtete sie den Holzfußboden, bis ihr Blick an Jeki hinabwanderte und auf den Dolch fiel, den er nun von seinem Gürtel nahm und auf eines der Nachtschränkchen legte.

Ihren Dolch. Den Göttlichen Dolch, den sie von Thaka bekommen hatte. Sie erinnerte sich daran, wie stolz sie damals gewesen war – was für eine Auszeichnung es gewesen war. Doch jetzt verspürte sie nichts dergleichen mehr.

„Wie ist die Kerbe dort hineingekommen?", flüsterte sie und nickte zu dem Schaft des Göttlichen Dolches, über den Jeki abwesend mit seinen Fingern strich.

Seine Hand glitt vom Dolch, bevor er sich ebenfalls auf die Matratze setzte. Wie immer ließ er einen gewissen Sicherheitsabstand zwischen ihnen beiden, und Nyms Herz zog sich süßlich zusammen.

„Wir haben uns gestritten", murmelte er, seine dunklen Augen auf ihrem Gesicht. „Ich weiß nicht einmal mehr warum. Es war irgendetwas Belangloses. Du warst wütend, hast mit dem Dolch herumgefuchtelt – und mit deinem Daumennagel eine Kerbe hineingebrannt."

Sie runzelte die Stirn. „Oh. Ich dachte, die Dolche wären gegen die Kräfte eines Ikanos resistent."

Er nickte. „Das sind sie. Gegen alle – außer die des rechtmäßigen Besitzers."

„Haben wir oft gestritten?", fragte sie und schob sich mit den Beinen etwas höher auf die Matratze.

„Kaum. Aber wenn wir gestritten haben, dann richtig."

Sie lächelte breit und krempelte sich die Ärmel ihres Oberteiles hoch. „Das lag wahrscheinlich daran, dass du so oft im Unrecht warst."

Er schnaubte, stritt es jedoch nicht ab. Stattdessen betrachtete er ihre Arme, streckte die Hand aus und fuhr vorsichtig die lange, dünne Narbe nach, die bis zu ihrem Mittelfinger führte.

Seine Berührung war so weich, dass Nym sie kaum spürte – dennoch zog sich eine Gänsehaut ihren Arm hinauf.

„Habe ich die von einem Kampf?", fragte sie und genoss die Wärme, die seine Hand auf ihrer Haut hinterließ.

Jeki lachte leise. „Kampf? Na ja. Wie man es nimmt. Du hast einen Teller zerbrochen – mit Hilfe deines Armes. Meinen Lieblingsteller, wenn ich das anmerken darf. Du hättest jeden zerbrechen können, aber es musste ausgerechnet mein Lieblingsteller sein."

„Aber ... warum habe ich ihn zerbrochen?“

„Weil ich meinte, dass Esya dich in deinen Kampfkünsten so langsam einholt.“

Ungläubig sah sie ihn an und zog den Arm weg. „Das tut sie nicht! Ich bin eine tausendmal bessere Kämpferin als sie. Sie ist unkontrolliert und ... wie kannst du so etwas sagen?!“

Jekis Lachen wurde lauter. „Ja, so ungefähr hast du damals auch reagiert. Du warst sehr feurig dabei, deine Kräfte zu verteidigen. So feurig, dass du dich mit den Scherben aus Versehen selbst verletzt hast.

„Ich wette, du übertreibst maßlos! Wegen so einer dummen Bemerkung war ich sicherlich nicht wütend genug, um absichtlich deinen Lieblingsteller zu zerbrechen. Nur weil du unzurechnungsfähig bist und keine Ahnung davon hast, wie man kämpft, heißt das nicht, dass ...“ Sie verstummte, als sie bemerkte, dass Jekis Grinsen immer breiter wurde.

Nun, okay. Auf einmal konnte sie sich doch sehr lebhaft vorstellen, wie sie wütend genug geworden war, um sich aus Versehen selbst zu verletzten. Auch wenn sie gehofft hatte, dass die Narbe auf irgendeine heroische Tat zurückzuführen war.

„Schön“, seufzte sie schwer und verdrehte die Augen. „Du warst ein Idiot und ich habe etwas übertrieben reagiert ... und Esya ist eine tausendmal schlechtere Ikano als ich!“

„Natürlich ist sie das“, sagte er gelassen. „Du warst immer die Bessere. Ich wollte nur nicht, dass du dich darauf ausruhst.“

„Wie ritterlich von dir, mich zu beleidigen, nur um sicherzugehen.“

„Nun, es hat funktioniert. Du bist zu einer immer außergewöhnlicheren Kämpferin geworden und hast nie
aufgehört, dich selbst zu fordern."

Sie schnaubte. „Und der Dank dafür gilt dir?"

Gespielt bescheiden hob er eine Schulter. „Nicht der
ganze Dank. Ich gebe mich mit Dreivierteln zufrieden."

Die Augen verdrehend schlug sie gegen seinen Oberarm. „Ein Viertel! Ich gebe dir ein Viertel."

„Ach, das sagst du nur, weil du dich an die anderen
zwei Viertel nicht mehr erinnerst."

„Ich fürchte, ich bin nicht die Einzige, die einen
Schlag auf den Kopf bekommen hat."

Jeki wiegte den Kopf hin und her. „Ehrlich gesagt
habe ich, seitdem du weg warst, sehr viel weniger
Schläge einstecken müssen – das habe ich vermisst."

Das brachte sie zum Lachen. „Das kann ich gerne
nachholen. Damit habe ich kein Problem."

„Das ist mir vollauf bewusst."

„Warst du wütend?"

„Weil ich nicht geschlagen wurde? Ich habe mich damit arrangiert, öfter meine Mutter besucht ..."

Lachend schüttelte sie den Kopf. „Nein, dass ich deinen Lieblingsteller kaputtgemacht habe. Warst du deswegen sauer?"

Er nickte zur Wand. „Du hast ihn wieder zusammengeklebt."

Ihr Blick folgte seiner Geste und blieb an dem gelben
Teller hängen, der ihr bereits am Abend zuvor aufgefallen war. Zusammengeklebt war jedoch wohl nicht die
richtige Bezeichnung. Improvisiert zusammengebastelt passte wohl eher.

„Er sieht furchtbar aus", murmelte sie leise.

„Ja, er ist das Hässlichste in diesem Haus. Trotzdem ist es immer noch mein Lieblingsteller."

Sie blickte ihn an, und ... bei den Göttern, war in seinen Augen schon den ganzen Tag so viele Liebe gewesen? Sie war so deutlich zu erkennen, dass sie sie von innen heraus wärmte. Ihr für einen kurzen Moment all die Verwirrung nahm, all die Fragen in ihrem Kopf zum Stillstand brachte.

Sie streckte die Hand nach ihm aus und fuhr mit ihren Fingerspitzen sacht seine raue Wange hinauf. Er schloss die Augen und sie konnte ihn schlucken sehen.

„Ich habe mich an den Teller erinnert", sagte sie leise. „Gestern schon. Ich wusste nur nicht, was er bedeutet."

„Er hat keine Bedeutung ..."

„Doch, die hat er." Ihre Stimme brach und ihre Augen brannten. „Jeki, ich möchte gerne etwas ausprobieren."

Er öffnete die Augen und sie konnte jede einzelne seiner Emotionen sich in ihnen widerspiegeln sehen. „Alles."

„Mach die Augen wieder zu."

Er gehorchte ihr, während sie ihre Finger über seine Wange spreizte und nun auch ihre andere Hand an sein Gesicht legte. „Wann hast du mir das erste Mal gesagt, dass du mich liebst?", flüsterte sie und ließ ihre Lider ebenfalls sinken.

Sie spürte, wie er den Mund öffnete, um zu reden, doch das musste er gar nicht.

„Es sind so viele Menschen hier", flüsterte sie und sah auf den Horizont. Ihre Zehen tauchten in das kühle Wasser des Appo. „Und dennoch ... dennoch ist man

vollkommen alleine. Auch ohne Rüstung ist man von allen anderen isoliert."

„Du bist nicht alleine." Jekis Finger fuhren sacht über ihren Nacken und in ihre Haare hinein, als er ihr Gesicht zu seinem umwandte. „Und wenn es nach mir geht, wirst du auch nie wieder alleine sein."

Sie betrachtete sein ernstes Gesicht und die dunklen Augen, während er sanft eine der Tränen von ihrer Wange küsste. Komisch, sie hatte gar nicht gemerkt, dass sie weinte. „Ich dachte, es wäre das Richtige gewesen. Einfach so zu gehen." Ihre Stimme ging im Rauschen des Wassers unter, das die letzten Sonnenstrahlen reflektierte. „Aber ich glaube, ich habe es mir zu einfach gemacht. Ich ... vermisse sie, Jeki. Aber ich weiß nicht, wie ich ihr helfen kann. Wo ich mir doch nicht einmal selbst helfen kann."

„Salia. Mach deine Augen auf", flüsterte er, während sein Atem über ihre Lippen strich. „Sieh mich an."

Ihre Lider flatterten nach oben, während die Tränen sich in ihren Wimpern verfingen.

„Du bist nicht allein, Salia. Du musst das nicht alles alleine tragen. Ich bin bei dir. Ich ... liebe dich. Hör auf zu weinen. Wir schaffen das. Ich liebe dich – schon seit dem ersten Moment –, und du bist so unglaublich stark. Wenn du einen Fehler gemacht hast, dann wirst du ihn wiedergutmachen. Und du musst dir nicht mehr selbst helfen. Dafür hast du jetzt mich."

„Weil du mich liebst?", flüsterte sie und die Tränen schienen sich zu vervielfältigen anstatt abzuebben.

Weil sie ihn auch liebte.

Weil er der Einzige war, der ihr Halt gab.

„Weil ich dich liebe", wiederholte er, hob ihr Kinn mit seinem Daumen an und küsste sie. Ließ seine Lippen über ihre streichen, zog sie an sich, fuhr mit seinen Fingern fester in ihre Haare ...

Und dann waren da seine echten Lippen, seine echten Hände und sein echter Herzschlag unter ihrer Hand.

Und Nym ließ sich fallen, sank gegen seine Brust, hielt mit der einen Hand sein Gesicht fest, während ihre andere zu seiner Schulter fuhr.

Der Kuss war so vertraut wie neu. Er fühlte sich an wie in ihrer wohligen Erinnerung – und doch war es etwas vollkommen anderes.

„Das wolltest du probieren?", murmelte Jeki, sein Atem schwer, während er sie enger an sich zog, so als fürchte er, sie könne jeden Moment zur Vernunft kommen und aufhören, ihn zu küssen.

„Nicht direkt."

Er hatte es nicht gesehen. Die Erinnerung. Nur sie hatte sie noch einmal erlebt. Vielleicht war es ratsam, wenn sie in nächster Zeit doch mal einen Arzt aufsuchte.

„Ist mir egal", stellte er fest. „Probier weiter."

Nym lachte, während seine Lippen erneut von den ihren Besitz nahmen und ... sie dachte an Levi.

An Liri.

An Zarki Sorvo. An das, was Valera gesagt hatte. An Jaan, der sich mit Thaka unterhielt.

Jeki löste sich von ihr, und sie spürte, wie sein Zeigefinger sanft ihre Lippen nachfuhr. „Salia ... du weinst."

Das wusste sie doch. Sie spürte, wie die heißen Tränen sich einen Weg ihre Wangen hinab suchten, und sie tat nichts, um sie aufzuhalten.

„Salia", flüsterte Jeki und strich mit seinem Daumen sacht über ihre Unterlippe, an der sich einige Tropfen verfangen hatten. „Ich habe es mir eigentlich zur Regel gemacht, keine weinenden Frauen zu küssen. Aber bei lächelnden weinenden Frauen könnte ich eine Ausnahme machen."

Sie lachte, während weitere Tränen ihr Kinn hinabtropften.

Sie war niemand, der leicht Tränen vergoss, doch der heutige Abend ... die ganze Situation. All das war zu viel. Sie war nicht unglücklich. Sie genoss es, ihn zu küssen. Wusste, dass sie es etliche Male zuvor getan hatte. Aber das Ganze war so verwirrend. Und ... ungerecht.

Sie verachtete sich dafür, dass sie sich selbst bemitleidete, doch sie konnte nicht anders.

Sie konnte nicht hierbleiben. Sie konnte ihr altes Leben nicht weiterführen. Ihr Leben als Salia. Nichts würde je wieder so sein, wie Jeki es kannte.

Sie musste gehen. Brauchte Antworten, die sie hier nie finden würde.

Und er war es, der darunter würde leiden müssen. Der sein Leben verlassen musste. Denn welche Wahl hatte sie? Welche Wahl hatte er?

Sie würde Jeki nicht seinem Tod überlassen. Es war nicht von Bedeutung, dass sie sich nicht sicher war, *was* genau sie für ihn empfand. Sie empfand genug, um nicht daran denken zu wollen, was geschehen würde, wenn sie ihn zurückließ.

Sie blinzelte die Tränen weg und sah auf.

Jekis Blick glitt forschend über ihr Gesicht, während er mit seinem Daumen sacht die Tränen von ihren Wangen strich.

„Du wirst gehen." Seine Stimme war leise und vorsichtig – doch es war eine Feststellung, keine Frage.

Ihre Augen brannten, als sie nickte. „Ja. Ich kann nicht bleiben. Nicht lebendig."

„Also hast du dich entschieden."

„Ich musste mich nie entscheiden, Jeki. Die Götter haben das für mich übernommen – an dem Tag, als sie mir mein Gedächtnis nahmen."

„Aber du hast sie es tun lassen. Es war deine freie Entscheidung."

„Ich weiß." Und sie glaubte, dass es die beste Wahl war, die sie in ihrem Leben je getroffen hatte. „Aber jetzt ... jetzt weiß ich so viele Dinge – und das ändert die Sache. Die Götter handeln nicht nach einer allgemeingültigen Gerechtigkeit, Jeki. Sie haben ihre eigenen Gesetze erschaffen. Und das weißt du. Die Kinder, die sie umbringen, die unschuldigen Neugeborenen. Die äußeren Mauern, die Hunger leiden. Janon. Erzähl mir nicht, dass du ihre Entscheidungen nicht auch schon des Öfteren angezweifelt hast."

Jeki ließ sie los und fuhr sich mit einer Hand in die Haare. „Was erwartest du von mir, Salia? Dass ich alles, woran ich die letzten Jahrzehnte festgehalten habe, aufgebe und ... mit dir gehe?"

Sie blinzelte, blickte zum Teller, fand seine Augen und nickte. „Ja."

h

„Ich sagte Nein!“

„Wir haben einstimmig entschieden, es zu –“

„Es interessiert mich einen Dreck, was ihr entschieden habt. Ich leite hier keine Demokratie. Das erzähle ich immer nur, weil Provo auf den Begriff abfährt. Ich bin Leiter der Mission und meine Meinung zählt.“

„Süß“, seufzte Nika. „Er denkt tatsächlich, dass er noch der Anführer von irgendetwas ist. Levi, falls es dir aufgefallen ist: Deine Mission ist beendet, du hast versagt, denn wir befinden uns immer noch in Bistaye. Wir haben entschieden, auf Nummer sicher zu gehen. Deswegen wird Ro dich begleiten. Und ihr werdet Liri mitnehmen.“

„Ja!“, jauchzte Liri.

„Nein!“, schrie Levi.

„Bei den verdammten Göttern“, seufzte Ro.

„Ich würde gerne einmal einer asavezischen Kriegsbesprechung beiwohnen“, murmelte Brag. „Da geht es sicherlich sehr harmonisch zu.“

Levi sprang auf und riss dabei beinahe den ganzen Tisch um – er hätte sich nicht weniger darum scheren können. „Ich werde nicht das Leben meiner Schwester riskieren, nur weil ihr Narren glaubt, ihr wüsstet mehr über meinen Vater als ich!“

„Wir riskieren überhaupt nichts“, sagte Nikana scharf. „Das ist doch der Punkt! Liri kommt mit, damit dein Herr Vater dir auch wirklich die Informationen gibt, und Ro kommt mit, damit niemand stirbt. Dein Vater mit eingeschlossen.“

„Sie. Wird. Nicht. Mitkommen“, knurrte er und ballte die Hände zu Fäusten. Er war so wütend, dass es ihm schwerfiel, zu atmen. „Es ist nicht *eure* Entscheidung! Es ist *meine!* Ich trage die Verantwortung für sie. Sie ist ein Kind und –"

„Eine junge Erwachsene!"

„Hör auf mit dem Scheiß, Liri", schnauzte er sie an. „Du hast dich schon genug damit in Gefahr gebracht, dass du uns einfach so gefolgt bist. Du wirst zwei Jahre Hausarrest bekommen, wenn wir zurück sind – und das ist nur meine Strafe. Ich bin gespannt, was Naha sich ausdenkt."

Liri machte große Augen und lehnte sich entsetzt auf ihrem Stuhl zurück. So hatte er noch nie mit ihr geredet – doch auch das war ihm egal.

„Levi." Vea war seinem Beispiel gefolgt und hatte sich von ihrem Platz erhoben. „Diese ganze Macho-Beschützer-Nummer tut es ja vielleicht für meine Schwester – auch wenn ich das ernsthaft bezweifle, weil sie sich schon immer gerne selbst gerettet hat –, aber jetzt gerade stört sie. Sehr. Ihr müsst los. Ich weiß, du machst dir Sorgen, das tun wir alle. Aber ihr wird nichts passieren. Wenn wir uns dessen nicht sicher wären, hätten wir nicht entschieden, sie gehen zu lassen."

„Ich. Nehme. Sie. Nicht. Mit."

„Natürlich tust du das nicht", stellte Ro fest und klopfte ihm auf die Schulter. „Du kannst ruhig alleine vorgehen. Ich laufe dir dann zusammen mit Liri hinterher. Mit gebührendem Abstand natürlich."

„Einen Scheiß wirst du!"

„Das finde ich jetzt etwas taktlos von dir, deine Schwester als Scheiß zu bezeichnen."

„Ich warne dich, Ro ..."

Sein Freund machte eine wegwerfende Handbewegung. „Jaja, geschenkt. Ich fühle mich gewarnt, zittere vor Angst und erbleiche vor Furcht. Nichtsdestotrotz hat Vea recht: Wir müssen los.“

Warum nahm ihn niemand ernst?!

Wann hatte er seine Autorität eingebüßt?

Bei den verdammten Göttern, wenn das wieder etwas damit zu tun hatte, dass er zugegeben hatte, verliebt zu sein, dann würde er … er hatte keinen Schimmer, was er würde, aber er würde dafür sorgen, dass es niemandem gefiel!

„Liri“, wandte er sich an seine Schwester. „Du –“

Liri verschränkte die Arme vor dem Körper und schien beleidigt. Vielleicht weil er sie angeschrien hatte.

„Du bist in einer Trotzphase, Levi“, stellte sie fest. „Mit Menschen in Trotzphasen redet man nicht – das hast du mir selbst beigebracht.“

Ja, das hatte er. Aber das war doch nur auf *sie* bezogen gewesen!

Ro grinste breit und nahm Liris Hand. „Ich war noch nie so stolz auf dich wie in diesem Moment, Liri!“

„Ro!“

„Ja, auf dich bin ich auch stolz, Levi!“ Er nahm einen der Mäntel, die über den Rückenlehnen der Stühle hingen, und warf ihn Levi zu. „Zieh das hier an und setz die Kapuze auf, damit niemand dein hübsches Gesicht erkennt. Ich glaube nicht, dass irgendwer nach uns sucht, aber sicher ist sicher.“

Levi fing den Mantel, und meine Güte, er wünschte sich beinahe, dass ihm irgendein Göttlicher Soldat über den Weg lief. Er dachte da an jemand ganz Bestimmten.

Aber letztendlich würde er sich wohl mit jedem zufriedengeben, der eine goldene Rüstung trug.

Ro zog selbst einen Mantel über – nur Liri bekam keinen – und nahm sich dann zwei Minuten, um sich ausgiebig von Nikana zu verabschieden. Er stellte sich absichtlich so, dass Brag eine gute Sicht auf das Spektakel hatte.

„Bei den verdammten Göttern, Ro", zischte Levi. „Wir wissen, dass du deine Beziehung durch Brag bedroht siehst, aber deswegen musst du Nika doch nicht gleich mit deinen ekelerregend enthusiastischen Küssen bestrafen."

Ro warf ihm einen wütenden Blick zu, während Brag anfing zu lachen. „Du fühlst dich von *mir* bedroht? Aber –"

„Ihr solltet jetzt wirklich gehen", schnitt ihm Nika das Wort ab. „Levi scheint sich gerade beruhigt zu haben. Das solltet ihr ausnutzen."

Er hatte überhaupt nichts – außer eingesehen, dass er scheinbar keine Macht darüber hatte, Liri hierzubehalten.

Wenn er ohne sie ging, würde Ro zusammen mit seiner Schwester folgen. Er machte sich nicht die Hoffnung, dass sein Freund nur eine leere Drohung ausgesprochen hatte. Und bevor Ro der Vollidiot war, der auf Liri aufpasste, nahm Levi sie lieber selbst mit.

„Schön", knirschte er. „Wir gehen zu dritt. Aber ich schwöre dir, wenn ich auch nur für eine Sekunde das Gefühl habe, dass mein Vater ein krummes Ding dreht, packe ich Liri, laufe weg und lasse dich zurück."

Ro nickte. „Klingt gerecht." Er streckte die Hand aus und deutete auf die Tür. „Nach dir."

Levi griff Liri an der Hand und zog sie unsanft aus Ros Griff, um sie aus der Tür herauszubugsieren.

„Levi!", beschwerte sie sich sofort. „Warum müsst ihr mich alle an der Hand herumziehen? Ich brauche niemanden, der Händchen mit mir hält! Ich bin zwölf."

Er wusste, dass sie keine Hand brauchte, die ihre hielt. Er war es, der sie brauchte.

Die letzten zwölf Jahre hatte er damit verbracht, auf Liri achtzugeben, ihr das freie Leben zu ermöglichen, das er nie gehabt hatte. Vielleicht hatte er es damit übertrieben. Vielleicht war er zu sehr um ihre Sicherheit besorgt gewesen. Vielleicht war sie deswegen zu einer Person herangewachsen, die nur das Beste von einem Menschen erwartete – weil er dafür gesorgt hatte, dass die Menschen in ihrer Gegenwart nur ihr verdammt Bestes zeigten.

Aber was hätte er anderes tun sollen? Er hasste es, sie verletzt zu sehen, und ja, natürlich nervte sie, aber das änderte nichts daran, dass er, ohne mit der Wimper zu zucken, sein Leben für ihres gegeben hätte. Und ohne mit der Wimper zu zucken, würde er seinen eigenen Vater umbringen, sollte er versuchen, ihr zu nahe zu kommen.

Liri war ein besserer Mensch als er. Sie war unschuldig – so verdammt unschuldig. An ihren Fingern klebte kein Blut. Sie war es nicht, die von einem tiefen Gefühl der Reue verfolgt wurde, das ihr nachts den Schlaf raubte.

Sie war unberührt von der Grausamkeit der Welt. Und er würde dafür sorgen, dass das so blieb.

Die Sonne schien warm auf sein Gesicht, und nach wenigen Schritten hatte Ro sie eingeholt.

„Ich wünschte, Nym wäre hier", murmelte er leise, während er sich seine Kapuze geraderückte. „Sie hätte jedes deiner Argumente mit einem Augenverdrehen in der Luft zerrissen. Das fand ich immer sympathisch an ihr."

Levi schnaubte und Liri drückte seine Hand. „Wir haben sie ja bald wieder", sagte sie zuversichtlich.

Scheiße, wie er das hoffte.

Die Straßen waren gut besucht und sie ließen sich von der Masse über einen kleinen Marktplatz treiben, bevor sie zwischen zwei Gärten in eine Gasse bogen. Brag hatte ihnen den Weg zu Thakas Monument beschrieben, und vielleicht war es doch gut, dass Ro mitkam – Levi hatte nämlich keinem einzigen Wort des Schmiedes zugehört.

Er war zu sehr damit beschäftigt gewesen, zu bemerken, wie makaber es von seinem Vater war, sich genau vor dem Monument des Gottes zu treffen, der überhaupt dafür gesorgt hatte, dass Levi hatte fliehen müssen.

„Levi, du zerquetschst meine Hand!", beschwerte sich Liri und zog an dieser.

„Oh, entschuldige." Er ließ sie los und versuchte sich zu beruhigen. Er hatte nichts zu befürchten.

Außer dass sein Vater mit der Göttlichen Armee aufkreuzte.

Ach ja, jetzt wusste er wieder, warum er so angespannt war.

„Wir werden nicht einfach so auf den Platz laufen, Levi. Wir sehen uns natürlich erst um", murmelte Ro, als hätte er seine Gedanken gelesen.

Richtig, Brag hatte erzählt, dass Thakas Monument auf einem kleinen Platz stand, der kaum besucht war. Levi wusste nicht, was besser war. Ein Ort, an dem es möglichst viele Zeugen gab, oder ein Ort, an dem niemand sie belauschen konnte.

„Bleib stehen, Levi.“

Levi blickte überrascht auf, und tatsächlich, sie waren schon am Ende der Gasse angelangt. Er hatte den Weg, den sie zurückgelegt hatten, kaum mitbekommen.

„Lass mich nachsehen, ob wir alleine sind“, flüsterte Ro.

Levi öffnete den Mund, doch sein bester Freund schüttelte den Kopf. „Mein Gesicht erkennt niemand, Levi. Weder die Garde noch dein Vater wissen, wie ich aussehe – ich bin die bessere Wahl für einen Flüggeflug.“

Er hasste es, wenn Ro schlüssig argumentierte. Das nahm Levi immer den Wind aus den Segeln.

„In Ordnung“, murmelte er tonlos. „Wir warten.“

Warten.

Er hasste warten.

Ro schmunzelte, als könne er wieder seine Gedanken lesen, und trat dann in das Sonnenlicht hinaus, während Levi Liri mit dem Arm etwas näher in den Schatten der Gasse zog.

Er bemerkte, wie sie auf ihren Füßen auf- und abwippte und die Hände an ihrer Hose abwischte. „Du brauchst keine Angst zu haben, Liri“, murmelte er.

Sie blickte starr auf die Wand vor sich. „Was ... wenn er mich nicht mag?“

Das war wirklich das Letzte worüber sie sich Sorgen machen sollte.

„Er kennt dich nicht, Liri. Wie sollte er dich da nicht mögen?“

„Aber, wenn er mich doch nicht kennt – dann kann er mich doch auch nicht gernhaben, oder? Und du sagtest, er wollte, dass ich sterbe. Das zeigt doch, dass er mich nicht mochte, oder?“

Sie kaute auf ihrer Unterlippe herum, und langsam beugte Levi sich zu ihr hinunter.

Er sah sie fest an. „Liri. Das zeigt lediglich, dass er ein feiger, ahnungsloser Dummkopf ist. Zum Glück ist das nicht genetisch. Er sollte Angst davor haben, dass *du* ihn nicht magst. Nicht andersherum.“

Sie erwiderte seinen Blick und nickte dann. „Ich hab dich lieb, Levi“, flüsterte sie, und wenn Levi nicht gewusst hätte, dass er ein harter Kerl war, hätte er geglaubt, dass ihm Tränen in den Augen brannten.

„Ich hab dich auch lieb, Kleines“, murmelte er und drückte sie kurz an sich. „Du wirst trotzdem für zwei Jahre eingesperrt, wenn wir zurück in Oyitis sind.“

Sie kicherte.

Lustig. Sie schien wirklich zu glauben, dass er scherzte.

„Alles frei.“

Levi sah auf, als Ro zurückkam.

„Niemand hier außer einem Mann, der aussieht wie du.“

„Bist du sicher?“

„Ich bin sicher. Er steht allein direkt vor der Statue. Ich werde hierbleiben und weiter ein Auge auf die Umgebung haben, damit ihr euch in Ruhe unterhalten könnt.“

Levi straffte die Schultern und blickte Liri ins Gesicht. Die Sorge war immer noch darauf zu erkennen. Aber größtenteils war es Neugierde, die er jetzt sah.

„Gut, gehen wir." Bevor er es sich wieder anders überlegen konnte, Ro niederschlug und Liri über seine Schulter warf, um sie zurück zu Brags Haus zu tragen, zog er sie abermals an der Hand und sie traten aus der Gasse.

Der Platz, der sich vor ihnen auftat, war kaum als ein solcher zu bezeichnen. Es war ein freier Fleck Stein, keine drei mal drei Meter groß, auf dem eine Statue stand, die von einem hohen Baum überschattet wurde.

Die Statue sollte wohl Thaka darstellen, auch wenn Levi keinerlei Ähnlichkeiten feststellen konnte. Aber vielleicht lag die Begegnung mit dem Gott einfach schon zu weit zurück. Es war ohnehin nicht die Statue, auf die sein Blick gerichtet war. Er starrte die Gestalt an, die im Schatten des Baumes stand, die Hände vor dem Körper verschränkt und nervös von einem Fuß auf den anderen tretend.

Gut. Zarki Sorvo hatte jeden Grund, nervös zu sein. Wenn er Levis Gedanken hätte lesen können, wäre er wohl bereits weggerannt.

Levi presste seine Lippen so fest zusammen, dass sie taub wurden, und er zwang sich dazu, seinen Griff um Liris Hand zu lockern, um ihr nicht erneut das Blut abzuklemmen. Ihre Hand lag klamm in seiner – doch vielleicht war es auch seine Hand, die klamm war.

Wem machte er etwas vor?

Er war genauso nervös wie seine Schwester. Wenn auch nicht, weil er Angst hatte, sein Vater könne ihn nicht *mögen.*

Es war eher die Tatsache, dass er diesen Mann seit zwölf Jahren nicht gesehen hatte. Dass es gute Zeiten gegeben hatte. Natürlich, er war überprivilegiert aufgewachsen. Hatte sich um nichts kümmern, sich um nichts sorgen müssen – ob das gut war, blieb zu diskutieren übrig. Aber sie waren eine Familie gewesen. Eine funktionierende, glückliche Adelsfamilie – bis alles vor die Hunde gegangen war. Er hatte sich immer gefragt, ob sein Vater es je bereut hatte, einfach so aufgegeben zu haben.

„Er sieht wirklich aus wie du", flüsterte Liri neben ihm und drückte seine Hand.

Ja. Levi kannte sein Spiegelbild zu gut, als dass er ihr da hätte widersprechen können. Zarki Sorvo hatte sich in den letzten zwölf Jahren kaum merklich verändert. Seine Haare waren eine Spur grauer geworden, seine Mitte eine Spur fülliger, seine Falten eine Spur tiefer.

Und dennoch fühlte es sich an, als wäre Levi spontan in der Zeit zurückversetzt worden. Als stünde er wieder vor seinem Vater, der nur stumm nickte, als Thaka erklärte, dass Liri ein gottloses Neugeborenes sei, das eliminiert werden müsse.

Seine freie Hand ballte sich zur Faust.

„Welch ein nettes Plätzchen für eine Familienfeier", stellte er fest, sobald der Schatten des Baumes auch sie verschluckte und sein Vater in Hörweite war.

Wie konnten die Blätter noch so grün sein? Die Sonne brannte auf den Asphalt, und Levi wunderte sich, warum er selbst noch nicht zu Staub zerfallen war.

Sein Vater sagte nichts. Er starrte ihn an, als ... na ja, als hätte er ihn seit zwölf Jahren nicht mehr gesehen.

Sein Blick war so intensiv, dass Levi automatisch wegsehen wollte – doch den Gefallen tat er Zarki Sorvo nicht. Er würde keinen Millimeter vor ihm zurückweichen.

Liris Hand krallte sich in seiner fest, als die Augen seines Vaters schließlich zu ihr wanderten. Minuten schienen sich zu Stunden zu ziehen, in denen Zarki Sorvo sie einfach nur ansah, während eine Masse an Emotionen über sein Gesicht flackerte – und Levi hasste es, dass er jede einzelne lesen konnte. Jede einzelne liebevolle, menschliche Emotion.

Zarki Sorvo starrte seine Tochter an, als sei sie das Kostbarste, das er je betrachtet hätte. Und natürlich sollte er Liri so ansehen – und gleichzeitig wollte Levi, dass er seinen Blick sofort abwandte, denn er hatte nicht das Recht, sie anzublicken! Er hatte nicht das Recht, sich zu verhalten, als ... als wäre er einfach nur unglaublich froh, dass sie lebte. Dass er, Levi, lebte.

Zarki Sorvo starrte immer noch Liri an, die nun unangenehm berührt von einem Bein auf das andere trat.

„Sie sagte, du seist wunderschön", murmelte Zarki leise, und Levi versuchte zu ignorieren, dass die Augen seines Vaters glänzten. „Und sie hat recht. Du bist wunderschön. Du siehst aus wie deine Mutter."

Liri sagte nichts – es war wohl das erste Mal, dass es ihr die Sprache verschlug.

„Wer hat das gesagt?", fuhr Levi dazwischen. Sein Vater schien vergessen zu haben, warum sie hier waren. Er hatte es nicht.

Zarki Sorvo riss den Blick von seiner Tochter los und fixierte wieder Levi. Er stellte mit einiger Genugtuung fest, dass er einen halben Kopf größer als sein Vater war.

„Was?"

„Wer sagte, sie sei wunderschön?", wollte Levi wissen.

Zarki blinzelte. „Das Mädchen ... Salia. Nym. Sie sagte, Liri sei wunderschön."

Levis Herz zog sich so schnell und heftig zusammen, dass er fürchtete, es könne aufhören, zu schlagen.

„Sie ... geht es ihr gut?" Zitterte seine Stimme? Warum zitterte seine Stimme?

„Ihr geht es gut. Sie war zumindest unverletzt, wenn du danach fragst."

Levi stieß den Atem aus, von dem er selbst nicht gewusst hatte, dass er ihn angehalten hatte.

„Du hast mit ihr geredet? War sie –" Verwirrt? In Jeki Tujan verliebt? Untergebene der Götter?

Er räusperte sich. „Hast du ihr die Nachricht gegeben? Was hat sie gesagt?"

Levi vergaß, wer hier vor ihm stand, vergaß, dass er distanziert und abweisend hatte bleiben wollen. Er musste es wissen. Er brauchte die Informationen. Er musste wissen, ob Nym noch ... Nym war.

„Ja, ich hab sie ihr gegeben. Sie sagte, dass es noch nicht die Zeit sei, um Pause zu machen, und –" Er seufzte und zog ein Pergament unter seinem Mantel hervor. „Lies selbst."

Hastig griff Levi nach dem Stück Papier, faltete es auseinander und drehte es um.

Es standen Stichpunkte darauf. Etwas über Tujans Mutter, etwas über die Pause, von der sein Vater gesprochen hatte. Doch es war der einzig ausformulierte

Satz, der die Last von seinen Schultern hob, der ihn ausatmen und für einen kurzen Moment auflachen ließ.

*Wenn du versuchst, mich mit Hilfe eines deiner
wahnwitzigen Pläne zu retten, werde ich dich höchst-
persönlich umbringen.*

Sie war immer noch Nym.

Es würde alles gut werden und ... Moment, stand da,
dass sie *heute* ausbrechen wollte?

Hastig überflog er noch einmal den Zettel.

„Sie will heute Abend fliehen?", fragte er und hob den
Blick.

Und sie erwartete von ihm, dass er vor den Toren der
Dritten Mauer stehen blieb und ... *nichts tat?* Das
konnte nicht ihr Ernst sein! Er würde doch nicht einfach nur rumstehen und warten!

Sein Vater nickte. „Ja, das sagte sie. Außerdem sollst
du nicht leichtsinnig sein und die Mauern stürmen. Du
sollst draußen auf sie warten."

Was war denn nur los heute? Warum konnten plötzlich alle seine Gedanken lesen?!

„Warten", murmelte er, mehr zu sich selbst als zu irgendwem, während Liri ihm das Papier aus der Hand
nahm, um es ebenfalls zu lesen.

Sein Vater starrte ihn an. „Und wieder hatte sie recht",
stellte er überrascht fest.

„Was?"

„Sie meinte, du seist lebensmüde. Ganz offensichtlich
denkst du darüber nach, nicht zu warten, sondern es
mit der Garde aufzunehmen."

Sie meinte, du seist lebensmüde.

Ja, immer noch Nym. Verdammt, er war so erleichtert, dass er sich gerne für ein paar Minuten hingesetzt und einfach nur geseufzt hätte.

„Levi." Die Stimme seines Vaters war ernst und eindringlich. „Du solltest tun, was sie sagt. Du hast keine Ahnung, wozu die Götter fähig sind, sie ... sie –"

Levi zog die Brauen zusammen. „Sie was?"

„Sie sind unberechenbar. Ich weiß nicht, was die Götter für einen genauen Plan verfolgen. Aber ich weiß, dass sie sich uneinig sind. Sie handeln jeder nach den eigenen Prinzipien und man weiß nie, auf wessen Seite sie gerade stehen."

Die Augen verengend betrachtete er das ängstliche Gesicht des Mannes, das ihm so vertraut wie fremd war. „Woher weißt du das?"

„Ich habe sehr lange in ihrer Nähe gelebt und weiß immer noch nichts über sie, außer dass man keinem von ihnen trauen kann."

Ja, diese Information half Levi nicht wirklich. Ihm war durchaus bewusst, dass die Götter gefährlich waren. Er nahm seiner Schwester das Pergament aus der Hand, das sie bis zu diesem Zeitpunkt studiert hatte, und steckte es ein. „So nett es auch ist, mit dir zu plaudern", sagte er beiläufig und warf einen Blick durch das Blätterdach über ihnen, um den Stand der Sonne zu bestimmen. „Wir sollten los. Bis in zwölf Jahren dann." Er drehte Liri an den Schultern um und wollte sich ebenfalls abwenden, da hörte er, wie sein Vater etwas sagte.

Es war nur ein Wort.

„Danke."

„Wofür bedankst du dich?", fragte Levi schroff.

„Dafür, dass du getan hast, wozu ich nicht in der Lage war. Dafür, dass du sie gerettet hast."

„Ich will deinen Dank nicht", spuckte er aus. „Ich will nichts von dir."

Zarki Sorvo nickte langsam. „Das ist mir bewusst. Und es gibt offensichtlich auch nichts, was ich dir geben könnte. Du hast bereits alles alleine geschafft."

„Wenn man keine Wahl hat, ist man plötzlich zu Unvorstellbarem fähig", sagte er kühl.

„Danke", wiederholte sein Vater und es lag eine Bitte in seinem Blick. Eine Bitte, der Levi nicht nachkommen würde.

„Ich werde dir nicht verzeihen. Manche Dinge sind unverzeihbar."

Der ältere Mann nickte. Er widersprach nicht. „Ich weiß, denn ich habe mir selbst nie verziehen. Ich bin nicht hier, um dich um Vergebung zu bitten. Das würde ich mir nicht anmaßen. Ich wollte euch nur sehen."

„Nun, das hast du jetzt", murmelte er, packte Liri an der Hand und wollte sie zurück in die Gasse ziehen, doch sie entzog ihm seine Hand und sprach zum ersten Mal selbst.

„Warum hast du nicht gekämpft?", fragte sie leise, die Augen Schlitze des Unverständnisses.

„Weil ich ein Feigling war", sagte Zarki ruhig. „Weil dein Bruder schon immer eine klarere Sicht auf die Welt hatte als ich. Ich bereue meine Entscheidung jeden Tag."

„Das solltest du", meinte Liri bestimmt. „Ich bin nämlich ziemlich toll."

Zarki lächelte. „Daran zweifele ich nicht eine Sekunde."

Sie hob ihr Kinn und nickte. „Gut. Das ... solltest du nur wissen.“

Und dann wandte sie sich um und verschwand in der Gasse.

Levi verspürte auf einmal eine ganze neue Art von Respekt vor seiner Schwester. Vielleicht verstand sie doch mehr von der Welt, als er ihr bis jetzt zugetraut hatte.

KAPITEL 9

3.

Die Entscheidung der ersten Stunde ist bindend.

Protokollierter Nachtrag (540)
TK: Unnötige Regel.
V: Wer wird denn hier nervös?
TG: Oh, wir alle wissen, wer nervös wird. Das wussten wir bereits vor fünfhundert Jahren. Wir erzittern aus Angst vor seinem Durst nach Vergeltung.

„Ich kann nichts tun oder sagen, um dich umzustimmen.“

Es war eine Feststellung, keine Frage.

„Nein. Ich werde gehen.“

Jeki starrte aus dem Schlafzimmerfenster und hätte gerne angefangen zu lachen. Diese ganze Situation war ... absurd.

Die Rüstung lag kühl und schwer auf seiner Haut, und es war einfach nur falsch, dass er gekleidet wie ein Göttlicher Soldat diese Unterhaltung führte.

„Du denkst, du hast mich vor die Wahl gestellt, Salia, aber das hast du nicht“, flüsterte er.

Die Sonne ging bereits unter und er konnte sich kaum daran erinnern, was er in den letzten Stunden getan hatte. Die Momente waren an ihm vorbeigeflogen, so schnell wie seine Gedanken gerast waren.

„Ich denke nichts dergleichen. Du hast schon keine Wahl mehr, seitdem Janon festgenommen worden ist."

Und sie hatte recht.

Als hätte er seinen Bruder dem Henker überlassen.

„Es tut mir leid, dass ich dich da mit reingezogen habe", murmelte sie. „Ich bin mir sicher, dass ich es damals ... anders geplant hatte."

Schnaubend krallte er sich mit den Fingern an dem Fenstersims fest. „Ja, ich denke, damals hatten es alle anders geplant."

Sie schwieg, und jetzt wandte er sich zu ihr um. Ihre Stirn war gerunzelt, und wenn er sich nicht irrte, war es Schuld, die er in ihren Zügen las.

Schuld. Das war schon immer eine von Salias Stärken gewesen.

Er lächelte, auch wenn er sich nicht danach fühlte. „Machst du dir gerade Schuldgefühle, weil dein Kopf nicht so will, wie Api es geplant hat?"

Sie schüttelte den Kopf und legte die Arme um ihre Mitte. „Ich ... tue dir weh. Das will ich nicht. Wollte ich nie."

„Du kannst ja versuchen, es besser zu küssen."

Jetzt lachte sie, und das war fast besser, als es ein weiterer Kuss gewesen wäre. Okay, wem machte er was vor: Es war nicht besser, aber schlecht war es auch nicht.

„Uns gibt es nur im Doppelpack, Salia", seufzte er und ließ seinen Blick an dem Gold ihrer Arme hinaufwandern. „Api weiß das. Thaka weiß das. Wenn einer lebt, lebt auch der andere, wenn einer stirbt, stirbt der andere. Zumindest ist das die Sicht der Götter."

„Und dennoch hast du nie an ihnen gezweifelt? An ihren Plänen? Ihren Vorgehensweisen?"

„Natürlich habe ich an ihnen gezweifelt. Sie haben mir dich genommen, wie könnte ich nicht zweifeln? Aber das ändert nichts daran, dass ich nicht plötzlich gegen sie kämpfen kann."

Sie nickte. „Das erwartet keiner von dir. Du musst sie nicht angreifen, du musst nur vor ihnen fliehen. Sie werden dich töten, wenn du mich gehen lässt. Das wissen wir beide."

„Und wenn ich dich nicht gehen lasse?"

Ein Lächeln erschien auf ihren Zügen und sie strich ihm sanft über die Wange. „Jeki, natürlich wirst du mich gehen lassen."

Er schloss die Augen, genoss ihre Berührung und wusste, dass er ihr nicht antworten musste. Ein Stück ihrer Liebe war gestern in ihre Augen zurückgekehrt. Er wusste nicht genau, warum, aber es war ihm auch egal. Solange ein wenig von dieser Liebe zu erkennen war, solange er wusste, dass Salia noch in diesem Körper existierte – er rieb sich mit der flachen Hand über die Stirn –, solange würde er dafür sorgen, dass ihr nichts passierte.

Sie erinnerte sich nicht an ihre Loyalität zu den Göttern und sie wollte Api nicht an ihrem Geist, ihrem Wissen teilhaben lassen.

Doch das würden die Götter nicht hinnehmen. Salia musste fliehen oder sie würde sterben.

Er respektierte die Götter, aber er würde nicht das Leben seiner Familie und seiner Verlobten für sie opfern. Für Pläne, in die er nicht eingeweiht worden war.

Er wandte seinen Kopf zur Seite und küsste ihre Handfläche. Sein Herz sollte sich nicht allein aufgrund der Tatsache, dass ihre Hand nicht zurückzuckte, so süßlich zusammenziehen – doch das tat es.

„Ich komme mit dir", murmelte er. „Ich werde nicht gegen die Götter arbeiten, aber ich komme mit dir. Weil ich dich liebe. Und mir nichts anderes bleibt."

„Das hast du sehr romantisch gesagt", meinte sie lächelnd.

„Ja, ich bin ein unglaublicher Romantiker ... und wir werden hier niemanden töten."

Sie nickte. „In Ordnung. Ich ..." Sie zögerte und ließ die Hand sinken. „Ich habe sowieso das Gefühl, dass ich eine Spur zu grausam war."

Überrascht hob er die Augenbrauen. Wovon sprach sie? „Grausam? Du bist nicht grausam."

Es machte ihn wütend, dass er sehen konnte, dass sie ihm nicht glaubte.

„Salia. Du warst nie grausam." Er legte ihr die Hände ums Gesicht und zwang sie so, ihn anzusehen. „Du hast deine Arbeit getan. Du hast getan, was du tun musstest, um dir den für deine Position nötigen Respekt zu verdienen."

„Die Soldaten, die ich auf meinem Weg hierher getroffen habe. Sie hatten Angst vor mir. Und meine Schwester – sie hasst mich."

„Deine Schwester weiß nicht, dass du sie um ein Vielfaches davor bewahrt hast, beim Stehlen erwischt zu werden. Oder dass du nachts bei ihr eingebrochen bist, um ihr Schlaflieder vorzusingen."

Er konnte spüren, wie sie schluckte, und jetzt glänzten ihre Augen. „Das habe ich?"

„Das hast du." Wieso hatte er ihr versprochen, dass er sie nicht küssen würde? Das war ein sehr dummer Vorschlag von ihm gewesen.

Sie schlug ihre Lider nieder und atmete tief durch. „Das ändert nichts daran, dass ich als Göttliche Soldatin unglaublich viele Menschen umgebracht habe."

Ja, wer hatte das nicht? „Du hattest deine Gründe."

„Ich hatte meine Befehle."

„Und die hattest du auf den Seiten der Asavez nicht?"

Leichte Wut stieg in ihm hoch. Sie stellte es so dar, als seien die Göttlichen Soldaten die Bösen. Als seien sie die Einzigen, die töteten und Befehlen folgten. Die Asavez mochten es so darstellen, als seien sie eine Demokratie, aber sie verfolgten doch dasselbe Ziel wie die Götter: Die Einigung der Länder zu ihren Gunsten.

„Natürlich handeln auch die Asavez nach Befehlen", stimmte Nym zu. „Aber sie –"

„Sie was? Sie sind nicht grausam? Sie metzeln nicht für ihren Zweck die Göttliche Garde nieder?"

„Sie töten keine Unschuldigen."

Er lachte trocken und ließ seine Hände sinken. „Wer ist in deinen Augen schuldig? Der Soldat der Göttlichen Garde, der Befehlen folgt, weil er sonst getötet wird? Die Bewohner Bistayes insgesamt? Die Götter?" Er schnaubte laut. „Die Asavez töten genauso wie wir auch. Da gibt es keinen Unterschied. Es kommt nur auf den Standpunkt an, von dem aus du das Geschehen betrachtest. Wenn dein Richtig zum Falsch wird und dein Falsch zum Richtig: Wer kann dann überhaupt noch als schuldig erachtet werden?"

Sie sah überrascht aus und runzelte für einen Moment die Stirn. „Ich ... weiß es nicht. Es scheint mir nur, dass die Göttlichen Soldaten nach Anweisungen handeln, während die asavezischen … es aus Überzeugung tun."

„Ein Leben bleibt ein Leben", sagte er ruhig. „Es ist egal, aus welchen Gründen oder aufgrund welcher ehrenwerten Gedanken es genommen wird. Ein Leben bleibt ein Leben."

Sie drehte den Helm zwischen ihren Fingern und schließlich nickte sie. „Du hast recht. Es macht keinen Unterschied. Zumindest was die Soldaten betrifft."

Was bedeutete, dass sie das bei den Göttern anders sah. Er seufzte und ließ das Thema fallen. Diesbezüglich würden sie heute zu keinem Schluss kommen. Es gab da auch noch etwas anderes, was er klären musste. Er räusperte sich.

„Salia, die Soldaten aus Asavez, sind sie noch hier?"

Salia sah ihn an, schwieg – und nickte.

Na klasse. Das würde eine tolle Kennenlernfeier. „Sind das diejenigen, zu denen du durch Zarki Sorvo Kontakt aufgenommen hast?"

Wieder nickte sie.

„Und der Ikano der Luft – der ist auch da?" Er versuchte, seine Stimme ruhig zu halten, doch wem machte er etwas vor? Seine Stimme hörte sich an, als würde ihm jemand sehr stark auf den Kehlkopf drücken.

„Ja."

Er lehnte sich schwer durchatmend gegen das Fenster zurück. „Der Ikano, der versucht hat, mich umzubringen – uns beide umzubringen – ist da, und … er wartet darauf, dass du fliehst, nicht wahr?" Der Ikano, der sich mit ihr *angefreundet* hatte. Bei den Göttern, die Frage lag ihm auf der Zunge. Er wollte fragen, musste es wissen, bevor er sich mit dem Scheiß, der vor der Mauer auf ihn wartete, konfrontieren musste.

„Ja", sagte Salia langsam und machte einen kleinen Schritt zurück. „Aber er wird nicht mehr versuchen, dich umzubringen." Sie legte den Kopf schief. „Denke ich."

Er sollte es ruhig mal versuchen! Wäre Salia das letzte Mal nicht gewesen, wäre er bereits tot.

„Wie genau steht er zu dir?" Die Frage war heraus, bevor Jeki sich auf die Zunge beißen konnte, und Salias überrascht geweiteten Augen ließen ihn vermuten, dass auch sie nicht mit ihr gerechnet hatte.

Scheiße.

Scheiße, wurde sie rot?

Nein, sie durfte nicht rot werden. Sie ...

„Die Sonne ist untergegangen", meinte Salia, räusperte sich und sah an ihm vorbei aus dem Fenster. „Wir sollten Janon retten und fliehen."

Janon retten. Fliehen.

In Ersterem war er geübt. Von Letzterem hatte er nie geglaubt, dass er es einmal würde tun müssen.

Er sollte Angst haben. Oder zumindest Respekt vor ihrem Vorhaben. Er sollte unruhig sein.

Aber alles, woran er denken konnte, war, dass sie seine Frage nicht beantwortet hatte. Und dass sie verdammt noch mal rot geworden war.

h

„Warum ist dein Gesicht so rot?"

„Was? Ist es nicht.“

„Doch, natürlich.“

Vea betastete ihre Wangen. „Das ist die Reflexion der untergehenden Sonne.“

„Nein, das ist Blut, das sich in deinem Kopf gesammelt hat.“

Vea blickte zu Brag, der neben ihnen aufragte. „Bin ich rot?“

Er zögerte nicht eine Sekunde und nickte. „Sehr rot. Hast du Angst?“

Natürlich hatte sie Angst! Sie lebte seit drei Tagen in konstanter Angst. Angst um Janon, Angst um Salia, Angst vor dem Krieg, der sich offenbar anbahnte, und Angst, dass immer noch jemand da draußen war, der sie umbringen wollte.

Aber das war doch noch lange kein Grund, rot zu werden. Panik ließ sie nicht rot, sondern weiß werden – das wusste sie aus Erfahrung.

„Vielleicht ist das Freudesröte, weil ich Janon heute wiedersehe“, meinte sie langsam.

Nika grinste wissend und murmelte leise: „Ich glaube, du bist aufgeregt, weil du gleich seine Mutter kennenlernen wirst und ihr erklären musst, dass sie ihr Leben, wie sie es kennt, leider zurücklassen muss.“

Ja, vielleicht war es auch das.

„Wir sollten uns glücklich schätzen“, murmelte Brag. „Wir müssen uns nicht mit der Göttlichen Garde, sondern nur mit einer besorgten Mutter herumschlagen.“

Aus seinem Ton konnte Vea heraushören, dass er sich überhaupt nicht glücklich schätzte, sondern dass er lieber die Möglichkeit wahrgenommen hätte, jemanden in einer goldenen Rüstung zu Boden zu schlagen. Vea konnte das sehr gut nachvollziehen, hatte Levi jedoch recht geben müssen: Es war besser, wenn sich die ausgebildeten Kämpfer an den Eingang der Dritten Mauer begaben, während sich die selbsternannten Rebellen um die Mutter kümmerten.

Außerdem hatte sie es nicht für klug gehalten, Levi heute noch einmal zu widersprechen. Er war *minimal* wütend gewesen, als sie ihn am Morgen dazu gezwungen hatten, Liri mitzunehmen.

Es war überraschend leicht gewesen, in die Vierte Mauer zu gelangen. Wie Vea vermutet hatte, dachte niemand daran, dass sie sich noch in Bistaye aufhalten könnten, und so hatte Brag nur vorgeben müssen, einer der Kaufmänner hätte ihn herbestellt, um ein Pferd zu beschlagen – und schon waren sie hindurch. Levi und Ro waren bereits vorgegangen und schienen ebenfalls keine Probleme gehabt zu haben. Zumindest sah es hier nirgendwo nach einem Kampf aus.

„Weiß jemand, wo wir hinmüssen?", wollte Nika wissen und richtete den Göttlichen Dolch, den Vea ihr gegeben hatte, an ihrem Gürtel gerade.

„Ich weiß es", murmelte sie. „Salia hat mich mit dorthin genommen, als sie mir Jeki vorgestellt hat." Das schien eine Ewigkeit her zu sein, in einem anderen Leben.

„Du hast eine ... bemerkenswerte Familie, Vea", stellte Brag fest und kratzte sich im Nacken. Der Himmel färbte sich tiefviolett und die Laternen waren bereits entfacht worden. Sie konnte nicht fassen, dass sie wieder hier war – in der Vierten Mauer –, und sie konnte nicht fassen, dass Brag wirklich das Wort *bemerkenswert* benutzt hatte.

Ihre Familie war ... hm. Es gab wohl kein passendes Adjektiv.

Eine Mutter, die durch den Beruf der Göttlichen Soldatin in den Wahnsinn getrieben worden war, ein alkoholkranker Vater und eine Schwester, die ... ja, was war Salia noch gleich? In letzter Zeit war es Vea sehr schwer gefallen, genau zu benennen, welche Art von Person sie war.

Sie wusste nur, dass sie froh war, dass Salia ihren Blick auf die Götter geändert hatte. Sie hätte es nicht ertragen, zu sehen, wie sie wie ihre Mutter endete.

Vea war noch jung gewesen, keine zehn Jahre, als es angefangen hatte, aber man vergaß nicht so leicht, wie ein Mensch kaputtging. Wie man ihn dabei beobachtete, wie er sich Schritt für Schritt von innen heraus selbst zerstörte.

Am Ende hatte sie nicht einmal mehr verstanden, wovon ihre Mutter gesprochen hatte.

Sie hatte von Geheimnissen geredet, die sie von innen zerfraßen. Von den Göttern, die Lügen verbreiteten. Von den Menschen, die sie hatte töten müssen.

Ja, Vea erinnerte sich an Bruchstücke. Erinnerte sich daran, dass Salia sie in diesen Momenten an die Hand genommen und aus dem Raum geführt hatte. Doch zum Ende hin, kurz bevor ihre Mutter sich das Leben genommen hatte, war eine Aussage verrückter als die andere gewesen. Sie hatte die genauen Worte ihrer Mutter jedoch längst vergessen.

Vea führte sie die Hauptstraße entlang, und es war fast wie früher, wenn sie mit Nika zum Markt gegangen war. Aber eben nur fast.

„Was glaubst du eigentlich, was mit Jeki passiert?", fragte Nika leise.

Vea hatte keine Ahnung, und wenn sie ehrlich war, dann war sie froh, nicht in Salias Haut zu stecken. Sie stellte sich die Situation äußerst ... kompliziert vor.

„Ich glaube fast, dass er mitkommt", stellte sie fest und konnte spüren, wie Brag sich neben ihr versteifte.

„Mitkommt?", echote Nika. „Wohin? Nach Asavez? Na, da wird er ja mit offenen Armen empfangen werden."

„Nun, wenn Salia flieht und Janon befreit, werden die Götter auch nicht gut auf ihn zu sprechen sein. Was hat er schon für eine Wahl?"

Brag knackte mit seinen Fingerknöcheln.

„Er ist eigentlich ein ... netter Kerl", sagte Vea langsam und kam sich bei diesen Worten selbst dumm vor.

„Er ist ein Göttlicher Soldat", knurrte Brag.

Ja, schon. Aber das war Salia auch, oder?

„Wir werden sehen", seufzte sie. „Vielleicht –" Doch sie beendete ihren Satz nicht, denn sie wusste einfach nicht, was für ein ‚Vielleicht' es geben könnte.

Er *musste* mitkommen. Er war nicht dumm. Er kannte die Götter besser als die meisten.

Und er war Janon wichtig. Janon hatte eine enge Beziehung zu seinem Bruder, das war Vea immer klar gewesen, und wenn Jeki zurückblieb ... nein.

Sie atmete tief durch und blieb stehen.

Ein Problem nach dem anderen.

„Wir sind da", murmelte sie, als sie Brags und Nikas fragende Blicke bemerkte.

„Oh." Die Drei sahen einander an und blickten dann an dem Haus empor, vor dem sie stehen geblieben waren. Zögerlich traten sie auf die Tür zu.

Dann taten sie erst einmal nichts.

Niemand hatte eine Ahnung, was genau sie tun sollten. Vea vermutete, dass ihr Kopf noch eine Spur röter geworden war, und war froh um die Dunkelheit.

„Wir sollten klopfen", bemerkte Nika zögerlich und schob Vea ein Stück nach vorne Richtung Tür.

Ungläubig drehte sie sich zu ihr um. „Warum ich?"

„Du kennst sie."

„Ich kenne sie nicht! Ich kenne ihre Söhne."

„Na ja, das ist doch schon mal was!", meinte Brag aufmunternd und schob sie zur Tür hin.

„Du bist der starke Mann", beschwerte sich Vea. „Du solltest mit ihr reden. Dich nimmt sie bestimmt ernst."

Er schüttelte den Kopf. „Ich kann nicht mit Frauen umgehen. Warum glaubst du, ziehe ich Männer vor? Ihr seid kompliziert und wollt immer alles falsch verstehen."

„Mit *uns* kannst du sehr gut umgehen", erinnerte ihn Vea.

„Ja, aber auch nur, weil ihr ausgeprägte männliche Züge an euch habt", meinte er schulterzuckend, schob sie an den Schultern vor die Tür und klopfte dann hastig, bevor er sich hinter sie positionierte.

„Was bist du denn für ein Held?", schnaubte sie, während ihr das Herz bis zum Hals schlug. „Versteckst dich hinter einem Mädchen, um –"

Ihr blieb der letzte Satz im Hals stecken, als die Tür sich öffnete.

Eine kleine Frau mit misstrauisch verengten Augen stand ihr gegenüber. „Ja?"

Jegliches Blut lief Vea aus dem Gesicht.

Ja ... und jetzt?

Nika stieß ihr mit dem Ellenbogen in die Seite und sie zuckte aus ihrer Erstarrung. „Frau Tujan?", fragte sie unsicher.

„Wer will das wissen?"

Vea versuchte, sich auf die Ähnlichkeiten zwischen der Frau und Janon zu konzentrieren – doch da waren nicht allzu viele. Was größtenteils daran lag, dass Frau Tujan eine Frau war und ... nun ja, Janon ein Mann.

„Ich bin Vea ... Vea Kerwin", sagte sie langsam.

Erkenntnis huschte über das Gesicht der Frau und ihr Mund öffnete sich zu einem stummen O. „Du bist Salias Schwester?"

„Ja."

„Du bist der Grund, warum mein Sohn im Gefängnis sitzt?"

Vea schluckte. „Ja."

„Du bist der Grund, warum er die letzten Wochen ein Trauerkloß war?"

„Ja."

„Du liebst ihn?"

„Ja."

Ein Lächeln breitete sich auf dem Gesicht der Frau aus, und jetzt erkannte Vea doch eine Gemeinsamkeit, zwischen ihr und ihrem Sohn. Das Lächeln war einfach nur ... herzlich.

„Ich war noch nie so stolz auf ihn", murmelte sie. „Er hat sich immer für den leichteren Weg entschieden. Er musste noch nie für etwas kämpfen. Vielleicht, weil er nie etwas genug wollte. Aber ich bin froh, dass sich das offenbar geändert hat."

„Ähm, okay ..." Vea wusste nicht, was sie dazu sagen sollte. Aber offenbar brauchte sie das auch gar nicht.

Frau Tujan legte den Kopf schief und ließ ihren Blick über ihre zwei Begleiter schweifen. „Seid ihr hier, um mich abzuholen?"

„Woher –?"

Sie machte eine wegwerfende Handbewegung. „Deine Schwester hat mir versichert, dass sie Janon helfen würde, und ich habe nicht für eine Sekunde geglaubt, dass das auf legalem Wege vonstattengehen wird. Die Götter sind doch sehr festgefahren, was ihre Einstellung gegenüber Leuten angeht, die Hochverrat begehen. Und weil Salia keine halben Sachen macht, habe ich bereits damit gerechnet, dass sie mich wohl auch in Sicherheit bringen würde. Wartet nur kurz hier, ich hole meine Sachen."

Mit offenen Mündern starrten sie ihr hinterher.

„Das war einfacher als gedacht", stellte Vea etwas dümmlich fest.

Sie konnte sehen, wie Brag neben ihr nickte. „Ja, hoffen wir, dass es in der Dritten Mauer genauso reibungslos läuft."

Ja. Vea hatte da ihre berechtigten Zweifel.

KAPITEL 10

4.

*Nur Rekruten darf – nach deren Ernennung –
die Wahrheit erzählt werden.*

„Ich habe die Wette gewonnen."

„Was?"

„Unsere Wette. Das Gerücht mit den Offizieren, die in den Knochen ihrer Opfer baden. Ich habe sie gewonnen."

„Du bist nervös."

Nym schluckte. „Wieso denkst du das?"

„Wenn du nervös bist, fängst du an, Blödsinn zu reden."

„Aber es ist kein Blödsinn – es ist eine gewonnene Wette."

„Können wir darüber sprechen, nachdem wir meinen Bruder aus dem Gefängnis befreit haben?"

„Ja. Okay."

Jekis Stimme hörte sich genauso angespannt an, wie sie sich fühlte. Sie wusste nicht, ob es die beste Idee gewesen war, die Rüstung anzuziehen. Sie fühlte sich unwohl. In ihren Bewegungen eingeschränkt. Und sie ärgerte sich, dass sie das Buch über das Kreisvolk nicht gefunden hatte.

Sie hatte das unbestimmte Gefühl, dass das Kreisvolk die Lösung all ihrer Probleme darstellte. Es war das einzige Volk, das wusste, wie man die Götter zerstören konnte, nicht wahr?

Aber war das tatsächlich ihr Ziel?

War sie größenwahnsinnig geworden?

Nein, sie war schon immer größenwahnsinnig gewesen – nur hatte sich ihre Zielrichtung verändert.

Die Sonne war nun endgültig untergegangen und die flackernden Flammen der spärlichen Laternen warfen verzerrte Schatten auf den Sandstein, mit dem die Dritte Mauer ausgelegt war. Die Götter würden nun für eine Stunde nicht innerhalb dieser Mauern sein. Dies war ihre einzige Chance. Gegen die Wesen, die alle vier Elemente in sich vereinten, würden sie niemals bestehen können. Aber gegen die Göttliche Garde ...?

Nym atmete tief durch und wechselte einen Blick mit Jeki, der dasselbe zu denken schien wie sie. Ein kleiner Teil von ihr glaubte noch immer, dass Valera sie in eine Falle locken wollte – doch wenn sie ehrlich war, dann konnte sie es sich einfach nicht leisten, diesem Zweifel Beachtung zu schenken.

Der Götterdom ragte düster über ihnen auf, während die Sterne in dieser Nacht heller zu leuchten schienen als sonst. Als würden sie mit den Fingern auf sie deuten und sie für ihre törichte Idee, vor den Göttern davonlaufen zu wollen, auslachen. Nym drehte den Göttlichen Dolch, den Jeki ihr keine fünf Minuten zuvor zurückgegeben hatte, zwischen den Fingern. Er beruhigte sie. Das Gefühl des Metalls auf ihrer Handfläche war ihr vertraut und erinnerte sie daran, dass sie eine hervorragende Kämpferin war. Sie wusste nicht, warum ihr gerade heute Nacht Zweifel daran kamen, doch sie brauchte die stumme Bestätigung.

Jeki griff nach ihrer Hand, als könne er ihre Gedanken lesen. „Es wird alles gut gehen."

Sie drückte seine Finger, während die Schuld ihre Schultern nach unten zwang. Er wollte nicht gehen. Sein Leben war hier – und sie nahm es ihm. Musste es ihm nehmen, um es zu retten.

„Ich weiß", murmelte sie. „Und … es tut mir leid."

„Was tut dir leid?"

„Dass ich mich nicht erinnere."

„Das muss es nicht." Sie spürte seinen Blick auf ihr. „Es ist nicht deine Schuld."

Sie nickte – doch war sie sich dessen nicht sicher. Api hatte gesagt, es sei lediglich eine Entscheidung, die sie treffen müsste. Und sie fragte sich, ob sie ihre Erinnerung nicht bereits zurück hätte, wenn sie wirklich nach ihr suchen würde. Wenn sie sich sicher wäre, dass sie mit ihr leben konnte.

Sie liefen am Turm vorbei und konnten bereits aus der Ferne vier Gestalten erkennen, die vor den Arrestzellen der Göttlichen Garde lungerten. Allesamt in goldener Rüstung, jedoch ohne Helme.

Nym zog die Augenbrauen zusammen. Vier Soldaten für einen Gefangenen?

„Sie ahnen etwas", sprach Jeki ihre Gedanken aus. „Sie haben die Wachen verstärkt."

Sie. Aber wen meinte er damit? Alle Götter? Oder nur Api und Thaka?

„Das ändert nichts", flüsterte Nym. „Wenn wir heute nicht handeln, werden wir morgen tot sein."

„Ich hasse es, wenn du recht hast."

„Dann musst du mich ziemlich oft hassen."

Jeki lachte leise. „Aber ich liebe dich, wenn du großspurige Antworten gibst – es besteht also ein Ausgleich."

Sobald sie in Hörweite der Soldaten waren, verstummten sie und verstärkten den Griff ihrer Hände ineinander. Die Garde kannte sie als Paar. Vielleicht würde es sie beruhigen, sie als solches zu sehen.

„Hallo, Kila, Morvon." Jeki nickte den Wachen zu, die ihnen am nächsten standen, und Nym war ihm dankbar dafür. Sie hätte im Leben nicht sagen können, wie sie hießen.

„Hey, Tujan", antwortete der Kleinere der beiden. „Machst du einen abendlichen Spaziergang?"

„Wir wollten nur nach dem Rechten sehen", sagte Jeki lächelnd und drückte Nyms Hand. „Und vielleicht kurz bei meinem Bruder vorbeisehen. Gucken, wie es ihm geht."

„Ah, ich fürchte, das ist heute nicht möglich", meinte der Soldat entschuldigend. „Wir haben direkte Anweisung von Api erhalten, heute niemanden zu ihm zu lassen."

„Tatsächlich?" Jeki tat verwirrt. Vielleicht war er es auch wirklich. Nym wusste es nicht – er war ein mindestens genauso guter Schauspieler wie sie selbst. „Warum das?"

„Keine Ahnung", brummte nun der Größere und kratzte sich am Kopf. „Aber er wird seine Gründe haben, die Wachen zu verstärken."

Ja, er hatte es geahnt. Api hatte geahnt, dass sie heute versuchen würden, zu fliehen.

Nun, das würde sie nicht davon abhalten.

„Vier Wachen für einen Gefangenen?", fragte Nym und ließ sich gegen Jekis Seite sinken. „Ich dachte, die Garde hätte Personalprobleme?"

Beide Soldaten grinsten. „Haben wir. Aber wenn die Götter darum bitten ..."

„Wohl wahr. Es wundert mich nur, dass sie alle vier vor dem Haus postiert haben wollten. Oder gibt es noch zwei weitere Soldaten, die vor der Tür des Gefangenen stehen?" Sie nickte zu dem steinernen Haus.

Mhm. Stein. Nicht ihr liebstes Material, aber dennoch kein Problem. Zumindest die Tür war aus Holz.

„Nee, wir sind die einzigen", bestätigte der Kleinere – und mehr brauchte Nym nicht.

„Kümmere dich um sie", murmelte sie, bevor sie ihre Hand losriss, unter den Armen der beiden Soldaten hinwegtauchte, einen der beiden hinteren mit einem Schlag ihres Ellenbogens zu Boden streckte und zum Eingang rannte. Sie konnte Jeki „Was zur Hölle?" rufen hören, einer der Soldaten schrie irgendetwas und wollte ihr hinterherhechten, doch bevor er einen Schritt zur Tür machen konnte, legte Nym ihre Hand auf das Holz und ließ sie in Flammen aufgehen. Sie konnte gerade niemanden gebrauchen, der mit einem Schwert nach ihr schlug – und ihre Geduld hatte wirklich keine endlos langen Fäden.

Sie rannte den steinernen Gang entlang bis zur letzten Tür, hinter der Janon festgehalten wurde. Ihr mochte niemand folgen können, aber sie wollte Jeki nicht allzu lange mit den Wachen alleine lassen – denn es würde Verstärkung nachrücken, die er möglicherweise nicht so einfach würde bezwingen können. Sie hätte ihn mit hineinnehmen sollen, aber wer wusste, ob er schnell genug reagiert hätte?

„Weg von der Tür!", schrie sie, hechtete nach vorne und drückte ihre Hand gegen das Holz. Sie ließ die Hitze durch ihre Adern pumpen und im nächsten Moment sprangen Flammen von ihrer Haut auf die Tür über. Sie spürte die wohlige Wärme des lodernden Feuers auf ihrer Haut, bis auch der Rahmen zu schwarzer Kohle verglüht war. Mit einer fließenden Handbewegung erstickte sie die Flammen, bevor sie mit ihrem Fuß das brüchige Holz eintrat. Es zerbarst in tausend Stücke, verpuffte und fiel als Asche zu Boden. Nichts als Rauch blieb zurück.

„Was zur Hölle?" Janon hörte sich an wie ein Echo seines Bruders.

„Keine Zeit", murmelte Nym und sah ihm fest in die Augen. „Wir müssen gehen."

„Gehen? Wohin?!" Janon sah sie fassungslos an. Seine Haare hingen ihm strähnig in die Stirn und immer wieder fuhr er nervös mit der Hand durch sie hindurch. Dann schweifte sein Blick über ihre Schulter in den Gang, an dessen Wänden sich von der Tür aus langsam Flammen entlanghangelten. Seine Augen weiteten sich. „Vielleicht lag ich mit Hölle ja doch richtig!"

„Janon", sagte sie eindringlich, „deine Mutter ist in Sicherheit, dein Bruder kämpft draußen gerade gegen die Göttliche Garde und du wirst sterben, wenn wir jetzt nicht aus der Dritten Mauer fliehen."

„Und ich werde nicht sterben, wenn ich durchs Feuer laufe?"

„Nicht mit einer Ikano des Feuers an deiner Seite." Sie zog an seiner Hand, während weitere Schreie von draußen durch die Tür drangen und Angst Nyms Nacken hinaufkroch. Jeki war ein Ikano der Erde – aber drei gegen eins war dennoch kaum als gerechter Kampf zu bezeichnen.

„Bitte, Janon, vertraue mir. Bevor dein Bruder sich umbringen lässt."

„Du bist Erste Offizierin, Salia!"

„Im Moment bin ich einfach nur Veas Schwester, die dich heil hier herausbringen will, damit sie aufhört, mich zu hassen."

„Aber Vea ist –"

„In Bistaye! Sie ist nicht nach Asavez gegangen – deinetwegen. Also verdammt noch mal, halt den Kopf unten und lass uns fliehen!"

„Warum sagst du nicht gleich, dass Vea noch hier ist?!", fluchte er und setzte sich endlich in Bewegung. Gemeinsam rannten sie den Gang hinunter, während Nym eine Hand hob und die Flammen, die noch immer an Tür und Wand hinaufzüngelten, mit einer fließenden Bewegung ihres Armes in den Boden sinken und sich selbst ersticken ließ.

„Janon, sobald wir vor der Tür sind: Egal was du tust", zischte sie und ließ ihn los, „versuche nicht, gegen die Garde zu kämpfen, okay?" Denn sie erinnerte sich noch sehr genau daran, dass Janon nur in Wortgefechten etwas taugte.

Sie hatte keine Zeit, auf eine Antwort zu warten, da sich in diesem Moment der Rauch verzog und die Sicht auf das Geschehen vor ihr freigab. Türen schlugen auf, in Gold gekleidete Soldaten strömten aus ihren Häusern und silberglänzende Waffen wurden gezogen.

Scheiße.

Wenigstens schienen die restlichen drei Wachen bewusstlos und Jeki war unversehrt. Auch wenn er nicht glücklich wirkte.

„Bist du des Wahnsinns?“, schrie er.

„Ich weiß. Ich hätte dich nicht allein gegen drei Soldaten kämpfen lassen sollen.“

„Es geht nicht um die Soldaten. Du hättest mir wenigstens kurz Bescheid geben können!“

„Nun, ich sagte, kümmere dich –“

„Leute, war der Plan nicht, abzuhauen?“, unterbrach Janon sie alarmiert. „Denn ich glaube, genau jetzt ist der Moment, in dem wir diesen Plan umsetzen sollten!“

Nym riss ihren Kopf herum und musste ihm recht geben. Die ersten Soldaten kamen auf sie zugerannt, und jeder innerhalb dieser Mauer wusste, dass Janon in einer Zelle sitzen und das Gefängnis eigentlich nicht qualmen sollte.

„Ich fasse nicht, dass ich das sage: Aber lasst uns vor der Göttlichen Garde fliehen“, fluchte Jeki leise.

„Irgendwie bin ich stolz auf dich, Jeki“, stellte Janon verblüfft fest.

„Halt die Klappe und lass mich dir dein Leben retten!“

Sie kamen keine hundert Meter weit, als die erste Stichflamme in ihre Richtung züngelte.

h

„Warum hältst du mich fest, Ro?“, knurrte Levi leise und starrte auf die Hand seines Freundes, die seinen Arm fest im Griff hatte.

„Du siehst aus, als wolltest du kuscheln“, antwortete Ro fröhlich.

Levi verengte seine Augen, richtete den Blick jedoch wieder aus der schmalen Gasse, in der sie sich versteckten, auf das Tor, das zur Dritten Mauer führte.

„Lass mich los, Ro“, sagte er ruhig. Doch er fühlte sich im Moment alles andere als ruhig – und das wusste sein Freund genauso gut wie er.

„Das kann ich nicht, Levi. Denn wenn ich dich loslasse, rennst du los, um dich von den Göttlichen Soldaten abschlachten zu lassen.“

„Ich bin ein Ikano der Luft, ich weiß mich zu verteidigen.“

„Ja? Weißt du auch, wie du von den Toten auferstehen kannst?“

Levi ballte seine Hände zu Fäusten und starrte wieder auf den Eingang der Zweiten Mauer. Den Eingang, hinter dem er in diesem Moment Flammen aufsteigen sah!

Scheiße.

„Vertrau ihr“, murmelte Ro, verstärkte jedoch seinen Griff. „Sie sagte, wir sollen erst helfen, wenn sie um Hilfe schreit.“

„Dort brennt gerade ein beschissenes Haus ab! Das sieht für mich nach einem Hilfeschrei aus!“

„Sie ist eine Ikano des Feuers, Levi. Ein brennendes Haus ist wohl eher die Normalität. Kein Hilferuf.“

Er sah das anders. Wenn sie schon ein Haus abbrennen musste, dann war irgendetwas schiefgelaufen.

Oder sie hatte ihre Geduld verloren.

Wenigstens bedeutete ein brennendes Haus in der Dritten Mauer, dass Nym definitiv nicht auf Seiten der Garde war.

Doch das beruhigte ihn kein Stück.

Er atmete tief durch und ließ sich gegen die Mauer hinter ihm sinken, den Blick keine Sekunde von dem Tor abwendend, als könnte er Nym nur mit Hilfe seiner Gedanken dazu zwingen, dort zu erscheinen. Was dauerte da so lange?

Und dann sah er, wie eine Stichflamme in die Luft züngelte. Schreie hallten durch die Nacht. Drangen über die Mauer hinweg in seine Ohren und stellten seine Nackenhaare auf. „Scheiß drauf, ich geh rein!", fluchte er und rannte los.

h

Nym stolperte nach hinten, riss ihre Arme hoch und ließ das fremde Feuer mit einer Bewegung ihrer flachen Hand ersticken.

„Esya", keuchte sie und verengte die Augen, um durch den Rauch hindurch ein klareres Bild zu bekommen.

Sie spürte bereits die zweite heiße Stoßwelle auf ihrer Haut kribbeln, bevor sie die rothaarige Frau hinter dem gleißend hellen Licht auch nur erahnen konnte. Diesmal war Nym vorbereitet und sprang nach vorne, um Jeki und Janon vor den Flammen zu schützen.

Sie hörte, wie der Boden vor ihr aufriss, doch Jeki konnte Esya anscheinend genauso wenig durch den dichten schwarzen Rauch hindurch entdecken wie Nym, denn wieder folgte ein neuer Feuerstoß.

„Lauft, Jeki", keuchte sie, während sie ihre Haut erneut die Flammen schlucken ließ. „Ich kümmere mich um sie."

„Ich lass dich ganz sicher nicht allein!“

„Jeki, du siehst nichts! Es bringt dir nichts, wahllos den Boden aufzubrechen und damit womöglich noch ein Haus zusammenfallen zu lassen! Du und Janon, ihr könntet beide verbrennen. Ich kann es nicht. Lauft und haltet vor dem Eingang nach Levi und den anderen Ausschau. Du weißt, wie sie aussehen – sie werden euch helfen. Also sieh bitte davon ab, sie zu töten.“ Sie warf Jeki einen ernsten Blick zu, denn sie wusste, dass es vielleicht schwerer als gedacht werden könnte, diesen Reflex zu unterdrücken.

„Ich hasse diese ganze Situation“, fluchte er, doch im nächsten Moment packte er Janon, der wie gebannt auf den Rauch und das Feuer gestarrt hatte, und riss ihn von den Füßen. Sie verschwanden in der Dunkelheit. Nym hatte keine Zeit, ihnen nachzusehen, denn sie entdeckte inmitten des dichten Rauchs einen goldenen Schimmer, als Esya erneut einen Schwall Flammen aussandte.

Die Ikano verbrauchte eine Menge Energie, schoss es Nym durch den Kopf. Es war unglaublich anstrengend, Feuer ohne die Hilfe eines Ikanos der Luft so weit zu schleudern. Das sollte sie zu ihrem Vorteil nutzen können.

„Lust auf eine kleine Trainingseinheit, Esya?“, rief Nym durch die Nacht und lief durch den Rauch, der sie nicht einmal zum Husten brachte.

„Wie lange habe ich auf den Moment gewartet, dich endlich umbringen zu dürfen, Salia“, feixte die andere Frau, und jetzt erkannte Nym sie keine fünfzig Meter von sich entfernt. „Und nun, endlich, habe ich Apis offizielle Erlaubnis.“

Esyas Arm ging in Flammen auf, und schnaubend zog Nym ihren Dolch. Was wollte sie bitte damit bezwecken? „Feuer mit Feuer zu bekämpfen mag oftmals ein guter Tipp sein – aber doch nicht bei mir!"

„Oh, keine Sorge. Ich beherrsche eine Vielzahl an Methoden, jemanden umzubringen." Esyas grimmige Miene wurde von ihrem eigenen Arm erleuchtet, als sie auf sie zu rannte und im Lauf ein Schwert zog.

Nun, ihre Klinge war definitiv länger als Nyms. Aber sie würde sie auch mehr in ihren Bewegungen einschränken.

„Du bist und bleibst die zweite Wahl, Esya", brüllte Nym, während sie abrupt stehen blieb. Esya würde schon zu ihr kommen. „Immer und ewig die Zweitbeste. Das muss hart sein."

Je mehr sie Esya provozierte, desto unaufmerksamer würde sie sein. Sie war ein Hitzkopf – das war schon immer ihre größte Schwäche gewesen.

„Sobald du tot bist, wird sich das ändern!"

„Aber hast du es noch nicht gehört, Esya?" Nym legte den Kopf schief und sank leicht in die Knie. „Ich bin viel zu mächtig, als dass du mich töten könntest."

Sie sprang nach vorne und drehte sich in der Luft aus der Stoßlinie des Schwertes. Sie hörte, wie das Metall den Rauch zerschnitt, sah, wie die glühende Klinge in der Nacht aufleuchtete, und traf Esya mit ihrem vollen Gewicht an der Schulter. Der Ikano des Feuers entwich ein Schwall Luft und sie fiel rücklings zu Boden. Nym griff nach der Schwerthand ihrer Gegnerin und donnerte sie mehrmals auf den Boden, bis Esya den Griff losließ.

„Finesse", flüsterte sie und kickte das Schwert mit ihrem Fuß beiseite, die Klinge an Esyas Hals. „Dir hat es schon immer an Finesse gefehlt, meine Liebe."

„Und du kämpfst nur mit einer Klinge", keuchte ihr Gegenüber – und genau in dem Moment bemerkte Nym ihren Fehler.

Sie hatte nur die eine Hand ihrer Gegnerin fixiert, während die andere offenbar nach einem Dolch getastet hatte. Noch bevor Nym sich von ihr wegstoßen oder den freien Arm zu fassen bekommen konnte, spürte sie, wie die Klinge sich durch die schmale Lücke zwischen Schulterblech und Armteil der Rüstung bohrte.

Ein heißer Schmerz durchzuckte ihren Arm und breitete sich in ihrer Brust aus. Sie keuchte auf. Übelkeit flutete ihren Magen, drängte sich ihren Hals hinauf, doch sie kämpfte dagegen an. Heftig zog sie ihren Ellenbogen nach hinten. Ihre Schulter schien in zwei Teile gerissen zu werden und der Schmerz nahm ihr für kurze Zeit die Sicht, doch sie fühlte, wie ihr Arm Esyas Hand traf und der Dolch klirrend zu Boden fiel.

Doch auch ihre eigene Waffe rutschte ihr aus den zitternden Fingern, und bevor sie danach greifen konnte, hatte Esyas zu Boden fallender Arm sie ebenfalls außer Reichweite geschlagen.

„Sehe ich da Angst in den Augen der großartig–"

Nym stemmte sich auf die Knie, holte mit ihrer linken Faust aus und schlug gegen Esyas Kiefer, der befriedigend knackte.

„Klingen sind nicht alles", murmelte sie, als der Kopf der Ikano zur Seite geschleudert wurde, Blut aus ihrem Mundwinkel sickerte und sie bewegungslos liegen blieb. Jetzt ärgerte Nym sich fast, dass sie Jeki versprochen hatte, niemanden zu töten. Doch ihr blieb nicht genug Zeit, sich darüber Gedanken zu machen, denn ein gleichmäßiges Klirren kündigte weitere Soldaten an und der Rauch lichtete sich bereits. Sie sprang auf die Füße, biss die Zähne aufeinander, um den Schmerz zu ignorieren, und suchte fahrig mit ihrem Blick den Boden ab. Sie würde ganz sicher nicht wieder ohne ihren Göttlichen Dolch gehen.

„Suchst du den? Ich dachte, du bist von dem Teil besessen. Solltest du dann nicht etwas besser darauf aufpassen?"

Ihr Kopf fuhr nach oben und Erleichterung und Entsetzen strömten gleichermaßen auf sie ein, als sie den Mann erkannte, der ihren Dolch hielt. „Levi."

„Bei den verdammten Göttern bin ich erleichtert, dass du mich nicht plötzlich auch vergessen hast!"

Sie musste lachen, zuckte jedoch bei der Erschütterung ihres Körpers zusammen. Ihre Schulter pochte, als würde sie jemand mit einem Amboss malträtieren, und Nym zwang sich, durch den Schmerz hindurch zu atmen. „Ich sagte, du sollst draußen warten", fluchte sie und Tränen brannten in ihren Augen. Entweder weil es so guttat, ihn zu sehen, oder wegen der Schmerzen in ihrer Schulter. Sie konnte es nicht sagen.

„Ich habe gewartet. Nur eben nicht allzu lange. Wie geht es deinem *Verlobten*?!"

„Nicht der richtige Zeitpunkt, Levi!" Sie entwand ihm mit ihrer linken Hand den Dolch, während Levi schnaubend mit dem Finger in die Luft schnipste. Ein heftiger Windstoß warf die auf sie zurennenden Soldaten aus ihrer Bahn, die mit einem dumpfen Ton auf die Erde klatschten.

„Levi. Wir müssen gehen. Bitte. Jeki und Janon sind hoffentlich bereits draußen“

„Jeki?!“

„Levi ...“ Flehend sah sie ihn an. „Es gibt gerade wichtigere Dinge als dein Ego!“

Er sah nicht so aus, als würde er ihr zustimmen, doch er nickte mit grimmiger Miene.

„Schön“, stellte er fest, bevor er eine Hand in ihren Nacken legte, sie an sich zog und küsste.

Ungläubig sah sie ihn an. „Willst du jetzt dein Revier markieren, während achthundert Soldaten uns umbringen wollen?“

„Nein“, murmelte er leise. „Ich bin einfach nur unglaublich froh, dich zu sehen. Gehen wir. Ich ... scheiße, ist das mein Vater?!“ Nym folgte seinem Blick und ... tatsächlich. Zarki Sorvo stürmte auf sie zu. Staub wirbelte unter seinen Stiefeln auf und vermengte sich mit dem Rauch, der immer noch in der Luft hing, während die Schreie weiterer Soldaten an Nyms Ohr drangen.

„Das darf nicht wahr sein!“, fluchte Levi und fiel neben Nym in einen Laufschritt. „Er ...“

Levi sagte noch irgendetwas, doch Nym verstand ihn nicht. Ihr war schwindelig. Sie spürte, wie warmes Blut ihr unter der Rüstung den Rücken hinunterrann und den Stoff ihres Unterhemdes durchtränke. Das Metall scheuerte über die Wunde und weiße Punkte tanzten vor ihren Augen. Doch sie rannte weiter, ignorierte den Schmerz, der bis in ihren Kopf zog und ihr die Sicht vernebelte. Die weißen Punkte wurden größer und ein Piepen setzte in ihrem Ohr ein. Doch sie konnte nicht aufgeben. Sie musste weiterrennen. Sie waren fast da.

Wenn sie erst auf der anderen Seite dieser Mauer wären, würde alles leichter werden.

Jetzt war Levis Vater an ihrer Seite. Er gestikulierte wild mit den Händen.

Das Piepen wurde lauter und die Übelkeit kroch immer wieder ihren Hals hinauf. Sie verlor zu viel Blut. Ihr gesamter Rücken klebte. Sie konnte nichts mehr sehen. Rufe drangen aus weiter Entfernung an ihr Ohr. Sie musste das Blut stoppen.

Hitze sammelte sich in ihrer Schulter, loderte auf. Sie streckte ihre Hand aus ...

„Nym!"

h

Jeki ließ Wurzeln aus der Erde schießen, ließ die Sandsteinplatten auseinanderbrechen, sobald ein Soldat sie betrat, und zwang sich dazu, nicht zurückzusehen.

Er vertraute Salia. Er ließ sie machen. So hatten sie es immer gehandhabt. Sie hielten sich den Rücken frei, trafen die richtigen Entscheidungen. Kluge Entscheidungen. Seine Aufgabe war es, Janon zu schützen – denn der konnte sich kaum selbst verteidigen.

Und dennoch ...

„Bin ich froh, kein Soldat zu sein!", fluchte Janon, während sie über den zertrümmerten Boden sprangen. Jeki musste ihn am Arm packen, damit er nicht fiel. „Das sieht verdammt anstrengend aus."

Es war anstrengend. Aber es waren nicht die Kämpfe, nicht die Erschöpfung, die an seinen Kräften zehrten.

Es war das ganze Drumherum. Die emotionalen Herausforderungen. Die mentalen Probleme.

Nun gut, im Moment eher die emotionalen Herausforderungen.

„Spar dir deinen Atem, Janon, du keuchst nämlich ziemlich und siehst aus, als könntest du ihn gebrauchen."

„Kann ja nicht jeder so eine Maschine wie du –"

Doch er brach ab, denn eine bekannte Gestalt war ihnen in den Weg gesprungen, unbeeindruckt von Jekis Ikanokräften. Jeki blieb stehen und starrte nach vorne, Janon direkt hinter ihm. Automatisch ließ er die Hände sinken.

„Geh mir aus dem Weg, Arcal. Ich werde nicht gegen dich kämpfen."

Sein Freund sah ihn ruhig an und schüttelte beinahe wehleidig den Kopf. Aber warum sollte er auch Angst vor ihnen haben? Er wusste genau, wie er sie einsetzte. Er kannte jede von Jekis Techniken. „Jeki, was soll das?"

Er presste die Lippen aufeinander, während das Klirren der nahenden Rüstungen lauter wurde. Sie würden nicht lange allein bleiben. „Ich habe keine Wahl, Arcal", sagte er ruhig.

„Nun, ich auch nicht. Ich kann dich nicht gehen lassen. Nicht zusammen mit ihm, nicht zusammen mit ihr. Das weißt du."

„Und ich kann nicht bleiben. Nicht zusammen mit ihm und nicht zusammen mit ihr. Das weißt *du*. Also, was willst du tun? Mich töten?"

Arcal zuckte zusammen und ein Ausdruck von Schuld flog über sein Gesicht. „Ich möchte dich nicht töten und ich muss es nicht. Wenn du bleibst.

Ansonsten ..." Er räusperte sich und streckte die Schultern durch. „Ich habe Befehle bekommen."

Befehle.

War es das, worauf alles hinauslief? War es das, was den Krieg vorantrieb? Soldaten, die ihre Befehle befolgten? Soldaten, die ihren eigenen Kopf nicht mehr einsetzten? Ihrem eigenen Gefühl von Ehre nicht mehr folgten?

Dabei trug Arcal nicht einmal seine Rüstung.

„Es tut mir leid", murmelte Jeki, bevor er seine flache Hand nach oben fahren ließ und zur gleichen Zeit nach vorne sprang. Der Boden brach um ein weiteres Mal auf, sein Freund verlor das Gleichgewicht und mit einem einzigen Griff an sein Schlüsselbein raubte Jeki ihm sein Bewusstsein. Er fing Arcal auf, bevor er mit dem Kopf auf der Erde aufschlagen konnte, und ließ ihn zu Boden gleiten, dann griff er nach Janons Schulter und zerrte ihn weiter.

Er hatte seine Entscheidung getroffen. Sie mochte nicht ganz freiwillig gewesen sein, dennoch stand er hinter ihr.

Und was auch immer die Götter für Vorstellungen haben mochten, was auch immer Jeki bis jetzt befürwortet haben mochte – er war sein eigener Herr. Und jeder, der nicht stark genug war, sich seine eigene Meinung zu bilden, genoss sein Mitleid.

h

„Was zum Teufel tust du hier?", schrie Levi seinen Vater an, während Rauch seine Lungen füllte und die

Euphorie, die er bei Nyms Anblick verspürt hatte, von den Schritten und Rufen der Soldaten erstickt wurde.

„Ich dachte, ihr könntet Hilfe gebrauchen."

Levi riss ihn am Ärmel mit, sodass Zarki mitten im Lauf die Richtung ändern musste. „Du kannst nicht helfen!", brüllte er und griff erneut nach der Luft um sich herum, um ein auf sie zufliegendes Messer unschädlich zu machen.

„Ich musste es doch versuchen!"

Levi schnaubte. Er hatte keine Zeit dafür. Keine Geduld dafür.

„Wir sind nicht auf deine Hilfe angewiesen, wir –" Eine kalte Hand umfasste seinen Arm und augenblicklich fuhr sein Kopf herum.

„Nym!"

Ruckartig blieb er stehen und konnte gerade noch einen Arm um ihre Taille legen, bevor ihre Knie einknickten.

„Nym!" Panik griff nach seinem Herzen und drückte zu, als er in ihr bleiches Gesicht sah. Er verstärkte den Griff um ihre Mitte und suchte mit seiner freien Hand gehetzt ihren Körper ab. War sie verletzt? Er sah kein Blut. Er sah gar nichts. Sie trug die Rüstung, sie konnte nicht verletzt sein.

„Was hat sie?", fragte sein Vater besorgt.

„Nym, bist du –"

Sie schrie auf, und ihre hohe schmerzerfüllte Stimme schnitt ihm durch Mark und Bein. Was zum Teufel war mit ihr los?

Sie kniff die Augen zusammen, während das Metall unter seinem Arm heiß aufglühte und ihm beinahe ein Loch ins Hemd brannte – doch er ließ sie nicht los. Ihre

Pupillen wurden für einige Sekunden glasig, doch dann klarte ihr Blick wieder auf, und überrascht bemerkte er, wie sie ihre Knie wieder durchdrückte.

„Ich ... wir ...", keuchte sie, als die Hitze unter Levis Hand nachließ.

„*Levi!*" Der Schrei kam von seinem Vater. Die schrille Stimme übertönte das laute Klirren der heraneilenden Soldaten und Levi wirbelte herum.

Doch es war zu spät.

Er sah den Pfeil auf sich zufliegen. Sah, wie die silberne Spitze sich in der Dunkelheit um die eigene Achse drehte, und spürte, wie die Zeit sich verlangsamte. Er griff nach der ihn umgebenden Luft, doch er wusste, dass er nicht schnell genug sein würde. Er war unaufmerksam gewesen – eine Sekunde lang zu unaufmerksam gewesen.

Und dann schob sich jemand anderes in sein Sichtfeld. Die Zeit kam zum endgültigen Stillstand. Die metallene Spitze der Waffe traf zielsicher die Brust. Doch es war nicht seine eigene.

Sein Vater stolperte gegen ihn zurück und glitt dann zu Boden.

Levis Herz hörte auf zu schlagen. Er starrte auf den Pfeil. Er starrte auf das Gesicht seines Vaters, das nun genauso bleich war wie Nyms – und die Luft um ihn herum explodierte. Er schleuderte sie zu allen Seiten gleichzeitig, ließ den Rauch hart wie Stein werden, bevor dieser mit einem dumpfen Krachen gegen die Körper der angreifenden Soldaten schlug.

Levi sah nicht auf. Er zählte nicht nach, wie viele Göttliche Soldaten er traf und von den Füßen riss. Sein Blick lag auf seinem Vater.

Zarki Sorvo zitterte. Er zitterte am ganzen Körper.

Levi starrte auf ihn hinab. Er hörte das Zerbersten von Holz. Er hörte Schreie. Er hörte das Blut, das in seinem Kopf rauschte. Und er hörte die Stimme seines Vaters.

„Es ist okay", murmelte er und ein mattes Lächeln kämpfte sich auf seine Züge. „Ich hätte mein Leben damals für Liris geben sollen. Jetzt gebe ich es für deines."

Levi starrte in das bleiche Gesicht seines Vaters und seine Hände fingen an zu zittern. „Nein, das ... nein!"

Doch er wusste nicht, was er sagen sollte. Was er tun konnte. Zum ersten Mal in seinem Leben fiel ihm keine passende Antwort ein.

Er spürte Nyms Hand in seinem Nacken. Nym, die immer noch die Hälfte ihres Gewichts auf ihn stützte. Verletzt sein musste. Und dann lag dort sein Vater. Zum Tode verurteilt, wenn er ihn nicht mitnahm. Doch er konnte sie nicht beide tragen. Konnte sie nicht beide schützen.

„Es ist okay", wiederholte sein Vater und seine Stimme drohte im Lärm der Soldaten um sie herum unterzugehen. „Geht. Solange ihr noch könnt."

„Levi ..." Nyms Stimme war schwach und es lag so viel Mitgefühl in ihr, dass er es auf seiner Haut zu spüren vermeinte.

Doch er wollte es nicht, ihr Mitgefühl.

Er wollte überhaupt nichts fühlen. Er *sollte* nichts fühlen. Sein Vater hatte ihn verraten. Hatte Liri ihrem Tod überlassen ... doch so sehr er auch dagegen ankämpfte, die plötzlich einsetzende Enge in seiner Brust trieb ihm dennoch die Luft aus den Lungen.

Levis Augen fingen an zu brennen und er ließ sich auf den Boden sinken, während er blind immer wieder in alle Richtungen Luftschübe aussandte, um ihnen die Garde vom Hals zu halten.

Jetzt lagen Nyms Hände auf seinen Schultern. Vielleicht um ihn zu trösten. Vielleicht weil sie sich nicht selbst aufrecht halten konnte. Er wusste es nicht.

Und es war auch egal. So wie all der Rest.

Es war egal, wie sein Vater vor zwölf Jahren gehandelt hatte, egal, dass Levi ihn sein halbes Leben lang gehasst hatte – denn nun spielte es alles keine Rolle mehr. Weil Menschen nicht die blieben, die sie waren. Weil Menschen zweite Chancen verdienten.

„Ich vergebe dir", flüsterte er und seine Brust war so eng, dass ihm das Atmen schwerfiel. „Ich … vergebe dir, hörst du? Vater. Ich vergebe dir. Liri hat dich nie gehasst. Sie hat immer an dich geglaubt."

Und jetzt lächelte sein Vater. „Das ist alles, was ich mir in meinem Leben gewünscht habe", murmelte er. „Mehr brauche ich nicht. Also geht."

Levi küsste seinen Handrücken, warf einen letzten Blick in sein aschfahles Gesicht – und dann ließ er ihn zurück. Weil es das Einzige war, was er tun konnte, um sich und Nym zu retten.

Levi verstärkte seinen Griff um Nyms Taille und sie fingen an zu rennen. Über den aufgewühlten Boden, zwischen den Soldaten her, auf den Ausgang zu.

Nym flüsterte seinen Namen. Kein tröstendes Wort kam über ihre Lippen. Nichts dergleichen. Sie sagte einfach nur seinen Namen, während er sie über die Trümmer trug und einen Wall aus Luft um sie herum erschuf, um sie zu schützen. Seine Energie floss ihm aus den Gliedern wie das Wasser die reißende Strömung des Appos hinab – und wieder hauchte Nym seinen Namen.

Und es reichte. Für diesen Moment reichte sein Name auf ihren Lippen, um ihn vorwärtszutreiben. Es genügte, um ihn stumpf werden zu lassen. Um sich auf seine Aufgabe zu konzentrieren.

Auch wenn Zarki Sorvo schon lange nicht mehr sein Vater gewesen war, so war er doch der einzige, den er je gehabt hatte.

Sie erreichten das Tor und er erkannte drei Gestalten, die auf sie zueilten, bevor die Erde unter Levis Füßen zu beben anfing. Er zuckte zusammen, als ein ohrenbetäubendes Schaben die Stille der Nacht zerriss, und Levi musste sich nicht umdrehen, um zu wissen, dass der Ikano der Erde, der nun an Nyms andere Seite stürzte, die Mauer hinter ihm versiegelte.

„Was hast du mit ihr gemacht?!“

Levi blickte auf und sah in das Gesicht von Arschloch-Tujan. Hätte er Nym nicht stützen müssen, wäre Levis Hand längst woanders gewesen.

„*Ich?!* Was haben deine Kumpels von der Garde mit ihr gemacht?“

Tujan legte seinerseits von der anderen Seite den Arm um Nym, und der Hass, den Levi auf seinem Gesicht sah, spiegelte sehr adäquat seine eigenen Gefühle wider. Sah wohl so aus, als hätten sie doch eine Gemeinsamkeit.

„Wo ist sie verletzt?“ Tujan tastete Nym mit seinen dreckigen Händen ab und als er an ihrer Schulter ankam, sog sie zischend Luft ein. „Salia“, flüsterte er und strich ihr eine Haarsträhne aus dem Gesicht.

Levi kam spontan sein Mageninhalt hoch. „Kannst du aufhören, ihr Schmerzen zu bereiten? Es reicht doch schon, dass wir alle unter deinem Anblick zu leiden haben."

„Wenn wir nicht herausfinden, wo sie verletzt ist, können wir ihr nicht helfen", blaffte Tujan.

„Das kann ja heiter werden …", murmelte jemand und überrascht bemerkte Levi Ro, der einen Blick mit Janon wechselte. Es war kein netter Blick.

„Wir sollten gehen", sagte Levi schroff und zog Nym noch etwas näher an sich. „Wir müssen sie zu Brag bringen und die Wunde versorgen, ich … ich glaube, sie hat sie sich selbst ausgebrannt. Ich bin mir nicht sicher, aber sie war vorhin kurz davor, ihr Bewusstsein zu verlieren."

„War ich nicht", murmelte sie.

„Hört nicht auf sie, sie ist anscheinend im Delirium."

„Hör auf, so mit ihr zu reden!", blaffte Tujan.

„Hör *du* auf, mit *mir* zu reden!"

„Hört einfach beide auf zu reden", stellte Ro fest.

„Ich schließe mich ihm an", bemerkte der junge Tujan. „Wir müssen Salia irgendwo die Rüstung ausziehen, um nachzusehen, ob sie nicht doch gerade verblutet."

Das Bild seines bleichen Vaters blitzte in Levis Geist auf und hastig schüttelte er die Erinnerung ab.

Nicht jetzt.

„Gehen wir", sagten er und Tujan gleichzeitig.

Levi seufzte tief. Warum hatte er ihn nicht umgebracht, als er die Chance dazu gehabt hatte?

KAPITEL 11

5.

*Die Rekruten dürfen weder angegriffen noch verletzt
noch getötet werden.*

*Protokollierter Nachtrag (132)
TK: Kann einem Rekruten sein Status aberkannt wer-
den?
V: Nein. Es sei denn, er bricht eine Vorschrift.
TK: Wer überliess dir die Entscheidungsgewalt?
A: Ich.*

„Ich liebe dich, aber das kann ich dir erst zeigen, wenn ich weiß, dass es ihr gut geht!"

„Ich habe mir die Begrüßung irgendwie herzlicher vorgestellt. Mehr Körperkontakt, wenn ich ehrlich sein soll."

„Janon, hältst du bitte die Klappe? Wir haben gerade dein Leben gerettet, aber das heißt nicht, dass ich dich nicht umbringen würde."

„Mann, Jeki. Du bist immer sofort angespannt, wenn es deinem Flämmchen nicht gutgeht!"

„Deinem *Flämmchen*? Ich glaube, ich kotze."

„Bitte nicht in meine Küche, Levi. Es ist so eng hier, dass du zu neunzigprozentiger Wahrscheinlichkeit jemanden treffen würdest."

Nym hielt die Augen geschlossen und überlegte, was sie wohl tun müsste, um in Ohnmacht zu fallen.

Vielleicht mit dem Zeigefinger in ihre Stichwunde drücken. Vielleicht wäre es das wert, denn sie hatte die vage Ahnung, dass Jeki und Levi zusammen anstrengend werden könnten. Nicht nur für sie, sondern auch für alle anderen.

Aber vor allem für sie.

In was für eine Situation hatten die Götter sie da nur gebracht? Sie konnte nicht zwischen zwei Männern stehen. Das war kompliziert. Und kompliziert war nicht ihr Ding.

Halsschlagadern zu durchbrennen, ihre Familie zu enttäuschen – das war ihr Ding. Aber sich über ihre Gefühle im Klaren zu werden ... sicherlich nicht!

Jemand löste die Rüstung um ihren Oberkörper und sie stöhnte anhand der plötzlichen Bewegung auf – augenblicklich verstummten die Unterhaltungen, bevor erneut Schatten über sie fielen.

Ja, sie würde die Augen einfach nicht mehr öffnen. Sie wusste auch so sehr gut, welche zwei Kerle sich da über sie beugten.

„Was ist los?“

„Was ist passiert?“

„Meine Güte, ich habe gestöhnt. Nicht geschrien: *Hilfe, ich sterbe!*, fluchte sie leise, während weitere Hände daran arbeiteten, das Metall von ihrer Haut zu schälen. Wer war das?

„Könntet ihr bitte zwei Schritte zurück machen, damit ich sehen kann, was ich tue?“

Nika. Das war die Stimme von Nika.

Sanfte Hände zogen ihren Oberkörper etwas weiter nach vorne, sodass auch die hintere Schale der Rüstung von ihrem Körper abfallen konnte, und erst jetzt bemerkte Nym, dass sie auf einem Stuhl saß. Bis zu diesem Zeitpunkt hatte sie geglaubt zu liegen.

Ihr war nicht klar, wie sie überhaupt hierhergekommen war. Oder *wo* genau sie sich befand. Sie waren eine Weile gelaufen, daran erinnerte sie sich, aber der Rest war etwas verschwommen. Da waren ... Häuser gewesen. Straßen? Menschen?

Irgendetwas davon bestimmt.

„Du hast dir deine Wunde selbst ausgebrannt", murmelte Nika, und jetzt spürte Nym, wie kühle Finger ihr über den Rücken fuhren, der nur mit einem dünnen weißen Hemd bekleidet war. „Brag, hast du Alkohol? Wir müssen sie desinfizieren, damit sie sich nicht entzündet. Ansonsten hast du echt gute Arbeit geleistet. Auch wenn das verdammt schmerzhaft gewesen sein muss."

Das war es gewesen. Aber danach hatte der Schmerz sich sofort gelindert – und hätte Nym sie nicht ausgebrannt, wäre sie sicherlich verblutet.

Moment ... wer war Brag?

„Ich habe Rum."

„Ich weiß ehrlich gesagt nicht, ob das alkoholhaltig genug ist."

„Ist es." Das war wieder Levi. „Damit hat mir Nym vor ein paar Wochen auch eine Wunde desinfiziert."

Jemand knurrte.

„Das ist richtig, Tujan. Deine *Verlobte* hat mich unsittlich berührt, was willst du dagegen jetzt tun?"

„Nym, wie geht es dir?" Das war Veas Stimme, und eine Wärme erfüllte sie, die sie ihre Schmerzen beinahe vergessen ließ.

„Ich habe Kopfschmerzen“, murmelte sie und der Geruch von Alkohol stieg ihr in die Nase.

„Von der Stichwunde?“

„Nein, von dem dummen Streit, den die Jungs austragen!“

Vea lachte leise, und Nym hörte, wie Nika mit einstimmte.

„Ich hab dich lieb, weißt du?“

Das war wieder Vea, und Nym war froh, dass niemand sehen konnte, wie ihr augenblicklich Tränen in die Augen stiegen.

„Ich bin froh, dass du lebst.“

Die Worte waren nicht gerade zärtlich, aber noch immer liebevoller als alles, was Vea ihr in den letzten Wochen gesagt hatte. Es würde also genügen müssen.

„Könnt ihr aufhören, mich anzustarren, als sei ich euer Feind?“, durchschnitt Jekis Stimme den Raum.

„Du *bist* der Feind!“

Das war eine fremde männliche Stimme. Brag?

„Ihr lebt noch, oder?“, knurrte er. „Glaubt mir, ich bin auch nicht glücklich, hier zu sein, aber ich habe gerade mindestens genauso viele Soldaten niedergeschlagen wie euer niedlicher Ikano der Luft hier, der seine Gegner mit dem Wind streichelt.“

„Soll ich dir mal zeigen wie zärtlich mein Wind sein kann?“

„Versuche es doch, Voros. Wir beide wissen, dass du tot wärst, wenn Salia dir nicht das Leben gerettet hätte.“

„Darf ich dich daran erinnern, dass ich dich viel öfter beinahe umgebracht habe?“

„Aber ich konnte mich wenigstens selbst retten.“

„Ja, mit einer *Armee* in deinem Rücken, du Feigling!“

Nika seufzte laut auf. „Das könnte jetzt etwas wehtun, Nym“, murmelte sie.

Noch mehr, als Jekis und Levis präpubertärem Kräftevergleich zu lauschen? Das bezweifelte sie.

Zwei Sekunden später wurde sie jedoch eines Besseren belehrt. Das Desinfizieren der Wunde tat mehr weh – wenn auch nicht viel.

Schweiß sammelte sich auf ihrer Stirn und in ihrem Nacken und sie biss die Zähne zusammen. Ihre Hand suchte nach etwas, an das sie sich klammern konnte, und fand Holz. War das ein Tisch? Nym presste ihre Augenlider fest zusammen und atmete zitternd ein und aus.

Jemand drückte ihre Hand. Die Berührung war sanft und vorsichtig ... das musste Vea sein, und jetzt rollte Nym doch eine Träne die Wange hinab.

„Tut es so weh?“, flüsterte sie schockiert.

Ja, aber das war nicht der Grund für die Träne. „Es geht schon“, murmelte sie und zwang ihren Atem zur Ruhe.

Levi und Jeki hatten aufgehört zu sprechen und Nym konnte jemanden weinen hören.

Liri.

Ihr Herz zog sich schmerzhaft zusammen.

„Alles gut, Liri“, sagte sie leise. „Ich werde es überleben. Sorg du lieber dafür, dass Jeki und Levi es ebenfalls tun. Ich gebe dir offiziell die Erlaubnis, beide zu schlagen, sollten sie sich zu nahekommen.“

Sie konnte Liri hicksen hören – dabei hatte sie fast gehofft, dass Liri die neugewonnene Erlaubnis direkt einsetzen würde.

„Wie ist das überhaupt passiert?“, wollte Vea wissen, und Nym konnte ihre Stimme leicht zittern hören.

„Esya“, murmelte Nym, bevor sie wieder zischend Luft einsog, als Nika ihr erneut die Wunde abtupfte. „Sie hat mich überrascht. Hat mir den Dolch in die Schulter gerammt, mir meinen aus der Hand geschlagen.“

Nym hörte, wie etwas Metallisches über Holz schabte, war aber nicht neugierig genug, um sich die Mühe zu machen, ihre schweren Lider zu öffnen.

„Deinen Göttlichen Dolch“, flüsterte Vea, und ihre Worte ließen Nym vermuten, woher das Geräusch gekommen war. „Sie sind alle identisch, oder? Die Göttlichen Dolche? Der hier sieht zumindest exakt so aus wie der von Jeki – bis auf die kleine Kerbe.“

„Woher weißt du, wie mein Dolch aussieht?“

„Oh. Ich habe ihn dir gestohlen.“

„Was?!“

„Na ja, was soll ich sagen? Ich war jung und brauchte die Rache.“

Nym musste lachen, zuckte jedoch aufgrund der Erschütterung zusammen.

„Sei nicht sauer, Jeki“, murmelte sie und versuchte ruhig zu bleiben. „Wenn du nicht merkst, wie du bestohlen wirst, dann bist du selbst schuld.“

„Genau das habe ich auch gedacht, als ich Vea mit dem Dolch erwischt habe“, bestätigte Janon.

„Du wusstest, dass sie es war?“

Jeki hatte die Stimme erhoben, und jetzt war Nym fast versucht, doch eines ihrer Augen zu öffnen, nur um sein Gesicht zu sehen. Er war süß, wenn er sich so aufregte, und ... huch. Wo war diese Erinnerung denn auf einmal hergekommen?

„Natürlich wusste ich es. Warum, glaubst du, habe ich dich so schamlos darauf aufmerksam gemacht? Ehrlich gesagt schulde ich dir Dank. Hätte Vea nicht deinen Dolch gestohlen, hätte ich sie womöglich nie kennengelernt. Sie hat dich also für unsere Liebe zum Deppen gemacht. Ich finde, das ist eine sehr viel elegantere Lösung, als sich *selbst* für die Liebe zum Deppen zu machen.“

Jeki schnaubte, und Nym erwartete fast, dass er wieder anfangen würde zu schreien, doch er tat nichts dergleichen. Stattdessen kehrte für einen kurzen Moment Stille ein, bevor er leise fragte: „Aber wer war dann für die Morde verantwortlich?“

„Welche Morde?“, hörte Nym Ro interessiert fragen. „Es hat jemand versucht, wen umzubringen? Noch jemand anderen als Vea?“

„Nicht versucht. Der Mörder war erfolgreich. Es wurden sechs Einwohner Bistayes umgebracht.“

„Was ist daran verwunderlich?“, schnaubte Levi.

„Nun, in Asavez mögt ihr eure Kriminalität ja nicht unter Kontrolle haben, aber hier in Bistaye wird niemand ermordet. Nie.“

„Also, jetzt widersprichst du dir einfach nur selbst. Merkst du das, wenn dummes Zeug aus deinem Mund kommt, oder haben die Götter dir das ausgetrieben? Vielleicht – Au! Liri, was soll das?“

„Nym sagte, ich solle dich schlagen, wenn du zu nah bei ihm stehst. Und auf Nym sollte man immer hören, habe ich gelernt.“

„Sie ist so viel klüger als du, Levi“, flüsterte Nym lächelnd und ließ erleichtert die Schultern sinken, als jemand – wahrscheinlich Nika – ihr einen Verband umlegte. Das Desinfizieren war offensichtlich vorbei.

„Warum hältst du nicht einfach deine Augen *und* deinen Mund geschlossen, Nym?“, schlug Levi vor, und ihr Lächeln wurde breiter.

Das hatte sie vermisst.

Sie hatte ihn vermisst.

„Können wir wieder zum Punkt kommen?“, fragte Vea seufzend. „Die Morde?“

Ach, richtig. Die Welt war ernst und grausam und böse. Das hatte sie doch tatsächlich für einen Moment vergessen.

„Nun, ich dachte, der Dolchdieb wäre vielleicht für die Toten verantwortlich“, sagte Jeki.

„Du dachtest *ich* würde umherlaufen und Leute töten?“, fragte Vea perplex. „Da schaffe ich es ja eher, mich selbst zu töten.“

„Ich wusste doch nicht, dass du der Dolchdieb bist! Aber die Menschen wurden allesamt mit einem Göttlichen Dolch getötet und davon gibt es nicht allzu viele.“

„Der Mörder ist einer deiner guten Soldatenfreunde“, knurrte Levi. „Nym hat mit ihm gekämpft, er trug eine Rüstung.“

„Das glaube ich nicht. Api sagte, dass –“

„Willst du jetzt ernsthaft mit den Worten eines Gottes gegen mich argumentieren? Wie naiv und dumm seid ihr Soldaten eigentlich, dass ihr immer noch jedem Wort glaubt, das euch diese Wesen in den Mund legen? Sie sind doch selbst Mörder!“

„Du hast *keine* Ahnung, wie die Götter denken“, zischte Jeki. „Es ist egal, ob sie Mörder sind. Sie würden sich doch kaum die Mühe machen, durch die Mauern zu streunen und Menschen umzubringen, die keinerlei Bedeutung haben.“

„Wieso kommen nur immer wieder alle darauf zurück, dass ich keine Bedeutung habe?“, fragte Vea nachdenklich. „Ich habe Rebellen versteckt. Ich habe Menschen gegen die Götter aufgehetzt. Ich habe letztens noch einem Vogel das Leben gerettet. Dabei kannte ich ihn gar nicht.“

„Süße, du hast sogar eine sehr große Bedeutung.“

„Für dich – aber offensichtlich nicht für die Welt.“

„Ist dir schon mal aufgefallen, Levi, dass es den Kerwin-Frauen schwerfällt, auf den Punkt zu kommen?“

Das war Ro.

„Wenn alle asavezischen Soldaten so organisiert und fokussiert sind, wie ihr es seid, dann sehe ich für die Zukunft eines freien Bistayes schwarz“, murmelte Brag.

„Ein freies Bistaye?“

Jeki klang nicht sehr glücklich, und auch Nym wurde hellhörig.

Davon hörte sie zum ersten Mal. Hatten die Götter recht behalten? Wollte Provo in Bistaye einfallen? Wieso wusste sie nichts davon?

„Jeki, dein Kopf läuft rot an, das kann unmöglich gut für deinen Blutdruck sein. Wenn Mama das ... hey, wo ist eigentlich Mama?“, fiel Janon plötzlich ein.

„Wir haben sie woanders untergebracht“, murmelte Vea. „Es war ohnehin schon etwas eng hier.“

„Könnten wir noch einmal zu dem freien Bistaye zurückkommen?“, bat Nym leise und atmete erleichtert auf, als Nika den Verband an ihrer Seite befestigte und: „Lehn dich nur erst mal nicht zurück", murmelte.

„Nicht heute", sagte Levi. Er klang auf einmal furchtbar erschöpft.

Nyms Herz zog sich bei dem Gedanken daran, wie er sich gerade fühlen musste, schmerzhaft zusammen. Es war nur: Wenn es Krieg geben würde, dann musste sie das *jetzt* wissen.

Bei den verdammten Göttern. Krieg. Sie brauchte eine Pause – wie Levi es ihr versprochen hatte. Sie wollte verschnaufen, bevor sie sich Gedanken um die Zerstörung und den Tod machen musste, die ein Krieg mit sich bringen würde. Sie war so müde.

Und dann waren da Jeki und Levi und die Götter.

„Nym, ich weiß, dass du den Mund öffnen willst, um mir zu sagen, dass es doch heute sein muss, aber –"

Levi kam nicht weiter, denn er wurde von einem Klopfen an der Tür unterbrochen.

Abrupte Stille legte sich über den Raum.

Wenn jetzt jemand versuchen sollte, sie anzugreifen, konnte Nym sich auch gleich selbst töten. Sie war nicht einmal dazu imstande, ihre Augen zu öffnen, geschweige denn einen Dolch zu führen.

Unruhe erfasste sie und angestrengt lauschte sie auf die restlichen Bewegungen im Raum. Wieder klopfte es.

„Ach, zur Hölle damit!", fuhr Levi auf und dann hörte sie Schritte.

Erneute Stille und dann: „Jaan."

Nyms Augen flogen auf.

Jaan?

Jaan war hier? Jaan, der sich gestern noch mit Thaka gestritten hatte?

Sie blinzelte, konnte jedoch nicht viel erkennen. Mehrere Rücken versperrten ihr die Sicht und das Licht in der Hütte war so gedämpft, dass sie sich fragte, wie Nika überhaupt dazu in der Lage gewesen war, ihre Wunde zu finden.

Sie hörte, wie die Tür wieder geschlossen wurde, und hatte Probleme damit, sich zu orientieren. Vielleicht weil ihre Augen zu lange geschlossen gewesen waren.

Sie saß an einem Tisch und neben ihr befand sich eine Kochnische. Vor ihr stand Vea und dahinter konnte sie Levi und Jeki erkennen, die alle anderen überragten.

Jeki und Levi nebeneinander.

Das war ein Bild für die ... na ja, für irgendjemanden auf jeden Fall.

Sie hatten in etwa dieselbe Statur, wobei Jeki vielleicht eine Spur muskulöser war. Aber das konnte auch an der goldenen Rüstung liegen, die er immer noch trug.

Nym blickte zu ihrem Dolch, der neben Veas auf die Tischplatte gestützten Hand lag, und schließlich erhaschte sie einen Blick auf Jaan, der in der Tür stand und sich leicht verwundert im Raum umsah.

„Leute!“, stöhnte ein junger dunkelhaariger Mann mit auffällig grauen Augen, den sie noch nicht zur Kenntnis genommen hatte. „Noch einer? Wir haben doch jetzt schon kaum Platz.“

Und Nym musste dem fremden Mann recht geben. Der Raum, in dem sie sich befanden, schien bis auf den letzten Quadratzentimeter gefüllt zu sein. Zehn Leute waren einfach zu viel.

„Habe ich etwas verpasst?“, hörte Nym Jaans Stimme, die wie immer ruhig klang.

Aber das stimmte nicht, oder? Sie klang nicht *immer* ruhig. Ihre Hände wurden klamm und vorsichtig zog sie sie vom Tisch.

Sie wusste nicht, wie sie über Jaan denken sollte. Er war kein Feind. Er stand ganz offensichtlich gegen die Götter. Aber gleichzeitig fragte sie sich, ob es nicht leichtsinnig wäre, einem Mann mit so vielen Geheimnissen zu vertrauen. Und sie hatte in den letzten Tagen zu viele leichtsinnige Dinge getan, als dass sie es sich leisten konnte, der Liste noch eines hinzuzufügen.

„Es scheint, als hätten wir alle etwas verpasst“, knirschte Levi.

Jaan hob die Augenbrauen und sein Blick kam auf Jeki zum Liegen. „Rekrutieren wir jetzt schon Soldaten der Göttlichen Garde?“

„Nein, aber töten dürfen wir den Dreckskerl ja auch nicht“, fluchte Levi. Liri schlug ihn. „Au! Was sollte das denn? Ich bin kilometerweit von Tujan entfernt!“

„Du sollst weniger fluchen. Und er hat Nym bei der Flucht geholfen, also muss er in Ordnung sein.“

„Nym?“ Jaan suchte weiter den Raum ab, bis er sie entdeckte. Er lächelte. Das hieß, sein Mundwinkel hob sich einen Millimeter nach oben. „Schön, dich in Sicherheit zu wissen, Nym.“

Sicherheit.

Nym glaubte nicht mehr an Sicherheit. Sicherheit war eine Illusion.

Sie nickte ihm zu, sagte jedoch nichts.

Fragen über Fragen häuften sich in ihrem Kopf – doch keine von ihnen würde sie stellen. Manchmal war es besser, wenn der andere keine Ahnung davon hatte, was man wusste.

„Du hast ja die Augen auf", stellte Vea verblüfft und erleichtert fest und dann flüsterte sie leise, sodass nur Nym sie verstand: „Dabei dachte ich, du hältst sie solange geschlossen, bis dein Männerproblem sich in Luft auflöst."

Nym lächelte matt und dachte sich, dass es vielleicht doch gar keine so blöde Idee war, Levi und Jeki sich einfach duellieren zu lassen und denjenigen zu nehmen, der übrig blieb.

Gleichzeitig wandten Jeki und Levi sich zu ihr um. Sorge und Erleichterung spiegelten sich auf beiden Gesichtern wider, und Nyms Blick flog von dem einen zum anderen.

Verdammt. Sie konnte sie sich nicht duellieren lassen. Denn ganz offensichtlich hing sie an beiden.

Sie seufzte leise und ließ ihre Lider wieder sinken. Das war immer noch die beste Variante, um mit dieser Situation zurechtzukommen.

h

Scheiße.

Sie hatte mit dem Kerl geschlafen. Jeki musste nur ein Blick in sein Gesicht werfen, um sich dessen sicher zu sein. Denn es sah wohl ungefähr so besorgt aus wie seines.

Scheiße, scheiße, scheiße.

Heiße Wut sammelte sich in seinem Magen, und es fiel ihm schwer, zu bestimmen, auf wen genau sie gerichtet war.

Er war wütend auf sich selbst, auf die Götter, auf Salia und auf den beschissenen Ikano der Luft.

Ja, Salia hatte nicht gewusst, dass Jeki existierte, aber das machte die Situation auch nicht besser.

„Wir sollten schlafen gehen", murmelte jemand und er erkannte den rothaarigen Mann, der ihn und Janon vor der Dritten Mauer empfangen hatte.

„Gute Idee", stimmte ihm Vea zu. Sie lehnte gegen Janons Brust. Sie stand so eng bei ihm, dass sie die gleiche Luft atmeten, und sein Bruder sah gerade so glücklich aus, dass Jeki ihn gerne geschlagen hätte, nur damit er selbst sich bei dem Anblick nicht so beschissen fühlen musste.

Sein Blick blieb an Salias Gesicht hängen. Sie hatte die Augen wieder geschlossen und sah unglaublich verletzlich aus. Er hätte sie nie alleine lassen dürfen. Er wusste, dass sie in Risikosituation früher immer separat voneinander agiert hatten. Sie hatten auf das Urteil des anderen, was die eigene Sicherheit anging, vertraut. Aber er konnte sich nicht mehr an früher orientieren. Alles war anders. Doch das war in Ordnung. Damit kam er zurecht. Solange eine einzige Sache sich nicht änderte. Sein Blick glitt zu ihrer rechten Hand. Solange er seinen Verlobungsring an ihrem Finger sah, würde er damit leben können, dass sie sich erst einmal distanzierte.

Oder feige die Augen schloss.
Erst einmal.

Salia empfand etwas für ihn, und Jeki würde dafür sorgen, dass sie sich an alles erinnerte. An jeden einzelnen Moment mit ihm. Und wenn sie das tat – dann hatte der Ikano der Luft keine Chance mehr.

h

Scheiße.

Sie empfand was für den Kerl. Um das zu erkennen, hatte Levi hatte nur einen Blick in ihr Gesicht werfen müssen.

An was erinnerte sie sich?

Die Frage brannte so heiß auf seinem Herzen, dass es fast wehtat, sie nicht laut auszusprechen. Er wollte zu ihr gehen, sie berühren. Für einen Moment einfach nur ihren Geruch einatmen – und sie dann so lange schütteln, bis sie ihm verriet, an verdammt noch mal was sie sich erinnerte! Ob sie Schmerzen hatte. Was genau sie sich dabei gedacht hatte, den beschissenen Ikano der Erde einfach so mitzunehmen.

Warum genau konnte er Tujan noch gleich nicht umbringen?

Er könnte es ja tun, während Nym schlief. Dann würde sie es gar nicht bemerken. Levi konnte sehr leise töten – das war eine seiner besten Eigenschaften, fand er. Zumindest im Angesicht der jetzigen Situation.

Vea hatte sich mittlerweile von dem anderen Tujan gelöst – der dem Ikano der Erde für Levis Geschmack ein bisschen zu ähnlich sah, als dass er hätte in Betracht ziehen können, ihn zu mögen – und einen Arm um Nyms unverletzte Seite gelegt.

„Komm, Zeit fürs Bettchen."

Es war, als hätten die Schwestern in ihrer Beziehung eine Hundertachtzig-Grad-Wendung gemacht. Als wären Veas Wut und Hass auf Nym einfach über die letzten Tage hinweg verpufft. Das war gut. Das würde Nym vielleicht einen Teil der Schuld nehmen, die auf ihr lastete.

Liri legte ihre Hand in seine und erinnerte ihn so an seine eigene Schuld, die er nicht abschütteln konnte.

Ihr Vater war heute Nacht gestorben und er wusste, dass es falsch war, aber ... er konnte es Liri nicht sagen.

Er ließ sich in die Hocke sinken und murmelte: „Liri, kannst du mit ihnen mitgehen und Nym fragen, ob es ihr den Umständen entsprechend gut geht? Und kannst du dann überprüfen, ob sie lügt?"

Seine Schwester nickte, tätschelte seine Hand und lief zur Treppe. Tala folgte ihr. Die beiden schienen innerhalb der letzten Tage zu einer Person verschmolzen zu sein.

„Weißt du", hörte er Vea sagen, „wir sollten Jeki und Levi einfach zusammen in ein Bett stecken. Sie sehen beide liebesbedürftig aus – vielleicht können sie einander behilflich sein."

Der jüngere Tujan, der ihr gefolgt war, lachte, während der ältere eine Augenbraue in Levis Richtung hob und dann hinter der Karawane die Treppe hinaufstieg.

Jeder Faser in Levis Körper widerstrebte es, Tujan mit den anderen allein zu lassen – doch jetzt gab es Wichtigeres. Und das stand direkt vor ihm.

„Jaan, du hast uns eine Menge verschwiegen", kam er direkt zum Punkt, denn wer hatte unter den

derzeitigen Umständen schon Zeit für nette Floskeln.
Levi fühlte sich im Moment alles andere als nett.

Er hatte immer gewusst, dass Jaan eine Menge verbarg – doch er hatte geglaubt, dass Provos Vertrauter nur Einzelheiten aus seinem eigenen Leben verheimlichte und nicht etwa Dinge, die sie alle etwas angingen!

Levi war der verdammte Anführer der Mission gewesen und jetzt wusste er auch, warum Provo ihn und nicht Jaan dazu ernannt hatte. Weil Jaan eine eigene, ganz andere Mission bekommen hatte!

„Hättest du es nicht für angebracht gehalten, zu erwähnen, dass Provo alles vorbereitet, um in Bistaye einzufallen?", fragte er trocken und lief zum Tisch, um sich dagegenzulehnen. „Uns allen hätte es sehr geholfen, zu wissen, was du eigentlich die ganze Zeit über treibst!"

Jaan sah ihn unbeeindruckt an. Es brauchte offenbar mehr als diese Anschuldigungen, um ihm eine Emotion zu entlocken.

„Provo hatte seine Gründe, Levi."

„*Welche* Gründe?"

„Er wusste nicht, wem er vertrauen kann." Jaans Blick flackerte zur Decke. „Er wollte kein Risiko eingehen."

Levi presste die Zähne zusammen. „Willst du mir erzählen, dass Provodes bereits wusste, dass Nym eine Spionin war?"

„Er hatte seine Vermutungen."

„Und auch diese Vermutungen hat er nicht mit mir geteilt?" Levis Stimme war laut geworden, doch das war ihm egal.

„Ich werde mich nicht rechtfertigen", stellte Jaan sachlich fest. „Ich hatte meine Geheimnisse und du hattest deine, oder nicht? Provo ahnte, dass jemand Nyms

Geist manipuliert hat, aber ebenso ahnte er, dass sie sich womöglich nie wieder daran erinnern würde, wem ihre frühere Loyalität galt."

„Also habt ihr einfach mal abgewartet und geschaut, was passiert", zischte Levi. „Einfach mal gesehen, ob sie uns nicht vielleicht doch mitten in der Nacht alle umbringt."

Jaan hob eine einzelne Augenbraue. „Ich war vorsichtig, Levi. Wir waren zu keinem Zeitpunkt in Gefahr."

Er schnaubte. Er war so unglaublich wütend und frustriert. Er wusste, dass Jaan nicht die alleinige Schuld an diesem Gemütszustand besaß, aber es fühlte sich einfach zu gut an, ihn anzuschreien.

„Du hättest ihr einiges an Leid ersparen können!"

Jetzt lächelte Jaan doch tatsächlich. Ein deutlich sichtbares Lächeln!

„Mir kommt es eher so vor, als hätte ich *dir* einiges an Leid ersparen können." Er zog sich seine Kapuze über den Kopf. „Ich werde morgen früh wiederkommen. Es gibt noch ein paar Dinge, um die ich mich kümmern muss. Ich wollte nur sichergehen, dass Nyms Flucht geglückt ist."

Levi zog die Brauen zusammen. Woher hatte Jaan überhaupt von der Flucht gewusst? Wie konnte es sein, dass er schon wieder so viel mehr wusste als der Rest von ihnen?

Trotz der neu aufgeworfenen Fragen hielt Levi seinen Mund.

Der Erste Offizier nickte ihm zu und sah dann ein letztes Mal zu Levi. „Noch etwas: Du solltest froh sein, dass Nym Jeki Tujan auf unsere Seite gezogen hat. Ein mächtiger Ikano weniger, den wir töten müssen. Du solltest lernen, rationaler zu denken, Levi.“

Und mit diesen Worten verschwand er wieder in die Nacht.

KAPITEL 12

6.

Jeder, der vermutet, dass ein Mensch, Soldat oder Ikano die Wahrheit herausgefunden hat, ist dazu verpflichtet, unverzüglich Bericht zu erstatten. Geheimhaltung derartiger Informationen wird mit dem sofortigen Exekutieren des jeweiligen Rekruten sowie einem Rekrutierungsverbot bestraft.

Es war eng. Aber es war nicht dunkel. Die Decke leuchtete, wenn auch nur zur Hälfte, und Nym fühlte sich leicht. Ihre Schulter schmerzte nicht und die Tür, vor der sie stand, war fest verschlossen.

Aber etwas war anders. Es waren die Fenster zu ihrer Linken. Sie zeigten nicht mehr in die Ewigkeit. Das eine zeigte einen Raum, den sie nur allzu gut kannte. Da waren Bücher, eine Menge Bücher, und Gestalten. Im anderen Fenster befand sich nur ein Gesicht. Doch sie achtete nicht darauf, sie konnte es auch gar nicht wirklich erkennen. Stattdessen schritt sie zu dem Rahmen, in dem sie den Raum erkannte. Sie streckte die Hand aus, wollte es abnehmen, um es genauer zu betrachten.

„Ich weiß, dass das dein Werk ist, Valera! Jaan kreuzt hier auf und einen Tag später fliehen sie? Ich hätte es wissen müssen! Was hast du noch veranlasst?"

„Beruhige dich, Thaka. Ich streite es doch überhaupt nicht ab. Natürlich war es mein Werk."

Nym lachte leise. „Du weißt wirklich, wie du das Ganze immer wieder interessant machen kannst, Valera.“

Die Augen ihrer Kameradin blitzten auf. „Es steht einiges auf dem Spiel, oder nicht? Die Zeit läuft uns davon.“

Nym schlug die Augen auf und augenblicklich kehrte der Schmerz in ihre Schulter zurück. Sie saß senkrecht in ihrem Bett und starrte auf eine dunkle Wand, die der in ihrem Traum gar nicht so unähnlich war.

Der schweißnasse Stoff ihres Oberteils klebte an ihrem Körper und es fiel ihr schwer, ihren Atem zu beruhigen.

Das war real gewesen. Das, was sie gesehen hatte, war eine reale Erinnerung gewesen. Nicht ihre Erinnerung. Apis. Eine Erinnerung, die nicht allzu viele Stunden zurückliegen konnte.

Ihr Kopf fing an, sich zu drehen. Das war ... was zum Teufel war denn nur *los* mit den Göttern? *Was* stand auf dem Spiel?

Das alles ergab keinen Sinn. Thaka war wütend gewesen. Zu Recht. Aber wenn er doch gewusst hatte, dass Valera ... dass die Göttin ... ja, dass die Göttin der Vernunft was?

Nym legte die Hände an ihre Schläfen und rieb sich den Schmerz dort hinaus.

Jaan. Immer wieder dachte sie an Jaan. Was für eine Rolle spielte er in dem Ganzen? Warum hatte Thaka ihn nicht einfach getötet, wo er es doch so offensichtlich gewollt hatte?

„Salia? Alles okay?“

Nym wandte ihren Kopf und erkannte Vea, die sich auf dem Bett aufgerichtet hatte, das auf der anderen Seite des Zimmers lag. Janon lag neben ihr und schlief.

Nym antwortete nicht. Sie wollte nicht lügen und sie bezweifelte, dass alles okay war.

Warum hatte Valera ihr geholfen? Und warum duldete Thaka das?

Die Federn von Veas Matratze quietschten, als sie aus dem Bett glitt und zu Nym herüberkam. Sorge spiegelte sich auf ihren Zügen wider, und Nym traten augenblicklich Tränen in die Augen.

Da war kein Hass mehr in dem Blick ihrer Schwester und für einen kurzen Moment fühlte Nym sich so leicht wie in ihrem Traum.

Sie ließ die Hände von ihren Schläfen gleiten. „Fragst du dich auch manchmal, ob in dieser Welt überhaupt irgendetwas echt ist?", flüsterte sie und spürte, wie die kühle, durchs Fenster dringende Luft über ihre Haut strich. „Denkst du auch manchmal, dass die Menschen einfach nicht dafür bestimmt sind, die Welt in ihrer Gänze zu erfassen?"

Nyms Matratze sank tiefer auf den Rost, als Vea sich darauf niederließ. Ein Strahl des Mondlichtes, der gebrochen durch die angelehnten Fensterläden fiel, streifte ihr Gesicht. Sie betrachtete die Hände in ihrem Schoß.

„Du ... hörst dich an wie Mama."

Bestürzt über die ernsthafte Furcht, die in der Stimme ihrer Schwester mitschwang, lehnte Nym sich vor, um sie an der Hand zu berühren. Sie kam jedoch nicht weit, denn der Schmerz in ihrer Schulter ließ sie zurückfahren. Sie keuchte leise auf und atmete dann gezielt ein.

„Vea, ich bin nicht wie Mama. Ich stelle mir vielleicht manchmal ähnliche Fragen, aber ich werde nicht an ihnen kaputtgehen."

Vea schwieg und betrachtete Janon, der sich im Schlaf drehte.

Nym fragte sich, ob sie noch oft an ihre Mutter dachte. Sie selbst hatte es sich irgendwann abgewöhnt. Die Frau, zu der Karu Kerwin geworden war ... das war nicht mehr ihre Mutter gewesen. So ausgezehrt und unglücklich hatte sie sie nicht in Erinnerung behalten wollen.

„Ich hätte dich mit ihrem Tod nicht alleine lassen dürfen", flüsterte Nym und senkte den Kopf. „Ich war feige. Es waren ... zu viele Emotionen, die mich verfolgt haben. Zu viel Grausamkeit, der ich mich hätte aussetzen müssen. Ich habe mir die Schuld dafür gegeben, und unser Haus hat mich immer wieder daran erinnert. Ich konnte Papa nicht auch noch dabei zusehen, wie er seine Sorgen in Alkohol ertränkte ... es war zu viel. Aber das alles ändert nichts daran, dass ich dich damit nicht hätte alleine lassen dürfen. Du hast genauso sehr gelitten wie ich, wenn nicht sogar stärker, und ich ... wusste einfach nicht, wie ich dir hätte helfen können."

Vea nickte, und Nym spürte, wie eine Träne auf ihr nacktes Bein fiel. „Ich habe dich einfach nur vermisst, Salia. Ich hatte das Gefühl, die zwei wichtigsten Menschen in meinem Leben auf einen Schlag verloren zu haben. *Natürlich* habe ich angefangen, dir die Schuld für alles zu geben. Es war einfacher so. Es ist nur –" Sie hielt inne, schluckte und fuhr sich mit dem Handrücken über ihre Augen. „Du bist nicht die Einzige, die sich die Schuld gegeben hat. Wenn ich nur besser zugehört hätte, wenn ich ihr –" Sie verstummte und stieß langsam und gleichmäßig einen Atemzug aus. Dann straffte sie ihre Schultern. „Manchmal frage ich mich einfach, ob wir sie hätten retten können."

„Wir konnten ihr nicht helfen, Vea", flüsterte Nym, die eigenen Tränen salzig auf ihren Lippen. „Man kann nicht jeden retten. Nicht vor sich selbst. Nicht denjenigen, der nicht gerettet werden will."

Nym schloss die Augen und erlaubte es sich, zu weinen. Mit jeder Träne, die auf das Laken um ihre Hüften fiel, schien die Erinnerung an ihre Mutter zurückzukehren. „Die Arbeit in der Garde, sie hat sie wahnsinnig gemacht."

Vea schniefte und zog ihre Knie an. „Manchmal glaube ich, dass es die Götter selbst waren, die sie in den Wahnsinn getrieben haben. Sie hat sehr viel über sie geredet. Es wurde mit jedem Tag schlimmer, bis sie schließlich –" Vea verstummte und sie musste auch gar nicht weitersprechen. Denn Nym erinnerte sich. Ihre Mutter hatte die Götter an einem Tag verflucht und am nächsten bewundert. An einem Tag stolz von ihrer Arbeit erzählt, am nächsten um die Leben geweint, die sie genommen hatte.

„Sie war einfach nicht stark genug, Vea." Nyms Stimme klang nicht wie ihre eigene. Sie schien aus weiter Ferne zu kommen. Und vielleicht war das gut so. Sie brauchte Abstand. „Ihre Sicht war zu … eingeschränkt. Sie war nicht stark genug", wiederholte sie.

Wieder nickte ihre Schwester und jetzt sah sie auf. Das Mondlicht spiegelte sich auf ihren feuchten Wangen wider. „Was ist mit dir? Bist du stark genug?"

„Ich bin kein Teil der Garde mehr."

„Nein, nicht der Göttlichen. Aber eine Soldatin bist du nichtsdestotrotz.“

Das konnte Nym nicht verneinen. Aber dennoch war sie nicht mehr dieselbe. Sie würde nicht von den Göttern in den Wahnsinn getrieben werden. Da war es wahrscheinlicher, dass Levi und Jeki sie verrückt machten.

„Vea“, murmelte sie, „du musst keine Angst um mich haben. Es ist nicht deine Aufgabe, dich um mich zu sorgen ... auch wenn ich mich gerade unglaublich darüber freue, dass du dich überhaupt um mich scherst.“

Vea hickste und lächelte. „Dieb bleibt Dieb. Soldat bleibt Soldat.“

„Schwester bleibt Schwester“, vollendete Nym die Aufzählung. „Und du warst nie nur eine Schwester für mich. Du warst meine beste Freundin. Meine Familie. Und jeden Tag, an dem ich dich nicht gesehen habe, habe ich an dich gedacht.“

„Wie kannst du das sagen? Du erinnerst dich doch gar nicht.“

„Und trotzdem weiß ich es.“

Veas Lächeln wurde breiter, auch wenn es ein wenig wackelig war. „Danke.“

Das Wort war so leise, dass Nym es kaum verstand. „Danke wofür?“

„Dafür, dass du Janon zurückgebracht hast. Dass du ... nicht gestorben bist.“

Nym lachte. „Ich würde jederzeit wieder nicht für dich sterben.“

Wieder hickste Vea und jetzt zog sie sich höher auf die Matratze, sodass ihre Beine über Nyms lagen.

Sie schwiegen eine Weile. Lauschten Janons leisem Schnarchen. Betrachteten das Lichtspiel des Monds auf dem staubigen Boden.

Es war Vea, die die Stille brach. „Was wirst du jetzt tun?"

Nym hatte mit der Frage gerechnet. Auf sie gewartet. Und seit Stunden schon hatte sie eine Antwort.

„Ich werde nach Oyitis reisen ... und dann weiter in die Kreisberge."

„Du ... was? Aber das ist Wahnsinn! Niemand geht in die Kreisberge."

„Ich denke, das ist nicht wahr." Jaans Gesicht blitzte in ihrem Kopf auf. „Ich glaube, eine Menge Leute waren in den Kreisbergen."

„Aber ... das ist gefährlich."

„Gefährlicher als ein Krieg?"

Sie konnte hören, wie Vea nervös die Fingerkuppen auf ihr Bein prasseln ließ. „Salia, der Krieg lässt sich ohnehin nicht verhindern."

„Auch das glaube ich nicht. Wenn man die Götter töten würde ..."

Entsetzt öffnete Vea den Mund. „Du willst die Götter töten? Willst du vielleicht auch fliegen lernen und den Mond bereisen?"

„Die Götter sind nicht unbesiegbar, Vea. Jeder besitzt eine Schwachstelle. Sie bilden keine Ausnahme. Und das, was sie tun, ist nicht richtig. Ihre Ansichten von Richtig und Falsch. Von Moral und Anstand. Ihre Macht über Leben und Tod. Sie handeln selbstsüchtig und ungerecht. Jemand muss sie aufhalten."

„Ja, irgendjemand. Aber doch nicht du!"

„Wenn ich es nicht tue, wer tut es denn dann? Niemand scheint sich dafür verantwortlich zu fühlen.“

„Nun, dieser Provo möchte die Göttliche Garde ausrotten, um die Götter –“

Nym lachte bitter. „Und das ist die Lösung? All diejenigen zu töten, die unter göttlichen Befehlen agieren? Denjenigen das Leben zu nehmen, die keine andere Wahl haben, als den Göttern zu folgen? Was ist daran gerecht?“

„Gerechtigkeit?“ Vea spuckte das Wort aus. „Diese Welt funktioniert nicht nach dem Prinzip der Gerechtigkeit. Und das wird sie auch nie tun. Glaubst du, mit dem Tod der Götter würde all den Menschen in den äußeren Mauern Gerechtigkeit zuteilwerden?“

Nym schüttelte den Kopf. „Nein. Dafür ist es wohl zu spät, nicht wahr? Aber ohne die Götter würde ihr Leid wenigstens ein Ende finden. Unser Land könnte einen Neuanfang wagen. Die Mauern einreißen. Besser, gerechter, friedlicher werden.“

Vea schnaubte und schüttelte den Kopf. „Versteh mich nicht falsch, natürlich bin ich dafür, die Götter zu stürzen! Nur ... wenn sie zu stürzen wären, glaubst du nicht, dass dies jemandem innerhalb der letzten tausend Jahre gelungen wäre?“

Nein, das glaubte Nym nicht. Wenn niemand sich verantwortlich fühlte, passierte auch nichts. Und wer wollte schon die Verantwortung für das Wohl des gesamten Landes auf seinen Schultern tragen?

„Ich werde gehen, Vea“, sagte sie mit fester Stimme. „Das Zeitalter der Götter muss ein Ende finden. Ich kann nicht ruhen, bevor ich die Wahrheit kenne. Die Götter haben einen Schwachpunkt und ich werde ihn finden. Ich muss wissen, um was es ihnen eigentlich geht. Warum sie einander nicht trauen ... ich muss einfach wissen, was los ist."

Vea schüttelte ungläubig den Kopf. „Und weil du anders keine Ruhe findest, suchst du nach der *ewigen* Ruhe?"

„Ich werde nicht sterben."

Und wenn sie starb ... nun, sie hatte keine Angst vor dem Tod. Nur Angst vor dem, was sie zurückließ.

„Aber ... aber ..."

„Vea", sagte sie sanft. „Ich habe keine Wahl. Ich muss es tun."

„Natürlich hast du eine Wahl! Du kannst eine andere Entscheidung treffen!"

„Nein. Kann ich nicht. Es gibt im Leben nur eine Entscheidung. Und das ist die zwischen richtig, falsch und feige."

Neue Tränen liefen Veas Wangen hinab und diesmal machte sie sich nicht die Mühe, sie wegzuwischen. „Und warum kannst du nicht feige sein?"

Nym hob einen Mundwinkel und nahm Veas Hand in ihre. „Aber was wäre ich denn dann für ein Vorbild für dich?"

„Ein lebendiges?"

„Ich werde nicht sterben", wiederholte sie – dabei hatte sie keine Versprechen geben wollen, die sie womöglich nicht halten konnte. Aber was sollte sie sonst tun?

Nachdenklich sah Vea sie an. Die Tränen glitten noch immer stumm an ihren Wangen hinab, doch der Rest ihres Körpers war ruhig und gefasst. „Ich kann deine Meinung nicht ändern, oder?", stellte sie tonlos fest.

„Nein.“

Sie nickte, so als hätte sie dies schon von Anfang an gewusst. „Gut. Dann habe ich nur noch eine letzte Frage.“

Nym nickte. „Natürlich. Welche?“

Vea grinste breit. „Jeki oder Levi?“

Wenn Nym es sich recht überlegte: Die Zeiten, in denen Vea überhaupt nicht mit ihr geredet hatte, hatten auch etwas für sich gehabt.

h

„Tut mir leid, Levi. Aber Jeki hat wirklich nicht vor, uns alle an die Götter zu verraten.“

„Prüf ihn noch mal.“

Veas Mundwinkel zuckten und sie senkte den Blick. Janons Hand lag warm in ihrem Nacken und sie konnte spüren, wie seine Brust zitterte. Er kämpfte offensichtlich gegen einen Lachanfall an.

Levi hatte die letzte halbe Stunde damit verbracht, Jeki allerlei Fragen zu stellen und Liri den Wahrheitsgehalt seiner Antworten prüfen zu lassen. Außer die, ob er sich die Haare auf der Brust mit Wachs entfernen ließe, hatte Jeki alle Fragen beantwortet.

„Er tut mir leid“, murmelte Janon neben ihrem Ohr. „Aber andererseits will ich, dass es nie aufhört.“

Ja, Vea konnte das sehr gut nachvollziehen. Jeki Tujan, den Ersten Offizier der Göttlichen Garde, dem immer alle Rede und Antwort zu stehen hatten, einmal auf der anderen Seite der Befragung zu sehen ... das hatte etwas für sich.

„Na, Jeki, weißt du jetzt, wie ich mich gefühlt habe, als du mir all diese blöden Fragen gestellt hast?", fragte Nika grinsend.

Jeki schnaubte. „Du warst eine echt überzeugende Schauspielerin, das muss ich dir lassen."

„Na ja, offenbar nicht überzeugend genug – was hat mich verraten?"

„Dein wippender Fuß."

Sie schlug sich mit der flachen Hand gegen die Stirn. „Es war mein Fuß, Vea! Nicht das, was ich gesagt habe. Siehst du!"

„Sind wir hier jetzt fertig?", fragte Jeki trocken und der gleichgültige Blick, den er Levi zuwarf, ließ Vea noch breiter grinsen. Sie glaubte zu wissen, dass Levi *nie* mit Jeki fertig sein würde.

„Ich traue dir nicht, Tujan", stellte Levi schlicht fest. „Das wird sich nicht ändern."

Jeki grinste. „Oh, das solltest du auch nicht. Mir trauen. Wenn ich du wäre, würde ich mit offenen Augen schlafen."

„Und wenn ich du wäre, dann würde ich nicht mit uns kommen. Ganz einfach."

„Ich werde bei meiner *Verlobten* bleiben, aber herzlichen Dank für deinen Rat."

Jetzt schien Rauch aus Levis Ohren zu stieben, und Vea war fast froh darüber, dass es in diesem Moment an der Tür klopfte. Sie bürdeten Brag ohnehin schon zu viel auf – da wollte sie ihm nicht auch noch eine neue Kücheneinrichtung schulden müssen.

„Vielleicht sollten wir Salia wecken", murmelte Janon, während Ro, ebenfalls breit grinsend, zur Tür ging. „Sie wüsste, wie man mit den Streithähnen umgehen muss.“

Das bezweifelte Vea. Was vor allem daran lag, dass Salia ihr gestern anvertraut hatte, dass sie absolut keine Ahnung hatte, was sie mit den beiden machen sollte. Das Wort *Dilemma* hatte für sie eine neue Dimension angenommen.

„Jaan, du hast das Beste verpasst“, stellte Ro amüsiert fest, als der blasse Mann, den Vea schon immer etwas merkwürdig gefunden hatte, das kleine Wohnzimmer betrat. Er war der älteste der asavezischen Soldaten, Anfang, vielleicht Mitte dreißig, und sein Gesicht sah immer aus, als wäre dort jemand mit einem heißen Eisen hinübergefahren. Sehr, sehr glatt.

Jaan schien unbeeindruckt von Ros Worten und ließ nur kurz seinen Blick durch den Raum wandern.

„Wir sollten bald aufbrechen“, stellte er leise fest. „Aber zuerst müssen wir bestimmen, wer hier bleibt.“

Stille legte sich über den Raum. Hierbleiben?

Vea war davon ausgegangen, dass sie alle zusammen nach Oyitis aufbrechen würden.

„Bleiben?“, fragte Levi scharf. „Es war nie die Rede davon, dass jemand bleiben würde.“

„Die Umstände haben sich geändert.“

Wann hatte dieser Jaan eigentlich angefangen, so viel zu sprechen?

„Welche Umstände haben sich *wie* geändert?“ Levi hatte die Brauen tief ins Gesicht gezogen. „Wieso weiß ich nichts davon?“

„Levi, das hier ist nicht mehr deine Mission“, sagte Jaan gelassen. „Dein Auftrag ist beendet. Ich habe neue Anweisungen bekommen.“

Der Ikano der Luft verengte die Augen zu Schlitzen, doch er schwieg. Vea war bereits früher aufgefallen, dass niemand es wagte, Jaan zu widersprechen.

„Jaan, du wirst uns eine Erklärung liefern müssen“, bemerkte jetzt auch Ro, der, die Arme vor der Brust verschränkt, an der Tür lehnte.

Jaan nickte. „Das werden wir gleich besprechen, aber erst möchte ich mit Vea reden.“

Alle Blicke richteten sich auf sie, und überrascht stolperte sie gegen Janons Brust zurück.

„Mit *mir*?“, fragte sie verwundert. Sie hatte bis eben noch geglaubt, dass Jaan nicht einmal ihren Namen kannte.

Der Soldat nickte. „Ja.“

„Ähm …“ Sie warf Levi einen Blick zu, dessen Augen nun fast nicht mehr zu erkennen waren. „Okay.“

„Allein.“

Allein? Was beim Namen der Götter konnte Jaan von ihr wollen? Wie alle die letzten Tage immer wieder allzu bereitwillig festgestellt hatten: Sie war ein Niemand. Und sie kam damit klar, ein Niemand zu sein. Das brachte einige Vorteile mit sich.

Jaan sah sie ein letztes Mal an, dann lief er die Treppen hinauf. Das hieß dann wohl, dass sie ihm folgen sollte.

Sie ignorierte Ros und Levis misstrauischen Blicke, wandte sich seufzend um und gab Janon einen Kuss auf die Lippen.

Sie würde nie müde werden, ihn zu küssen.

„Ich liebe dich, Janon.“

Er lächelte breit und strich ihr eine dunkle Strähne hinters Ohr. „Sagst du das jetzt jedes Mal, wenn du den Raum verlässt?"

Sie nickte. „Ja. Und wenn ich wiederkomme." Das Leben war zu kurz, um die Worte für sich zu behalten. Das war etwas, was Levi noch lernen musste.

„Ich freu mich schon drauf, wenn du zurückkommst", meinte Janon grinsend. „Ich finde, wir sollten auch einführen, dass du jedes Mal, wenn du mich siehst, dein Oberteil ausziehst."

"Ich finde, du hättest einen Satz früher aufhören sollen, zu reden", bemerkte sie trocken, gab ihm einen letzten Kuss und folgte Jaan die Treppen hinauf.

Die erste Tür am oberen Treppenabsatz war verschlossen, Salia schlief dahinter, und auch die nächste Tür war zu. Sie führte zu Talas und Brags Zimmer. Erst hinter der dritten Tür fand sie den Ersten Offizier der Asavezischen Armee.

Er stand mit dem Rücken zu ihr und blickte aus dem Fenster. Die Mauern der äußeren waren niedriger als die der inneren Kreise, sodass man von hier aus das Glitzern des Appos in der Ferne betrachten konnte. Es war ein warmer Tag, so wie die meisten in Bistaye, und Vea schien es, als hätte sie über die Jahre vergessen, wie schön dieses Land eigentlich sein konnte. Wenn man – wortwörtlich – über den Stein hinwegsah.

Sie stand eine Weile im Türrahmen und betrachtete den Rücken des fremden Mannes. Er hatte die Statur eines Kriegers, so wie auch die anderen asavezischen Soldaten, und doch war da etwas in seiner Haltung und seiner ganzen Art, das ihn von den anderen unterschied. Etwas, das nach Respekt verlangte. Vielleicht war es darauf zurückzuführen, dass Jaan sich immer aufrecht hielt, so als sei er allzeit kampfbereit. Oder darauf, dass seine Augen immer wachsam wirkten. Vielleicht war es aber auch deswegen, weil er mit jedem spärlich gesäten Wort eine unverkennbare Autorität ausstrahlte.

„Du kommst aus einer guten Familie", sagte er leise, das Gesicht immer noch aus dem Fenster gerichtet.

„Na ja", meinte Vea unsicher. „Gut ist vielleicht eine Sache der Interpretation"

„Deine Mutter war eine Soldatin."

„Ähm, ja …"

„Deine Schwester ist eine Soldatin."

„Ja."

Er wandte sich zu ihr um. „Warum verabscheust du Soldaten so sehr?"

Mit offenem Mund sah sie ihn an. „Das tue ich nicht, ich –"

„Warum verabscheust du Soldaten?", wiederholte er ruhig, als habe sie überhaupt nicht gesprochen.

Langsam überkreuzte sie die Arme vor der Brust. „Schön. Ich hasse Soldaten. Du hast recht. Der Grund ist ganz simpel: Soldaten sind nichts weiter als Figuren auf einem Kriegsspielbrett. Sie befolgen Befehle. Sie trauen sich nicht, ihre eigene Meinung zu bilden. Und Menschen, die nur auf das hören, was vermeintlich höher Gestellte sagen, die verabscheue ich. Die Soldaten sollten es also nicht persönlich nehmen. Ich verabscheue noch eine Menge anderer Menschen."

Ihr Gegenüber nickte langsam, so als verstünde er. „Es muss immer jemanden geben, der Befehle gibt", stellte er fest. „Und es braucht immer jemanden, der sie befolgt.“

Sie schnaubte. „Ja, möglicherweise. Es würde einem dennoch nicht schaden, erst einmal darüber nachzudenken, was einem da befohlen wurde, bevor man den Anweisungen freudig folgt.“

Wieder nickte er, während seine Hand abwesend über den Griff des Schwertes fuhr, das er an seiner Seite trug. „Ist dir bewusst, dass wir vorhaben, die Rebellen der Mauern neu zu formieren, um –“

„Um die Göttliche Garde abzuschlachten? Ja, davon wurde mir bereits erzählt. Ein wenig drastisch, wenn du mich fragst.“

„Die Soldaten werden eine gerechte Chance bekommen, sich auf unsere Seite zu stellen.“

„Das werden sie nicht tun, solange die Götter über ihnen stehen.“

Einer seiner Mundwinkel hob sich. „Du hast eine sehr gute Auffassungsgabe.“

Sie runzelte die Stirn und löste ihre Arme voneinander. „Ähm ... danke?“

Jaan ignorierte ihre Bemerkung und fuhr einfach fort: „Vea, ich hätte gerne, dass du hierbleibst. Du wärst die perfekte Kandidatin dafür, zusammen mit Bragan weitere Rebellen zu rekrutieren.“

Ihre Kinnlade klappte hinunter. „Ich soll *was*?“

Das war das erste Mal, dass sie eine tatsächliche Unterhaltung mit Jaan führte. Er wusste überhaupt nichts über sie! Wie konnte er sich da sicher sein, dass sie eine so wichtige Rolle übernehmen könnte?

Jaans Hand lag noch immer auf dem Knauf seines Schwerts und der Blick seiner blassblauen Augen schwer auf ihrem Gesicht. „Brag hat mir erzählt, dass du die Idee hattest, zuerst die äußeren Mauern einzunehmen. Um die inneren somit von ihrer Versorgung abzuschneiden und den Bauern genug Zeit zu geben, eine Streitmacht zu formieren.“

Nun … ja. Aber das hatte sie doch nur so dahergesagt. Das war eine wilde Idee gewesen. „Ja, das habe ich gesagt, aber die Bauern hätten nie die Mittel, um diesen Plan umzusetzen.“

„Nun. *Wir* haben sie.“

„Aber …“ Es fiel ihr schwer, seine Worte ernst zu nehmen. Hatte sie nicht bereits erwähnt, dass sie ein Niemand war? Ein junger Niemand noch dazu. Sie konnte doch nicht plötzlich eine ganze Kriegsoperation anleiten!

„Ich … ich … ich sagte doch gerade, dass ich Soldaten verabscheue“, stotterte sie. „Und du willst mich zu einer machen?“

„Nein. Du bist keine Soldatin“, bestätigte er ihre Worte. „Du bist eine Taktikerin. Und die schlagen Schlachten besser als so mancher Soldat. Du wirst keine direkten Befehle entgegennehmen. Du wirst keine Befehle geben. Du wirst den Menschen erklären, was du vorhast – und sie werden dir folgen.“

„Aber warum sollten sie?“, fragte Vea schnaubend.

„Sie werden dir folgen“, sagte Jaan sachlich, „weil du an das glaubst, was du sagst. Weil du mit deinem Herzen kämpfst und nicht mit dem Schwert.“

Natürlich kämpfte sie mit ihrem Herzen. Aber doch nur, weil sie ein Schwert nicht einmal anheben konnte. Die waren so verdammt schwer! Und scharf … daran konnte sich doch jeder schneiden. Sie hätte sich innerhalb eines Tages selbst aufgespießt.

Langsam ließ sie die Arme sinken, die Lippen immer noch leicht geöffnet – anders hätte sie nicht genug Sauerstoff bekommen, um Jaans Worte zu verarbeiten. „Ich ... kann ich darüber nachdenken?"

„Du hast zwei Minuten."

Ungläubig sah sie ihn an. „*Was?*"

„Du musst es wollen. Wenn du es nicht willst, bist du die Falsche für diese Aufgabe. Zwei Minuten müssen genügen."

Sprachlos sah sie ihn an, doch er hatte ihr schon wieder den Rücken zugewandt und den Blick auf den Horizont gerichtet. War das etwa seine Art, ihr ein wenig Privatsphäre zu geben?! Das war in etwa so privat wie eine öffentliche Hinrichtung!

Veas Gedanken rasten.

Sie hatte immer nach Oyitis gewollt. Es war ihr Traum gewesen, das Land zu verlassen, das sie all diese Jahre so eingeengt hatte. Doch jetzt? Was, wenn es wirklich möglich war, Bistaye zu befreien? All den unterdrückten Menschen zu helfen? Was, wenn sie tatsächlich eine Rolle darin spielen konnte? Jaan hatte recht. Sie war überzeugt davon, dass die Götter gestürzt werden mussten. Auch wenn sie nicht fand, dass Salia diese Aufgabe übernehmen sollte.

Aber ... sie konnte doch nicht einfach so hierbleiben, oder?

Nur ... was sollte sie in Oyitis tun?

Sie würde nicht ruhig sitzen bleiben können, wenn sie wüsste, dass gerade offensiv gegen die Götter vorgegangen wurde. Salia würde in die Kreisberge weiterreisen. Ihr Vater war ... ihr Vater. Sie hatte nicht vor, eine Menge Zeit mit ihm zu verbringen. Und wenn es Krieg gab ...

Wie Jaan gesagt hatte: Sie war keine Soldatin. Sie würde nicht in den Krieg ziehen. Aber wenn sie dennoch helfen konnte ...

„Ich mach es." Ihre Stimme war überraschend fest. „Ich bleibe hier."

Der Erste Offizier wandte sich um und trat in die Mitte des Raumes, das Gesicht frei von Emotionen. „Gut", sagte er, als hätte er keine andere Antwort erwartet, und streckte die Hand aus.

Zögerlich betrachtete Vea sie, schließlich kam sie ihm entgegen und schüttelte sie. Sie zuckte zusammen, als seine Finger ihre Handinnenfläche berührten und es sich für einen Moment so anfühlte, als hätten sie sich Nadeln gleich unter ihre Haut gegraben. Doch als Jaan seine Hand wieder sinken ließ und sie auf ihre Handinnenfläche starrte, war dort nichts.

Jaan sah sie nicht mehr an, sondern lief einfach an ihr vorbei zur Tür. Kurz bevor er über die Schwelle trat, hielt er jedoch noch einmal inne.

Er hatte den Kopf gesenkt, den Blick auf die Schwelle vor ihm gerichtet, seinen Rücken ihr zugewandt, als er leise murmelte: „Es tut mir leid."

Überrascht hob Vea die Augenbrauen. „Was?"

„Dass ich dir die Chance genommen habe, Oyitis zu sehen", murmelte er und verschwand auf den Gang.

KAPITEL 13

7.

Das Zeugen von Kindern ist verboten.

7A

Sollte diese Regel umgangen werden, ist es erlaubt,
diese Kinder auf der Stelle zu töten.

„Wollt ihr mich *verarschen*?!"

„Und los geht' s ..."

„Halt die Fresse, Ro! Du wirst deiner Mutter nicht erklären müssen, warum ich dich nicht zurück nach Hause gebracht habe!"

„Aber sie mag dich doch sowieso viel lieber als mich."

„Ro, wenn du noch ein Wort sagst, liegt dein Kopf gleich neben deinem Körper!", knurrte Levi und seine Fingernägel krallten sich ins Holz.

Das konnte nicht wahr sein! Levi war kurz davor, seine Faust durch die Wand zu rammen.

Liri hatte ihn gefragt, ob sie ihrem Vater vielleicht einen Abschiedsbrief schicken sollten; er hatte keine Zeit gehabt, um mit Nym zu reden – keine Chance gehabt, darüber nachzudenken, was er ihr überhaupt sagen wollte –, und dank Liri wusste er nun, dass der beschissene Jeki Tujan sie nicht alle umbringen wollte. Was wirklich frustrierend war, denn das hätte die ganze Situation um ein Tausendfaches erleichtert.

Und jetzt sollte er das Arschloch, mit dessen Verlobter er die letzten Wochen über offensichtlich eine Affäre gehabt hatte, mit nach Oyitis nehmen, während er seinen besten Freund hier zurückließ?!

Warum steckte er sich nicht gleich seinen Dolch ins Auge? Das wäre wahrscheinlich einfacher zu ertragen.

„Levi, es ist die logischste Lösung."

„Es ist die *logischste* Lösung? Weil Logik auf einmal deine Stärke ist, oder was?"

„Ah, du sollst doch nicht von dir auf andere schließen."

„Ich schwöre dir, Ro –"

„Sind alle asavezischen Soldaten so emotional und aggressiv? Wurde das Wort *Disziplin* einfach aus eurem Wörterbuch gestrichen?", wollte Tujan beiläufig wissen.

Oh, Levi wusste genau, wen er aus dem Buch streichen wollte.

„Levi", seufzte Ro und legte ihm eine Hand auf die Schulter. „Vea bleibt und deswegen möchte Nika auch bleiben – und ich gehe nicht ohne Nika. Außerdem hätte ohnehin einer von uns zurückbleiben müssen, richtig Jaan?"

Der blasse Mann nickte.

„Siehst du?", sagte Ro neunmalklug. „Es macht Sinn, dass ich es bin. Du willst Liri sicher nach Hause bringen, Nym ist verletzt und Tujan wird sie nicht alleinlassen."

„Nie", sagte der Göttliche Soldat grinsend, und Levi hätte ihm dieses kleine Wort gerne zurück in den Rachen gestopft.

Er hatte noch nie mit einem anderen Kerl um eine Frau kämpfen müssen. Was war das denn für eine Welt, in der er nicht jede bekommen konnte, die er haben wollte? Das gefiel ihm nicht. Das war nicht mit seiner Persönlichkeit übereinzubringen. Es war, als würde der Appo plötzlich in die entgegengesetzte Richtung strömen.

Wie machte man das überhaupt? Eine Frau davon überzeugen, dass man die bessere Wahl war? Vor allem: Wie kämpfte man gegen einen Kerl, der einem beschissene *sieben* Jahre voraus war?!

Zugegeben, es hatte nicht gewirkt, als würde Nym sich an ihre Vergangenheit mit ihm erinnern, aber da war etwas in ihrem Blick gewesen ...

Levi schloss die Augen und atmete tief ein und aus.

Natürlich war es logisch, dass es Ro war, der die Stellung hielt. Denn Levi würde keine Minute länger als nötig mehr hierbleiben.

Er musste zu Provo. Er musste endlich wissen, was los war. Was geplant war. Warum er nicht eingeweiht worden war. Er hatte das Gefühl, dass er das große Gesamtbild nicht zu fassen bekam. Dass Provos Pläne viel fortgeschrittener und detaillierter waren, als er geglaubt hatte. Als er ihm hatte glauben machen wollen.

Seit Nym aufgetaucht war, bestand sein Leben aus mehr Fragen als Antworten, und das war inakzeptabel. Wie lebten andere Menschen nur damit, so furchtbar unwissend zu sein? Oder war Dummheit wirklich ein solcher Segen?

„Und was soll ich deiner Mutter bitte erzählen?“, fragte Levi leise. „Dass ihr in Bistaye bleibt und wir uns alle zur fröhlichen Wiedervereinigung auf dem Schlachtfeld wiedersehen?“

Ro zuckte hilflos die Schultern. Er wusste ebenso gut wie Levi, dass Naha sich mit dieser Erklärung nicht zufriedengeben würde. „Jaan?“ Er wandte sich hilfesuchend an den Ersten Offizier. „Wie ist der weitere Plan?“

„Wir werden nach Bistaye zurückkehren, sobald sich die Rebellen gruppiert und die asavezischen Soldaten in Oyitis versammelt haben.“

„Sagt mal, hält es niemand anderes für falsch, dass *er* zuhört?“, wollte Levi mit zusammengepressten Lippen wissen und deutete mit der Hand auf Tujan. „Er war bis gestern der Schoßhund eines Gottes! Er wird nicht gegen die Götter kämpfen, und wer sagt, dass er nicht doch irgendwann zurückrennt, um alle zu warnen?“

Wie konnten sie alle so unvorsichtig sein? Vor allem Jaan! Jaan war die geheimnisvollste Person auf dieser Welt, warum fing gerade er jetzt damit an, einfach so Informationen durch den Raum zu werfen?!

„Das wird er nicht“, murmelte Ro und sah zur Treppe. Levi riss seinen Kopf herum. Nym kam die Stufen herunter, und er war so erleichtert, dass sie wieder etwas Farbe im Gesicht hatte, dass er sie gerne in den Arm gezogen und nie wieder losgelassen hätte – doch erstens würde er ihr aufgrund ihrer Schulterverletzung wahrscheinlich wehtun und zweitens war Tujan bereits aufgesprungen und zu ihr gelaufen. Und ihn wollte Levi ganz sicher nicht mit in seine Arme ziehen.

Nym blieb auf einer der oberen Stufen stehen und ließ ihren Blick durch den Raum schweifen. „Hab ich was verpasst? Ich habe Schreie gehört."

Levi lächelte. Nym war die Verbündete, die er brauchte. „Deine Schwester will hierbleiben, Rebellen rekrutieren und den Krieg lostreten."

Ungläubig riss Nym die Augen auf und starrte Vea an. „Du bleibst ganz sicher *nicht* hier!"

Wenigstens auf ihr Temperament konnte man sich noch verlassen. Und mit einiger Genugtuung musste er feststellen, dass sie Jeki nicht einmal ansah, als sie die restlichen Treppenstufen hinunterlief.

Vea verdrehte die Augen. „Ich habe doch Janon. Er kann mich beschützen."

Nym schnaubte. „Janon kann nicht einmal sich selbst schützen, geschweige denn dich!"

„Hey!", beschwerte der sich direkt. „Ich habe Vea schon einmal gerettet."

„Ja und wie hat sich das noch gleich entwickelt? Du wärst beinahe zum Tode verurteilt worden und dein Bruder und ich mussten gegen die gesamte Göttliche Garde kämpfen, um dich vorm Galgen zu bewahren."

Daraufhin sagte der jüngere Tujan nichts. Er sah sogar ein wenig schuldbewusst aus.

„Salia, ich bleibe. Ich kann hier helfen."

„Du kannst hier *getötet* werden!"

„Ach, und du würdest ja nie auf die Idee kommen, dein Leben für ein bescheuertes Vorhaben zu riskieren?"

Moment, was? „Vea, du bist keine Soldatin! Du bist –"

„Ich bin eine Taktikerin“, unterbrach Vea ihre Schwester, verschränkte die Arme vor der Brust und hob ihr Kinn.

„Wer hat dir denn das erzählt?“

„Ich bleibe, Salia“, ignorierte Vea ihre Frage. „Es müssen ohnehin Leute bleiben. Das hat Jaan gesagt. Wir sind die perfekten Kandidaten.“

„Jaan?“ Nyms Blick flackerte zu dem ersten Offizier hinüber. Unsicherheit und Misstrauen überfielen ihre Züge, und verwirrt wandte Levi sich Jaan zu, der diese Unterhaltung jedoch komplett auszublenden schien.

Im nächsten Moment fixierte Nym auch schon wieder ihre Schwester, und Levi fragte sich, ob er sich ihren Gesichtsausdruck vielleicht nur eingebildet hatte.

„Wen meinst du überhaupt mit *wir*?“, fragte Nym, die Lippen aufeinandergepresst.

„Nika, Ro, Janon und mich.“

Nyms Kopf fuhr herum und plötzlich galt das Funkeln in ihren blauen Augen ihm. „Und das lässt du zu?! Was ist los mit dir? Du nutzt doch sonst jede Gelegenheit, um dich aufzuregen!“

Er hob beide Hände in die Höhe. „Ich habe schon rumgeschrien, bevor du runtergekommen bist. Aber deine Schwester ist dir sehr ähnlich. Mit ihrem Kopf könnte man Walnüsse knacken.“

„Und was ist mit Ro? Du kannst ihn nicht einfach hierlassen. Du kannst doch ohne ihn gar nicht existieren!“

Ro grinste breit. „Ich behalte eines von Levis Hemden, damit ich abends daran riechen kann, nicht wahr Schatz?“

Levi stöhnte, legte den Kopf in den Nacken und stieß einen Schwall Luft aus. Er war am Ende. Ihm gingen die Argumente aus. „Schön", seufzte er. „Dann bleibt halt."

Er hätte schwören können, dass Nyms Kopf für einen kurzen Moment in Flammen stand. „LEVI!"

„Ja, was denn?" Er hob hilflos die Schultern. „Sie werden sowieso tun, was sie wollen! Wir können sie nicht dazu zwingen, mitzukommen. Das Einzige, was wir tun können, ist, so schnell wie möglich Liri nach Hause zu bringen, uns mit Provo zu unterhalten und wieder zurückzukehren, um Bistaye zu Fall zu bringen."

Mit offenem Mund starrte sie ihn an. Dann wandte sie sich an Jeki. „Und du willst deinen Bruder – der mit seinen unbedachten Worten mehr Schaden anrichten kann, als eine bewaffnete Armee – ebenfalls einfach so hierlassen?"

Jeki verzog gequält das Gesicht. Der Ausdruck stand ihm, fand Levi.

„Nun, er ist ein Überlebenskünstler. Er müsste eigentlich schon vierfach tot sein."

„Und was ist mit deiner Mutter?"

„Die wird Bistaye auch nicht verlassen wollen", antwortete Vea für Jeki. „Sie hat mir den Vogel gezeigt, als ich es ihr vorgeschlagen habe."

„Aber –"

„Mir gefällt es auch nicht, Salia", murmelte Jeki. „Aber nichts an den letzten Wochen hat mir gefallen – ich werde also auch hiermit leben können."

Nyms Mund war immer noch geöffnet, und jetzt starrte sie Vea an. „Aber wenn du bleibst und ich gehe –"

„Du vergisst mich, Nym", sprang Ro ein und zwinkerte ihr zu. „Ich werde auf sie aufpassen."

„Du bist ein verliebter Vollidiot! Tut mir leid, dass ich auch dir im Moment kein Vertrauen ... warum grinst du so?"

Levi ließ die Hand über seine Augen sinken, denn er hatte den Verdacht, dass Ro bei dem Ausdruck ,verliebter Vollidiot' in seine Richtung gelacht hatte.

„Wir müssen aufbrechen", sagte Jaan, anscheinend völlig ungerührt von den Ereignissen der letzten Minuten.

„Wer muss was?"

Levi ließ seine Hand sinken und bemerkte Bragan, der die Treppe hinunterkam.

Meine Güte. In diesem Haus gab es einfach zu viele Menschen. Der Gedanke, von hier zu verschwinden, gefiel ihm mit jeder Sekunde besser. Ein langer Weg lag vor ihnen. Selbst wenn sie die Jeferabrücke benutzten, würden sie knapp zwei Tage bis nach Oyitis brauchen. Wie genau sie die Mauern ohne eine weitere Hetzjagd verlassen wollten, wusste Levi noch nicht. Es gab dennoch einen Lichtblick: Möglicherweise konnte Jeki Tujan ja auch nicht schwimmen. Und die Winde am Appo wehten stark.

h

Nym betrachtete Jaans Nacken, und mit jedem Schritt, den sie sich von ihrer Schwester entfernte, kroch ihr die Kälte tiefer in die Knochen. Sie hatte ein ungutes Gefühl dabei, sie zurückzulassen.

„Wer ist er?“

Nym blickte auf und ihre goldene Rüstung klirrte bei der abrupten Bewegung laut. Jaan hatte darauf bestanden, dass sie sie trugen. Mitsamt Helm.

„Jaan. Er ist Erster Offizier der Asavezischen Armee“, murmelte sie. „Provodes’ rechte Hand.“

Jeki nickte langsam. „Natürlich. Ich habe von ihm gehört. Er soll in den Kreisbergen gewesen sein.“

Ja. Er hatte es sogar zugegeben. Als sie auf dem Weg nach Lyrisa gewesen waren, hatte Jaan erzählt, dass er die Kreisberge erforscht hatte. Und er hatte ebenfalls behauptet, nicht in Kontakt mit dem Kreisvolk gekommen zu sein.

Doch sie glaubte ihm nicht. Sie glaubte ihm gar nichts mehr. Sie wusste nicht genau, welche Rolle Jaan spielte, aber er musste mehr als nur der Erste Offizier der Asavezischen Armee sein. Er war wichtig. Ganz offensichtlich. Sonst würde er die Götter nicht kennen. Nym hätte ihm zu gerne ein paar Fragen gestellt, während Liri seine Hand hielt.

Der Sand knirschte unter ihren Füßen und Nym ließ den Blick zu Liris Hinterkopf schweifen. Die kleine Wahrheitsleserin redete auf Levi ein und wedelte mit den Händen in der Luft herum. Es war eindeutig, dass sie unzufrieden mit den Antworten war, die ihr Bruder ihr gab.

Nym atmete schwer durch und zwang sich dazu, sich auf ihre Umgebung zu konzentrieren. Sie befanden sich am Rand der Siebten Mauer, die Sonne brannte heiß auf ihre Rüstung und ihre Schulterwunde pochte schmerzhaft, doch Nym ignorierte das Stechen. Es war leicht, aus den inneren Mauern in die äußeren zu gelangen. Denn wer tat das schon freiwillig?

Jaan, Levi und Liri gingen voran, sie lief mit Jeki in einigen Metern Abstand hinterher. Zwei Göttliche Soldaten, die gemeinsam die Straßen patrouillierten, waren unauffällig. Zwei Männer, die mit einem Kind unterwegs waren, nicht unbedingt normal, aber allzu ungewöhnlich auch nicht.

Nur, wie kamen sie über die Jeferabrücke?

Nym hatte es überrascht, dass die Sicherheitsmaßnahmen der Garde über Nacht nicht angezogen worden waren. Doch als sie Jeki ihre Verwunderung darüber zum Ausdruck brachte, zuckte der nur mit den Schultern.

„Es wäre nicht sehr klug von den Göttern, nach uns suchen zu lassen. Sie stehen zurzeit ohnehin in einem ungünstigen Licht. Die Flucht der Rebellen, die Morde ... die Leute fangen an, die Kontrolle der Götter über die Garde anzuzweifeln. Was also würde passieren, wenn durchsickert, dass zwei ihrer besten Soldaten geflohen sind? Dass zwei Erste Offiziere zu den Asavez übergelaufen sind?"

„Aber das bist du nicht."

„Salia. Ob es mir passt oder nicht. In dem Moment, in dem ich den ersten Göttlichen Soldaten niedergeschlagen habe, habe ich die Seiten gewechselt. Dass ich mich nicht direkt gegen die Götter stelle, ändert nichts daran. Wenn die Menschen der äußeren Mauern mitbekommen, dass ein neuer Skandal die Göttliche Garde in Verruf bringt, fangen sie an, Hoffnung zu schöpfen. Aufmüpfig zu werden. Sie werden wissen, dass ein

Umbruch kurz bevorsteht – und das ist das Letzte, was die Götter wollen."

„Also werden sie uns ziehen lassen?"

„Ich denke, ja. Sie wissen, dass es Krieg geben wird. Sie erwarten es – du hast sie selbst gehört. Es geht nicht mehr um einzelne Soldaten. Was würde es den Göttern bringen, uns zu jagen, wenn sie den Bauern somit die Idee in den Kopf pflanzen, dass jetzt der richtige Zeitpunkt ist, gegen sie aufzubegehren? Es würde ihnen mehr schaden als helfen."

Jeki neigte den Kopf zur Seite, als der Ausgang aus der Siebten Mauer in ihr Blickfeld geriet und sie sahen, wie Levi, Jaan und Liri ihn einfach passierten. Die Wachen hatten sich nicht einmal die Mühe gemacht, unter Levis Kapuze zu sehen.

„Du hast tatsächlich einen guten Einblick in den Geist der Götter", flüsterte Nym.

Wenn auch nicht so präzise wie der, den sie in Apis Geist hatte. Wieder einmal fragte sie sich, ob der Gott nichts davon wusste oder einfach nichts dagegen tun konnte.

„Eigentlich warst du immer diejenige, der es leichtfiel, die göttlichen Handlungen nachzuvollziehen", stellte Jeki fest, und Nym fragte sich, ob es Bitterkeit war, die sie aus seiner Stimme heraushörte.

Sie näherten sich ebenfalls dem Tor, und Nym hielt den Atem an. Sie war nicht dazu in der Lage, zu kämpfen. Nicht heute. Doch wie Jeki vorausgesagt hatte, achteten die Wachen nicht auf sie. Sie ließen sie einfach passieren.

Die Götter wollten sie nicht finden. Sie ließen sie gewähren – um sich nicht weiter in Verruf zu bringen.

Nym beobachtete die Sonnenstrahlen dabei, wie sie auf dem unruhigen Wasser des Appos brachen, und hieß den salzigen Wind willkommen, der ihr entgegenwehte. Sie hätte sich gerne den Helm vom Kopf gezogen, doch das musste noch warten.

Sie ließen die Mauer in ihren Rücken und liefen einige Zeit stumm nebeneinander her. Bis Jeki die Stille brach.

„Du hast mit ihm geschlafen."

Nym stolperte fast über ihre eigenen Füße, und einzig Jekis Arm, der sich um ihre unverletzte Seite schlang, bewahrte sie davor, der Länge nach hinzuschlagen.

„*Was?*", keuchte sie.

„Soll ich es noch einmal wiederholen?", fragte Jeki trocken.

„Nein!" Du meine Güte! Er konnte doch nicht einfach … einfach …

Sie hörte, wie Jeki tief Luft holte, bevor er fragte: „Liebst du ihn?"

Es wurde immer schlimmer!

Was war aus dem stummen Einverständnis geworden, unangenehme Dinge einfach nicht anzusprechen? Damit war Nym sehr gut zurechtgekommen.

„Ich –", begann sie – doch sie wusste wirklich nicht, was sie dazu sagen sollte, deswegen verstummte sie. Sie hatte keine Antwort auf seine Frage.

„Jeki …", versuchte sie es erneut, doch wieder versagte ihre Stimme.

„Scheiße. Du musst darüber nachdenken, oder?"

Nym fand, er hätte nach dem Wort ‚Scheiße' aufhören können. Das traf ihre Situation nämlich ganz gut.

Sie starrte auf den Boden und hätte gerne jedes einzelne Sandkorn gezählt, wenn das bedeutete, dass Jeki vergaß, dass er ihr diese Frage gestellt hatte.

„Das ist alles nicht so einfach für mich, Jeki", murmelte sie.

Er lachte trocken. „Tatsächlich? Wo *mir* die Entwicklungen der letzten Wochen ja so leicht fallen?"

Nym presste die Lippen aufeinander – und brach in Gelächter aus. Mit der Hand am Helm schüttelte sie den Kopf. „Es ist absurd. Es ist einfach ... ich hab manchmal das Gefühl, dass mein Leben ein schlechter Scherz ist."

„Na, wenigstens kannst du darüber lachen", bemerkte Jeki amüsiert.

„Was ist so witzig?"

Nym blickte auf und traf Levis angesäuerten Blick. Ihr war gar nicht aufgefallen, dass die anderen stehen geblieben waren, um auf sie zu warten. „Das Leben", erklärte sie.

„Ja, bald herrscht Krieg – zum Totlachen", meinte Levi düster und blickte zwischen ihr und Jeki hin und her. Jetzt war sie fast froh, dass Jeki einen Helm trug, denn sie erinnerte sich daran, dass er ein sehr gemeines, selbstgefälliges Grinsen hatte. Und Levi war nicht gerade bekannt für sein durchdachtes, geplantes Handeln und trug da eine Menge Dolche an seinem Gürtel.

„Wir werden die Brücke gemeinsam überqueren", meinte Jaan. Er hatte ihrer Unterhaltung keinerlei Beachtung geschenkt. Sein Blick war auf die Sonne gerichtet, die noch nicht ganz den Appo berührte. „Wir werden hinter der Jeferabrücke Halt machen und über Nacht rasten, bevor wir morgen weitergehen."

„Soll ich die Wachen in den Fluss prügeln?", fragte Levi beiläufig. „Mir ist gerade danach."

„Das wird nicht nötig sein", sagte Jaan und zog eine Pergamentrolle unter seinem Wams hervor. „Sie werden uns keine Probleme bereiten."

Nym hätte schwören können, dass sie Levi „Schade" murmeln hörte. Sie starrte auf das Pergament und bemerkte, dass Jeki es ihr gleichtat.

„Wie bist du an das Siegel der Götter gekommen?", fragte er leise, die Augen unter dem Helm zu Schlitzen verengt.

Jaan hob eine Augenbraue, sagte nichts und wandte sich um. Er würde Jeki keine Antwort geben. Aber das musste er auch nicht. Nym wusste, woher er das Pergament hatte. Von Valera. Eine andere Möglichkeit gab es nicht.

Sie zog die Brauen zusammen und bemerkte erst nach einigen Momenten, dass Levi sie mit intensivem Blick anstarrte. Jeki und Liri waren bereits weitergegangen.

„Du verschweigst mir etwas", murmelte er.

„Oh, ich verschweige dir eine Menge", stellte sie fest, bevor sie an ihm vorbeistapfte und sich auf den Weg zur Brücke machte.

KAPITEL 14

8.

Jede Fähigkeit darf genutzt werden. Die Vorteile, die sich somit für einige ergeben, sind jedem bewusst.

„Sag ihr, was du fühlst.“

Das waren Ros Abschiedsworte an ihn gewesen.

„Sag ihr einfach, was du fühlst.“

Levi hatte ein paar grundlegende Probleme mit dieser Aussage. Das Wort ‚einfach‘ zusammen mit ‚Gefühlen‘ in einem Satz zum Beispiel. Außerdem konnte er sich ja schlecht vor ihr und ihrem Verlobten aufbauen und sagen: „Hey Nym, ich liebe dich – hast du mit deinem Verlobten geschlafen?“

Er presste sich Zeigefinger und Daumen auf die Augenlider und sog zischend Luft ein. Er hatte das Wort ‚kompliziert‘ immer für eine Ausrede derjenigen gehalten, die zu schwach waren, mit ihrem Leben klarzukommen. Jetzt allerdings musste er das Ganze noch einmal überdenken. Denn verdammt noch mal, ihm fiel einfach kein Wort ein, das sein Leben besser beschrieben hätte!

Und warum trug Nym auf einmal einen Verlobungsring?! Er war ihm gestern gar nicht aufgefallen, aber jetzt, im Sonnenlicht, war es schwer, den Klunker zu übersehen.

Levi schluckte und hasste die Schwere, die sich um sein Herz legte. Er hatte keine Ahnung, woran er bei ihr war. Und Nym dachte anscheinend auch gar nicht daran, ihre Gedanken mit ihm zu teilen.

Ihr fiel es offenbar genauso schwer, ihre Gefühle zu artikulieren, wie Levi. Und das Schlimmste war: Das war einer der Gründe, warum er sie liebte!

Weil sie nichts mit Gefühlen verkomplizierte. Nur gerade jetzt wäre es von Vorteil gewesen, wenn sie gnädig genug gewesen wäre, ihm einen Hinweis darauf zu geben, wie sie für ihn empfand. Oder war er an der Reihe? Musste er sich ihr öffnen? Wie genau sollte das eigentlich funktionieren?

Bei den verdammten Göttern, er wusste es doch auch nicht. Was er wusste, war, dass Jeki Tujan die Schuld an diesem ganzen Schlamassel trug.

„Bist du traurig, Levi, weil Nym sich so gut mit ihrem Verlobten versteht?"

Wie immer bewies seine kleine Schwester ein unbändiges Maß an Feingefühl.

„Liri, was hältst du davon, wenn wir das Schweige-Spiel spielen? Du fängst an!"

Liri kicherte. „Du bist sooo ein verliebter Vollidiot."

Das schien ihr neuster Lieblingsausdruck zu sein. Levi wusste, dass man seine Schwester moralisch gesehen nicht erwürgen sollte, aber manchmal, da hatte er Probleme, sich daran zu erinnern, wie genau Moral geschrieben wurde.

Ein starker Wind blies über den Fluss, und er spreizte die Finger, um Liri und Nym, die zehn Meter vor ihm neben Tujan herlief, davor zu schützen. Nym hatte den Helm abgenommen und ihre Haare wehten ihr ins Gesicht. Er konnte von hier aus sehen, wie sie lächelte – und ja, vielleicht rutschte ihm der kleine Finger aus, sodass ein heftiger Windstoß Tujan beinahe gegen die niedrige Steinmauer der Brücke taumeln ließ.

Levi hatte es ohnehin immer für äußerst töricht gehalten, die Barriere, die die Menschen vor einem Fall in den Appo schützen sollte, nur hüfthoch zu machen. Das war ja geradezu eine Einladung, jemanden hinunterzustoßen.

Wie von Jaan vorausgesagt, hatte es keinerlei Probleme dabei gegeben, auf die Brücke zu gelangen. Die Wachen hatten einen kurzen Blick in das Pergament geworfen und sie dann einfach durchgewunken.

Levi hatte schon vor langer Zeit aufgehört, Dinge, die Jaan wusste oder tat, zu hinterfragen, und dennoch ... das Siegel der *Götter*? Das schien nicht ganz ins Bild zu passen.

Aber darüber konnte er nicht auch noch nachdenken. Nym allein bereitete ihm schon Kopfschmerzen.

„Hast du ihr gesagt, was du fühlst?", flüsterte Liri neben ihm. Sie wollte das Thema offensichtlich noch nicht fallen lassen.

„Du bist schlecht bei dem Schweige-Spiel, Liri", stellte er fest. Sie überquerten die Brücke bereits seit über zwei Stunden – aber diese Stelle des Appos war auch deutlich breiter als die bei Lyrisa – und endlich konnte er Land erkennen.

„Ich möchte lieber das Rede-Spiel spielen", meinte sie schulterzuckend.

Was hatte er nur bei ihrer Erziehung falsch gemacht? Er hätte ihr nie erlauben dürfen, sich eine eigene Meinung zu bilden. Welch ein Anfängerfehler!

„Einigen wir uns auf das Lauf-Schneller-Spiel", schlug er vor und beschleunigte seinen Schritt. Liri keuchte zwar ein bisschen, hielt aber mit. Das Leben war hart, das musste sie jetzt lernen.

„Ich bleibe dabei, dass du es ihr sagen solltest“, flüsterte sie, kurz bevor sie Nym und Jeki erreichten und der an die Brücke angrenzende lichte Wald in Sichtweite kam. Jaan hatte bereits Fuß auf Land gesetzt und überprüfte erneut den Stand der Sonne. Er schien es eilig zu haben.

Levi ignorierte seine Schwester und lauschte stattdessen Tujans Worten. „… seid ihr über den Appo gekommen?“

„Wehe, du sagst es ihm“, murmelte er Nym zu und lief an ihnen vorbei, die letzten Meter der Brücke hinab.

Liri versuchte innerhalb der nächsten zwei Stunden, in denen sie unterwegs waren, immer wieder, ein Gespräch anzufangen, doch Levi schwieg nur beharrlich.

Er wollte nicht darüber reden. Er wollte überhaupt nicht reden. Sein Kopf war so voll, dass er fürchtete, seine Gedanken würden ihm aus den Ohren quellen. Kurz vor Sonnenuntergang blieb Jaan endlich stehen und ließ seinen Rucksack fallen.

Levi war erleichtert. Liri hatte sich zwar nicht beschwert, aber sie war in der letzten Stunde deutlich langsamer geworden, und Levi konnte ihr die Müdigkeit im Gesicht ablesen. Es wurde Zeit, dass sie etwas Schlaf bekam.

„Wir bleiben hier“, sagte Jaan knapp, bevor er ihnen den Rücken zuwandte und zwischen den Stämmen der langsam kahler werdenden Bäume verschwand. Das Jahr neigte sich allmählich dem Ende zu, und anders als in Bistaye war es in Asavez nicht unüblich, dass zu dieser Zeit Schnee fiel. Zurzeit waren die Temperaturen zwar noch ertragbar, aber sobald die Sonne hinter dem Horizont verschwunden war, würde sie rapide abfallen.

Er hätte noch einen weiteren Mantel für Liri mitnehmen sollen. An den Temperaturumschwung hatte Levi gar nicht gedacht. Er blieb stehen, und Liri ließ sich keuchend an Ort und Stelle auf den Boden fallen. Levi warf einen Blick über die Schulter und beobachtete die sich nähernden goldenen Rüstungen. Nym und Tujan hatten sich ein paar Meter zurückfallen lassen – und Levi ermahnte seine verkrampften Eingeweide zur Ruhe.

Er hatte sie weder dabei erwischt, wie sie Händchen hielten, noch wie sie sich küssten. Er sollte sich beruhigen. Sie wirkten einfach nur wie gute Freunde. Gute, miteinander verlobte Freunde, die seit sieben Jahren ein Paar waren.

Seine Hände ballten sich zu Fäusten. Er konnte nichts dagegen machen, sie gehorchten den Anweisungen seines Kopfes nicht.

„Weißt du, ich hatte überlegt, dass wir ja alle zwölf Jahre nach Bistaye gehen könnten, um unseren Vater zu besuchen", unterbrach Liri seine Gedanken. „Der Rhythmus gefällt mir."

Ein ganz neuer Kopfschmerz gesellte sich zu dem alten, und Levi rieb sich die Schläfen.

Was tat er nur? Was *zur Hölle* sollte er ihr erzählen?

Er ließ den Rucksack fallen und zog seine Bambusmatte daraus hervor. Er würde Liri darauf schlafen lassen.

Schließlich bückte er sich und griff in die Seitentasche des ledernen Beutels. Seine Finger umschlossen das längliche Holz, das sich darin befand, und zogen es hinaus.

Er starrte auf die Mundharmonika, die warm in seiner Hand lag, und schluckte den Kloß hinunter, der sich unangenehm in seinen Hals drängte.

Langsam drehte er sie in seinen Händen und strich über das Holz, das schon älter war als er selbst, bevor er für einen kurzen Moment die Augen schloss. Er brauchte einige Sekunden Abstand zur Welt und zu seinen Problemen. Abstand von seinen Gefühlen, die in letzter Zeit zu viel für sein ungeübtes Herz waren.

Er hatte sich nie die Zeit genommen, allzu tiefe Gefühle zu entwickeln. Und jetzt, da sie ungebeten einfach auf ihn hineinbrachen, bekam er sie nicht zu fassen.

Noch einmal nahm er einen tiefen Atemzug, dann öffnete er die Augen und hockte sich vor seine Schwester, die immer noch im Dreck saß. Er war nun fast auf Augenhöhe mit ihr. „Liri", murmelte er und strich ihr sanft über den Kopf. „Ich möchte, dass du die Mundharmonika bekommst."

Sie machte große Augen und betrachtete ehrfürchtig das Stück Holz in seiner Hand. „Aber warum?"

„Weil sie dir gehören sollte."

Verblüfft streckte sie die Hand aus, um mit den Fingern über die raue Oberfläche zu fahren. „Aber ... du liebst die Mundharmonika. Du warst so wütend, als ich sie dir weggenommen habe."

Ja. Aber sie würde noch viel wütender sein, wenn er sich irgendwann dazu entschloss, ihr zu erzählen, was mit ihrem Vater passiert war – es schien also ein gerechter Tausch zu sein. „Sie wurde von Generation zu

Generation weitergereicht", flüsterte er und sah ihr ernst in die Augen. In seine Augen. Die Augen ihres Vaters. „Immer an das jüngste Mitglied. Sie gehört also ohnehin dir."

Es war gelogen, aber Liri berührte ihn nicht und ausnahmsweise schien sie ihm anstandslos zu glauben.

Sie nahm das Instrument aus seinen Fingern und hielt es wie einen heiligen Gegenstand über ihren Kopf ins verbliebene Sonnenlicht. Es war Balsam für sein Herz, sie so glücklich zu sehen – und doch schmerzte es gleichzeitig in seiner Brust. Weil der Moment kommen würde, an dem er ihr die Wahrheit erzählen musste.

Er fuhr sich mit der Hand durch die Haare, bevor er sie ein letztes Mal auf Liris Kopf legte.

„Bewahre sie gut, ja?", murmelte er, bevor er aufstand und in den Wald lief.

Er musste alleine sein. Nur für einen Moment. Bevor er die Kraft hatte, sich dem Problem namens Leben wieder zu widmen.

h

Nym starrte Levi hinterher, dann fiel ihr Blick auf Liri.

Er hatte ihr seine Mundharmonika gegeben. Das Instrument, das er immer mit sich herumgetragen hatte. Die einzige noch bestehende Verbindung zu seinem Vater.

Sie blieb stehen und ihr Herz wurde schwer.

Er hatte kein Wort über seinen Vater verloren. Niemand wusste, dass er tot war. Niemand hatte gesehen, wie Levi ihm verziehen, ihn in den Armen gehalten hatte. Niemand außer ihr.

„Ich bin gleich zurück", flüsterte sie. „Gibst du auf Liri acht?"

Jeki hob eine Augenbraue. „Wo willst du hin?"

„Ich helfe Levi dabei, Feuerholz zu suchen", murmelte sie und ließ ihn einfach stehen.

Sie war zu müde für Erklärungen. Zu ausgelaugt, um sich heute noch über ihre Gefühle im Klaren zu werden. Alles, was sie wusste, war, dass ihr Herz sich danach sehnte, Levi Trost zu spenden. So wie er sie in all den Momenten, in denen sie ihr Leben und ihren Erinnerungsverlust beweint hatte, getröstet hatte.

Sie lief hastig über den unebenen Boden und duckte sich unter trockenen Ästen hinweg, die kaum noch Blätter trugen. Den Blick hielt sie oben, um Levi nicht aus den Augen zu verlieren, weshalb sie über fast jede zweite Wurzel stolperte. Endlich, nach einer gefühlten Ewigkeit, nachdem der Waldboden bereits von der untergehenden Sonne in ein sattes Orange getaucht worden war, blieb Levi stehen.

„Jetzt, da ich allein sein will, willst du mit mir reden?", stellte er trocken fest, immer noch den Rücken zu ihr gewandt. „Hat dir schon einmal jemand gesagt, dass du die Fähigkeit besitzt, immer den ungünstigsten Moment abzupassen?"

„Keine Ahnung. Du bestimmt schon mal."

Schnaubend wandte er sich zu ihr um. „Wenn ich es nicht getan habe, dann tue ich es jetzt: Du hast wirklich die beschissene Fähigkeit –"

„Levi", unterbrach sie ihn leise. „Hör auf damit."

Langsam kam er einen Schritt auf sie zu. „Womit genau? Dich zu ignorieren? Denn mit dem Spiel hast *du* wieder angefangen."

Ungläubig sah sie ihn an. „Ich habe dich nicht ignoriert! Ich wäre beinahe verblutet – tut mir leid, dass ich mich habe abstechen lassen. Wie konnte ich nur."

Levi seufzte schwer und fuhr sich mit der flachen Hand übers Gesicht. „Was willst du von mir, Nym?", fragte er erschöpft.

Nym schwieg, sah ihn einfach nur stur weiter an. Sie kannte das Spiel. Sie wusste, was er tat. Er kam mit seinen Gefühlen nicht zurecht und ließ diese Tatsache an ihr aus. Er konnte keine Schwäche zeigen. Er fühlte sich verletzlich und konnte nicht anders, als diesen Umstand mit Wut zu überdecken. So tickte Levi. Nur schien er vergessen zu haben, dass sie ihn mittlerweile auch verdammt gut kannte.

„Wie geht es dir, Levi?", fragte sie mit weicher Stimme, die Wut ignorierend, die in Wellen aus seinem Körper zu fließen schien.

„Wie geht es mir *womit*?", fragte er, die Augen zu Schlitzen verengt. „Worauf genau willst du hinaus?"

„Wie geht es dir mit dem Tod deines Vaters?"

Langsam ließ Levi die Schultern sinken. Er wirkte … erleichtert? Erleichtert, dass sie über seinen Vater sprechen wollte?

Was hatte er sonst erwartet? Etwa, dass …

„Er war schon lange nicht mehr mein Vater", murmelte er, die Hand in seinen Haaren.

„Wir beide wissen, dass das nicht stimmt."

„Und schon wieder kannst du meine Gedanken lesen. Du hast mein Inneres wohl komplett erfasst, was?"

Nein. Hatte sie nicht. Und das würde sie wahrscheinlich auch nie. Levi war ein verschlossenes Buch für sie. Er redete nicht. Worte kamen aus seinem Mund, aber nie schien er wirklich etwas zu sagen. Da waren einige Momente gewesen, einige Momente innerhalb der letzten Wochen, in denen sie geglaubt hatte, etwas zu sehen ... aber in letzter Zeit hatte sie so unendlich viele vermeintliche Zeichen gesehen. Woher sollte sie wissen, welche real waren?

„Nein, ich kann deine Gedanken nicht lesen", flüsterte sie. „Aber ich sehe, was dich beschäftigt."

Er lachte tonlos auf. „Das bezweifle ich. Aber reden wir doch zur Abwechslung mal über dich. Meine Tiefen zu ergründen – dafür würden wir wohl Jahre brauchen. Also, Nym: Was verschweigst du mir?"

Langsam verschränkte Nym die Arme.

Warum war es nie leicht mit ihm? Warum konnte er nicht einfach ... ja, warum konnte er nicht einfach *was*?

Sie holte Luft, straffte die Schultern und sagte: „Ich habe Jaan dabei belauscht, wie er sich mit Thaka unterhalten hat."

Stille.

Levi starrte sie an, als wäre er unschlüssig, ob er ihre Worte richtig verstanden hatte. „Thaka? Der Gott? Jaan hat ... was?"

Sie nickte. Sie hatte es irgendwem sagen müssen. Und Levi verstand die Ausmaße dessen, was sie belauscht hatte. Er wusste genau, welch wichtige Rolle Jaan in dem bevorstehenden Krieg spielen würde. Welch wichtige Rolle er für die Asavez, für Provo spielte. Wie groß die Verantwortung war, die Jaan für alles, was in den letzten Wochen passiert war und in den nächsten passieren würde, trug.

Er kam noch einen Schritt auf sie zu, das Gesicht nun aufmerksam und von seiner Wut befreit. „Worüber haben sie gesprochen?"

Nym erzählte es ihm. Sie wiederholte alles, woran sie sich noch erinnerte, erzählte ihm auch davon, dass Valera ihr geholfen hatte, und fühlte sich mit jedem Wort freier. Dieses Wissen hatte so schwer auf ihr gelastet, dass es eine ungemeine Erleichterung war, es mit Levi teilen zu können.

„Aber das ergibt keinen Sinn." Levi blinzelte verwirrt. „Warum sollten die Götter ... mit Jaan?"

Sie nickte. „Ich weiß. Ich verstehe es auch nicht."

„Scheiße", fluchte er leise und rieb sich mit beiden Händen über Augen und Stirn. „Ich kann nicht auch noch ..."

Seine Atmung ging zitternd, und in diesem Moment sah er so unglaublich müde und ausgelaugt aus, dass Nym ihre Hände um sein Gesicht legen, ihn küssen und ihm sagen wollte, dass er sich keine Sorgen machen müsse. Dass er nicht allein war und sie gemeinsam Ordnung in das Chaos bringen würden.

Nur, wie schaffte man Ordnung, wenn man kein Muster erkannte? Wie sollte man ein Chaos bereinigen, von dem man nicht einmal wusste, wo es seinen Ursprung hatte?

Levi legte den Kopf in den Nacken, bevor er ihn plötzlich ruckartig zu ihr wandte.

„Warte. Wo ist Liri? Wenn du hier bist: Wer ist dann bei Liri?"

„Ähm, Jeki?"

„Du hast sie bei Tujan gelassen?!"

Unglaube verzerrte seine Züge und prompt fiel die Müdigkeit von ihm ab. Die Götter und Jaan waren offenbar vorerst vergessen.

Seufzend ließ Nym die Schultern sinken. „Er ist ein guter Mann, Levi. Er würde ihr nie etwas antun."

„Ein guter Mann", wiederholte er ihre Worte und seine Hände ballten sich zu Fäusten. „Jeki Tujan, der Mann, der mich an die Dutzend Male versucht hat, zu töten, ist ein *guter* Mann." Er spuckte das Wort praktisch vor ihre Füße.

„Nun, gerechterweise muss man erwähnen, dass auch du versucht hast, ihn umzubringen ... wie auch mich."

„Und das soll das Ganze jetzt besser machen?!" Da war er wieder, der charmante brüllende Levi. „Er hasst mich, ich hasse ihn – geschenkt. Aber wenn Liri auch nur ein Haar gekrümmt wird –"

„Er wird Liri nichts tun!", fauchte sie zurück. „Und du rechnest auch nicht damit, sonst wärst du schon längst auf dem Weg zu ihr. Außerdem bist du mir auch eine Antwort schuldig. Wieso heißt es plötzlich, dass Provo plant, in Bistaye einzufallen? Davon war nie die Rede. Die Götter haben mich explizit danach gefragt und nie hat irgendwer etwas in diese Richtung angedeutet."

„Genau deswegen hat nie jemand etwas angedeutet. Weil Provo geahnt hat, dass du eine Spionin bist."

Sie würde ihren Mund an diesem Abend wohl nicht mehr schließen. „Er hat ... aber ... warum hat er mich dann nicht getötet? Warum ..."

Fragend sah sie ihn an, doch er starrte nur mit zusammengepressten Lippen zurück.

„Ich weiß wirklich nicht, ob ich dir das erzählen sollte, Nym“, sagte er schließlich langsam. „Wer weiß, an wen du diese Informationen weitergibst. Schließlich bist du *verlobt*!“

Wie ... was?

„Was hat das denn jetzt damit zu tun?“, wollte sie verwirrt wissen. „Mein Beziehungsstatus ist gerade vollkommen irrelevant. Und es wäre schön, wenn du endlich aufhören könntest, dich wie ein Kind zu benehmen, das ohne Essen ins Bett geschickt wurde.“

„*Irrelevant?*“ Sein Kiefer würde sicherlich in der nächsten Minute zerspringen. „Eine Verlobung ist also nicht ernst zu nehmen, findest du?“

Sie presste die Lippen aufeinander. Sie hatte das vage Gefühl, dass sie abrupt das Gesprächsthema gewechselt hatten.

„Willst du mir irgendetwas sagen, Levi?“

„Nein, *du* bist diejenige, die etwas hätte sagen müssen!“

Das konnte einfach nicht sein Ernst sein. „Ich hatte es *vergessen*!“, brüllte sie. „Wie hätte ich es dir sagen können? Ich *wusste* es nicht.“

„Das ist auch deine Ausrede für alles, oder?“

„Nun ... ja! Vielleicht erinnerst du dich: Ich habe mein Gedächtnis verloren!“

„Manchmal glaube ich, dass du nur die Dinge vergessen hast, die zu anstrengend zu erklären gewesen wären.“

„Ja, genau Levi“, fauchte sie wütend. „Ich saß vorm Appo und habe mich gefragt: Ach, an was erinnere ich mich denn heute mal? Vielleicht an meine

Lieblingsfarbe? Daran, ob ich schwimmen kann? Daran, wie viele Menschen ich getötet habe?"

„Deine Lieblingsfarbe war das Erste, woran du dich erinnert hast", knurrte er und seine Füße berührten nun beinahe ihre. „Das und wie viel Meter der Appo an der breitesten Stelle misst. Aber deinen *Verlobten* –"

„Weißt du, was ich glaube, Levi", unterbrach sie ihn wütend und bohrte ihm hart den Zeigefinger in die Brust. „Dir geht es nicht darum, dass ich meinen Verlobten vergessen hatte. Dir geht es darum, dass ich mich an ihn erinnern könnte. Ganz einfach aus dem Grund, weil du scheiße noch mal eifersüchtig bist!"

„Natürlich bin ich eifersüchtig!", fuhr er sie an. „Ich war deine heiße Affäre, ohne es zu wissen."

„Du warst keine Affäre."

„Natürlich war ich das", rief er. „Du warst vergeben, und ich habe mit dir geschlafen."

„Aber ich *wusste* doch nicht, dass ich vergeben war!", schrie sie frustriert. „Wie konntest du dann meine Affäre sein?"

„Darum geht es doch gar nicht!"

Ungläubig sah sie ihn an. „Um was geht es dann, Levi? Bitte, sag es mir, denn ich habe absolut keine Ahnung."

Er biss die Zähne aufeinander und stopfte seine Fäuste in seine Hosentaschen, dann fragte er leise: „Wenn ich dich jetzt küssen würde ... wäre ich *dann* deine Affäre?"

„Du ... was?"

Was war denn jetzt los? War heute Tag der direkten Fragen? Was war aus schüchternen Männern geworden, die nicht über ihre Gefühle reden wollten?

Sein Blick senkte sich und blieb an ihrer Hand ... an dem Ring hängen.

„Es ist doch so, oder nicht?", murmelte er, bevor er ihr den Rücken zuwandte und ging.

Nym starrte ihm hinterher. Ihr Inneres krampfte sich zusammen und sie schluckte. Hatte sie es gerade tatsächlich geschafft, den unzerstörbaren Levi zu verletzen?

Nur, warum war es dann *ihr* Herz, das wehtat?

Ihr war so kalt.

Der weiße leichte Stoff hing lose an ihrem Körper hinab und durch die grauen Wände drang kühle Luft an ihre Haut. Der Göttliche Dolch hing sicher an dem Gürtel, der locker um ihre Hüfte lag.

Da war Levis Gesicht. Da war Jekis Gesicht. Beide von einem goldenen Schein umrahmt.

Dann war dort Vea. Sie lächelte und der Umriss ihres Gesichtes schien gefestigter als das der Männer.

Nym strich mit der Hand über den silbernen Rahmen. Staub lag darauf. Aber das war nichts, was man nicht beheben könnte.

Sie drehte sich um ihre eigene Achse und sah aus dem Fenster, doch nur Dunkelheit tat sich dahinter auf. Es zeigte das Nichts, das ihren Kopf zu füllen schien.

Nym atmete durch ihre Nase ein und durch den Mund wieder aus. Sie fühlte sich leicht. Es war beinahe angenehm hier. Als würde dieser Raum ihr das Denken abnehmen. Sie schloss die Augen und entspannte sich.

Da war kein Klopfen an der Tür. Keine hastigen Bilder, die sie zu verschlucken drohten.

Es gab nur das gedämpfte Licht über ihr, das ihren Schatten über den Boden tanzen ließ, und sie selbst.

Sie lächelte, schloss die Augen, öffnete sie wieder ... und sah den Hebel an der Wand.

KAPITEL 15

9.

Anderweitige Pflichten dürfen nicht vernachlässigt werden.

„Ich werde zuerst Naha begrüßen und dann gucken, ob unser Haus noch steht, und dann geh ich in die Bibliothek und dann werde ich etwas essen ...“

Nym blendete Liris Stimme aus.

Sie liebte sie, wirklich, aber ... na ja, Levi würde jetzt sagen, dass sie nicht besonders talentiert im Schweige-Spiel war.

Und es gab einige Dinge, über die Nym nachdenken musste, bevor sie die Hauptstadt erreichten.

Wie sollte sie den Göttlichen Soldaten erklären, den sie mitgebracht hatte? Und, ach ja, wie brachte man zur Sprache, dass man selbst einmal einer gewesen war?

Der Hebel. Da war ein Hebel gewesen.

Sie musste außerdem entscheiden, wann sie zu den Kreisbergen aufbrechen würde. Und ob sie alleine gehen oder jemanden mitnehmen wollte. Und was war mit Jaan? Sollte sie Provo auf ihn ansprechen?

Jeki. Levi.

Der Hebel. Ein Hebel, dessen Bedeutung sie zu kennen meinte. Ein Hebel, der Licht ins Dunkel bringen könnte.

Ihre Zähne gruben sich in ihre Unterlippe und Panik keimte in ihr auf. Es war doch nur ein Hebel! Warum machte ihr ein Hebel eine solche Angst?

„Geht es dir gut? Du wirkst angespannt." Jeki, der auf ihrer anderen Seite lief, betrachtete sie besorgt.

Sie hatte die Rüstung am Morgen gegen Hosen und Leinenhemd eingetauscht, und die kühle Luft fuhr unter den Stoff. Beide Kleidungsstücke waren zu groß für sie, aber damit konnte sie leben.

Womit sie nicht leben konnte, war Levi, der nur mit den Augen kommunizierte – und seine stummen Anschuldigungen waren nicht nett! Womit sie gar nicht leben konnte, war Jaan, der kühl wie eh und je bemerkt hatte, dass es klug wäre, Jekis Identität für eine Weile geheim zu halten – seine Anwesenheit könnte sonst Unruhe stiften.

„Ich frage mich nur, wie wir empfangen werden", sprach sie ihre Gedanken aus und schirmte ihr Gesicht mit der Hand von der Sonne ab, um den Weg vor ihnen besser erkennen zu können.

„Nicht freundlich", mutmaßte er.

Sie musste lachen. „Stell dir Levi vor und nimm das mal 1,782 Millionen Einwohner. Es ist tatsächlich besser, wenn wir einfach nicht sagen, wer du bist."

„Und wer du bist."

„Richtig." Sie schluckte. „Und wer ich bin."

Wieso war da ein Hebel gewesen? Wieso jetzt?

Wasserrauschen drang an ihre Ohren und Nym hob den Blick. Sie konnte Jaan gerade noch dabei zusehen, wie er einen Berg aus Geröll hinaufkletterte und dahinter verschwand. Sie erinnerte sich an diesen Ort. An die grünen Wiesen und den Klaverki, der mit seiner Strömung einen Weg durch den Stein gespült hatte.

Levi folgte Jaan, und für einen Moment erlaubte Nym es sich, ihren Blick seine Statur hinabwandern zu lassen. Über seine breiten Schultern, über seine langen Beine …

„Mein Bruder hat es dir nicht gesagt, oder?"

Nym zuckte zusammen und wandte hastig ihren Blick von Levi ab, um sich auf seine Schwester zu konzentrieren. Das Mädchen blickte neugierig zu ihr hinauf.

„Was gesagt?", fragte Nym verwirrt.

Liri seufzte und schüttelte den Kopf, bevor sie etwas murmelte, von dem Nym nur „Vollidiot" am Ende mitbekam.

Sie überwanden die restlichen Meter und kletterten neben dem Flussbett des Klaverkis Levi und Jaan hinterher das Geröll hinauf.

Die kleinen Flecken Wiese, die sich immer wieder zwischen den Felsen auftaten, waren ausgedörrter, als Nym sie in Erinnerung hatte. Die Halme fast alle gelb.

Wie kalt wäre der Herbst oder gar der Winter wohl in den Kreisbergen?

Kälte spielte für Nym keine Rolle. Sie war eine Ikano des Feuers. Sie fror nicht – außer im Wasser. Aber wenn sie nicht alleine gehen wollte …

Nym richtete den Blick nach vorne und erkannte Levi und Jaan, die vor der Stelle standen, an welcher der Strom plötzlich steil nach unten abfiel.

Ihre kleine Gruppe schloss zu den zwei Soldaten auf, und Nym starrte die drei Ebenen des Wasserfalls hinab, die in einen türkisfarbenen See mündeten. Das Wasser schien noch klarer als das letzte Mal zu sein, und erst jetzt dachte Nym daran, wie unvorteilhaft es war, dass Ro nicht dabei war.

Wie sollten sie ohne einen Ikano des Wassers trocken den Eingang hinter dem Wasserfall erreichen? Ein Frösteln lief über ihren Rücken und sie legte die Arme um ihren Körper. Die Antwort war einfach: gar nicht. Sie würden durch das Wasser hindurchwaten müssen. Sie hasste Wasser. Es war so ... nass.

Liri tätschelte ihren Arm, so als spürte das Mädchen ihre Unruhe. „Keine Angst. Wenn ich das kann, kannst du es auch", sagte sie ermutigend, und Nym fühlte sich wie der letzte Versager. Eine Zwölfjährige musste ihr Mut zusprechen! Liebe Güte, es war nur Wasser. Sie trank es jeden Tag.

„Du musst es nur bis zu den Treppenstufen schaffen. Den Rest des Wassers kann ich für dich beiseiteschieben", sagte Levi ruhig, und zum ersten Mal lag etwas anderes als Frust und Unzufriedenheit in seinem Blick. Es war Sorge.

Na klasse. Das war nicht unbedingt besser.

„Das wird schon kein Problem sein", sagte sie gereizt.

„Wir müssen durch den Wasserfall hindurch, sehe ich das richtig?", wollte Jeki wissen. „Und ihr alle wisst, dass Salia nicht schwimmen kann?"

„Ja, wir haben es herausgefunden, als sie versucht hat, sich zu ertränken", erwiderte Levi trocken.

„Ich habe nicht versucht, mich zu ertränken", schnaubte Nym.

„Wir sind da offensichtlich unterschiedlicher Meinung", meinte Levi schulterzuckend und fing an, das steile Geröll vor ihnen hinunterzuklettern. Liri folgte ihm, dann war Nym an der Reihe.

„Ich werde als Letzter gehen", sagte Jaan, und so war Jeki direkt über ihr.

Es hätte mühsam sein müssen, die Felsen hinunterzusteigen. Sie konnte sich mit ihrer rechten Hand nicht richtig festhalten, weil jeder Griff an ihrer Wunde zerrte, doch auf wundersame Weise fanden ihre Füße immer den passenden Stein. Beziehungsweise: Der passende Stein fand ihren Fuß.

„Danke, Jeki", seufzte sie.

Er lächelte ihr wortlos zu.

Trotz Jekis Hilfe brauchte Nym länger als die anderen, und als sie zu Levi und Liri gelangte, standen diese bereits knie- oder, in Liris Fall, oberschenkeltief im Wasser.

Nym seufzte, atmete ein letztes Mal durch und folgte ihnen dann. Ihre Beine sanken in das eiskalte Nass, doch sie stieß auf unerwartet festen Untergrund. Der Boden schien ihr sogar etwas entgegenzukommen. Sie wandte ihren Kopf um und sah Jeki erneut dankbar an. „Du bist mein Held", stellte sie fest. „Nur: Warum hast du mich nie dazu gezwungen, schwimmen zu lernen?"

Er schnaubte. „Hast du schon mal versucht, dich zu irgendetwas zu zwingen?"

Levi hatte die Mitte des Plateaus erreicht und benutzte zwei Finger, um mit der Hilfe des Windes den von oben herabfallenden Wasserstrom zu brechen. Er öffnete den Wasserfall, als wäre er ein Vorhang, den es schlicht beiseitezuschieben galt, sodass Liri hindurchschlüpfen konnte, ohne von Kopf bis Fuß nass zu werden. Nym folgte ihr hastig und … Jeki kam vollkommen durchnässt auf der anderen Seite an.

„Ups. Entschuldige", sagte Levi und legte sich unschuldig die Hand auf die Brust. „Mich hat ein Fisch erschreckt. Vielleicht war es aber auch dein Gesicht."

Jaan trat durch den wieder geteilten Wasserfall und Levi wollte folgen – als Nym sah, wie Jeki mit der Hand zuckte. Levi stolperte und stürzte der Länge nach ins Wasser.

„Entschuldige, ich mag dich nicht", bemerkte Jeki gelassen.

Levis Zähne schabten übereinander und er öffnete den Mund. Nym legte hastig eine Hand über Liris Augen.

„Hey", protestierte das Mädchen.

„Es ist nur zu deinem Besten, Liri. Ich will nicht, dass du siehst, wie dein Bruder sich zum Affen macht", erklärte sie. „Am besten hältst du dir auch deine Ohren zu."

Levi warf ihr einen düsteren Blick zu und strich sich die nassen Haare aus der Stirn. Liri kicherte, zog Nyms Hand von ihrem Gesicht und folgte Jaan, der bereits in dem Felsspalt verschwunden war.

Nym schüttelte noch ein letztes Mal den Kopf – deutete warnend mit ihrem Zeigefinger zuerst auf Jeki und dann auf Levi – und lief dem Mädchen hinterher.

Der Gang, der zur eisernen Tür führte, war stickig und feucht, und Nym gab sich Mühe, die kalte Luft nicht allzu tief zu inhalieren. Sie war froh, als sie Jaan erreicht hatte, der bereits hinter der Tür an einem der hölzernen Lifte wartete, die einen ins Tal hinabließen. Er tippte ungeduldig mit dem Fuß auf den Boden.

„Ihr könnt kurz eure Familie aufsuchen und euch“, sein Blick glitt über Levi und Jeki, „etwas Frisches anziehen. Provo erwartet euch in einer Viertelstunde.“

„Mich auch?“, wollte Liri wissen.

Wie immer, wenn Liri ihn direkt ansprach, blinzelte Jaan verwirrt, anscheinend unsicher darüber, was er ihr antworten sollte. Nym hielt das für seine sympathischste Eigenschaft. In diesen Momenten verhielt er sich beinahe menschlich.

„Ähm … nein“, sagte Jaan schließlich und stieg eilig in die Flaschenzugvorrichtung.

„Aber ich möchte gerne“, erklärte Liri.

„Nun, das … tut mir leid“, bemerkte Jaan kurz angebunden.

„Das Gespräch wird sowieso langweilig werden“, log Nym und strich Liri sanft über den Kopf, bevor sie den Göttlichen Dolch von ihrem Gürtel zog, um ihn an ihrem Hemdsärmel abzutrocknen.

Es war eng in dem Holzkasten, und sie bemerkte, wie Jeki skeptisch nach oben blickte und die Seile betrachtete, die sie davor bewahrten, in den Tod zu stürzen.

„Die Asavez sind lebensmüde“, hörte sie ihn murmeln, bevor sich das Gefährt mit einem Ruck in Bewegung setzte. Nym lachte, denn sie hatte vor ein paar Wochen noch dasselbe gedacht.

Die Vorrichtung senkte sich gemächlich zu Boden, und Nym beobachtete Levi dabei, wie er Jaan etwas zuflüsterte. Der Erste Offizier nickte, und sobald sie den Boden erreicht hatten, stieß Levi die Tür des Kastens auf, nahm Liri an der Hand und zog sie nach draußen. Sie verschwanden zwischen den mit gelben und blauen

Schindeln geschmückten Häusern Oyitis' Hauptstraße hinauf.

Nym blickte ihm nach und das Herz sank ihr in den Magen. Levi hatte sie seit dem gestrigen Gespräch kaum angesehen. Er schien einen inneren Kampf gegen seine Gefühle auszutragen. Nur konnte Nym leider nicht einschätzen, welche Gefühle das genau waren. Sie seufzte leise.

„Ihr zwei solltet vielleicht sofort mitkommen", riss Jaan sie aus ihren Gedanken. „Ich denke, Provo wird euch –"

Weiter kam er nicht, denn ein freudiges Kreischen übertönte seine Stimme. „Ihr seid zurück! Bei den beschissenen Göttern, Leena war fest davon überzeugt, dass ihr euch habt töten lassen."

Nyms Mundwinkel verzogen sich zu einem Lächeln, als sie Filia aus einer der in den Fels gelassenen Türen zu ihrer Rechten kommen sah. Sie hatte ihren schweren blonden Zopf zur Seite geflochten und freute sich sichtbar, Nym zu sehen.

Jemand hieß sie willkommen. Nyms Herz zog sich warm zusammen und für einen Moment vergaß sie, dass ihr Leben gerade im Klaverki zu versinken schien – und sie nicht schwimmen konnte.

Sie drückte Filia an sich, und ihre Freundin zuckte lachend zurück, sich den Oberschenkel reibend. „Autsch! Dass ihr Soldaten auch immer bewaffnet herumlaufen müsst."

Augenverdrehend ließ sie den Blick zum Dolch wandern, der an Nyms Gürtel hing.

In der nächsten Sekunde wurde Nyms Kopf nach hinten geschleudert. Ein scharfer Schmerz durchzuckte sie dort, wo Filias Faust sie getroffen hatte, Nym stolperte nach hinten und verlor den Boden unter den Füßen.

h

„Levi, wenn ich mal verliebt bin, hoffe ich, dass ich es besser anstelle als du."

Er stöhnte leise auf. „Liri, bitte. Kannst du einfach –"

„Ich bin beinahe in der Pubertät, ich höre nicht mehr auf dich."

Nicht *mehr*? In was für einer Welt hatte seine Schwester das letzte Jahrzehnt über gelebt?

Müde lief er den flachgetretenen Erdweg entlang, an den Häusern vorbei, die ihre Fensterläden noch weit geöffnet hatten, aus denen Essensgerüche, Kindergeschrei und die Stimmen streitender Eheleute kamen. An den Häusern, in denen absolute Normalität herrschte.

Levi hatte das Gefühl, gar nicht zu wissen, was Normalität war. Sein ganzes Leben schien aus einer Aneinanderreihung von Ausnahmezuständen zu bestehen. Da schien es fast selbstverständlich, dass sich sein Leben, sobald er sich verliebte, zu einem Drama der höchsten Ebene aufschwang.

Einmal im Leben, ein einziges Mal, hatte er es leicht haben wollen. Aber nein, er hatte sich in die komplizierteste Frau der Geschichte verliebt, mit der er ganz offensichtlich nur schreiend kommunizieren konnte.

Das Gespräch im Wald war vollkommen aus dem Ruder gelaufen. Er hatte sie nicht anbrüllen wollen. Er hatte sie küssen wollen, sie fragen wollen, was sie fühlte, ihr sagen wollen, was *er* fühlte und ... warum hörte sich das alles so verdammt unmännlich an?

Er hielt sich von einem erneuten Seufzer ab und bog in eine Gasse, die zu Nahas Häuschen führte.

„Levi, sie mag dich bestimmt", sagte Liri und tätschelte seinen Arm. „Sie hat heute auf dem Weg immer zu dir herübergeguckt."

Ja, hatte sie. Während sie mit Tujan geredet hatte.

Das Schlimmste war, dass er Tujan nicht einmal richtig böse sein konnte. Denn wenn Levi rational darüber nachdachte, dann hatte es den Göttlichen Soldaten noch viel schlimmer getroffen als ihn. Und wenn Levi gerecht wäre, würde er Nym sagen, sie solle einfach zu ihm zurückgehen.

Gut, dass er weder rational noch gerecht war und ihm mehr als klar war, dass Nym zu ihm gehörte.

Sie war die einzige Frau, mit der Streiten Spaß machte. Meistens.

Stöhnend rieb er sich die Schläfe, während er mit seiner Schwester Nahas kahlen Vorgarten durchquerte. Levi musste nicht klopfen, denn als er die Hand hob, wurde auch schon die Tür aufgerissen.

„Lieber Himmel, ihr seid zurück! Ihr lebt und seid zurück!" Naha hatte Tränen in den Augen und sie zog Levi so heftig an sich, dass ihm kurzzeitig das Atmen schwerfiel. „Ich habe mir solche Sorgen gemacht." Sie packte ihn an den Schultern und schob ihn wieder von sich. „Aber du siehst ... lebendig aus. Und du!" Mit einem zitternden Zeigefinger deutete sie auf Liri. „Wie konntest du mir eine solche Angst einjagen?!" Jetzt waren die Tränen nicht mehr in ihren Augen, sondern auf ihren

Wangen, und sie hob Liri in ihrer Umarmung vom Boden hoch. „Dir hätte sonst was passieren können!"

„Tut mir leid", flüsterte Liri.

„Ein ‚Tut mir leid' wird dich auch nicht vorm Hausarrest bewahren!"

„Aber ich wohne hier nicht mehr", bemerkte Liri lahm und vergrub ihren Kopf in Nahas Halsbeuge.

„Das tut nichts zur Sache", schluchzte Naha. „Ich lass dich ganz bestimmt nicht mehr aus den Augen. Du wirst wieder hier einziehen müssen."

„Okay", flüsterte Liri, und wenn sich Levi nicht irrte, weinte sie auch.

Es schien eine Ewigkeit zu dauern, bis Naha Liri wieder losließ und Levi noch einmal in eine Umarmung zog, bevor sie sich räusperte, etwas verlegen ihre Tränen wegwischte und sich in ihrem Garten umsah. „So, wo ist Ro? Und warum zum Teufel bist du pitschnass?" Missbilligend sah sie auf seine durchnässte Kleidung.

„Bin gestolpert", meinte Levi. Er hätte ihr auch gerne in aller Ausführlichkeit erklärt, wie genau das passiert war, wenn ihn das nur davor bewahrte, ihr erzählen zu müssen, wo genau sich ihr Sohn befand.

Doch Naha war nicht dumm. Sie ignorierte seine Aussage und verengte sofort ihre Augen. „Wo ist Ro, Levi?"

„Er ist in ... Bistaye."

Erschrocken weiteten sich ihre Augen. „Ihr habt ihn zurückgelassen?"

„Nein! Natürlich nicht", verteidigte er sich sofort. „Er ... wollte bleiben."

„Er *wollte*?" Naha schien mehr als nur verwirrt und stemmte erzürnt die Hände in die Seiten. „Du hattest *eine* Aufgabe. Und das war, Ro wieder zurückzubringen.“

„Na ja“, er kratzte sich am Hinterkopf. „Eigentlich hatte ich sogar eine Menge Aufgaben. Und keine davon war, Ro wieder mitzubringen.“

„Levi Voros, hör auf, ein Klugscheißer zu sein, und erzähl mir, was mit meinem Sohn los ist!“

„Er ist verliebt, Naha. Das ist mit ihm los. So verliebt, dass er seine Angebetete nicht zurücklassen wollte.“

„Aber ich dachte, sie wollte mitkommen?“

„Ja, das war der Plan ... aber stattdessen sind sie jetzt Anführer der Rebellenfront und wollen einen Bürgerkrieg auslösen, um die Göttliche Garde zu stürzen. Ich geh dann jetzt zu Provo.“

Hastig wandte er sich um, doch er war nicht schnell genug. Nahas Hand legte sich wie ein Schraubstock um seinen Arm und zerrte ihn zurück.

Meine Güte, warum war sie so verdammt stark? Das konnte nicht nur vom Umgraben der Blumenbeete kommen.

„Levi“, sagte sie mit zitternder Stimme. „Das hört sich gefährlich an.“

Das war es. „Nicht gefährlicher als das, was Ro sonst treibt“, beschwichtigte er sie. „Keine Sorge. Ro ist ein begabter Soldat.“

„Aber ...“ Auf ein Neues glitzerten Tränen in Nahas Augen, und diesmal war es Levi, der sie in eine Umarmung zog.

„Es wird alles gut, Naha“, murmelte er. „Ihm wird nichts passieren.“

Doch es war das erste Mal, dass es Levi schwerfiel, sich selbst zu glauben.

Alles lief auf einen Krieg hinaus. Und in einem Krieg gab es Tote.

Eine Menge Tote.

„Ich werde sobald wie möglich zu ihm zurückkehren und ihm helfen", flüsterte er.

Er würde mit Provo reden. Er würde mit Nym reden. Und sobald er wusste, was eigentlich los war und für wen sich Nym entschied, konnte er Ro helfen.

Und dann, endlich, würde er Pause machen.

h

Die Kälte der Wand drang durch Nyms Hemd und legte sich auf ihre Haut. Doch sie bewegte sich nicht. Sie wollte die Kälte gar nicht vertreiben. Denn sie hatte sie verdient.

Was hatte sie nur getan?

Ihre Füße sanken in den schweren roten Teppich und sie fuhr sich mit den Fingern über die Stelle, an der Filia ihren Kiefer getroffen hatte, bevor sie die Augen schloss. Der Dolch an ihrem Gürtel schien sie zu Boden zerren zu wollen, und sie versuchte sich zu beruhigen. Die Schuld einfach abzuwerfen. Sie hatte sich verändert. Sie war Nym.

„Salia?", murmelte Jeki, und es war, als würde dieses eine Wort sie Lügen strafen.

Sie hatte sich nicht geändert. Sie steckte noch immer in ihrer Haut. Wie hatte Vea es damals formuliert? Ein Erinnerungsverlust machte sie noch lange nicht zu einem anderen Menschen.

Sie wünschte, sie könnte sich einreden, dass das nicht stimmte. Doch als sie die Augen öffnete und in Jekis Gesicht blickte und wusste, dass er sie liebte und sie ihre Liebe zu ihm nicht vergessen hatte ... wie konnte sie sich da immer noch der Vorstellung hingeben, dass sie von jetzt an nur noch Nym war?

„Ist schon in Ordnung", flüsterte sie und starrte auf den breiten Holzschreibtisch vor ihnen.

„Salia, es ist nicht in Ordnung." Jekis Hand strich tröstend über ihre Schulter, ihren Arm hinunter, bis sie die ihre umfasste. „Sie hätte dich nicht schlagen dürfen."

„Doch, das musste sie."

Sie hatte das Recht zu so viel mehr.

Die Tür ging auf und Levi trat ein. Er sah auch nicht gerade glücklich aus, fiel Nym auf.

Er blickte sich griesgrämig um und blieb prompt an ihrem Gesicht hängen.

„Was ist mit deinem Kinn passiert?"

Wütend wandte er sich an Jeki und Nym entzog ihm ihre Hand.

Jeki schnaubte laut. „Was? Du denkst *ich* hätte sie geschlagen? Du hast anscheinend wirklich keine Ahnung von Salia."

„Wer soll es sonst gewesen sein?", fluchte Levi, und bevor Nym wusste, was geschah, stand er direkt vor ihr und fuhr mit den Fingerspitzen ihr Kinn entlang, an dem sich ein blauer Fleck gebildet haben musste.

„Ist alles okay?", murmelte er. „Da bin ich zwei Sekunden nicht da, um auf dich aufzupassen."

Nyms Mundwinkel zuckten müde und sie fragte sich, wer hier bitte auf wen aufpasste.

„Nym ist alles in Ordnung?", wiederholte er, als sie nicht antwortete.

Neben ihr gab Jeki einen verächtlichen Laut von sich, doch sie achtete nicht auf ihn und schüttelte einfach den Kopf.

„Nein, ist es nicht." Ihre Stimme wirkte leer. Hohl. „Es war Filia, Levi."

„Was?" Ungläubig weiteten sich seine Augen. „Filia ist deine größte Bewunderin!"

„Sie hat meinen Dolch gesehen", flüsterte sie und Tränen brannten in ihren Augen. Doch sie gönnte sich keine einzige von ihnen.

„Sie hat dich geschlagen, weil du eine Göttliche Soldatin warst? Aber das haben wir doch ohnehin die ganze Zeit geahnt. Wir –"

„Nein, Levi", unterbrach sie ihn. „Nicht deswegen. Ich ... ich ..." Ihre Kehle wurde trocken und jedes einzelne Wort brannte ihr ein Loch in den Hals. „Ich habe ihre Brüder getötet. Sie hat den Dolch erkannt. Die Rille, die ..." Ihre Finger fingen an zu zittern und sie ballte sie zur Faust.

Levi starrte sie an, die Hand immer noch an ihrer Wange. Sekunden, Minuten, Stunden schienen zu vergehen, während er sie einfach nur stumm ansah.

Und dann hob sich einer seiner Mundwinkel. „Das ändert rein gar nichts, Nym."

„Wie kannst du das sagen?"

„Wie kannst du nur immer das Wichtigste übersehen?"

Sie wollte den Mund öffnen, um ihm zu widersprechen. Um ihn zu fragen, was sie übersah. Doch in diesem Moment glitt eine weitere Tür auf. Diesmal die linke, direkt neben dem Schreibtisch. Provo und Jaan traten daraus hervor.

Während Jaan sich gegen eines der Bücherregale lehnte, schritt der ältere Mann, dessen kurz geschorenes braunes Haar graue Strähnen durchzogen, an den Schreibtisch. Die brennende Kerze darauf flackerte bei dem Luftzug, der entstand, und Levi machte einen Schritt von Nym weg. Jekis Blick brannte in ihrem Nacken, doch sie starrte nur weiter auf den Schreibtisch. Für Eifersuchtsanfälle hatte sie jetzt wirklich keinen Nerv.

Eigentlich wollte sie gerade nur alleine sein. Sie brauchte Luft zum Atmen. Das Plätschern des Wassers, das an einer der Wände hinablief, dröhnte in ihren Ohren und jeder Atemzug, den sie nahm, schwappte wie Eiswasser durch ihre Adern.

Vielleicht bekam sie gerade eine Panikattacke.

Die Geschehnisse und Erkenntnisse der letzten Tage lähmten sie. Es gab weder Richtig noch Falsch. Weder Wahrheit noch Lüge. Weder Vergangenheit noch Zukunft. Alles vermischte sich und drohte, sie zu ersticken.

Die Chance, dass sie in der nächsten halben Stunde entweder zu schreien oder zu weinen anfing, lag bei ungefähr ... hundertfünfzig Prozent.

„Ich muss zugeben, dass ich noch nie eine so interessante Ansammlung von Charakteren in meinem Büro empfangen durfte. Oder erinnerst du dich an eine solche Situation, Jaan?"

Jaan schüttelte den Kopf, und allein anhand seiner Augen konnte Nym erkennen, dass er sich gerade köstlich amüsierte.

„Besonders Herr Tujan scheint auf den ersten Blick doch etwas fehl am Platz ... doch erste Blicke sind trügerisch, ist es nicht so, Nym?"

Sie antwortete nicht. Sie sah den Anführer der Asavez an und konnte nicht anders, als alles zu hinterfragen, was sie je über ihn zu wissen geglaubt hatte. Wusste er, dass Jaan in Kontakt mit den Göttern stand? Und wenn er gewusst hatte, dass sie eine Spionin war, wieso hatte er Levi nicht davor gewarnt?

Provo sprach weiter, so als wüsste er, das Nym seine Frage nicht beantworten würde. „Also, Jeki. Was tust du hier? Willst du gegen die Götter kämpfen? Nach dem zu urteilen, was ich über dich gehört habe, warst du immer ein treuer Verfechter der Göttlichen Gesetze. Was also hat sich geändert?"

Nym überraschte es, wie gelassen Jeki schien. Er hatte die Arme locker vor dem Oberkörper verschränkt und betrachtete den Anführer der Asavez mit nachdenklicher Miene. „Nein, ich werde nicht gegen die Götter kämpfen. Aber ich werde es auch nicht in ihrem Namen tun, falls Sie das befürchten."

Provo lachte leise. „Oh, das tue ich keineswegs. Doch du hast meine letzte Frage nicht beantwortet. Was hat sich geändert?"

„Die Antwort auf diese Frage kennen Sie bereits", sagte er und sein Blick wanderte zu Nym. „Ich brauche sie also nicht beantworten."

„Das ist in Ordnung", bemerkte Provo und fuhr nachdenklich mit dem Finger durch die Flamme der Kerze. „Du musst mir meine Neugierde verzeihen. Es ist nur so, dass die Göttlichen Soldaten für ihre Loyalität

bekannt sind und ihr Gehorsam tief in ihnen verankert
ist.“

„Was wissen Sie schon über die Göttlichen Soldaten?“

„Ach, ich habe hier und dort etwas aufgeschnappt.“
Provo wechselte einen Blick mit Jaan, den Nym nicht
zu deuten wusste. „Jedenfalls bin ich froh, dich hier zu
haben. Dich übrigens auch, Nym.“

Sie nickte knapp, sagte jedoch nichts. Jaan war Provos
engster Vertrauter. Sie traute Jaan nicht. Warum sollte
es sich bei Provodes anders verhalten?

Auch wenn der Anführer sich als Verfechter der Demokratie sah – so war er doch immer noch ein Anführer. Er besaß Macht. Und Männern mit Macht fiel es
Nyms Meinung nach viel zu leicht, diese auszunutzen.
Nicht, dass für Frauen etwas anderes galt, aber dennoch.

„So, nachdem wir das warmherzige Hallo jetzt hinter
uns haben“, sagte Levi plötzlich laut, der offensichtlich
die Geduld verlor. „Könnten wir dann jetzt zu dem
Grund kommen, warum wir hier sind? Oder nein! Noch
besser: Kommen wir zu dem Grund, warum *ich* hier
bin.“

„Levi ist unzufrieden mit deiner Handhabung der Situation, Provo“, bemerkte Jaan, und Nym musste zweimal hingucken, bevor sie sich sicher war, dass der
Mann tatsächlich lächelte. „Er fühlt sich übergangen.“

Einer von Levis Kiefermuskeln zuckte, und Nym
hatte das Gefühl, dass er bald wieder seiner derzeitigen
Lieblingsbeschäftigung nachgehen würde und anfing
zu schreien.

„Ja, ich fühle mich übergangen“, knirschte er und obwohl er flüsterte, hallte seine Stimme von den Wänden

wider. „Ich bin Zweiter Offizier des Hauptstützpunktes und erwarte ein gewisses Maß an Vertrauen. Es ist inakzeptabel, dass ich erst dann von den Kriegsplänen erfahre, wenn sich die Soldaten bereits zum Kampf rüsten."

„Zweiter Offizier", flüsterte Jeki klar verständlich. „Süß."

Levi zeigte Jeki den Mittelfinger, seinen Blick weiterhin auf Provo gerichtet.

„Außergewöhnliche Umstände erfordern außergewöhnliche Maßnahmen, Levi", bemerkte dieser. „Vor Nyms Erscheinen hatte ich durchaus die Absicht, dich zur Gänze zu informieren. Aber ihre Anwesenheit hat nach gewissen Sicherheitsmaßnahmen verlangt. Ich gehe davon aus, dass Jaan dich darüber bereits informiert hat. Es tut mir leid, dich in deinem Stolz verletzt zu haben."

„In meinem Stolz?", fuhr Levi ihn an. „Es geht hier nicht um meinen Stolz! Es ging um die Sicherheit der Mission. Die Götter rechnen anscheinend mit einem Angriff von unserer Seite. Sie haben Nym darüber ausgefragt – natürlich haben sie ihre Sicherheitsmaßnahmen angezogen! Hätte ich das gewusst, wäre ich vorsichtiger gewesen. Dann hätten wir die Anzahl der Nahtoderfahrungen vielleicht auf ein Minimum reduzieren können."

„Ich musste das Risiko eingehen, Levi. Seit wann kümmern dich Risiken?

„Seitdem meine *Schwester* dabei war!"

Provo nickte, so als verstünde er. „Nun, Liri hat leichtsinnig gehandelt. Es tut mir leid, dass sie dadurch in

Gefahr gebracht wurde, aber ich kann die Sicherheit deiner Familie nicht über die des gesamten Volkes stellen."

Levi presste die Lippen fest zusammen, und Nym war sich sicher: Hätte er vor irgendwem anderen gestanden, dann hätte er jetzt nicht geschwiegen.

Sie konnte sehen, wie er einige Sekunden mit sich selbst rang, bevor er mit kontrollierter, wenn auch gepresster Stimme fragte: „Wann habt Ihr vor, anzugreifen?"

„Eher als ich dachte." Provodes schien sich nicht im Mindesten durch Levis Anschuldigungen angegriffen zu fühlen. „Wenn es tatsächlich gelingen sollte, eine Rebellenfront in den äußeren Mauern zu bilden, haben wir eine reelle Chance, Bistaye einzunehmen."

„Zu welchem Preis?"

Es war das erste Mal, dass Nym etwas sagte, doch sie konnte nicht länger still bleiben. Sie hatte genug.

Vom Kämpfen, vom Töten, von all dem, was mit der Feindschaft zwischen Bistaye und Asavez einherging. Die meisten Menschen, die sterben würden, waren unschuldig. Waren nur der Kollateralschaden, den es zu riskieren galt, um an die wichtigen Spieler des Kriegs zu gelangen. Die Garde. Doch auch die Soldaten trugen keine Schuld.

„Freiheit hat immer seinen Preis, Nym", bemerkte Provo langsam. „Musste Jeki nicht auch für deine Freiheit bezahlen?"

Der Stein, der in ihrem Magen lag, stieg langsam ihren Hals hinauf. „Musste er. Doch wenn ich es hätte ändern können, dann hätte ich es getan."

Interessiert legte Provodes den Kopf schief. „Und du kannst ihn verhindern? Den gesamten Krieg?"

„Man könnte es wenigstens versuchen."

„Versuchen? Wie? Wenn wir nicht angreifen, wird Bistaye es tun."

Sie faltete die Hände vor dem Körper und reckte ihr Kinn. „Indem ich die Götter stürze."

Eine Stille legte sich über den Raum, die selbst das Plätschern des Wassers zu ersticken schien.

Levi unterdrückte ein Grinsen, Jeki stöhnte leise auf und Provo starrte sie an, als hätte sie vorgeschlagen, ihn umzubringen. Jaan hatte nicht mal mit der Wimper gezuckt.

„Und wie genau stellst du dir das vor, Nym?", fragte Provo, seine Stimme bedrohlich ruhig. „Du scheinst ja eine genaue Vorstellung davon zu haben, wie du das anstellen wirst."

„Ich werde in die Kreisberge gehen, das Kreisvolk suchen und herausfinden, wie die Götter zu töten sind. Sobald die Götter fort sind, hat niemand mehr einen Grund, sich zu bekriegen."

„Du wirst nichts dergleichen tun." Provos Stimme ließ keinen Widerspruch zu und dennoch ...

„Es ist die Lösung, die das wenigste Blutvergießen fordert."

„Es ist überhaupt keine Lösung." Mit jeder Silbe schien Provodes' Stimme kälter zu werden. „Es ist Selbstmord. Niemand kehrt aus den Kreisbergen zurück."

„Jaan ist zurückgekehrt."

„Jaan", knurrte Provo, „ist halbtot zurückgekommen und wäre ohne meine Hilfe binnen weniger Tage gestorben."

„Er –" Jaan wäre beinahe gestorben? Provo hatte ihm das Leben gerettet? Aber …

Sie blickte zu Levi, der genauso fassungslos aussah, wie sie sich fühlte. Hatten sie gerade etwas Persönliches über Jaan erfahren? Und über Provodes gleich dazu?

„Du wirst nicht in die Kreisberge gehen!", sagte Provo scharf. „Niemand von euch."

„Aber wäre es das nicht wert? Es zu ver–"

„Ich lasse meine besten Krieger nicht auf eine Suizidmission aufbrechen!"

Nym zuckte zusammen. Der asavezische Anführer hatte noch nie seine Stimme erhoben.

„Okay", sagte sie. „Tut mir leid."

Doch es tat ihr nicht leid und es war auch nicht okay. Sie hatte sich schon längst entschieden. Sie brauchte Provos Einwilligung nicht. Er war nicht ihr Anführer.

Provo schloss für einen kurzen Moment die Augen und atmete tief durch – dann war sein Gesicht so glatt wie zuvor. „Wenn die Götter ohne Garde und Volk dastehen, sind sie machtlos. Mehr brauchen wir nicht, Nym. Es wird Verluste geben, aber die müssen wir in Kauf nehmen. Für jedes Leben, das genommen wird, werden zwei Menschen die Freiheit erlangen."

Nym war sich da nicht so sicher, doch sie war nicht so dumm, Provo darauf aufmerksam zu machen.

„Wann werden wir zurückgeschickt?", wollte Levi wissen. Lächelte er? Wie konnte er immer noch lächeln?

„Das weiß ich noch nicht, Levi. Sobald die Truppen aus den anderen Städten eintreffen, denke ich. Das kann allerdings noch eine, vielleicht zwei Wochen dauern. Ich habe bereits in die Wege geleitet, dass Waffen an die äußeren Mauern geliefert werden. Bragan, den ihr ja kennengelernt habt, wurde informiert. Sollten er, Ro und seine neuen Helfer", sein Blick huschte zu Jaan, „wirklich so vielversprechend sein, wie mir berichtet wurde, dann erwarte ich innerhalb der nächsten zwei Wochen auch in Bistaye eine Entwicklung, und dann … dann steht einem Angriff nichts mehr im Wege."

Eine Woche. Er sprach von einer Woche? Vielleicht zwei? Nym gefror das Blut in den Adern. Das ließ ihr weitaus weniger Zeit, als sie sich erhofft hatte.

Levi nickte einfach. Als würde ihn das soeben Gehörte nicht kümmern. „War das dann alles für heute?"

Provo schien unzufrieden. Sein Blick lag auf Nym, die ihren Ausdruck so neutral wie möglich hielt. Schließlich jedoch nickte er ebenfalls. „Ich denke ja."

Mehr brauchte sie nicht. Mit zwei Schritten war sie bei der Tür und ein paar Sekunden später hatte sie den Fuß der schmalen Treppe erreicht, die sie den Erdgang hinunterführte. Sie war keine hundert Meter weit gekommen, als zeitgleich zwei Stimmen nach ihr riefen.

„Nym!"

„Salia!"

„NEIN!" Sie wirbelte herum. „Lasst mich. Beide. Ich brauche das gerade wirklich nicht."

„Ich …"

„Ich …"

„Nein!", wiederholte sie, die Lippen fest aufeinandergepresst. „Ich kann mich nicht ... ich will nicht ... nein! Lasst mich einfach in Ruhe!"
Zwei Männer waren manchmal einfach zwei zu viel.

KAPITEL 16

10.

Vea hielt das Schwert mit beiden Händen fest, führte es zur Seite, machte einen Schritt nach hinten, machte einen Schritt nach vorne, schlug zu – verlor das Gleichgewicht und taumelte zu Boden.

„Verdammt", murmelte sie, während zwei große Hände ihr vom dreckigen Steinboden aufhalfen.

„Du hast wirklich nicht die Grazie und das Kampfgeschick deiner Schwester, oder?", bemerkte Ro skeptisch und reichte ihr das Schwert, das sie bei ihrem Sturz hatte fallen lassen.

„Nein, hat sie wirklich nicht", prustete Janon, der auf einem Stuhl an der Wand saß und ihnen gemeinsam mit Nika bei der Übung zusah.

„Hey!", beschwerte sich Vea und deutete mit der Schwertspitze auf ihn. „Als ob du Jekis Geschick besitzen würdest."

„Oh, ich bin sehr geschickt", meinte Janon grinsend. „Nur eben nicht mit dem Schwert."

Vea verdrehte die Augen, fächerte sich mit den Händen Luft zu und versuchte das schweißnasse Hemd, das ihr auf der Haut klebte, von ihrem Körper zu ziehen. Dabei schwang das Schwert wackelig von rechts nach links und wieder zurück.

„Okay, kein Schwert für dich", entschied Ro und riss ihr die Waffe ruckartig aus der Hand. „Du bist offensichtlich eher für einen Dolch geeignet oder ... ein Stück Holz. Einem scharfem Stück Holz", fügte er hinzu, als er Veas Blick begegnete.

„Ich will eine richtige Waffe", seufzte sie. „Ich will mich verteidigen können."

„Ja, aber ich will meinen Arm behalten, also sind wir da wohl in einer Pattsituation", überlegte Ro nachdenklich. „Und außerdem solltest du besser gar nicht erst in die Situation kommen, dich verteidigen zu müssen. Wie hast du so schön bemerkt: Du bist eine Taktikerin. Keine Soldatin."

Als ob der Krieg darauf Rücksicht nehmen würde. Der Göttlichen Garde würde es egal sein, dass sie nicht zur Soldatin geboren worden war. Ein Soldat würde nicht plötzlich sein Schwert sinken lassen, nur weil sie verkündete, dass sie eine Taktikerin war.

„Ro, ich dachte, der Sinn von dem Ganzen hier", sie wedelte mit den jetzt leeren Händen im Raum umher, „ist es, dass Janon und ich lernen, uns gegen einen Angreifer zu behaupten."

„Also, um fair zu sein", sagte Nika, die gegen ein Lächeln ankämpfte. „Ros exakte Worte waren: dass ihr lernt, euch weniger schnell gefangen nehmen und umbringen zu lassen."

„Dein Freund weiß, wie er Zivilisten beruhigen kann, oder?", stellte Janon fest, stand auf und schlang Vea die Arme von hinten um die Schultern.

„Na ja, ich liebe ihn ja nicht für sein Feingefühl", winkte Nika ab. „Und Ro, du solltest ihnen lieber einen Kurzdolch geben und ein paar Nahkampftechniken zeigen. Anfängersachen eben. Ich hätte dir nach den ersten zehn Minuten sagen können, dass Vea nicht für ein Schwert gemacht ist."

„Warum hast du es dann nicht getan?", fragte Vea verwirrt.

„Weil es so unglaublich komisch aussah."

Na toll. Was brauchte man Feinde, wenn man solche Freunde hatte?

Ro nickte nachdenklich und lief zur Treppe, auf dessen unterster Stufe er diverse Waffen nebeneinander aufgereiht hatte. „Ja, du hast recht. Wir haben ohnehin nicht die Zeit, euch zu effektiven Kämpfern auszubilden. Janon, willst du anfangen? Wir könnten –"

Ein plötzliches Ziehen setzte in Veas Magen ein. Ein Brennen, dass sich rasend schnell in ihrem Körper ausbreitete. Ro sprach weiter. Sie sah, wie sich seine Lippen bewegten – doch sie hörte ihn nicht mehr. Sein Gesicht verschwamm vor ihren Augen, schien zu flimmern. Dunkler und heller zu werden. Sie blinzelte und rieb sich mit der Hand übers Gesicht, doch konnte sie ihre eigene Berührung kaum noch spüren. Blut rauschte in ihren Ohren und die Welt kippte zur Seite. Sie sackte nach hinten gegen etwas Festes – und dann rückte alles wieder ins Lot. Das Brennen verschwand augenblicklich, als wäre es nie dagewesen.

„Sag was! Hörst du mich?! Vea?"

„Ja." Sie blinzelte. Einmal. Zweimal. „Ich ... ich hör dich", sagte sie außer Atem.

Sie lehnte gegen Janons Brust, seine Nägel hatten sich in ihre Schultern gegraben und Ro und Nika standen direkt vor ihr und sahen sie besorgt an.

„Vea, was war los?“, wollte Nika wissen, während Ro hastig zur Küchenanrichte lief und ihr Wasser aus einem Krug einschenkte.

Vea schüttelte sich kurz, und das Gefühl, als sei ihr Kopf mit Watte gefüllt, verschwand vollends. Es war, als wäre nichts passiert.

„Ich weiß nicht“, sagte sie verwirrt und legte sich eine Hand auf die Stirn. Doch sie war weder heiß noch sonderlich kalt. „Ich glaube, es war nur mein Kreislauf.“

Sie nahm das Wasser von Ro entgegen und trank ein paar Schlucke.

„Bist du sicher?“, hörte sie Janons Stimme an ihrem Ohr, während sein raues Kinn über ihre Wange kratzte und er behutsam mit seinen Händen über ihre Arme strich, als wollte er sie wärmen. „Du warst für einen Moment völlig weggetreten. Du wärst umgefallen, hätte ich dich nicht festgehalten.“

Sie machte eine abwinkende Handbewegung und schüttelte den Kopf. Es war so schnell vergangen, wie es gekommen war. Und jetzt fühlte sie sich fast so, als hätte sie sich ihre Empfindungen nur eingebildet.

„Ich bin nur müde. Und vom Training erschöpft. Mir geht’s gut.“

Vea hatte die letzte Nacht nicht sonderlich gut geschlafen und am Morgen kaum gegessen. Daran musste es liegen. Sie war von Albträumen heimgesucht worden, in denen Salias Gesicht sich immer wieder zu dem ihrer Mutter gewandelt hatte. Immer wieder war sie aufgewacht, nur um in neue Albträume zu fallen, die ähnliche Szenarien zeigten. Vier riesige Gestalten, die über ihrer Mutter aufragten, die Salias Augen hatte. Die kalt lächelnden Statuen der Götter, die tote Salia vor ihren Füßen, Blut das aus einem Schnitt an ihrem Hals quoll. Danach hatte Vea eine Zeit lang nicht mehr einschlafen können. Sie hatte sich Geräusche eingebildet. Gestalten, die versuchten, durch ihr Fenster zu klettern. Erst in den frühen Morgenstunden hatte sie Ruhe gefunden, so fest an Janon gedrängt, dass er sich nicht mehr hatte bewegen können.

Seitdem Salia gegangen war, hatte sie viel über ihre Mutter nachgedacht. Über die letzten Wochen, bevor sie sich das Leben genommen hatte. Über die Dinge, die sie gesagt hatte. Wie paranoid sie sich verhalten hatte. Sie hatte zwar keine dieser Anzeichen bei ihrer Schwester wahrnehmen können, aber dennoch – die Angst, dass sie genauso enden könnte wie ihre Mutter, blieb. Obwohl sie sich wohl eher davor fürchten sollte, was für Gestalten Salia in den Kreisbergen auflauerten.

„Du solltest dich trotzdem lieber setzen“, meinte Janon und dirigierte sie an den Schultern zu einem Stuhl. „Vielleicht etwas essen.“

Sie nickte und beobachtete dann für die nächste Viertelstunde, wie Ro versuchte, Janon beizubringen, einen Gegner zu entwaffnen. Sie betrachtete seine dunkelblonden Haare, die sich vom Schweiß an den Enden kräuselten, studierte seine konzentrierten Gesichtszüge und seine bemüht kämpferische Haltung.

Sie lächelte und ein Gefühl des Glücks durchströmte sie. Vielleicht sollte sie größere Angst haben und nicht jedes Mal anfangen zu grinsen, wenn sie Janon ansah. Aber Vea interessierte nicht, was sie sollte. Der Krieg würde so oder so kommen. Warum sollte sie sich dann nicht auf die guten Seiten ihres Lebens konzentrieren? Und Janon war das Beste, was sie zurzeit in ihrem

Leben hatte. Es war die richtige Entscheidung gewesen, in Bistaye zu bleiben.

Die Tür ging auf und Brag trat herein. Er schob sich die Kapuze vom Kopf, sodass sie alle einen guten Blick auf den grimmigen Zug um seinen Mund bekamen, während er sich schüttelte und Wassertropfen von seinem Umhang auf den Steinboden flogen.

In Bistaye regnete es vier bis acht Tage im Jahr. Heute war einer dieser Tage. Doch Brag sah nicht aus, als sei das Wetter schuld an seiner Unzufriedenheit.

„Was ist los?", wollte Ro wissen und hielt in seinem halbherzigen Versuch inne, Janon anzugreifen. Er hatte offenbar den gleichen Unmut in Brags Blick gesehen wie Vea.

„Ich habe eine gute und eine schlechte Nachricht. Welche wollt ihr zuerst hören?"

„Die gute", sagten Janon und Ro.

„Die schlechte", sagten Vea und Nika.

Vea verdrehte die Augen. Das war so typisch. Die Männer wollten erst einmal alles Negative verdrängen.

„Erzähl uns zuerst die schlechte, Brag", wies sie ihn an. „Dann haben wir etwas, worauf wir uns freuen können."

Brags Mundwinkel zuckten, bevor er noch einmal überprüfte, ob die Tür wirklich geschlossen war und zum Fenster ging, um die Läden zuzuziehen.

„Nun", er senkte die Stimme und trat in die Mitte des Raumes. „Ich komme aus der Sechsten Mauer und habe soeben mit den Ratsvorsitzenden dort gesprochen. Sie haben zwar zugestimmt, uns anzuhören, aber sie wirkten alles andere als euphorisch oder gar verständnisvoll angesichts unseres Plans. Sie möchten nicht kämpfen. Sie sehen es nicht ein, die meisten Mauermitglieder opfern zu müssen. Wenn die Rebellion schiefgeht, wird alles auf sie zurückfallen, meinen sie. Die Götter werden sie unter noch strengere Gesetze stellen. Sie noch mehr Essen abgeben lassen. Womit wir zum eigentlichen Problem kommen: Sie glauben nicht daran, dass sie irgendetwas gegen die Göttliche Garde oder gar die Götter ausrichten können. Die Bauern sind ein durchaus pessimistisches Völkchen.“

„Aber sie sind die am dichtesten besiedelte Mauer“, sagte Vea und sprang von ihrem Stuhl auf. „Wenn sie nichts ausrichten können, dann kann es niemand! Sie sind diejenigen, die uns die umfangreichste Streitmacht liefern können. Wir brauchen sie.“

„Das ist mir klar“, sagte Brag grimmig. „Aber die Vorsitzenden des Sechsten Rats sind der Meinung, dass wir die Bauern lediglich für unsere Zwecke ausnutzen wollen.“

„Aber unsere Zwecke sind doch auch ihre Zwecke!“ Vea konnte nicht fassen, wie blind die Leute waren. „Wir kämpfen doch nicht nur für uns. Wir kämpfen für alle. Und wenn die Mauer mit der größten Anzahl an Bewohnern nicht bereit ist, zu kämpfen – dann wird sich nie etwas ändern.“

Schwer seufzend legte Brag den Mantel ab und hängte ihn an einen Haken an der Wand. „Vea, mir brauchst du das nicht zu erzählen. Sag ihnen das.“

„Schön.“ Vea reckte ihr Kinn. „Das werde ich. Wann?“

Überrascht sahen sie alle an.

„Na, er hat doch gesagt, dass sie einverstanden seien, mit uns zu sprechen“, meinte sie ungeduldig. „Wann?“

„Übermorgen. Bei Nacht“, sagte Brag langsam. „Du willst mitkommen?“

„Natürlich komme ich mit. Ich bin die Taktikerin, schon vergessen? Es war meine Idee, zuerst die äußeren Mauern für uns zu gewinnen.“ Weshalb war sie sonst hiergeblieben? Sie konnte die Bauern davon überzeugen, zu kämpfen. Dessen war sie sich sicher.

„Okay. Wenn du meinst, du kannst sie dazu motivieren, zu kämpfen –“

„Ja, das meine ich“, sagte sie ruhig. „Sie brauchen nur einen Hoffnungsschimmer. Und den können wir ihnen bieten.“

„Oh Mann“, murmelte Janon neben ihr, auch wenn er breit grinste. „Die Ratsvorsitzenden werden nicht wissen, wie ihnen geschieht. Du wirst sie umhauen.“

„Du meinst, *wir* werden sie umhauen“, korrigierte sie. „Wir werden alle gehen.“

Brag schüttelte den Kopf. „Vea, je mehr wir sind, desto auffälliger sind wir.“

„Das müssen wir riskieren“, sagte sie laut. „Wir müssen eine geschlossene Front bilden. Und wir brauchen einen eindrucksvollen Ikano des Wassers, der ihnen zeigt, dass wir nicht unvorbereitet sind. Wenn sie sehen, dass wir alle daran glauben, die inneren Mauern stürzen zu können, dann fällt es ihnen vielleicht leichter, es selbst auch zu tun.“

Brag sah sie einige lange Momente an, bevor er knapp nickte. „Also schön. Wir gehen alle. Bis auf Tala, sie bleibt hier.“

Vea nickte. Sie war es ja nicht, die es dem kleinen Mädchen würde beibringen müssen.

„Dann hätten wir das ja geklärt“, sagte sie zufrieden. „So: Was war die gute Nachricht?“

Brag verengte die Augen, so als müsse er sich angestrengt an die versprochene positive Nachricht erinnern. Schließlich erhellte sich sein Blick. „Oh, richtig. Ich habe heute Nachricht von Provo erhalten. Die Waffen sind auf dem Weg.“

Na, wenigstens etwas. Jetzt mussten sie nur noch die Bauern davon überzeugen, sie auch zu benutzen.

h

Sie war auf einer Straße. Dreckiger Lehm unter ihren Füßen. Schreie, Rufe. Etwas versperrte ihr die Sicht, überall wirbelte Staub auf und sie konnte Menschen rennen hören. Eine Menge Menschen. Der Boden bekam Risse, schien sich aufzuwellen, und da war ein Soldat vor ihr, beide Hände erhoben. Er stand mit dem Rücken zu ihr, seine goldene Uniform leuchtete im Schein des Feuers.

Feuer. Da war Feuer. Häuser standen in Flammen. War sie das gewesen? Sie lief los, ihre Hand streifte die Schulter des Soldaten vor ihr und vielleicht wandte er den Kopf zu ihr um, sie wusste es nicht. Ihre Finger schlossen sich um einen Dolch und sie blickte kurz auf ihn herab.

Das war ihr Dolch. Silbern, leicht schmiegte er sich in ihre Finger, ein Wappen war auf dem Schaft eingelassen. Ein Schwert durch die Mitte eines Schildes gestoßen. Eine deutlich sichtbare Rille war in den Griff gefräst worden. Die Erde vor ihr riss weiter auf, doch das

*hatte sie erwartet. Sie kannte das Prozedere. Vor ihr lie-
fen nun zwei junge Männer, ihre Feinde. Sie hatten
keine Chance gegen sie. Beide fielen innerhalb von Sekunden tot zu Boden.*

Nym öffnete die Augen, doch sie war nicht wach. Sie
war wieder in dem Raum. Blickte aus dem Fenster, in
dessen Erinnerung sie sich gerade noch befunden
hatte. Sie hatte sie schon einmal durchlebt. Damals, bei
den Diamantklippen. Und die beiden jungen Männer,
ihre Feinde, das mussten die Brüder von …

Sie schlief, oder nicht? Wie konnte sie im Schlaf, in
ihrem eigenen Traum, weinen?

Sie wischte sich die Tränen weg und atmete langsam
ein und aus. Ihr Herz schmerzte … und es setzte einen
Schlag aus, als ihr Blick auf den Hebel fiel. Eine Türklinke, die nach oben gerichtet war. Sie müsste sie nur
zur Seite, nach unten drücken. Sie hob die Hand, legte
sie daneben an den Stein.

Es wäre so einfach – doch sie ließ ihre Hand wieder
sinken. Schweiß sammelte sich in ihrem Nacken, ihre
Haare klebten daran, und ihre Hände wurden klamm.
Sie versuchte sich von innen heraus zu erhitzen, doch
es gelang ihr nicht.

Der Hebel. Sie wusste genau, welchen Zweck er erfüllte. Aber wenn sie ihn betätigte, wenn das Licht anging … dann konnte sie nie mehr zurück.

War es das, was sie wollte?

Sie wandte ihren Blick ab, konzentrierte sich stattdessen auf das zweite Fenster. Dort sah sie Vea und sich
am Grab ihrer Mutter stehen. Die Hand ihrer Schwester in ihrer.

Nein, das wollte sie nicht sehen. Sie trat an das Fenster heran, streckte die Hand aus und griff dort hinein, schob das Bild mit den Fingern zur Seite.

Zu ihrer Verwunderung folgte das Bild ihrer stummen Anweisung, löste sich in Rauch auf und wurde durch ein neues ersetzt.

Sie sah die Bibliothek der Götter. Thaka. Sie schloss die Augen.

„Du hast schon einmal versagt, Api. Was macht dich so sicher, dass es diesmal anders sein wird?"

„Versagt? Ich war es nicht, der versagt hat. Es war ihr Geist, der nachgab. Sie war zu schwach", sagte sie erzürnt. „Aber diesmal ist es anders. Ich muss nicht gezielt vorgehen. Sie ist anders. Stärker."

„Sie ist die Tochter ihrer Mutter, Api. Du kennst sie nicht so gut wie ich. Sie kämpft wie sie, sie denkt wie sie –"

„Aber sie ist jemand vollkommen anderes."

„Ich wäre mir da nicht so sicher …"

Nym fuhr in die Senkrechte und jeder hastige Atemzug, den sie nahm, schmerzte in ihrer Lunge. Die Haare klebten ihr im Nacken, so wie sie es auch im Raum ihrer Erinnerung getan hatten, ihre Hände waren klamm, ihr Herz lag schwer in der Brust.

Sie fühlte sich, als wäre sie hunderte von Metern gerannt.

Ihre Mutter, sie hatten über sie geredet. Was sollte das heißen, dass Api schon einmal versagt hatte?

„Nym?"

Ihr entfuhr ein spitzer Schrei und automatisch griff sie nach dem Dolch, den sie unter ihrem Kopfkissen positioniert hatte. Doch ihre Hand fischte ins Leere.

„Ja, ich dachte mir, dass es schlau wäre, dir deinen Dolch wegzunehmen", murmelte der Mann, der neben ihr lag – unter ihrer Decke! „Ich bin wirklich sehr vorausschauend, das musst du mir lassen."

„Levi!", zischte sie und legte sich eine Hand auf die Brust. „Du hast mich zu Tode erschreckt! Wie bist du hier hereingekommen?"

Und was tust du in meinem Bett?

„Ich habe einen Schlüssel. Naha hat ihn mir nie weggenommen."

Richtig. Sie war bei Naha. Für einen Moment hatte Nym geglaubt, sie befänden sich noch in Bistaye.

Levi richtete sich nun ebenfalls in eine Sitzposition auf, die Stirn gerunzelt. Er sah besorgt aus. Und sein Oberkörper war nackt.

Was war nur sein Problem mit Kleidungsstücken?

„Alles okay, Nym?"

Sein Blick huschte über ihr Gesicht, tastete jeden Zentimeter ab, während seine Finger sacht ihren Arm hinauffuhren und ihr dann die feuchten Haare aus dem Nacken strichen.

„Ich dachte mir, dass du vielleicht Albträume hast", murmelte er, während seine Finger gleichmäßige Kreise auf ihren Hals malten, und sie sich augenblicklich entspannte. Sie sackte in sich zusammen, schloss für ein paar Momente die Augen und genoss einfach nur die vertraute Berührung.

„Es sind keine Albträume. Es sind Erinnerungen."

„Erinnerungen? Du träumst von deinen alten Erinnerungen?"

Sie lachte hohl. „Nun, nein. Nicht wirklich, ich ..." Sie holte tief Luft – irgendwie schien der Sauerstoff in diesem Zimmer mit jeder Sekunde dünner zu werden. „Ich weiß auch nicht, was es ist. Es ist, als stünde ich in meinem Kopf. Als würde ich mich in meinem Gedächtnis befinden und auf meine Erinnerungen blicken, ich –"

„Nym", sagte Levi ruhig und umfasste mit beiden Händen ihr Gesicht. „Beruhige dich."

Beruhigen? Wie sollte sie sich beruhigen! Mit jedem Einblick, den sie in ihren Kopf bekam, in *Apis* Kopf bekam, war sie verwirrter. Es waren so unendlich viele Informationen – und nichts davon ergab ein ganzes verständliches Bild.

„Nym", flüsterte er und sein Daumen strich sanft über ihre Wange. Erst jetzt bemerkte sie, dass sie wieder angefangen hatte, zu weinen. „Es ist alles gut. Du musst nicht alles auf einmal lösen. Und du musst es nicht alleine tun. Beruhige dich. Atme. Atme einfach."

Sie schloss die Augen und konzentrierte sich auf seine Berührung. Auf ihren Atem. Auf seinen Atem. Ihr Kopf wurde leer. Ihr Puls langsamer.

Er hatte recht. Sie musste es nicht alleine tun. Und sie würde es alleine auch nicht schaffen.

„Manchmal denke ich, dass es einfacher wäre, in die Sakre-Wüste zu wandern und nicht mehr zurückzusehen."

„Da würde es zumindest kein Wasser geben, vor dem du dich fürchten müsstest."

Sie hickste leise, bevor sie nickte. „Ja, wenigstens das."

Levi lächelte auch und ließ langsam die Hände sinken. „Was siehst du in deinen Träumen?"

„Erinnerst du dich an den Raum, den ich dir beschrieben habe? Als wir im Wald waren?"

„Im Wald? Ich fürchte, da musst du etwas spezifischer werden. Wir waren in letzter Zeit in einer Menge Wäldern."

„Auf dem Weg nach Lyrisa, da hast du mich aus einem Albtraum aufgeweckt."

Er nickte langsam, seine Hände lagen nun auf ihrem Bein und malten weiter Muster auf ihre Haut. „Richtig. Du hast von einem engen Raum erzählt. Zwei Bilder an der Wand. Fenster, die in die Leere zeigen."

Verblüfft hob sie die Augenbrauen. „Du erinnerst dich noch."

„Natürlich erinnere ich mich. *Mein* Gedächtnis ist es nicht, das einige Lücken aufweist."

Wieder lächelte sie. Levi hatte die Fähigkeit, Dinge ... leicht werden zu lassen. „Du hast andere Defizite, du hast recht. Nun, es ist immer dieser Raum, den ich sehe. Immer dieselben Fenster. Nur dass darin jetzt Bilder erscheinen. Erinnerungen."

„Und du siehst sie dir an?"

Sie nickte. „Ja. Ich habe keine große Kontrolle darüber, aber ... ja. Ich sehe sie mir an."

„Was für Erinnerungen sind das?"

„Erinnerungen, die ich lieber nicht hätte."

Er seufzte schwer. „Hat die nicht jeder?"

Nym bezweifelte irgendwie, dass es noch jemanden gab, dem die Erinnerungen eines Gottes aufgezwungen wurden. Vielleicht sollte sie Levi davon erzählen ...

„Manche Erinnerungen sind schlimmer als andere“, murmelte sie und ließ sich langsam wieder in das Kissen hinabsinken.

Sie hätte es nicht laut ausgesprochen, aber Levis pure Anwesenheit beruhigte sie.

Auch wenn es durchaus beunruhigend sein sollte, dass es zum ersten Mal jemand geschafft hatte, sich an sie heranzuschleichen – der dann auch noch unbemerkt und halbnackt in ihr Bett gestiegen war.

„Nym, ich weiß, du hast Schuldgefühle“, murmelte er leise, und die Matratze quietschte, als er sich ebenfalls wieder zurücklehnte. „Aber das solltest du nicht.“

Der Kloß, der in den letzten Minuten kleiner geworden war, kehrte in ihren Hals zurück. „Ich sollte mich nicht schlecht dafür fühlen, dass ich Filias Brüder getötet habe?“

Levis Hand tastete nach ihrer und umschloss ihre Finger. „Du solltest dich für jeden Menschen schlecht fühlen, den du getötet hast. Das tun wir alle. Aber du solltest dich nicht schlechter wegen Filias Geschwistern fühlen als für jeden anderen auch.“

„Aber –“

„Nein. Du findest zu allem ein Aber, Nym. Wenn wir jeden Soldaten kennenlernen würden, den wir töten, würden wir uns kaputtmachen. Aber ist ein Mensch mehr wert, wenn du ihn kennst? Oder wenn du jemanden kennst, der mit ihm verwandt ist? Hat ein Mensch mehr Bedeutung, wenn du seinen Namen weißt?“

„Natürlich nicht, nur –“

„Nur ist es schwerer, weil du Filia leiden siehst. Ich weiß. Aber du wusstest es nicht. Und das bist nicht mehr du, Nym. Du tötest nicht mehr einfach so. Und wer weiß, wahrscheinlich hattest du auch damals einen guten Grund. Und sei es nur der Befehl der Götter.“

„Der Befehl der Götter ist ein guter Grund?!“

„Nein. Für dich nicht mehr. Aber für dich als Göttliche Soldatin? Ja.“

Sie schluckte. „Du redest immer so, als wären das zwei verschiedene Personen.“

Er richtete sich auf einem Ellenbogen auf und schien verwirrt. „Für mich sind es zwei unterschiedliche Personen. Ich hasse die Göttliche Garde. Dich hasse ich nicht. Wenn das nicht Beweis genug ist.“

Sie lächelte müde. „Levi, du kannst nicht einfach –“

„Du bist nicht kaltherzig, Nym“, unterbrach er sie und seine grünen Augen waren so ernst geworden, dass ihr automatisch wieder die Tränen in die Augen schossen. „Du sorgst dich. Du lässt alles unglaublich nah an dich herankommen. Du *fühlst*. Das ist alles, was ich über dich wissen muss. Die Menschen lassen ihre Vergangenheit viel zu viel Macht über sie gewinnen. Bei den verdammten Göttern, ich weiß das mit am besten. Aber … das ist nicht gut. Manchmal sollten Dinge einfach ruhen. In Vergessenheit geraten.“

Sie starrte ihn an und wünschte, dass sie es sich so einfach machen könnte. Dass sie die Dinge einfach in Vergessenheit geraten lassen könnte.

Er hatte recht. Ihre Vergangenheit hatte zu viel Macht über sie. Doch sie wusste nicht, wie sie dagegen ankämpfen sollte.

Sie schloss die Augen und verflocht ihre Finger mit seinen. „Manchmal bewundere ich dich, Levi.“

„Das tun die meisten.“

Sie unterdrückte ein weiteres Lächeln und lehnte ihren Kopf an seine Schulter. Sie hatte immer geglaubt, dass sie jemanden brauchte, der sie erinnerte. Aber vielleicht brauchte sie ja jemanden, der sie vergessen ließ.

„Levi, sagte ich nicht eigentlich, dass ich alleine sein will?"

„Du sagst eine Menge Dinge, die du nicht so meinst."

„So wie du?"

Er seufzte und sie konnte seine Lippen an ihrer Schläfe spüren. „So wie ich."

„Levi. Ich wollte wirklich allein sein."

„Nein, du dachtest, du hättest es verdient, alleine zu sein."

„Ich hasse es, wenn du recht hast."

„Ich weiß. Und ich hasse es, dass du seinen Ring trägst."

„Ich weiß nicht, wer ich bin, Levi. Ich werde ihn tragen, bis ich es herausgefunden habe."

„Ich weiß, wer du bist Nym. Ist das nicht genug?"

„Nein. Und für dich wäre es auch nicht genug."

„Ich hasse es, wenn du recht hast."

Sie lachte und sog seinen Geruch ein. Vanille. „Tut mir leid. Du musst dich ja ständig furchtbar fühlen."

„In letzter Zeit häufiger, ja", murmelte er. „Aber jetzt gerade ..."

Und wieder lächelte sie, ließ ihre freie Hand über seine Brust wandern, über sein Herz. Seine Haut war warm, sein Herzschlag stark und gleichmäßig. Es war, als könnte der Klang allein ihr eigenes Herz beruhigen.

„Levi", flüsterte sie, „was tust du in meinem Bett?"

„Technisch gesehen, ist es mein Bett. Ich habe hier immer geschlafen, als ich noch bei Naha gewohnt habe. Aber ich bin so großzügig und lasse dich heute Nacht hier schlafen.“

„Du hast ein so großes Herz.“

„Unter anderem ist auch mein Herz groß, ja.“

Sie lachte laut auf und rückte enger an seinen Körper. Sie konnte nicht anders, sie brauchte seine Nähe. „Levi, du weißt, dass ich in die Kreisberge gehen werde, oder?“

„Natürlich wirst du das. Ich habe mich gewundert, dass Provo geglaubt hat, dass du tatsächlich von diesem Plan ablässt. Und du weißt, dass ich mitkommen werde?“

Sie nickte, hatte keine Sekunde daran gezweifelt. „Jeki wird auch mitkommen.“

Stöhnend drückte Levi ihren Kopf fester gegen seine Schulter. „Du hast wirklich die Fähigkeit, einen romantischen Moment zu zerstören, weißt du das?“

„Na ja, das letzte Mal hast du dich so aufgeregt, dass ich dir nichts von ihm erzählt habe, da dachte ich –“

„Halt die Klappe, Nym.“

„Ich will nur nicht, dass du heiser wirst, weil du so viel herumschreist. Das kann deinem Kehlkopf unmöglich guttun.“

Er lachte leise. „Ich schrei in letzter Zeit echt viel, oder?“

„Ja.“

„Ja, das tut mir nicht leid. Leute hören besser zu, wenn man schreit.“

Da war etwas Wahres dran. Und Levi war auch noch so begabt darin.

„Wann werden wir in die Kreisberge losziehen?“, fragte sie.

„Sobald es deinem Arm besser geht.“

„Also übermorgen?“

Er seufzte, nickte jedoch. „Ja, übermorgen.“

„Okay.“ Sie schwieg eine Weile, dann flüsterte sie. „Danke, Levi.“ Er wusste hoffentlich, dass sie sich nicht dafür bedankte, dass er mit in die Kreisberge kam.

Kapitel 17

11.

Es darf weder Hilfe aus der Sakre-Wüste noch von einer dahinterliegenden Macht gefordert oder angenommen werden.

Jeki war überrascht.

Er war weder im Schlaf ermordet noch angeschrien oder für den Tod einer Familie verantwortlich gemacht worden. Ganz einfach aus dem Grund, dass ihn noch niemand erkannt hatte. Er war auf einmal sehr dankbar für die Helme, die die Göttlichen Soldaten tragen mussten. Niemand kannte sein Gesicht.

In Oyitis lebten Flüchtige, die er selbst verfolgt hatte, an einige von ihnen erinnerte er sich sogar. Flüchtige, die wahrscheinlich nicht zögern würden, ihm einen Dolch in den Hals zu rammen.

Bei den Göttern, er würde es genauso machen!

Es war merkwürdig, sich plötzlich von seinen eigentlichen Feinden umringt wiederzufinden. Und was für eine Rede war das gestern bitte gewesen? Provodes war froh, ihn bei sich zu wissen?

Ja, Jeki wusste, dass er theoretisch gesehen nicht mehr auf der Seite der Götter stand. Wenn er nach Bistaye zurückkehrte, dann würden ihn die Göttlichen Soldaten wahrscheinlich genauso niedermetzeln wie die asavezischen Soldaten, aber dennoch. Auf Seiten der Asavez stand er genauso wenig.

Er war auf seiner eigenen Seite. Auf Salias Seite.

Obwohl die ja anscheinend auf der Töten-wir-die-Götter-Seite stand, die er auch nicht mit voller Inbrunst vertreten konnte.

Tatsächlich hatte er aber schon immer mal in die Kreisberge gehen wollen, und so wie er Salia kannte, war das weiterhin ihr Plan. Nicht für eine Sekunde hatte er geglaubt, dass sie das Thema einfach so fallen ließ.

Salia besaß eine Menge Talente – aber ebenso viele Schwächen. Ein ausgeprägter Dickkopf, der sie womöglich noch umbringen würde, war eine davon.

Staub wirbelte unter dem festen Tritt seiner Stiefel auf und er betrachtete die Häuser, die den sandigen Weg säumten. Die Art und Weise, wie sie aufgebaut worden waren, schien keinerlei Ordnung zu folgen. Sie standen nicht einmal in einer Reihe. Immer wieder ragte ein Haus auf die Straße hinaus, während ein anderes von der Hauptstraße aus kaum zu erkennen war. Einige Häuser stachen mit ihren grellroten Fassaden geradezu hervor, andere wurden unter Ranken ihm unbekannter Blumen versteckt. Die blauen und gelben Dächer waren ganz hübsch, das musste Jeki zugeben, und die Häuser, die auf den in das Tal hineinragenden Felsvorsprüngen standen, hatten auch ihren Reiz. Dennoch, diese unkontrollierte Lebensweise machte ihn ein wenig nervös.

Aber von seinen Kontrollzwängen sollte er sich nicht ablenken lassen. Die Frage war: In welchem Haus befand sich Salia?

Er sah nach links und rechts in die Gassen zwischen den Häusern hinein und wusste auch nicht so recht, was genau er eigentlich suchte, als zwei junge Frauen aus einem Haus traten.

Die eine schlanke, kleine Gestalt mit dunkelbraunem Haar war ihm fremd, das Mädchen mit dem hellblonden Zopf jedoch erkannte er sofort. Ihr Gesicht war rund, ihre Züge sanft und weich. Der hasserfüllte Gesichtsausdruck, den sie gestern zur Schau gestellt hatte, schien völlig abwegig.

Sie blieb stehen, als sie ihn sah, und verengte die Augen. „Das ist der Typ, Leena", sagte sie. „Der gestern hergekommen ist."

Interessiert legte die Braunhaarige den Kopf schief. „Wirklich? Er kommt mir bekannt vor."

Sie ihm auch. Wenn er sich nicht irrte, war sie eine der asavezischen Soldaten, die zu dem Massaker der Sechsten Mauer beigetragen hatten.

„Wisst ihr, wo ich Salia finden kann?", fragte er, bevor die Braunhaarige die Möglichkeit hatte, sein Gesicht allzu eingängig zu studieren.

„Salia", wiederholte sie und verzog das Gesicht. „An den Namen werde ich mich wohl nie gewöhnen können."

Aber es war ihr Name.

„Wir sind auf dem Weg zu ihr", sagte die Blondine scharf. „Wir wollen wissen, was los ist."

Ja, wer wollte das nicht?

„Gut. Dann komme ich mit." Er wusste nicht, ob es eine gute Idee war, die Blondine noch einmal zusammen mit Salia in einen Raum zu sperren.

Sie liefen einige Momente schweigend nebeneinanderher, bis das blonde Mädchen seufzte: „Willst du uns nicht sagen, wer du bist?"

„Nein, ich glaube, es ist besser, wenn ich es dir nicht verrate. Sonst würdest du vermutlich versuchen, auch mich anzugreifen – und im Gegensatz zu Salia schlage ich zurück.“

Es juckte ihm ohnehin in den Fingern. Er würde es bevorzugen, dem Ikano der Luft eine reinzuhauen, aber Jeki war schon immer flexibel gewesen. Normalerweise kämpfte er nicht gerne gegen Frauen, doch hier könnte er eine Ausnahme machen.

„Du hättest sie wirklich nicht schlagen sollen“, murmelte die Brünette, als sie in eine enge Häusergasse bogen und auf einen ausladenden, wenn auch kahlen Vorgarten zuliefen. „Und wenn *ich* das sage, dann bedeutet das was.“

Die andere Frau antwortete nicht, sie hatte die Lippen zu einer dünnen Linie zusammengepresst und klopfte bereits energisch gegen die Tür.

Er war dankbar, dass sie sich fast sofort öffnete – auch wenn es der Ikano der Luft war, der im Rahmen erschien. Was tat er hier?

„Jeki.“ Salias Kopf ragte hinter Voros' Rücken hervor und er war so verdammt eifersüchtig, dass ihm seine eigenen Gefühle fast peinlich waren.

„Jeki? Das hier ist Jeki Tujan?!“

Wie er erwartet hatte, lief das Gesicht der Blonden augenblicklich dunkelrot an. Wenn sie aus Bistaye kam, würde sie seinen Namen kennen. Er hatte sich einen gewissen ... Bekanntheitsgrad angeeignet.

„Ja, Filia, ihn kannst du ruhig schlagen“, bemerkte der Ikano der Luft und zog die Tür weiter auf. „Aber es wäre freundlich, wenn du Nym in Ruhe lässt.“

„Aber sie ist nicht Nym. Sie ist Salia.“

Jetzt war wahrscheinlich der falsche Moment, ihr zuzustimmen.

„Vor nicht allzu langer Zeit sagtest du noch, dass es egal wäre, ob sie eine Göttliche Soldatin ist, Filia“, knurrte Levi. „Du meintest, es mache keinen Unterschied, denn jetzt sei sie keine mehr.“

„Aber das war bevor sie ... bevor ...“

„Ist schon okay, Levi“, murmelte Salia und trat ebenfalls zurück, um sie einzulassen. „Ich erwarte nicht von ihr, dass sie mir verzeiht.“

Die Blondine mied Salias Blick und lief einfach an ihr vorbei ins Wohnzimmer, während die andere Frau süß lächelnd sagte: „Und ihr dachtet, *ich* wäre ein Problem, was?“

Jeki folgte ihr in den Raum hinein und gab Salia zur Begrüßung einen Kuss auf die Stirn. Die Regel, dass sie es war, die ihn küssen musste, hatte er über Bord geworfen. Er hatte das Gefühl, dass man gegen Voros nicht mit Zurückhaltung angehen konnte. Außerdem war der knurrende Laut, den der besagte Ikano bei Jekis Geste von sich gab, äußerst befriedigend.

Jeki sah sich kurz im Raum um. Mit Holz verkleidete Wände, eine Tür, die zu einer Küche führte, mehrere gepolsterte Möbelstücke und ein Kamin. Er ließ sich mit dem Rücken gegen ein freies Wandstück sinken. Er mochte es nicht, in Gegenwart des anderen Ikanos zu sitzen.

„Was tut ihr eigentlich hier?“, wollte dieser prompt wissen und sein Blick lag eine Spur länger auf ihm als auf den anderen.

„Wir wollen natürlich wissen, was los ist!“

„Leena, du weißt doch sicherlich schon –“

„Ich weiß einen Dreck! Provo hält alles unter Verschluss. Alles, was mir erzählt wurde, ist, dass ich neue Schlafplätze für bald eintreffende Soldaten arrangieren soll. Dass es auf einen Krieg hinausläuft, ist mittlerweile allen klar, aber der Rest?“

„Der Rest –“

„Wo zum Beispiel ist Ro?“, verlangte die Braunhaarige weiter zu wissen, die offenbar auch nicht daran dachte, sich zu setzen. „Geht es ihm gut? Wird er –“

„Mit Ro ist alles in Ordnung. Er hilft den Rebellen in Bistaye. Sie wollen die äußeren Mauern einnehmen und einen Bürgerkrieg entfachen.“

„Natürlich“, murrte das Mädchen. „Wenn man sonst nichts zu tun hat.“

„Man müsste in die Kreisberge gehen“, sagte die Blonde entschlossen. Sie saß auf einem der Sofas, die Fingernägel in ihre eigenen Beine gekrallt. „Was bringt es, die komplette Garde zu meucheln, wenn man alles beenden könnte, indem man vier Leben nimmt?“

Levi Dummbatz runzelte die Stirn. „Du hast davon gehört, dass Provo die Garde –“

„Es ist ein Gerücht, das herumgeht, aber danke für die Bestätigung.“

Der Ikano der Luft sah sehr unglücklich aus – das stand ihm, fand Jeki. Sollte er öfter tragen.

„*Ich* werde in die Kreisberge gehen.“ Salia hatte leise gesprochen und dennoch laut genug.

Alle starrten sie an, und Jeki fiel auf, dass Voros ebenso wenig überrascht aussah, wie er selbst sich fühlte.

Filia – das war der Name der Blondine, erinnerte sich Jeki – sah Salia ausdruckslos an. „Du?“

„Und ich", fügte Jeki hinzu.

„Und ich", knurrte Voros.

„Und ich", stimmte die Brünette, Leena, mit ein.

„Was? Leena, nein!", sagte Levi sofort. „Das ist nicht von Provo genehmigt. Du könntest echte Schwierigkei–"

„Ich komme auch mit", unterbrach ihn Filia. Den Blick wieder von Salia abgewandt. „Ich will etwas tun und trage eine Menge angestauter Aggressionen in mir. Die Götter zu stürzen, erscheint mir da als passende Lösung."

„Nein! Je mehr wir sind, desto langsamer werden wir sein."

„Lass sie mitkommen, Levi", seufzte Salia. „Du verschwendest deinen Atem, wenn du versuchst, es ihnen auszureden."

Die Blondine nickte ruckartig, die Lippen fest zusammengepresst.

„Aber nehmt euch warme Kleidung mit. Auf den Bergen liegt Schnee und ich kann euch nicht alle wärmen."

Das wiederum war ein Satz, der Jeki aufmunterte. Was wäre nur, wenn der Ikano der Luft in einem tragischen Bergunfall sein Leben verlor? Schnee war so rutschig. So glatt. So gefährlich.

Ja, die bevorstehende Wanderung sah immer reizvoller aus.

h

Das hier war Wahnsinn!

Levi sah in Filias entschlossenes Gesicht, in Leenas leicht gelangweilte Miene und in Nyms entschuldigende Augen. Tujan wollte er erst gar nicht ansehen. Auch wenn er sich wohl oder übel eingestehen musste, dass der Ikano der Erde der einzige der drei anderen war, der sich auch nur im Mindesten für ihr Vorhaben eignete.

„Ihr. Könnt. Nicht. Mit", wiederholte er steinern, die Arme fest vor dem Körper verschränkt. „Ihr verlangsamt uns. Ihr seid zwei Menschen mehr, die wir retten müssen, ihr –"

„Wann bitte, Levi, wann musstest du *mich* jemals retten?", fragte Leena interessiert, den Kopf zur Seite geneigt. „Nym hier musstest du schon zweimal häufiger das Leben retten, dabei ist sie doch eine *so* begabte Ikano des Feuers – nichts für ungut, Nym."

Die zuckte nur die Achseln. „Sie hat recht, Levi. Leena weiß, was sie tut."

„Und was ist mit Filia?" Er starrte die Flüchtige an, die feindselig zurückblickte.

„Nehmt einfach keine Rücksicht auf mich. Sollte ich zurückfallen, lasst mich zurückfallen. Sollte ich einen Berg nicht besteigen können, dann kann ich ihn nicht besteigen. Aber ich werde nicht tatenlos hier herumsitzen, während *sie* hier", sie streckte einen Arm vorwurfsvoll in Richtung Nym aus, „die offensichtlich nicht weiß, wem ihre Loyalität gilt, es in die Hand nimmt, den Krieg zu beenden. Wer sagt uns, dass sie nicht vorhat, das Kreisvolk niederzumetzeln, damit nie jemand erfährt, wie man die Götter zu Fall bringen kann?!"

„Filia", sagte Levi leise, sich zur Ruhe zwingend. „Hörst du dir selbst zu? *Falls* es das Kreisvolk geben sollte – was ich immer noch anzweifle – dann wäre Nym erstens nicht dazu in der Lage, es eigenhändig umzubringen, nichts für ungut, Nym, und zweitens wäre es doch äußerst dumm von ihr, uns vorher allen zu erzählen, dass sie dort hingeht!"

Filia schob ihren Unterkiefer vor und zurück, wollte den Mund öffnen, wahrscheinlich um zu widersprechen, doch Levi schnitt ihr das Wort ab.

„Es reicht! Wenn du nicht aufhörst, sie zu beschuldigen, dann kommst du –"

„Levi, lass sie", fuhr ihm Nym dazwischen.

Ungläubig sah er sie an. Auf wessen Seite stand sie überhaupt?

„Sie darf wütend sein, Levi. Sie –"

„Hör auf, mich zu verteidigen!", fauchte Filia sie augenblicklich an. „Meinst du, das hilft dir dabei, dein Gewissen zu erleichtern?"

Kopfschüttelnd legte Levi den Kopf in den Nacken. Das würde der furchtbarste Ausflug werden, den er je gemacht hatte.

Jeki Tujan, der beschissene Verlobte der Frau, die er liebte. Filia, die Nym hasste. Nym, die immer noch was für Tujan empfand und Filia in ihrem Hass auch noch ermutigte. Leena, die sowieso anstrengend war. Und kein Ro. In dieser Kombination waren die Kreisberge *natürlich* tödlich! Und das hatte absolut nichts mit dem zu tun, was sich in ihnen befand.

„Nym, sie können nicht mit", beharrte Levi, denn er wollte retten, was noch zu retten war. „Die Kreisberge sind noch nicht bestiegen. Niemand weiß, was dort lauert!“

„Der Sifunas lauert dort, Levi“, meinte Nym augenverdrehend. „Der süße Sifunas – ein Schmetterling.“

„Es wird nicht nur den bescheuerten Schmetterling dort oben geben! Es –“

„Wenn ich etwas sagen dürfte“, unterbrach ihn Tujan. „Ich halte diese Diskussion für lächerlich.“

„Und warum ist das so?“, fragte Levi gepresst, die Hände zu Fäusten geballt.

„Weil du offensichtlich nicht die Autorität besitzt, irgendjemandem etwas zu verbieten. Und wenn die Kreisberge tatsächlich so gefährlich sind, wie alle erzählen, dann können wir jeden Soldaten gebrauchen.“

Ja, das war ja das Problem. Filia war kein Soldat. Sie war eine Bürde.

„Er hat recht, Levi“, sagte Nym und nickte.

Na klasse. Sie stimmte dem Erdpfosten auch noch zu.

Levi atmete langsam ein und aus und warf einen letzten Blick in die Runde. Er war nicht dumm. Er wusste, wann er verloren hatte.

„Schön.“ Er biss die Zähne aufeinander. „Wir gehen alle. Morgen Nacht, noch vor Sonnenaufgang. Wir treffen uns vor dem Eingang der Stadt Richtung Laubwald. Jeder, der zu spät kommt, wird zurückgelassen. Und ich schwöre, wenn auch nur einer von euch durchsickern lässt, was wir vorhaben, werde ich euch eigenhändig im Appo ertränken. Wenn Provo erfährt, dass wir gehen, wird er uns aufzuhalten wissen. Also haltet alle den Mund.“

Es wurde reihum genickt.

Was ihn nicht im Mindesten beruhigte.

„Nehmt es ihm nicht übel“, murmelte Nym und klopfte ihm auf die Schulter. „Er ist sehr emotional, seit er Ro zurücklassen musste.“

Er ignorierte sie.

Er hatte geglaubt, in die Vierte Mauer einzubrechen und Rebellen zu befreien, sei Wahnsinn gewesen. Er war davon überzeugt gewesen, dass er nie wieder so etwas Verrücktes tun würde, wie Nym aus der Dritten Mauer zu holen.

Doch die Kreisberge mit dieser Gruppe zu erklimmen … das übertraf alles.

Er wünschte, Ro wäre hier, um mit ihm zusammen darüber zu lachen. Denn so … so hatte er einfach nur Angst. Und das war ein Gefühl, mit dem sich seine Persönlichkeit überhaupt nicht vereinbaren ließ.

„Schön, dass wir das geklärt haben“, sagte Leena lächelnd. „Ihr entschuldigt mich, die Reise ist doch etwas spontan und ich muss Vorbereitungen treffen.“

„Warte, ich komme mit“, sagte Filia. „Lass uns zusammen packen.“

Wann waren die beiden beste Freundinnen geworden? Da ließ man sie einmal zusammen in Amrie zurück und schon waren sie ein Herz und eine Seele? Levi verstand die Frauen nicht.

Die beiden verließen Nahas Hütte und Nym starrte ihnen nach, bevor sie sich räusperte und ihren Blick zwischen ihm und Tujan-Trottel hin und her gleiten ließ.

„Kann ich euch beide kurz alleine lassen?“, wollte sie wissen.

„Sicher“, sagte Tujan.

„Würde ich nicht riskieren“, sagte Levi.

Nym warf ihm einen warnenden Blick zu.

„Was denn? Du solltest *ihn* so ansehen. Denn er ist es, der nicht ehrlich ist."

„Benehmt euch einfach, okay? Vergesst nicht, dass ihr erwachsene Männer seid. Ich will gleich noch mit euch beiden reden. Aber zuerst will ich mit Filia sprechen."

Sie sah sie ein letztes Mal warnend an, dann hastete sie den beiden anderen Frauen hinterher. Die Tür schlug zu und Stille breitete sich im Raum aus.

Levi ließ seinen Blick über die vertrauten Möbelstücke gleiten und fragte sich, was Nym gleich noch mit ihnen besprechen wollte. Er fragte sich, ob es verrückt war, in die Kreisberge zu gehen. Er fragte sich, ob es wirklich eine Möglichkeit gab, die Götter zu stürzen.

„So", sagte Tujan. „Du hast also mit meiner Verlobten geschlafen."

Levi hob den Blick. „Jap. Und es war toll."

Der Göttliche Soldat sah ihn gelassen an. Doch Levi ließ sich nicht täuschen. Er war genauso wütend wie er selbst.

Tujan stieß sich von der Wand ab, an der er gelehnt hatte, und trat langsam einen Schritt auf ihn zu. „Ich verstehe nicht, warum du so selbstgefällig guckst", murmelte er leise. „Du hast was? Einmal mit ihr geschlafen? Vielleicht zweimal? Ich schlafe seit fünf Jahren mit ihr. Wie fühlt sich das an?"

„Ihr wart sieben Jahre zusammen. Das heißt, du hast zwei Jahre gebraucht, um sie ins Bett zu bekommen?", bemerkte Levi mitleidig. „Mich hat es nicht einmal ganze zwei Wochen gekostet. Wie fühlt sich *das* an?"

Tujans Kiefer knackte. „Ja, für bedeutungslosen Sex braucht man eben keine lange Entscheidungsdauer.

Lass mich dich etwas anderes fragen: Wie oft hat sie dir gesagt, dass sie dich liebt?"

Levi öffnete den Mund – doch er wusste nicht, was er dazu sagen sollte.

Ein Lächeln breitete sich auf den Lippen des Erd-Ikanos aus. „Das dachte ich mir. Ich wünschte, ich könnte dir sagen, wie oft sie es mir gesagt hat, aber nach dem hunderttausendsten Mal habe ich aufgehört zu zählen."

Etwas Bitteres versuchte Levis Kehle hinaufzukrabbeln, doch er zwang es zurück. „Das ist nicht wichtig", flüsterte er. „Alles, was vor ihrem Erinnerungsverlust passiert ist, ist egal. Sie ist nicht mehr das Mädchen, das du glaubst, zu kennen. Sie ist jemand anderes. Nym. Nicht Salia."

Tujan schnaubte. „Wirklich? Und warum hat sie mich dann mitgenommen? Warum haben wir in Bistaye im selben Bett geschlafen, als wäre nie etwas passiert?"

Levi starrte ihn an und etwas Heißes fraß sich durch sein Inneres. Etwas Beißendes, Brennendes, das er zurzeit mehr hasste als die Götter. „Das ist nicht wahr."

„Oh, es ist sowas von wahr. Hat sie dir das nicht erzählt? Und hat sie dir auch nicht von all den Dingen berichtet, an die sie sich erinnert? Ihr scheint nicht sonderlich viel zu kommunizieren, oder?" Gespielt nachdenklich tippte Tujan sich mit den Fingerspitzen ans Kinn. „Ja, ihr mögt vielleicht ein oder zwei Nächte miteinander verbracht haben, aber sonst ... sonst warst du nichts weiter als ein Trostpflaster für sie."

Bevor Levi wusste, was geschah, krachte seine Faust gegen Tujans Kinn.

Knochen knirschte, die gespannte Haut über seinen Fingerknöcheln platzte und der Göttliche Soldat stolperte augenblicklich zurück gegen die Wand. Er hielt sich das Gesicht und fluchte.

„Du hast keine Ahnung davon, was zwischen Nym und mir ist", zischte Levi und wischte sich fahrig das Blut von der Hand. „Du bist ein Feigling, der Schoßhund der Götter. Sie mag dich einmal geliebt haben – damals, als sie den Göttern noch gefolgt ist –, aber jetzt? Jetzt bist du nur noch eine verdammte Erinnerung, die ab und zu in ihrem Kopf aufblitzt." Der Hass und die Wut pumpten durch seine Adern, wie es sonst nur der Wind vermochte. „Du hast sie nicht verdient."

Tujan lächelte verkniffen, rieb sich ein letztes Mal über die Stelle in seinem Gesicht, die bereits bläulich schimmerte, und kam dann wieder auf ihn zu. „Du kannst dich nicht kontrollieren, Voros. Du bist impulsiv und fahrig. Ich könnte zurückschlagen, ich könnte dir endlich das Gesicht verpassen, das du verdienst. Aber denkst du das ist das Verhalten, das Salia wertzuschätzen weiß? Nein. Was willst du ihr also bieten, außer dem Chaos, das du hinter dir zurücklässt? Ich bin besser als du. Ich bin fairer als du. Ich bin verdammt noch mal netter als du. Und an das alles muss sie sich nicht erinnern. Das kann sie jede Minute beobachten."

Levi krallte seine Finger in die Innenseiten seiner Hosentaschen und nickte langsam. „Du bist fairer als ich?"

„Ja."

„Schön. Warum keinen fairen Kampf austragen? Derjenige, der verliert, lässt Nym gehen. Gibt auf."

Tujans Augen blitzten auf, und Levi sah seine eigenen Emotionen sich dort widerspiegeln. Die Herausforderung. Die Wut. Die Ungeduld.

„Schön", sagte Tujan trocken. „Warum das Ganze nicht gleich hier austragen?"

Überrascht hob Levi eine Augenbraue. „Jetzt?"

„Jetzt", sagte Jeki leise. „Wieso? Angst, weil du unvorbereitet bist?"

Nein, Angst vor Naha, die eine strikte Regel bezüglich des Kämpfens in ihrem Haus hatte. Von ihrem Garten hatte sie jedoch nie gesprochen.

„Gehen wir raus", knurrte Levi.

Er stieß die Hintertür auf und lief auf das Feld hinterm Haus, die nur noch braune Halme zierte. Sie maß ungefähr fünfzig Meter, bevor sie an einer rauen Felswand endete und noch einmal fünfzig Meter, bevor sie auf die Beete und Gärten der Nachbarn stieß. Naha hatte nie Blumen oder Bäume in ihren Garten gepflanzt. Einfach aus dem Grund, dass Ro und Levi sie früher oder später ohnehin zerstört hätten.

Levi lief in die Mitte der Fläche und Jeki folgte ihm in einigem Abstand.

„Also gut", rief der Ikano der Erde, der für Levis Geschmack ein wenig zu selbstgerecht aussah. „Ein fairer Kampf. Derjenige, der gewinnt, bekommt Salia."

„Nym."

„Sie heißt Salia."

„Aber sie ist es nicht mehr."

„Lassen wir das. Wir werden uns nicht einig werden. Ein Kampf: Der erste, der bewegungsunfähig ist, hat verloren. Kämpfen wir ohne Kräfte?"

Levi schnaubte verächtlich. „*Ohne* Kräfte? Das ist kein Übungskampf, Tujan.“

„Angst, dass du ohne verlieren würdest?“

„Angst, dass ich dich zu Tode prügeln würde und Nym mich dann für ein paar Tage nicht mag, ja.“

„Schön. Wie du willst. Mit Kräften dann. Darf ich dich daran erinnern, wie das das letzte Mal ausgegangen ist?“

„Meinst du das Mal, bei dem deine *Verlobte* kurz davor war, dich zu töten? Ja, erinnere mich ruhig.“

Tujan wandte ihm ruckartig den Rücken zu und brachte etwas Abstand zwischen sie. „Rede du nur, solange du es noch kannst“, konnte Levi ihn murmeln hören.

Er ließ seinen Kopf und die Schultern kreisen, bevor er leise durchatmete.

Er war der Beste. In Asavez.

Was leider nicht hieß, dass Tujan kein würdiger Gegner war.

„Gibt es Regeln?“, fragte Tujan, der ihm nun in zehn Metern Entfernung gegenüberstand.

„Zwei Regeln: Nahas Haus darf nicht zerstört werden.“ Levi nickte nach links auf besagtes Heim. „Und niemand außer uns darf verletzt werden.“

„Geht klar. Auf drei?“

„Auf drei.“

„Eins.“

„Zwei.“

„DREI!“

Levi stieß seine Arme nach vorne, bevor die letzte Silbe aus Tujans Mund getropft war. Ihm war von vornherein klar gewesen, dass dieser Kampf nicht auf

Finesse oder Feingefühl hinauslaufen würde. Es ging nicht um Taktik. Es ging um einen rohen Kräftevergleich. Um Stärke. Um Schnelligkeit.

Tujan war dies wohl ebenfalls aufgegangen, denn im gleichen Moment wie Levi riss er seine Arme hoch.

Levi ließ das Gefühl von Freiheit durch sich fließen, spürte wie der Wind an ihm vorbei nach vorne schnellte – und konnte gleichzeitig das Vibrieren unter seinen Füßen wahrnehmen, den genauen Moment benennen, in dem Tujan den Boden versklavte.

Luftwand stieß auf Erdwand und alles zerbarst zu einem Regen aus Dreck. Levi spürte den Druck, den der Aufprall auf seiner Haut hinterließ, und er taumelte zurück, ließ sich jedoch von einem Luftkissen auffangen, bevor er zu Boden fiel.

Er stieß sich nach vorne ab und fing an zu rennen, in die Wolke aus Staub und Stein hinein, die er vor seinen Augen verflüchtigen ließ. Seine Füße sackten in den Boden, Erdbrocken stieben daraus hervor, doch damit hatte er gerechnet. Er sprang von Punkt zu Punkt, ließ Luft und Dreck wie ein Schild aus Staub um sich herumwirbeln und blieb nicht lange genug auf einer Stelle, um dem Göttlichen Soldaten einen Vorteil zu verschaffen. Es kostete ihn Kraft, die Luft konsequent zu kontrollieren. Sich selbst zu schützen und gleichzeitig die Steinbrocken, die Tujan hochschleuderte, in dessen Richtung, nach vorne, zurückzufeuern. Doch er spürte es kaum. Adrenalin vermischte sich mit der Energie, die gegen die Zirkulationsrichtung seines Blutes arbeitete und seine Haut erhitzte. Seine Haare schlugen ihm wie hartes Stroh gegen die Stirn, als er seine Sicht mit einem Schlenker seiner rechten Hand freimachte und

zum Sprung ansetzte. Er traf den unvorbereiteten Tujan mit der Schulter an der Brust und sie gingen beide
zu Boden.

KAPITEL 18

12.

Protokollierter Nachtrag (9)
TG: Ich fühle mich angesprochen.
TK: Das solltest du auch.

Nym hatte ein ungutes Gefühl dabei, Levi und Jeki zurückzulassen, aber die zwei würden sich schon nicht gleich die Köpfe einschlagen. Sie machte sich zu viele Gedanken. Es gab Wichtigeres. Sie musste mit Filia reden. Sich entschuldigen, auch wenn keine Entschuldigung helfen würde. Sie musste es wenigstens versuchen.

Sie holte die beiden Mädchen erst ein, als sie bereits auf die Hauptstraße bogen, die Köpfe zusammengesteckt, sich leise unterhaltend, sodass niemand der Leute, die ihrer täglichen Arbeit nachgingen, sie hören konnte. Aufgrund Nyms laut auf dem Stein widerhallenden Schritten blieben sie stehen und sahen sich zu ihr um.

Leenas Blick war mitleidig, was Nym fast als etwas zu viel der Zuneigung von der sonst so kühlen Kämpferin empfand. Filias Blick war einfach nur starr und steinern. So als versuche sie, ihre Gefühle in Schach zu halten und gleichzeitig Gleichgültigkeit zu heucheln.

Nym hasste diesen stumpfen Gesichtsausdruck. Filia war in Asavez ihre erste und, soweit sie sich erinnern konnte, einzige Freundin überhaupt gewesen. Ihr war durchaus aufgefallen, dass keine Göttliche Soldatin an ihre Tür geklopft hatte, um ihre Freude darüber zu bekunden, dass sie wieder zurück war. Sie war wohl zu sehr mit ihrer Arbeit und Jeki beschäftigt gewesen, um genug Zeit für Freundschaften übrig zu haben. Nym konnte sich nicht daran erinnern, ob sie sich je Freundinnen gewünscht hatte – was sie jedoch wusste, war, dass sie jetzt wirklich eine hätte gebrauchen können. Jemanden, mit dem sie über Jeki und Levi reden konnte. Jemanden, mit dem sie über den Hebel sprechen konnte, der sie plötzlich in ihren Träumen verfolgte. Jemanden, der sie unterstützte. Doch je länger sie Filia ansah, desto sicherer war sie, dass ihre Wünsche sich nicht erfüllen würden. Aber sie musste es versuchen. Nym musste trotzdem sagen, was sie zu sagen hatte.

„Filia", flüsterte sie vorsichtig und blieb in einigem Sicherheitsabstand vor ihr stehen. Nym konnte nicht garantieren, dass sie ihre Reflexe soweit unter Kontrolle hatte, dass, wenn Filia auf sie einschlug, sie nicht automatisch zurückschlagen würde. Ein wenig Abstand zwischen ihnen war sicherlich von Vorteil.

„Was willst du?", fragte ihr Gegenüber hölzern. „Wenn es nicht um morgen Nacht geht, dann kannst du –"

„Es geht nicht um morgen Nacht, aber ..." Nym schluckte und atmete durch. „Nun. Ich weiß, dass es zu viel verlangt ist, zu erwarten, dass du mir verzeihst, aber ... könntest du wenigstens meine Entschuldigung anhören?"

„Eine Entschuldigung, Salia?", presste Filia zwischen ihren Zähnen hervor. „Wie willst du das, was du getan hast, entschuldigen?"

„Hör sie wenigstens an."

Das war Leena und überrascht sah Nym zu ihr hinüber.

Die Brünette hob eine Schulter. „Jeder sollte das sagen dürfen, was er zu sagen hat. Nimm es nicht persönlich, dass ich für dich in die Bresche springe."

Hastig schüttelte Nym den Kopf. „Würde ich nie tun."

Filia sah zwischen ihnen hin und her, bis sie steif nickte. „Schön. Dann rede."

Nym wusste nicht so recht, wo sie anfangen sollte, sprach jedoch hastig los, bevor Filia es sich anders überlegen konnte.

„Es war mein Beruf, Filia. Und er ist es noch. Ich bin Soldatin. Das ist es, was ich am besten kann. Es tut mir so unendlich leid, dass ich deine Brüder getötet habe, aber ich wusste es nicht besser. Und wenn du die Möglichkeit gehabt hättest, einen Göttlichen Soldaten zu töten – hättest du es dann getan? Oder hättest du zuerst an seine Familie gedacht, die er zurücklassen würde?"

„Das rechtfertigt überhaupt nichts!" Filia schnappte zornig nach Luft. „Die Göttlichen Soldaten morden ohne Grund. Ihr seid es –"

„Aber siehst du es denn nicht, Filia?" Nym lachte zittrig auf. „Du vereinst alle Soldaten zu einem einzigen Feindbild. So wie wir die Rebellen und Flüchtigen in einem einzigen Feindbild zusammengefasst haben. Es ging nicht um Menschen, um einzelne Individuen. Es ging um einen großen Gegner, den es zu bezwingen galt. Ein Problem, das wir lösen mussten. Und die Rebellen sehen die Garde doch genauso. *Siehst du es denn nicht?* Nyms Stimme wurde fast flehentlich. „Es sollte nicht um Seiten gehen. Nicht um den Kampf zwischen dem Göttlichen Volk und den Gottlosen. In einer perfekten Welt sollte es um die Menschen gehen. Jedes Leben sollte gleich viel wert sein und nicht danach bewertet werden, welchen Rang es besitzt oder zu welchem Land es gehört. Aber diese Welt ist nicht perfekt. Es geht nicht um das einzelne Individuum. Es geht um das große Ganze – und das ist der Fehler im System. Ich sage nicht, dass ich es nicht bereue, so vielen Menschen das Leben genommen zu haben. Ich sage nur, dass ich mich verändert habe. Dass ich nicht mehr die Soldatin bin, die nicht über die ihr erteilten Befehle nachdenkt. Dass ich nicht mehr in diesen Schubladen denke. Und dass du es auch nicht tun solltest. Nicht jeder Soldat ist grausam. Nicht jeder Einwohner der Zweiten Mauer ist verwöhnt. Wenn ich eins in den letzten Wochen gelernt habe, dann dass es absolut keinen Unterschied zwischen der Asavezischen Armee und der Göttlichen Garde gibt. Sie beide wollen ein Land für sich vereinnahmen – und niemand interessiert sich für die Konsequenzen. Niemand schert sich um die Kinder, die elternlos zurückbleiben. Um die Mütter, die ihre Söhne verlieren. Oder die Mädchen, die ihre Brüder nie wiedersehen werden. Und das ist falsch. Das ist unfair. Das ist grausam. Und das weiß ich jetzt. Und wenn ich es zuvor nicht wusste, dann tut es mir leid, aber von wem hätte ich es lernen sollen?“ Ihre Augen fingen an zu brennen und sie atmete zitternd ein und aus. „Wie hätte ich das zuvor sehen können, wo ich doch nur die eine Seite kannte? So wie du nur deine Seite kennst? Aber jetzt ist das alles anders, denn ich kenne sie beide – und sie sind sich so ähnlich! Alles, was ein Krieg bringt, sind weitere Tote. Weitere namenlose Menschen, die den Göttern oder der Asavezischen Armee nichts bedeuten. Tote, die Menschen, *denen* sie etwas bedeuten, hinterlassen. Und wenn ich das verhindern kann, indem ich mein Leben in den Kreisbergen riskiere, dann werde ich das tun. Denn ich mag zwar immer noch eine Soldatin sein, aber ich stehe auf keiner Seite mehr. Denn weder das, was die Göttlichen Soldaten vorhaben, noch das, was Provo mit seiner Armee plant, ist richtig.“ Nym ballte die Hände zu Fäusten. „Ich hasse es, wie viel Blut an meinen Fingern klebt. Ich hasse es, dass ich es war, die deinen Brüdern das Leben genommen hat. Und ich hasse es, dass noch so viel mehr Blut wird fließen müssen, bevor das Ganze vorbei ist. Aber ich kann es nicht rückgängig machen. Ich kann nicht rückgängig machen, wer ich war. Alles, was ich versuchen kann, ist dir zu zeigen, dass ich jetzt jemand anderes bin. Dass ich aus meinen Fehlern gelernt habe. Dass ich nur noch vier Leute töten will. Und das sind die Götter.“

Sie verstummte.

Ihr Herz schlug heftig und ihre Brust hob und senkte sich schwer und ungleichmäßig.

Filias Blick glitt von Nyms Gesicht auf den Boden und sie konnte sie schlucken sehen. Als sie wieder aufsah, glänzten Filias Augen.

„Nym“, flüsterte sie, und Nym konnte gar nicht sagen, wie viel es ihr bedeutete, nicht mehr mit Salia angesprochen zu werden. „Du hast recht. Natürlich hast du recht. Ich sehe durch denselben Filter, durch den auch die Göttlichen Soldaten blicken – nur in die entgegengesetzte Richtung. Es stimmt. Es ist falsch. Und wir müssten damit aufhören. Aber ich kann nicht." Ihre Stimme brach und fahrig wischte sie sich eine Träne von der Wange. „Du musst mir glauben, ich versuche, dich als jemand anderen zu sehen. Versuche zu glauben, dass du nicht mehr die grausame Göttliche Soldatin bist, als die dich so viele kennen. Aber ich habe dich kämpfen sehen. Ich habe dich töten sehen. Und ... es fällt mir einfach unglaublich schwer, zu glauben, dass du nicht nur einen kleinen Schritt davon entfernt bist, einfach wieder in alte Muster zu fallen. Verdammt noch mal, du hast *Tujan* hergebracht! Und ich weiß, du hattest es nicht auf meine Brüder abgesehen. Du hattest Befehle. Aber –" Weitere Tränen folgten den ersten und sie legte den Kopf in den Nacken. „Aber es ändert nichts. Das macht es alles nicht besser. Denn es kann nicht ungeschehen gemacht werden. Und ich kann es nicht vergessen. Und ich weiß, ich sollte besser sein als das. Ich sollte die Art von besserem Menschen sein, von der du gerade gesprochen hast. Aber wenn ich dich ansehe, dann bist du trotzdem noch diejenige, die mir die wichtigsten Menschen in meinem Leben genommen hat. Und wenn dir dasselbe passieren würde, würdest du dem Schuldigen verzeihen?"

Filia schüttelte den Kopf, fast schon entschuldigend, bevor sie sich umwandte und die staubige Straße entlangeilte.

Nym starrte ihr hinterher – und verstand sie. Denn nein, sie würde demjenigen nicht verzeihen, der versucht hatte, Vea zu töten. Sie würde den Göttern nicht verzeihen, die Janon, Jeki und sie getötet hätten, wenn sich die Möglichkeit dazu geboten hätte.

Sie schloss die Augen, und als sie sie wieder öffnete, stand Leena direkt vor ihr.

„Ich weiß, es klang endgültig", murmelte sie. „Aber gib ihr Zeit. Manchmal ist Zeit das Einzige, was dem Menschen fehlt, um zu lernen, dem anderen zu vergeben. Und Filia hat in diesem Fach eine Menge aufzuholen. Also ... gib ihr einfach Zeit." Sie hob erneut die Schulter und folgte dann Filia.

Nym sah auch ihr eine Weile hinterher, bevor sie sich wieder Richtung Haus wandte. Sie hatte nicht erwartet, dass Filia ihr verzieh. Sie hatte nicht erwartet, dass sich ihre Schuld in Luft auflösen würde. Aber nur, weil sie auf den Schmerz vorbereitet gewesen war, machte es ihn nicht erträglicher.

Sie seufzte, atmete konzentriert ein und wieder aus ... und das war der Moment, in dem eine riesige Dreckwolke hinter Nahas Haus explodierte.

Ungläubig blieb sie stehen und starrte in die Luft. Was bei den verdammten Göttern?

Ein Zittern lief durch die Erde. Es war schwach. Kaum wahrnehmbar. Aber Nym wusste sofort, was es bedeutete.

Sie rannte los, die Zähne aufeinandergepresst. Das konnte unmöglich ihr Ernst sein! Sie eilte die Gasse entlang, die zu Nahas Haus führte, und sprintete, anstatt auf die Haustür zu, um den Vorgarten herum. Staub schlug ihr entgegen, der sofort einen Weg in ihre Lungen fand. Sie hustete und stolperte über Erdklumpen, die anscheinend aus der Erde geschleudert worden waren, konnte sich jedoch auf den Beinen halten. Sehen tat sie allerdings nicht viel.

„Jeki! Levi!", schrie sie wütend. „Was soll der Blödsinn?"

Doch sie bekam keine Antwort.

Alles, was sie hörte, waren der Wind, der ihr um die Ohren pfiff, und die großen Erd- und Gesteinsbrocken, die in unregelmäßigen Abständen auf den Boden krachten.

Sie wandte sich nach rechts und ließ ihre Hände aufflammen. Das brachte ihr in Sachen Sicht nicht viel, aber es baute ihre Aggressionen ab.

„Ist das alles, Tujan?", hörte sie Levi rufen.

Sie starrte auf den Boden, sprang von einem aufgewühlten Erdfleck zum nächsten, immer den Stimmen nach, bis sie zwei Konturen durch den dichten Staub ausmachen konnte. Eine, die sich gegen eine Orkanböe zu stemmen schien, so schräg stand sie in den Wind gelehnt, und eine andere, die immer wieder fahrig mit der linken Hand Erd- und Steinklumpen aus der Luft wischte, die auf sie niederzuprasseln drohten.

„Oh, ich habe noch nicht einmal angefangen!", brüllte die andere Stimme, und Nym sah, wie Jeki zwei Finger krümmte, ein großer Brocken unter Levis Deckung hindurchflog und ihn rücklings in seinen Kniekehlen traf. Levi knickte nach vorne weg und strauchelte. Jeki nutzte die Chance, um mühsam gegen den Wind ankämpfend mit seiner Faust auszuholen. Doch bevor er Levi ansatzweise treffen konnte, ließ der starke Wind abrupt nach. Jeki verlor sein Gleichgewicht und stolperte nach vorn. Er schlug der Länge nach hin, aber nicht ohne Levi an den Knöcheln zu greifen und ihn mit einem Ruck ebenfalls zu Fall zu bringen.

„Hört auf!“, schrie Nym, die nur noch wenige Meter von ihnen entfernt war. „Hört auf damit! Was zum Teufel tut ihr?“

Doch die Männer hörten sie nicht.

Sie hatten offenbar alles um sich herum vergessen. Einschließlich der Tatsache, dass sie Ikanos waren – denn ihre Kräfte schienen auf einmal nebensächlich geworden zu sein. Sie rappelten sich wieder vom Boden auf und versuchten sich gegenseitig die Knie einzutreten oder Kinnhaken zu verpassen. Doch sie waren beide geübte Kämpfer und wichen einander wiederholt aus und ... Es sah einfach nur lächerlich aus!

Es waren zwei erwachsene Männer, die immer wieder ins Leere schlugen und sich mit der Wucht ihrer eigenen Schläge und Tritte beinahe selbst das Gleichgewicht nahmen.

Nym hatte sie mittlerweile erreicht, und als sie erneut ihre Namen schrie, konnten beide nicht mehr so tun, als würden sie sie nicht hören.

Ruckartig wandten sie sich zu ihr um.

„Lass uns!“, knurrte Levi.

„Wir haben etwas zu klären“, rief Jeki.

Ungläubig sah sie sie an. „Seid ihr zehn oder was?!“, fluchte sie. „Müsst ihr ausgerechnet jetzt eure Männlichkeit aneinander messen?“

Doch sie bekam keine Antwort, denn die beiden gingen schon wieder aufeinander los.

Das reichte!

Sie ließ ihre Hände heiß werden und packte beide Männer an den Oberarmen. Was für eine verdammt fantastische Auswahl sie mit den beiden doch getroffen hatte.

Augenblicklich schrien beide auf und ließen voneinander ab.

„Ach, tut doch nicht so", knurrte sie. „Das war überhaupt nicht heiß." Glaubte sie. Sie konnte ihre Kräfte gerade sehr schlecht einschätzen. Sie war zu wütend.

Levi und Jeki rieben sich simultan die Stelle, an der sie sie verbrannt hatte, und starrten sie irritiert an.

„Jetzt werden wir nie wissen, wer der Stärkere ist", beschwerte sich Levi.

„Du warst sowas von am verlieren", schnaubte Jeki.

Levi fing an zu lachen. Es war kein nettes Lachen. „Ich bin stärker als du. Luft übertrumpft Erde zu jeder Zeit. Alles, was du mir in den Weg schleuderst, kann ich mit meinem kleinen Finger abwehren. Du hingegen kannst nur Sandburgen bauen, die unfähig sind, dich vor einer Orkanböe zu schützen."

„Schon mal was von dem Ausdruck ‚heiße Luft und nichts dahinter' gehört?"

„Ich bin verwirrt. Hast du mich gerade heiß genannt? Willst du in Wirklichkeit etwas von mir und nicht von Nym?"

Jekis Kiefer knackte laut. „Ich bin stärker und wir beide wissen das!"

„Einen Scheiß weiß ich. Hätte sie uns nicht unterbrochen –"

„Wollt ihr wissen, wer der Stärkste ist?!", fuhr Nym dazwischen. „Das bin *ich*! Erstens weil ich euch zwei auch an meinem schlechtesten Tag besiegen könnte. Und zweitens weil ich es mit euch Dummköpfen aushalte. Ich habe euch fünf Minuten allein gelassen, und ihr schafft es nicht einmal für diesen kurzen Zeitraum, eure Fäuste bei euch zu behalten? Ich glaube so langsam, dass weder Filia noch Leena eine Last in den Kreisbergen darstellen werden. Denn die Last seid *ihr*, wenn ihr nicht endlich lernt, euch zusammenzureißen."

Jeki räusperte sich. „Hättest du diesen Kampf nicht unterbrochen, wäre es der letzte gewesen", informierte er sie.

„Was?" Sie verstand kein Wort. „Warum? Weil ihr euch gegenseitig umgebracht hättet?"

Jeki kratzte sich am Kopf. „Nun, nein ..."

Nyms Blick schwang ruckartig zu Levi, der ebenfalls leicht betreten die Hand in den Nacken gelegt hatte.

„Warum dann?", verlangte sie zu wissen. „Weil er alles entschieden hätte", erklärte Levi geduldig – so als wäre nicht jedes Wort, das aus ihren Mündern kam, Schwachsinn.

„Alles? Was zum Teufel ist *alles*?"

„Du", sagten beide gleichzeitig.

„Ich? Was habe ich damit zu tun, dass ihr Blödmänner seid?"

„Na ja. Wir haben um dich gekämpft", sagte Jeki schlicht.

Verwirrt blickte sie zwischen ihnen hin und her. Sie hatten ...

„Um mich?", fragte sie perplex. „Ihr ... was?"

„Der Gewinner hätte dich bekommen", erklärte Levi langsam, so als sei sie es, die sich dämlich verhielt.

Nym starrte ihn an und ihr klappte die Kinnlade herunter.

Der Staub hatte sich gelichtet und sie hätte nun beide Gesichter deutlich erkennen sollen. Aber irgendetwas stimmte mit ihren Augen nicht, denn Jeki und Levi schienen beide verschwommen. Vielleicht lag das an dem Schleier der Wut, der sich über ihre Sicht gelegt hatte.

Das war einfach zu viel. Sie war ohnehin schon emotional angeschlagen. Sie musste sich auf die Mission konzentrieren, die Götter zu Fall zu bringen. Sie hatte keine Zeit für so etwas Banales wie Männerprobleme!

„Ihr habt um mich gekämpft?", fragte sie, ihre Stimme bedrohlich leise.

Jeki und Levi wechselten einen Blick. Offenbar ging beiden gerade auf, dass sie sich nicht über diese Bekundung freuen oder gar geehrt fühlen würde.

„Warum zum Teufel geht ihr davon aus, dass ich mich für den Gewinner entscheiden würde?", fragte sie knurrend. „Warum gebt ihr euch dem Irrglauben hin, dass es *eure* Entscheidung ist? Und warum sollte ich einen von euch beiden wollen, wo ihr doch offensichtlich was das geistige Alter betrifft viel zu jung für mich seid?"

„Wir wollten es dir nur leichter machen", sagte Levi, völlig unberührt von ihrem Ausbruch. Jeki hatte wenigstens den Anstand, schuldig auszusehen.

„Ihr wolltet überhaupt nichts, außer eine Ausrede dafür, euch schlagen zu können", zischte sie.

„Als ob wir eine Ausrede bräuchten", schnaubte Jeki.

„Meine Güte!" Nym warf die Arme in die Luft. „Wisst ihr was? Ihr könnt mich beide mal!"

Levi hob eine Augenbraue und einer seiner Mundwinkel zuckte. „Na ja, offenbar haben wir beide dich schon mal –"

Nym verengte die Augen zu Schlitzen, und Levi war weise genug, zu verstummen.

„Ihr werdet euch jetzt beide vertragen“, sagte sie leise. „Und wenn wir heute Nacht losgehen, will ich keinen einzigen bösen Blick mehr sehen. Denn sonst bleibt ihr beide hier und ich gehe einfach alleine.“

„Du brauchst uns, Nym“, sagte Levi weise. „Du kannst es nicht alleine schaffen.“

„Ich sag dir was, Levi“, flüsterte sie. „Ich kann alles schaffen, was ich mir in den Kopf setze. Und dazu gehört auch, euch beide mit einem Tritt zeugungsunfähig zu machen.“

„Salia“, fing Jeki an, doch sie schnitt ihm das Wort ab.

„Ich brauche keinen von euch beiden“, flüsterte sie. „Und ganz sicher kann ich ohne eure Kindereien leben. Ich will einen Mann, keinen Jungen, dem nichts wichtiger ist als sein Ego. Ich gehöre mir selbst und wenn ich mit irgendeinem von euch zusammen sein will, dann werdet ihr das schon noch früh genug erfahren. Aber es ist *meine* Sache und wenn ich eine Entscheidung treffe, dann hat sie nichts damit zu tun, wer der Stärkere oder der Hübschere ist. Dann hat es damit zu tun, wer meiner überhaupt würdig ist – und ganz ehrlich: Im Moment ist das keiner von euch beiden. Einen schönen Tag noch.“

Sie wandte sich um und stapfte davon.

„Ich bin der Hübschere, nur damit das klar ist“, konnte sie Levi noch murmeln hören.

Sie hätte sich am liebsten wieder umgedreht und ihm eine reingehauen. Aber sie zügelte sich und ließ die beiden hinter sich. Sie waren so … so … ihr fehlten die Worte! Es musste erst noch eine Bezeichnung dafür erfunden werden, was Levi und Jeki waren.

Sie konnte nicht die nächsten zwei Wochen mit den beiden das Kreisvolk suchen, wenn sie sich ständig an die Gurgel gingen. Ebenso wenig konnte sie aber nur einen hierlassen. Denn das würde bedeuten, dass sie sich für einen entscheiden müsste und ...

Nym trat durch die Hintertür in Nahas Haus und blieb stehen. Langsam schloss sie die Augen. Sie vermisste Vea. Sie vermisste ihren kühlen Kopf. Sie vermisste die Zeit, in der sie noch keine Ahnung gehabt hatte, wer sie gewesen war. Wann war das alles nur so kompliziert geworden?

h

Wann war das alles nur so beschissen geworden?

Levi zurrte seinen Rucksack zu und stellte ihn neben sein Bett. Er war gut im Packen. Was größtenteils daran lag, dass er so viel Übung darin hatte. Er hatte keine Stunde gebraucht, um das Nötigste, was er für die Reise in die Kreisberge brauchte, zusammenzupacken. Warme Kleidung. Leinendecke. Bambusmatte. Proviant. Wasser. Dolche. Und eine Fackel. Von denen konnte man nie wissen, wann sie noch mal nützlich waren. Er würde sich nicht die Mühe machen, ein Schwert mitzuschleppen. Sein Herz war schon schwer genug, da musste er nicht noch weiteres unnötiges Gewicht mit sich herumtragen.

Nachdem Nym gegangen war, hatten Tujan und er einen vielsagenden Blick gewechselt. Versprochen hatten sie sich nichts, aber es war ein stummes

Einverständnis darüber gewesen, sich nicht mehr anzusehen, geschweige denn miteinander zu sprechen.

Levi stopfte gerade Verbandszeug in eine Seitentasche, als er hörte, wie die Tür zum Haus aufgestoßen wurde.

„Levi?", rief Liri.

Sein Kopf fuhr in die Höhe und hastig schob er den gefüllten Rucksack mit seinem Fuß unters Bett. Liri durfte nicht wissen, dass sie vorhatten, zu gehen. Sie war erstens furchtbar darin, Geheimnisse für sich zu bewahren, und zweitens wollte er nicht riskieren, dass sie ihnen wieder folgte. Er war sich nicht sicher, was sie in den Kreisbergen erwarten würde, wusste jedoch, dass es kaum eine Reise für ein zwölfjähriges Mädchen war.

Er richtete sich auf, lief zur Tür seines Zimmers und öffnete sie, bevor Liri es tun konnte.

„Hey", sagte er lächelnd.

„Ich schlaf heute noch einmal bei Naha, ist das okay? Sie hat mich wirklich vermisst." Liris Kopf lief rot an, sodass ihre Haare noch ein wenig heller leuchteten. „Ich meine, ich bin ein großes Mädchen und ich will wirklich nicht bei ihr im Bett schlafen, aber ... wenn ich ihr damit helfen kann?"

Levi musste ein Grinsen unterdrücken. Liris Unschuldsmiene ließ ihn nicht eine Sekunde daran zweifeln, wem damit geholfen sein würde, wenn sie eine weitere Nacht bei Naha schlief.

„Kein Problem", sagte er und nickte. Das würde es für ihn einfacher machen, unbemerkt das Haus zu verlassen. „Naha weiß sicher zu schätzen, wie du dich um sie sorgst."

„Ja." Liri reckte ihr Kinn in die Höhe. „Ich bin sehr reif geworden auf der letzten Reise."

Ohne Frage. „Dann hol die Sachen, die du brauchst. Ich komme kurz mit. Ich will auch noch mit Naha reden." Er musste zumindest ihr Bescheid geben. Naha würde es ihm nicht verzeihen, wenn er zuerst ihren Sohn in Bistaye zurückließ und dann auch noch ohne ein Sterbenswörtchen mitten in der Nacht verschwand.

„Okay." Liri wollte an ihm vorbei in ihr Zimmer huschen, doch Levi hielt sie noch einmal an ihren Schultern zurück. Bevor seine Schwester den Mund aufmachen konnte, hatte er sie auch schon in die Arme gezogen.

„Levi, du erdrückst mich!", beschwerte sie sich sofort.

„Ich wollte dir nur meine Freude über deine neugewonnene Reife ausdrücken", erklärte er, ließ sie jedoch nicht los.

Wie verabschiedete man sich, ohne sich zu verabschieden?

Aber das hier würde nicht für immer sein.

Er würde sie wiedersehen. Er würde nicht sterben. Er würde sie nicht alleine lassen.

Er schloss kurz die Augen, bevor er seiner Schwester einen Kuss auf den Kopf gab. „Ich liebe dich, Liri. Versuch Naha nicht allzu verrückt zu machen."

Er ließ von ihr ab und konnte sehen, wie sie ausdrucksstark die Augen verdrehte. „Ich glaube nicht, dass dieser Abend dafür ausreicht."

„Nein, natürlich nicht", sagte er und lächelte wieder.

Er würde die Kreisberge überleben. Er würde den Krieg überleben. Er würde den Zorn der Götter

überleben. Und er würde verdammt noch mal Jeki Tujan überleben.

Fröhliche Zeiten lagen vor ihm.

KAPITEL 19

13.

Feinde müssen daran gehindert werden, das Kreisvolk aufzusuchen. Koste es, was es wolle.

„Du kannst nicht gegen uns gewinnen, Salia." Die Stimme drang durch die Tür, ließ sie frösteln. Sie war gedämpft und schien doch direkt in ihrem Kopf zu sein. „Du kannst dich verstecken. Du kannst weglaufen. Du kannst weiterhin so tun, als wärst du jemand anderes. Du kannst so tun, als könntest du für immer vergessen."

Ihr Blick blieb auf dem Hebel neben der roten Tür liegen. Der Hebel, der sie zu verspotten schien.

„Du kannst die Tür verschlossen halten, Salia." Die Stimme war zu einem Flüstern geworden. Ein Flüstern, das in ihrem Kopf vibrierte. „Aber du kannst nicht gegen uns gewinnen. Verschwende nicht deine Zeit."

Nym fuhr aus dem Schlaf.

Schweratmend strich sie sich den Schweiß von der Stirn. Es war nur ein Traum gewesen. Oder hatte Api tatsächlich zu ihr gesprochen? Sie wusste es nicht.

Sie starrte an die kahle Decke und versuchte sich zu beruhigen. Es machte keinen Unterschied. Sie würde nicht aufgeben, nur weil der Gott der Vergeltung ihr vorwarf, sie würde ihre Zeit verschwenden.

Sie atmete zitternd ein und aus und stieß schließlich die Laken von sich. Es hatte keinen Sinn mehr, zu schlafen. Sie würde sowieso in Kürze aufbrechen müssen.

Sie stand auf und lief zum Fenster, dessen Läden geöffnet waren. Sie blickte nach draußen und ließ ihren Blick über die dunkelgelben und hellblauen Dächer schweifen. Über die kargen Vorgärten. Die steinernen Wände, an denen teilweise das Wasser hinabfloss und im Boden versickerte.

Durch die Löcher in der steinernen Höhlendecke drang kaum Mondlicht und so war es hier dunkler als in Bistaye und jeder anderen Stadt in Asavez. Es wirkte alles ruhig. Unangetastet.

Sie fragte sich, ob sie diesen Ort je wiedersehen würde. Sie mochte Oyitis. Sie mochte es, den gewöhnlichen Menschen bei ihrem normalen Leben und ihrer täglichen Arbeit zuzusehen. Sich vorzustellen, dass sie womöglich selbst irgendwann eine von ihnen sein könnte. Ihr war nicht bewusst gewesen, wie sehr sie sich nach dieser einfachen Art des Lebens sehnte. Sie konnte sich nicht vorstellen, dass sie früher oft darüber nachgedacht hatte. Aber jetzt? Jetzt erschien es ihr wie das ultimative Ziel.

Ein normales, ruhiges Leben. Ohne Blut, ohne Drama, ohne Götter.

Sie ließ ihren Blick weiterwandern, über das imposante Gebäude der Bibliothek, über die Treppen, die überall in den Stein geschlagen worden waren – und blieb an einer Gestalt hängen. Sie lief direkt an Nahas Haus vorbei, in Richtung einer der dunkel glänzenden Felswände.

Nyms erster Gedanke war, dass es Jaan sein musste. Einfach, weil er es immer zu sein schien, der des Nachts alleine durch die Dunkelheit schlich und geheimnisvolle Dinge tat. Doch auf den zweiten Blick erkannte sie, dass die Gestalt zu klein, zu breit war.

Sie legte ihren Kopf schief, studierte den schlurfenden Gang, die Konturen der Figur. Es war ihr Vater.

Sie hätte beinahe laut aufgelacht. Sie hatte vollkommen vergessen, dass sie ihn hierher geschickt hatte! Bevor sie darüber nachdenken konnte, nahm sie ihren Mantel vom Bettende, schlüpfte hinein und hastete leise die Treppe hinunter. Oyitis war ein ruhiger, sicherer Ort, und so hatte Naha nicht einmal die Tür abgeschlossen. Mit einem leisen Quietschen ließ sie die Tür zurück in den Rahmen sinken und folgte ihrem Vater, der die Felswand, in die mit Sicherheit eine Tür eingelassen war, beinahe erreicht hatte.

Sie hatte nicht daran gedacht, Schuhe anzuziehen, weshalb sie auf Zehenspitzen den Kiesweg entlanghuschte, um es den spitzen Steinchen zu erschweren, sich in ihre Sohlen zu bohren. Dennoch knirschten die Kiesel verräterisch laut unter ihren Füßen, und ihr Vater musste sie gehört haben, denn er drehte sich um, noch bevor sie ihn erreichte.

Überrascht machte er einen Schritt auf sie zu. „Salia. Du bist zurück?"

Sie nickte. „Ja. Wir sind gestern angekommen. Es tut mir leid, dass wir dich einfach so allein auf das Boot geschickt haben – das war anders geplant."

Sie ließ ihren Blick über seine Erscheinung wandern. Nicht über die Kleidung oder seine Schuhe, sondern über seine Haltung, sein Gesicht. Lit Kerwins Augen waren nicht mehr trüb, sie waren klar und intelligent. Er stank auch nicht mehr nach Schweiß und Alkohol. Er roch nach Seife und Erde. Seine Schultern waren gestreckter, selbst sein Haar schien glänzender.

„Du siehst gut aus", murmelte sie.

Ihr Vater räusperte sich unangenehm berührt, und das Lächeln, das er sich offenbar vorgenommen hatte, schaffte es nicht ganz auf seine Züge. „Vielen Dank. Ich hatte anfangs Schwierigkeiten, aber jetzt geht es mir gut – und ich habe keinen Tropfen angerührt."

Nym nickte. „Ich glaube dir."

Er wirkte erleichtert. „Danke sehr. Was hat euch denn aufgehalten? Mir konnte niemand Genaueres berichten. Und wenn du von wir sprichst ... dann ist Vea auch hier?"

Nyms Kehle zog sich augenblicklich zusammen. Die einzige Aufgabe, die ihre Mutter ihr hinterlassen hatte, war es, auf Vea aufzupassen. Nur wie sollte sie das aus hundert Kilometern Entfernung tun?

„Wir hatten Probleme mit der Göttlichen Garde", murmelte sie.

Die Mundwinkel ihres Vaters zuckten, und irritiert sah sie ihn an. „Was?", wollte sie wissen.

Sein Lächeln wurde breiter – und Nym konnte sich nicht daran erinnern, wann sie das letzte Mal ein ehrliches Lächeln auf Lit Kerwins Gesicht gesehen hatte. Als ihre Mutter noch lebte vielleicht. „Nichts, es ist nur ... ich hätte nie damit gerechnet, diese Worte jemals aus deinem Mund zu hören. Probleme mit der Göttlichen Garde." Er lachte. „Sie war dein Zuhause. Dein Leben."

Sie senkte den Blick und nickte steif. „Ja. Merkwürdig, wie sich manche Dinge entwickeln, oder?"

„Nein. Nicht merkwürdig. Du bist die Tochter deiner Mutter. Es war eine Frage der Zeit, bis auch du anfängst, die Garde und die Götter infrage zu stellen.“

Ruckartig fuhr ihr Kopf wieder in die Höhe. „Was?“ Worte drängten sich in ihren Kopf, von denen sie nicht einmal gewusst hatte, dass sie sie noch beschäftigten.

Du hörst dich an wie Mama. Das hatte Vea gesagt.

Nym schluckte. „Ich bin nicht wie Mama“, sagte sie fest. „Ich habe alles unter Kontrolle.“

„Natürlich hast du das.“ Lit Kerwin nickte. „Du bist Salia. Du hast noch nie deinen Kopf verloren“, sagte er ruhig. „Ich wollte lediglich anmerken, dass auch sie von heute auf Morgen angefangen hat, an ihren Aufgaben zu zweifeln. Es sollte für mich nicht überraschend kommen, dass auch du damit anfängst.“

„Was soll das heißen: von heute auf morgen? Mama hatte doch keinen plötzlichen Stimmungswandel. Sie ist langsam aber sicher verrückt geworden, sie –“

Ihr Vater schüttelte den Kopf, die Stirn gerunzelt. „Nein. Das stimmt nicht. Es gab einen Punkt …“ Er wandte den Blick ab und starrte abwesend in die Dunkelheit. „Weißt du, sie war nicht immer so“, flüsterte er nach einer Weile. „Ihr erinnert euch nur noch an die Frau, die ihren Verstand zu verlieren schien, aber für eine lange Zeit, auch schon in der Garde, war eure Mutter der ruhigste, gelassenste Mensch, den ich kannte. Sie konnte nichts erschüttern. Sie hat an ihre Arbeit geglaubt, war ein fröhlicher Mensch. Bis –“

„Bis was?“

„Bis sie es eines Tages nicht mehr war.“ Ihr Vater wandte sich wieder ihr zu. Er sah auf einmal erschöpft aus. „Sie kam eines Tages von der Arbeit wieder, hat mich angesehen und behauptet, dass nichts mehr so sein würde, wie es war. Dass sich alles verändert hätte und sie nicht mehr wüsste, was richtig und falsch sei. Und dass die Zukunft nichts anderes außer Leid bringen würde."

Nym starrte ihn mit offenem Mund an. Davon hörte sie zum ersten Mal. „Das hat sie gesagt?"

Ihr Vater nickte. „Ja."

„Das hast du mir nie erzählt."

„Natürlich nicht. Du warst ein Kind. Ich habe sie gefragt, wovon sie spricht, doch sie wollte nicht mit mir reden. Sie meinte, es wäre besser, wenn ich es nicht wüsste. Sicherer."

„Und dann ... dann ist sie verrückt geworden?"

„Nein. Keineswegs. Dieser Zustand hielt nur für eine kurze Zeit an. Sie hat für Tage kaum gesprochen, wirkte nachdenklich. Dann wurde sie zu Apis Vertrauter und plötzlich fand sie wieder zu ihrem alten Ich." Er lachte humorlos auf. „Ich dachte, das Problem hätte sich verflüchtigt. Dachte, sie hätte sich geirrt, denn sie hat nicht mehr darüber geredet und meinte, sie wisse nicht, wovon ich spreche, als ich sie danach gefragt habe, aber –"

„Mutter war Apis Vertraute?", unterbrach ihn Nym. „Sie war Apis persönliche Offizierin?" Sie starrte ihren Vater ungläubig an. Das konnte nicht sein. Das hätte ihr der Gott doch sicherlich erzählt! Sie hatte so viel Zeit in der Gesellschaft von Thaka und Api verbracht, dass es einer von ihnen doch sicherlich erwähnt hätte.

„Du wusstest es nicht?", fragte ihr Vater verwundert.

„Nein", sagte Nym steif.

„Sie hat es dir nie erzählt? Und die Götter auch nicht?"

„Nein.“

„Nun, vielleicht wollten sie es nicht erzählen, aufgrund der Dinge, die … passiert sind. Auf jeden Fall wurde sie zu seiner Ersten Offizierin befördert und plötzlich schien alles wieder normal. Sie war wieder die alte Karu. Durch und durch glücklich über die große Ehre, die ihr zuteilwurde. Das Leben ging weiter wie zuvor. Erst ein Jahr danach begann sie sich zu verlieren. Sie wurde vergesslich. Konnte sich nicht mehr konzentrieren. Hat Traum mit der Wirklichkeit verwechselt. Erinnerungen falsch zusammengesetzt. Ich konnte mir kaum vorstellen, dass zwischen den beiden Vorfällen ein Zusammenhang bestand, aber … es gab Dinge, die sie gesagt hat, in Momenten der Klarheit, zwischen ihren wirren Zuständen, die mich an das erinnerten, was sie ein Jahr zuvor erwähnt hatte.“

„Was für Dinge?“ Nyms Stimme war nur noch ein Zittern. Wie konnte es sein, dass sie diese Einzelheiten des Lebens ihrer Mutter nie gekannt hatte?

„Vorrangig dass die Zukunft nichts als Leid bringen würde“, verriet er ihr und lächelte müde. „Ich habe versucht, euch so gut ich konnte vor den Gedanken und verwirrten Theorien eurer Mutter zu schützen, aber Vea … Vea hat sich oft zu ihr ans Bett gesetzt und ihr zugehört. Ich möchte gar nicht wissen, was Karu ihr alles erzählt hat.“

Nym starrte ihren Vater an.

Vea hatte Dinge gehört. Dinge über die Götter, die ihre Mutter aufgewühlt hatten. Vielleicht war Vea doch kein Niemand. Im Gegenteil. Vielleicht war sie jemand, der es wert war, umgebracht zu werden. Vielleicht wusste sie etwas. Aber – dann hätte sie sich ihr doch sicherlich anvertraut, oder? Oder hatte sie selbst keine Ahnung davon, welche Informationen wichtig sein könnten?

Sie wurde vergesslich. Konnte sich nicht mehr konzentrieren. Hat Traum mit Wirklichkeit verwechselt. Erinnerungen falsch zusammengesetzt.

Eine Gänsehaut zog sich über Nyms Rücken. Das kam ihr beängstigend bekannt vor. Die Symptome, sie … aber das wäre verrückt …

„Apropos Vea: Wo ist sie? Kann ich sie sehen?"

Nym blinzelte und konzentrierte sich wieder auf ihren Vater. „Was?", fragte sie.

„Vea. Ist sie hier?"

„Oh." Wieder musste sie schlucken. „Nein. Sie … ist in Bistaye geblieben."

„Was?" Verwirrung zeichnete die Züge ihres Vaters. „Wieso?"

„Das ist eine lange Geschichte."

„Und wo genau ist sie in Bistaye?"

„Ich hoffe in Sicherheit", flüsterte sie.

h

„Wenn du dich nicht umbringen willst, Vea, dann würde ich aufhören, zu stolpern."

„Tut mir leid, es ist so dunkel! Und meine Beine machen nicht das, was ich will. Ich bin sonst wirklich gut im Schleichen."

„Natürlich", sagte Ro lächelnd.

„Bin ich! Sag es ihm, Nika."

„Ist sie", bestätigte ihre beste Freundin. „Sie ist heute wohl etwas unkonzentriert."

„Das wird an meiner Anwesenheit liegen", seufzte Janon melodramatisch. „Dafür entschuldige ich mich."

Vea verdrehte die Augen und schlug ihm gegen den Oberarm. „Halt die Klappe, Janon, ich –"

„Haltet alle die Klappe!", zischte Brag. „Wir sind nicht auf einem erholsamen Spaziergang. Wir komplottieren gegen die Götter und wenn wir erwischt werden ..." Er führte den Satz nicht zu Ende, doch niemandem von ihnen fiel es schwer, ihn zu ergänzen.

Sie verstummten und drängten sich enger in die Schatten der Häuser. Die Sonne war soeben untergegangen, die Ausgangssperre würde gleich in Kraft treten und sie waren auf der Suche nach einem Unterschlupf, der sie vor den Patrouillen der Soldaten schützte, die jedes Mal nach Mauerversiegelung durch die Straßen strichen. Sie wollten sich verstecken, bis sie am abgemachten Punkt die Ratsmitglieder der Sechsten Mauer treffen würden. Es war unmöglich, nachts durch das verschlossene Tor in eine andere Mauer zu gelangen – egal ob niedriger gestellt oder höher. Sie hatten keine andere Wahl gehabt, als sich bereits am frühen Abend in die Sechste Mauer zu stehlen und sich jetzt zu verstecken. Das Problem war nur, dass diese lange nicht so verwinkelt und häuserreich war wie die Fünfte oder Vierte. Hier mochten zwar die meisten Menschen leben, aber das lag größtenteils daran, dass sie die breiteste Mauer war, deren Umfang am größten war. Hier gab es kilometerlange Felder, Weiden und Gemüsegärten. Kurzum: hunderte von Orten, an denen sie sich so offensichtlich vom Horizont und der

Umgebung abheben würden, wie ein roter Fleck auf einem weißen Hemd.

„Brag, ich möchte dir keinen Druck machen, aber wir sollten uns schnellstmöglich irgendwo verstecken", flüsterte Ro, der kurzzeitig stehen geblieben war, um sich umzusehen. Vea folgte seinem Blick, betrachtete die trockene Erde unter ihren Füßen, das Feld zu ihrer Rechten, über dessen hohe Halme ihr Kopf kaum reichte. Sie ließ ihre Finger über die rötlichen, rauen Ähren fahren und konnte nicht sagen, um was für eine Pflanze es sich handelte. Über so etwas Nichtiges wie Getreidearten wurde man in der Vierten Mauer nicht unterrichtet. Zu ihrer Linken befand sich eine löchrige Holzwand, die, dem Geruch nach zu urteilen, zu einem Stall gehörte. Hinter ihnen taten sich die Dächer des Bauernhofes auf, auf dem sie sich befanden, und der dem höchsten Ratsmitglied, Nerrew Hegin, gehörte. Sechs verschiedene Wohnhäuser gehörten dazu, eines brüchiger als das andere, doch sie hatten es zu eilig, als dass Vea sie hätte genauer betrachten können.

„Brag", sagte Ro erneut, als dieser nicht auf seinen Hinweis antwortete. „Wir –"

„Ich weiß", unterbrach ihn der Schmied, der vorsichtig um die vor ihnen liegende Ecke des Stalls linste. „Wir sind da. Hegin sagte, er wolle seine Stalltür offen lassen, sodass wir uns dort verstecken können."

„Und warum genau können wir nicht sofort zu dem Treffen gehen?", flüsterte Nika unzufrieden, während sie einen weitläufigen Schritt über einen braunen feuchten Fleck vor sich machte. Exkremente, die Vea nicht einmal irgendeiner Tierart zuordnen konnte. In der Vierten Mauer sah man nicht oft Scheiße auf der Straße.

„Weil den Ratsvorsitzenden jeden Abend ein Besuch abgestattet wird", murmelte Brag und bog um die Ecke des hölzernen Schuppens. „Wahrscheinlich um Unterredungen wie unsere heute zu verhindern."

Womöglich. Wahrscheinlich war auch den Göttern klar, dass die Bauern eine große Übermacht darstellten, die nicht zu unterschätzen war.

Sie folgten dem Schmied, der die rostige Klinke der Stalltür drückte. Nichts passierte. Brag runzelte die Stirn und zog fester an der Tür. Doch sie gab nicht nach.

„Sieht so aus, als sei der Herr Ratsvorsitzende vergesslich und habe dennoch abgeschlossen", murmelte Ro, der als letzter den Schuppen umrundet hatte.

„Na wunderbar", seufzte Nika. „Vielleicht will er ja testen, wie lange wir die Göttliche Garde überleben, um daran festzumachen, ob man uns als Krieger ernstnehmen kann. Schade nur, dass wir nie erfahren werden, wie sie sich entschieden haben – da wir leider alle tot sein werden!"

Vea schüttelte lächelnd den Kopf. „Geh beiseite, Nika, ich mach das."

Ihre Freundin wandte sich stirnrunzelnd zu ihr um. Auch Brag sah mehr als skeptisch zu ihr herüber. „Du bist eine Taschendiebin, Vea. Du kannst keine Türen aufbrechen."

Vea grinste. „Kann ich nicht?"

Sie drängte sich zwischen die beiden, zog sich eine Haarspange vom Kopf und schob sie in das rostige Schlüsselloch. Innerhalb von wenigen Minuten sprang die Tür auf.

Nika sah sie mit großen Augen an. „Wann hast du das denn gelernt?“

„Nachdem ich den Göttlichen Dolch aus deinem Haus holen musste“, murmelte Vea und drückte vorsichtig gegen das Holz, das in seinen Angeln quietschte. „Ich wäre aufgeschmissen gewesen, hätte ich keinen Schlüssel gehabt, also habe ich mich dazu entschieden, Schlösser knacken der Liste meiner wunderbaren Fertigkeiten hinzuzufügen.“

„Na, Gott sei Dank“, sagte Brag erleichtert und gestikulierte sie alle in den leeren Stall. Der Gestank nach Mist, feuchtem Stroh und Schweiß schlug ihnen entgegen – aber das war wohl immer noch besser, als zu sterben.

„Jeden Tag erfahre ich Dinge über dich, die dich noch attraktiver machen“, flüsterte Janon ihr ins Ohr, bevor er die Stelle dahinter küsste.

Vea lachte leise und folgte Brag, der in einer der leeren Boxen verschwand und sich auf einen Strohballen setzte.

„Du stehst also auf Diebinnen, die Türen öffnen können?“, fragte sie Janon.

„Anscheinend ja“, stellte dieser leicht überrascht fest. „Vielleicht ist es die gefährliche Aura, die du ausstrahlst.“

Vea lachte und wandte sich zu ihm um. „Ich habe in meinem ganzen Leben noch keine gefährliche Aura ausgestrahlt. Was größtenteils daran liegt, dass ich nicht gefährlich bin.“

„Du bist sehr gefährlich, Vea Kerwin“, stellte Janon grinsend fest und ließ seine Finger um ihr Gesicht gleiten. „Du kannst Menschen mit deinen Blicken töten, sie vergessen lassen und sie zum Stolpern bringen."

„Nicht Menschen. Dich", korrigierte sie ihn, bevor sie ihn küsste.

„Ihr seid wirklich ekelig süß", murmelte Brag düster, der sie kopfschüttelnd betrachtet hatte und nun die Beine ausstreckte. „Da wird man ja fast einsam und wünscht sich eine Beziehung."

Ro, der mit Nika zusammen auf einem Strohballen Brag gegenübersaß, ließ besitzergreifend einen Arm um die Schultern seiner Freundin wandern. „Nun, hier in diesem Raum wirst du definitiv nicht fündig werden", sagte er ernst.

Brag lachte leise. „Ich bin auch an niemandem hier interessiert. Aber hey, weiß jemand, ob dieser Jaan mit jemandem zusammen ist? Der hat etwas ... Besonderes."

„Was?", fragte Ro verwirrt.

„Jaan. Euer Freund aus Asavez. Ob der vergeben ist."

„Du bist an Männern interessiert?!"

Vea konnte Ros Gesicht in dem spärlichen Licht, das durch die Ritzen und Löcher in der Wand fiel, kaum erkennen – aber er hörte sich schockiert an. Nika seufzte schwer. Wahrscheinlich, weil sie Ros Eifersucht so genossen hatte und diese wohl nun ein Ende finden würde.

„Ja", sagte Brag scharf. „Ist das ein Problem für dich?"

Ro ließ seiner Kehle einen trockenen Lacher entgleiten. „Nein! Ich freue mich. Sehr! Überhaupt kein Problem. Aber ich fürchte, Jaan ist nicht an Männern interessiert."

Nun war es an Brag, zu lachen. „Oh, doch. Ich denke schon."

„Was? Nein." Ros Stimme war defensiv geworden.

„Er ist genauso an Männern interessiert, wie ich es bin", half ihm Brag auf die Sprünge. „Glaub mir, ich sehe so etwas. Man hat nicht die größte Auswahl in der Fünften Mauer – denn was könnten denn die Leute sagen? Da fängt man an, sexuelle Orientierungen bereits aus der Ferne zu erkennen."

Vea sah zu Ro hinüber, dem deutlich der Mund offenstand. „Jaan? Er ... aber er ... Jaan?!"

Vea musste lachen. „Was denn, Ro? Können krasse, geheimnisvolle und gruselige Krieger nur an Frauen interessiert sein?"

„Nein, natürlich nicht. Es ist nur ... Er ist Erster Offizier. Der Vertraute von Provo, er ..."

Nika kicherte. „Der *Vertraute* von Provo. Das klingt in diesem Zusammenhang dreckig, oder?"

„Ja", stellte Ro baff fest. „Bei den verdammten Göttern, ich wünschte, Levi wäre hier. Der hätte dazu sicherlich einiges zu sagen."

Dessen war sich Vea sicher. Sie bezweifelte jedoch, dass irgendetwas davon sinnvoll wäre. Sie nahm Janons Hand und zog ihn auf den letzten Strohballen, direkt neben dem Brags, um sich auf seinen Schoß zu setzen.

„Wenn wir nicht hier wären, um die Sechste Mauer dazu anzustacheln, Krieg zu führen, wäre das Ganze ziemlich romantisch, findest du nicht?", murmelte Janon und legte seine Arme um sie.

Vea nickte und ließ ihren Kopf auf seine Schulter sinken. Gott, sie liebte diesen Kerl. „Wenn das alles vorbei ist, können wir ja hierhin zurückkehren und einen romantischen Abend im stinkenden Stall verbringen“, sagte sie lächelnd.

Vorausgesetzt natürlich, der Stall würde noch stehen.

„Das ist eine wunderbare Idee. Und wenn wir damit fertig sind, was hältst du davon, Asavez zu bereisen?“

„Richtig. Asavez war auf deiner Liste, nicht?“

„Liste?“

„Ja. Damals auf dem Götterdom hast du gesagt, dass Asavez zu sehen auf deiner Liste stünde.“

Janon lächelte und seine Fingerkuppen wanderten ihren Unterarm hinauf. „Daran erinnerst du dich?“

„Ich erinnere mich an alles, was wichtig ist“, stellte Vea fest.

„Natürlich.“ Janon lachte. „Also wärst du dabei?“

„Wobei?“

„Asavez zu bereisen, sobald der Krieg vorbei ist.“

„Ja“, flüsterte sie und küsste seinen Kiefer. Einfach, weil er ihr am nächsten war. „Das hört sich wunderbar an.“

Die Sonne ging unter und es wurde im Stall so dunkel, dass Vea ihre eigene Hand vor Augen nicht mehr erkennen konnte. Stille war eingekehrt und das ferne Klirren der Göttlichen Rüstungen drang an Veas Ohren. Ihre Muskeln spannten sich an und selbst ihr Atem kam Vea verräterisch laut vor. Sie lauschten in die Nacht hinein und Vea bildete sich ein, Stimmen zu hören. Doch das war albern. Die Wohnhäuser waren viel zu weit entfernt, als dass sie wirklich etwas hätten hören können. Minuten streckten sich zu Stunden, Stunden verflochten sich zu einer Ewigkeit, und als Brag schließlich aufstand, zuckte Vea zusammen. Es hatte sich so lange keiner mehr bewegt, dass sie fast davon ausgegangen war, dass nichts mehr passieren würde.

„Ich denke, es wird Zeit", murmelte der Schmied und lief ihnen voran aus dem Stall. Die Gruppe folgte in einigem Abstand und Ro bildete wie immer das Schlusslicht, die Hand am Schaft seines Schwertes, das an seinem ledernen Gürtel hing. Vea hatte, wie von Ro versprochen, einen Dolch bekommen. Auch wenn dieser sehr klein war und nicht aussah, als könne er für eine bedeutende Verletzung sorgen. Salia hätte ihn wahrscheinlich ausgelacht. Aber sie war auch sehr speziell, was ihre Dolche anging.

Sie gingen den Weg zurück, den sie gekommen waren, zwischen Feld und leerem Stall her, bis sie auf einen breiten Hof traten, der mit bröckeligen Pflastersteinen ausgelegt war. Die Steine mochten mal hellgrau gewesen sein, doch unter all dem Dreck und Mist, der dort plattgetreten worden war, wirkten sie schwarz.

Sechs Häuser ragten um diesen Hof herum auf, allesamt in einem dreckigen Weiß bemalt, unterbrochen von dunklen Balken, die die Fronten der Häuser aussehen ließen wie ein Schachbrett. Brag durchquerte den Hof nicht. Stattdessen lief er, den Kopf zu allen Seiten drehend, die Häuserreihe entlang. Er ging so schnell, dass Vea Mühe hatte, Schritt zu halten. Dabei hätte sie die Häuser gerne noch etwas näher betrachtet. Aber bevor sie sich allzu viele Gedanken darum machen konnte, war Brag bereits durch eine Tür verschwunden und winkte sie herein.

Vea tauchte mit dem Kopf unter dem niedrigen Rahmen hinweg und trat in das Innere des Hauses, um den anderen Platz zu machen. Ein paar Sekunden später fiel die Tür hinter ihnen zu und erneut wurden sie in Dunkelheit getaucht.

Janon stand neben Vea und sie tastete fahrig nach seinem Arm. Sie bildete sich ein, ihren eigenen Herzschlag über die Stille hinweg zu hören.

Ein Licht entbrannte zu ihrer Rechten. Sie schlug sich die freie Hand vor den Mund, um einen Schrei zu unterdrücken, und wich automatisch vor der beleuchteten Gestalt zurück.

Dunkelbraune Augen starrten sie unter einem Paar buschiger, ergrauter Brauen hindurch an. Die Lampe wurde höher gehalten und ein grimmiger dünner Mund, umrahmt von einem dunkelgrauen Bart, der bis zu der Brust des Besitzers fiel, kam zum Vorschein.

„Wie ich sehe, habt ihr es geschafft", sagte der Mann teilnahmslos, bevor er jeden Einzelnen von ihnen eingängig betrachtete. „Und ihr wollt Bistaye von den Göttern befreien? Ihr seht eher aus, als wolltet ihr einen Kindergeburtstag feiern."

Brag lächelte gezwungen. „Ja, einen riesigen Kindergeburtstag – zusammen mit der Asavezischen Armee. Sie bringen den Kuchen."

„Mhm", grunzte der Mann und wandte ihnen den Rücken zu. „Folgt mir."

Sie taten, wie ihnen geheißen, liefen durch schmale und niedrige Flure, duckten sich unter schief hängenden Balken hinweg, bis sie in einen größeren Raum traten, der durch drei Öllampen an den Wänden erhellt wurde. Er war fensterlos und stickig. Die Wände nicht mit Tapete verkleidet, sondern nur unordentlich verputzt, sodass sie grau und unförmig schienen. Sechs in einem U angeordnete Tische füllten den Raum, vor jedem standen zwei Stühle. Fünf davon waren besetzt, einen weiteren nahm ihr Gastgeber nun ein. Die restlichen waren wohl für sie bestimmt. Jedenfalls deutete der bärtige Mann mit einer ruckartigen Armbewegung auf die freien Plätze.

„Fangen wir an", sagte er düster. „Hier sitzen die sechs Vertreter unserer sechs Distrikte. Wir alle sind der Meinung, dass eine Rebellion eine Verschwendung von wertvollen Menschenleben, nicht zu vergessen unserer Zeit wäre. Euch steht es natürlich zu, uns eines Besseren zu belehren. Am Ende der Diskussion werden wir darüber abstimmen, was wir zu tun gedenken."

Vea betrachtete die sechs Männer, die ihnen gegenübersaßen und alle einen ähnlich willkommensheißenden Gesichtsausdruck wie der Sprecher zur Schau stellten.

„Was, wenn es ein Unentschieden gibt?", fragte sie.

Der bärtige Mann fixierte sie mit seinem Blick, die Hände fest auf die hölzerne Tischplatte gepresst. „Dann entscheide ich", flüsterte er. „Ich bin der Vorsitzende Nerrew Hegin, ich habe das letzte Entscheidungsrecht."

Na klasse. Das dürfte ja ein Spaziergang werden.

„Gut", sagte Brag und räusperte sich. „Bevor wir anfangen, möchte ich uns kurz vorstellen. Das sind Vea, Janon und Nikana, Rebellenführer aus der Vierten Mauer." Er deutete auf sie. „Und neben mir sitzt Rojan, Soldat der Asavezischen Armee und Ikano des Wassers."

Alle Blicke flogen zu Ro. Wahrscheinlich weil in der Sechsten Mauer kaum jemand einen Ikano zu Gesicht bekam.

„Ich kenne dich", sagte das Ratsmitglied, das am äußersten Tisch saß. Er war vielleicht Anfang vierzig und hatte keine Haare. Weder am Kinn noch auf dem Kopf. „Du warst einer der Soldaten, die unseren Rebellen bei der Flucht aus Bistaye helfen sollten. Der Ausgang der Situation spricht ja nicht gerade für dich", sagte er abfällig.

Oh Mann. Jetzt war vielleicht nicht der richtige Zeitpunkt, um die Anwesenden an das Massaker zu erinnern, das vor ein paar Wochen hier stattgefunden hatte. Dort waren hundertfünfzig Mitglieder der Sechsten Mauer gestorben. Kein Wunder, dass die Bauern nicht scharf darauf waren, weitere Tote hinzuzufügen.

Ro räusperte sich. „Ja, das bin ich. Einer dieser Soldaten. Aber die jetzige Situation ist keineswegs mit der damaligen zu vergleichen."

„Der damaligen?!", spuckte der Haarlose aus. „Es ist kaum zwei Monate her."

Ro lief rot an. „Und dennoch ist die jetzige Situation eine andere."

„Ja", grunzte Hegin. „Jetzt sollen gleich Hunderttausende sterben."

„Ähm …" Ro öffnete den Mund, wurde jedoch von Brag unterbrochen.

„Vea", seufzte er. „Warum sprichst du nicht?"

Sie nickte, wollte anfangen, kam jedoch nicht dazu.

„Und warum sollten wir ihr zuhören?", schnaubte der oberste Ratsvorsitzende. „Sie ist ein Kind."

Vea presste die Lippen aufeinander und versuchte, ihre innere Ruhe zu finden. „Ein Kind – und anscheinend dennoch weiser als ihr alle zusammen", murmelte sie.

„Was?" Jetzt hatte sie die Aufmerksamkeit von jedem der ihr gegenübersitzenden Männer erregt.

„Es wird einen Krieg geben", sagte sie mit erhobener Stimme. „Egal, ob ihr daran teilnehmt oder nicht. Und wenn ihr auch nur für eine Sekunde glaubt, dass ihr von der Göttlichen Garde verschont werdet, nur weil ihr entschieden habt, euch nicht einzumischen, dann seid ihr dümmer als jeder Fisch! Asavez wird angreifen. Bistaye wird sich verteidigen. Vorausgesetzt Bistaye kommt Asavez nicht zuvor. Aber egal, wer zuerst angreift, die Sechste Mauer wird mitten im Geschehen sein. Soldaten werden eure Felder zertrampeln und eure Vorräte plündern, um zum Appo zu gelangen. Sie werden –"

„Ja, wir werden ein paar unserer Vorräte verlieren", unterbrach sie ein Mann mit tiefschwarzem Haar, das ihm bis zu den Schultern fiel. Er saß neben Hegin. „Aber nicht unsere Familien, Unsere Kinder. Wenn wir nicht kämpfen, dann –"

„Ihr werdet so oder so kämpfen müssen", schritt Ro ein, der offenbar neues Vertrauen gefasst hatte. „Die Götter werden jeden Mann für diesen Krieg rekrutieren, sie haben zu viel zu verlieren! Sie werden jeden eurer kampffähigen Söhne mitnehmen, wahrscheinlich auch nicht vor euren Töchtern Halt machen, und diejenigen töten, die sich weigern, zu kämpfen! Es geht hier nicht mehr darum, *ob* ihr kämpft. Es geht darum, auf welcher Seite ihr steht."

„Woher wollt ihr wissen, was die Götter planen?", fragte Hegin knurrend. „Ihr sprecht, als hättet ihr direkte Einsicht in ihre Pläne erhalten. Warum sollten sie Asavez überhaupt angreifen?"

Vea fing an zu lachen. „Weil es die Götter sind! Weil es das ist, was sie seit tausend Jahren planen. Sie wollen Asavez und Bistaye vereinigen. Und weil sie wissen, dass Asavez angreifen wird und sie nicht tatenlos zusehen werden, stecken sie schon mitten in den Kriegsvorbereitungen."

„All das ändert nichts", sagte der Schwarzhaarige kopfschüttelnd. „Wenn wir jetzt rebellieren und anschließend in den Krieg ziehen, verlieren unendlich viele Männer ihr Leben. Viel mehr, als wenn wir Stillschweigen bewahren. Wir haben so viel mehr zu verlieren als die anderen Mauern. So viel mehr Einwohner – und wir sind keine Kämpfer. Wir könnten nie gegen die Göttliche Garde bestehen."

„Alleine vielleicht nicht", stimmte Brag zu. „Aber zusammen mit der Asavezischen Armee."

„Außerdem verlangt niemand von euch, nach der Rebellion auch am Krieg teilzunehmen", erklärte Ro. „Eure Familien würden nach Asavez in Sicherheit gebracht werden, bevor der Krieg überhaupt beginnt."

„Wenn wir rebellieren, hat der Krieg bereits begonnen, Ikano!", herrschte Hegin ihn an. „Wenn wir gegen die Götter aufbegehren, dann ist der Krieg in vollem Gange. Und wenn wir niedergeschlagen werden sollten, verlieren wir alle Rechte, die wir uns die letzten tausend Jahre über hart erarbeitet haben. Und wir *werden* niedergeschlagen werden! Niemand kann die Macht der Götter brechen."

„Also wollt ihr nicht kämpfen, weil ihr Angst habt", fasste Vea zornig zusammen.

„Ja, Mädchen. Weil wir Angst haben", knurrte Hegin. „Aber wie sollte das ein junges Ding wie du, das in der gemütlichen Vierten Mauer aufgewachsen ist und noch nie um ihr Leben bangen musste, verstehen? Wie sollte ein Mädchen, das nie Angst davor haben musste, alles zu verlieren, das nachvollziehen können?"

„Ich habe doch schon alles verloren!", schrie sie ihn an und sprang von ihrem Stuhl auf. Wie konnten sie nur so blind sein? „Ich habe doch schon alles für die Rebellen aufgegeben. Denkt ihr wirklich, ich stehe zurzeit höher in der Gunst der Götter als jeder andere hier im Raum? Denn dann täuscht ihr euch. Ich habe Flüchtige versteckt, eine Flucht geplant und bin eine Rebellin. Ich bin für die Götter keinen Deut besser als ihr. Ich habe mein gemütliches Leben für meine Überzeugung aufgegeben, weil manche Dinge es wert sind, für sie zu kämpfen! Weil, wenn ich nicht kämpfe, es kein anderer für mich tut! Jeder Mann, jede Frau zählt. Ihr könnt nicht darauf warten, dass von alleine etwas passiert. Dass eure Umstände sich über Nacht einfach so bessern. *Ihr* müsst etwas dafür tun. Ihr müsst kämpfen! Verdammt noch mal kämpfen. Das ist eure einzige Chance! Ihr bekommt Waffen gestellt. Ihr werdet von Asavez unterstützt – das hier ist eure einmalige Chance, den Göttern zu zeigen, dass sie euch nicht unterschätzen sollten. Dass ihr die falsche Mauer seid, um ausgenutzt zu werden. Wenn ihr jetzt aufgebt und entscheidet, euch von der Armee weiter herumschubsen zu lassen, dann wird sich nie etwas ändern!"

„Wir werden nicht einfach unser Leben aufgeben", sagte Hegin hitzig. „Wir –"

„Welches Leben?", fragte Vea ungläubig. „Ihr werdet unterdrückt, arbeitet hart, nur um dann bestohlen zu werden. Ihr werdet gehängt, wenn ihr versucht, zu überleben. Wie könnt ihr nicht erkennen, dass das eure Chance ist, endlich Gerechtigkeit zu erzwingen? Wollt ihr euch denn ewig tyrannisieren lassen?" Sie atmete schwer und starrte wutentbrannt in die Gesichter der Ratsmitglieder. „Ihr glaubt, dass wir euch ausnutzen wollen? Ihr müsstet es sein, die alles dafür zu geben bereit sind, *uns* auszunutzen. Denn wir bieten euch eine Chance. Wir bieten euch eine einmalige Chance, endlich aus diesem beschissenen Leben auszubrechen und etwas Besseres zu schaffen. Für eure Kinder, die ihr versucht zu beschützen, aber die ihr zurzeit zu nichts als einem trostlosen Leben verdonnert!"

Wieder starrte sie mit geballten Fäusten in die Gesichter der Ratsmitglieder, die sie mit großen Augen und teilweise offenen Mündern anstarrten.

„Eure Zukunft ist so oder so unsicher", sagte sie bitter. „*Unsere* Zukunft ist unsicher. Jetzt liegt es nur noch an euch, sie selbst in die Hand zu nehmen. Oder wollt ihr euch weiterhin von den Göttern vorschreiben lassen, wie ihr euer Leben zu führen habt? Was haben die Götter euch jemals außer Hunger und Leid gegeben? Was für einen Grund gibt es, ihnen weiter zu folgen? Was bringt es euch, zu schweigen, wenn ihr wisst, dass ihr nie zum Reden aufgefordert werdet? Wir werden kämpfen. Und wir kämpfen nicht nur für uns. Wir kämpfen für ganz Bistaye. Für *euch*. Und wenn euch das nicht als Grund reicht, um uns zu vertrauen, um endlich aufzuwachen und anzufangen, selbst über euer aller Schicksal zu entscheiden ... dann kann ich euch auch nicht mehr helfen", stellte sie leise fest, die Fäuste zitternd auf den Tisch legend.

Stille legte sich über den Raum. Man konnte nur noch das Knistern und Flackern der Öllampen hören, und Vea spürte, wie Janon ihr eine beruhigende Hand in den Rücken legte. Sie sah erneut in die Runde, doch ihr fiel es schwer, die Gesichter zu lesen. Sie konnte die verschlossenen Mienen der Ratsmitglieder nicht deuten.

Das Blut, das sich in ihrem Kopf gesammelt hatte, ebbte ab und ihr wurde schwindelig. Das musste wohl das ganze Adrenalin sein, das soeben noch durch ihren Körper gepumpt worden war und nun versiegte. Sie streckte ihre Finger aus und legte sie um die Tischkante, sodass sie besseren Halt fand.

„Ist das alles?", fragte Hegin schließlich leise.

„Ich denke ja", meinte Ro ernst.

„Schön." Hegin erhob sich, und Vea musste mehrmals blinzeln, weil die Konturen des Raumes plötzlich zu verwischen schienen. „Wenn keiner mehr Fragen hat ..." Er wandte seinen Kopf, als warte er darauf, dass jemand ihm widersprach. „... lasst uns abstimmen. Wer ist dafür, dass wir kämpfen? Dass wir uns der Rebellion anschließen und gegen die Göttliche Garde aufbegehren?"

Hände wurden gehoben.

Vea blinzelte erneut, versuchte sie zu zählen, doch ihre Augen brannten, und die Arme der Ratsmitglieder, die in die Luft ragten, verschwammen. Ihre Hände klammerten sich um den Tisch und das Schwindelgefühl wurde stärker.

„Vea?"

Das war Janon. Und auf einmal hörte sie Schritte. Hastige Schritte, die durch die Tür drangen. Stühle wurden gerückt und ein Flüstern erfüllte den Raum.

Was war mit der Abstimmung? Sie verlor ihre Orientierung. Ihre Beine waren so schwer. Sie wollte sich setzen. Doch sie konnte nicht. Sie konnte ihre Knie nicht beugen. Überhaupt schienen ihre Beine nicht mehr zu ihrem Körper zu gehören. Der Raum flackerte vor ihrem Gesicht, und jetzt war da ein leises Piepen in ihrem Kopf. Und dann ein Hämmern. Es kam von der Tür. Oder?

„Aufmachen!", rief eine Stimme.

Sie wollte sich umdrehen, sah etwas golden aufblitzen – dann wurde alles schwarz.

EPILOG

DAS ENDE

*Das Ende wird entscheiden, wer dem goldenen Glanz
würdig ist.*

*Protokollierter Nachtrag (1000)
A: Der goldene Glanz?
V: Künstlerische Freiheit.*

„Tick, tack. Tick, tack."
*„Valera, halt dich zurück." Sie lächelte müde. Sie war
aufgewühlt. Es war alles schiefgegangen. Eine neue
Idee musste her. „Thaka ist bereits erzürnt genug. Auch
ohne dass du ihn an die ablaufende Zeit erinnerst."*
*Valera seufzte schwer und lehnte sich in den Sessel zu-
rück, während Thaka weiter auf und ab ging, die Bücherregale an der gegenüberliegenden Wand entlang.
Er war so in Gedanken vertieft, dass sie bezweifelte,
dass er Valeras Gemeinheiten überhaupt registrierte.*
*„Ich wünschte wirklich, Tergon wäre hier, um das mit
ansehen zu können", flüsterte Valera und beugte sich
zu ihr herüber. „Er würde dieses Bild zu schätzen wissen."*
*Oh, dessen war sie sich sicher. Ihr alter Freund hätte
eine Menge Spaß gehabt, wäre er heute hier.*
*„Ich muss gestehen, dass mir allmählich die Ideen aus-
gehen", stellte sie fest.*
*Valera lachte leise. „Aber Api, ich denke, Thaka hat
auch ohne dich eine Menge anderer Ideen."*

Das fürchtete sie auch.